LIESHA

雷平——著

猎杀 4·22

贵州出版集团
贵州教育出版社

图书在版编目(CIP)数据

猎杀4·22/雷平著. —— 贵阳：贵州教育出版社，2018.10(2019.9重印)
 ISBN 978-7-5456-1049-9

Ⅰ.①猎… Ⅱ.①雷… Ⅲ.①长篇小说-中国-当代 Ⅳ.①I247.5

中国版本图书馆 CIP 数据核字(2017)第 035407 号

猎杀4·22
雷　平　著

出 品 人	玉　宇
责任编辑	舒艳雪
出版发行	贵州出版集团
	贵州教育出版社
地　　址	贵阳市观山湖区会展东路 SOHO 公寓 A 座
	（电话 0851-82263049　邮编 550081）
印　　刷	贵州新华印务有限责任公司
开　　本	710mm×1000mm　1/16
印　　张	22 印张
字　　数	311 千字
版　　次	2018 年 10 月第 1 版
印　　次	2019 年 9 月第 2 次印刷
书　　号	ISBN 978-7-5456-1049-9
定　　价	48.00 元

版权所有　盗版必究
图书如有印装错误，请联系印刷厂调换
厂址：贵阳市友谊路 186 号　电话：0851-86745177　邮编：550001

目录

引　子 1
第一章 3
第二章 14
第三章 24
第四章 34
第五章 43
第六章 56
第七章 64
第八章 74
第九章 84
第十章 91
第十一章 105
第十二章 118
第十三章 130
第十四章 140

第十五章 ……………150

第十六章 ……………164

第十七章 ……………173

第十八章 ……………187

第十九章 ……………197

第二十章 ……………210

第二十一章 …………228

第二十二章 …………249

第二十三章 …………267

第二十四章 …………283

第二十五章 …………301

第二十六章 …………315

第二十七章 …………328

引 子

  不是跟你吹垮垮（吹牛[①]），说起恭州，当今中国没得几个人不晓得，曾经挂在联合国的世界地图上只标注了四个中国城市，其中一个逗（就）是恭州——二战时远东反法西斯战争的司令部所在地。

  有人说，男人的长寿在深山，女人的长寿在水边。恭州正是勒（那）样，一个美丽而富有神秘传说的地方。它地处中国西南部，长江上游地区，长江干流自西向东横贯全境。其北部、东部及南部分别有大巴山、巫山、武陵山、大娄山环绕。由于特殊的地理环境，勒里负氧离子高，水质好，制作出来的火锅特别有味道。勒里的男人彪悍，女人漂亮，心脏病、高血压、癌症逗像蜀犬看见太阳一样稀罕。

  据说东亚人的祖宗逗是从这里走出来的！勒不是跟你说起耍，正南齐白（不开玩笑）的，硬是确有其事。

  有学者介绍，恭州巫山县庙宇镇龙坪村龙骨坡遗址出土的稀稀拉拉的那几颗牙齿化石，是距今 204 万年的人类化石，代表了一种能人的新亚种，被定名为"能人巫山亚种"，称之为"巫山人"。勒个年份的原浆（原始）祖宗，全世界都少得很，被一些人认定为"东亚人类的老祖母"。

  看上面那段文字逗已经让我激动得心子快跳出来了，我蒙着心口儿悄悄跟你说，恭州早晚会成为人类朝圣的地方，所以赶紧凑钱到那里切（去）修五星级宾馆，等着收钱！

  恭州是古巴国的国都，是产生忠臣良将的地方，大将军巴蔓子、严颜都是些宁愿被割下自己脑壳（脑袋）也不愿丢掉城池的英雄，虽然外人说他们

[①] "（ ）"内为重庆方言注解，后同。

不讲诚信，但各为其主，确有英雄的威武范儿；巴香清、巴舞、巴国神话……一度脍炙人口，成为宫廷皇室才能享受的餐饮与娱乐。从先秦以来的八次大移民，进到恭州的都是优良品种，杂交效果格外显著，男人壮实，女人白皙，赏心悦目。在日本侵略者蚕食中国，烧杀奸淫无恶不作的那些日子里，国民政府迁都恭州，小姐太太蜂拥而来，云集大街小巷的旮旮角角（每个角落），生出的娃儿更胜一筹。

勒儿是"西红市"！啥子唵（什么意思呀），没听说过？除非是个方脑壳！哪里是单指"唱红歌"嘛，错！是指历史——中国西部的红色城市。国共第二次合作时期，中共中央南方局在中央领导下，在以周恩来同志为书记的班子指挥下，坚持扛起抗日民族统一战线旗帜，贯彻党中央"坚持抗战，反对投降；坚持团结，反对分裂；坚持进步，反对倒退"的三大政治主张，维系国共合作，坚决抗战，为民族保命保种运动作出了很大贡献。

特别是1945年8月28日，人民领袖毛泽东亲赴恭州，与蒋介石进行了为期43天的"恭州谈判"，至少让中国的老百姓多过了半年抗战之后和平安稳、清风明月的日子。勒方土地还诞生了红色元帅刘伯承、聂荣臻，中华人民共和国主席杨尚昆等一批优秀的革命先辈。其中，罗广斌、杨益言两人，以中华人民共和国成立前夕国民党反动派在白公馆、"中美合作所"渣滓洞残害中共地下党员的史实，熬更守夜创作了长篇小说《红岩》，1961年经中国青年出版社出版发行，再版113次，发行总量超过1 000万册。又有一群恭州人，以勒部文学作品为"线索"，寻找龙门阵中的生活原型，竟然做成了一项文化产业，解决了成千上万人养家糊口的问题。恭州还有一个特色，那就是恭州的方言、掌故，海纳百川五味杂陈，特别有味道。

勒样的地方，能不被人惦记吗？肯定会！我儿豁你（不骗你），勒种惦记挡都挡不住。下面我要讲的逗是一个"烂屹蛋"挑战恭州警方，惦记恭州的大市场、大码头，做大"买卖"，整出大动静，最终被一根强有力的指头按死的故事，一个现代版的警察智斗悍匪的龙门阵。

第一章

"啪，啪啪！"几声闷咕的枪响，蓝天白云的天空瞬间降下阴霾，好像一块黑布挡住眼帘，城市高耸的大厦旋转起来，惊慌烦躁的人群四处扩散。

"救命啊，救命啊。抢钱了！——抢劫杀死人喽！——"有人惊抓抓（大惊小怪）地大声叫唤，有人飞叉叉（很野的样子）地向四面八方乱窜，也有人逛西西（很糊涂）地反行其道，鬼扯扯、神戳戳（发神经）地向枪声响起的地方蜂拥过去。

吕凌霄心头一震，担心的事情终于发生了。他对助手郑怀舒说："上！"然后快速地把手伸进裤兜，那里头（里面）有武器。两人蹬步向前，想健步如飞，但拥挤的人群让他们无法"如飞"。尽管如此，他们还是偏着身子一阵毛挤，超越众人抢在前头。勒是高度的职业责任和职业意识让他们具有的应急反应。为啥子？不为啥子！两人是恭州市公安局刑警总队的一对搭档，今天当班，正在光荣碑中心商务区执行便衣巡逻任务。

说来稀奇，吕凌霄昨晚几乎没有合眼，说不上啥子渣渣草草（乱七八糟）的狗屁原因，逗是睡不着，没得丝毫理由地睡不着。想了好多不该想的事，说它不该，是因为早晨起来又记不得是些啥子陈芝麻烂谷子的事，像压根就没做过梦一样。

今天，4月22日。早晨从家出来，他逗有些打王逛（精神不集中），一夜没睡好，心头作慌（发慌），心神不定，神志不清，刚才还瞌睡眯西（打不起精神）犯困，枪响后才惊醒过来。

"啪""啪啪"的声音在勒几年只有靶场响起过，繁华的商业闹市来勒么几声，还是大姑娘上花轿——头一回。

人勒东西逗是古怪，有时候是有心灵感应或者对某个事情的预感的。勒是真的，一点不日白（吹牛），好多人说过相同的话，绝不是李洪志搞邪教或其他"大圣""大神"的伪科学，也不是封建迷信。遇见是巧合，机遇少，难能可贵，但终究是有的。大千世界万事万物都按照自己的规律运转，朗个（怎么）会没有巧合？你不信也没啥关系，不会影响友谊，反正我信。勒些年恭州的治安形势一直好，已经连续五年没有出过大案，这在主城核心的几个区，着实（确实）不是件容易的事情。

吕凌霄是公安刑警总队的一个队长，他的睡眠一直都是很好的，老婆取笑他："死东西，一挨到床板逗睡着了，未必（难道）是被人灌了蒙汗药使了催眠术不成？睡得跟死猪似的，还扯扑鼾（打呼噜）！"说来不怕你笑话，有时老婆心情好，想跟他干干那事儿。勒有啥子嘛，正值如狼似虎的年龄，生理需要，但多半是剃头挑子一头热，老婆急他提不起精神，困得推都推不醒。

刑警不是个一般职业，每天处在高度紧张之中，心理压力大，危险性大，一人从业全家担心。劳动强度也非一般职业可比，虽然没有共工怒触不周山断了天柱，神行太保戴宗日行千里夜走八百那么夸张，但非常疲惫是职业特征，一天下来走几十公里路，算家常便饭，能不挨床逗睡吗？太正常了，挨床不睡才不正常哩。

昨晚的情况变了，一改过去，身体疲惫，脑壳里头却不得空闲，硬是眼睁睁地睡不着，老婆好不容易熬到一回老公清醒的时候，提醒他："反正睡不着，要不做一回儿？"老婆想要一把，但他没一点心情。

一夜到天亮，逗那么耗着、熬着，像翻烧饼。勒种情况，发生在吕凌霄身上是不多见的，他各人（自己）都觉得有点惊乍（惊恐），勒是要出事的前奏，又不晓得要出啥子事？防着吧，先在心头防着。

清早八晨（大清早），左眼皮跳了几火色（眼皮跳了几下）。有人说左眼跳财，右眼跳岩（右眼跳灾），撞到鬼哟，一个刑警发啥子财嘛？一夜没睡好，太疲惫眼皮跳很正常，根本不是啥子财呀岩呀的。

显灵了，枪声响起，该发生的要发生，此时逗发生了。还是在他当班的光荣碑商业步行街交巡警岗亭不远的地方。

郑怀舒也不答话，右手紧紧握住裤兜里的手枪，与队长吕凌霄保持两三米的距离，快步跟进。她是个女的，平时一副公主的样儿，温文尔雅。总队那些干精火旺的男警们老拿她开玩笑："女流之辈，肩不能挑手不能拎，花瓶似的，摆着好看，用着不便；头发长见识短，没啥城府。"

男警喜欢叫女警"战友"，其实是另有图谋。喊了半天别人一搭腔，逗经常惊风鬼扯（扯东扯西）地说，我们从来没"占有"过你们啊，倒是希望你们"占有"我们一把。一个个怪眉怪眼（怪模怪样）地坏笑一通，弄得女警丈二和尚摸不到头脑，不晓得他几爷子说的啥子。后来，女警醒火（明白）了，不接招，装懂不起，勒种事情自然到此为止。男警也逗打打话平伙（戏谑一番），调节一下气氛，说几句风凉话放松放松紧张的神经，话完事完，谁敢有所行动逗死得早，甚至都不敢朝那个方面去想。

为此，吕凌霄还说过一句酸唧唧的话："泡得到的女人叫女友，泡不到的女人叫女神。"女神是拿来供的，谁也不可私用。不晓得他是赞美，还是敬畏，或者吃不到葡萄逗说葡萄酸？

今天，听到枪响，郑怀舒逗像打了鸡血，猴急狗刨（急匆匆）地往前挤，一步不落，非常麻利，毕竟在警官大学摸爬滚打学过四年，又有六年工作实践，基本素质硬朗。勒叫作啥子来着？哦，对了，叫"上得厅堂，下得厨房；打得了小偷，翻得过围墙"。也算特例，今天是她从警以来第一次在熙来攘往的大街上，在光天化日之下听到枪声，凭她的听觉可以肯定，勒是真枪实弹，不会是哪个崽儿（小孩）妖沿儿（顽皮）放火炮儿。

恭州的治安一直平稳安宁，市委发动全民创建"大爱恭州，大善恭州"收到显著效果。恭州是典型的大山大水，大城区带大农村。近些年来，市里按照中央决策部署，结合市情审时度势，少说多干，爬坡上坎，厚蓄积锐，已经连续几年经济增长幅度超过两位数。在国内外经济下行压力很大的情况下，有勒样的建树，实属不容易。

金钱不是万能的，但没钱是万万不能的，十块钱就能难倒一个英雄汉！有了钱，逗好办，可以做许多老百姓关心的事。有钱男子汉，无钱汉子难。

眼下，各种园区、基地层出不穷，数千个项目乘势上马，各个工地齐刷刷地同时开工，建筑工地塔台吊车轰鸣，电锯刺耳尖叫。

不怕孔雀东南飞，哪里有食往哪里飞。前些年沿海有食，飞去大量"孔雀"；眼下恭州撒食，数以百万民工涌来，涌入恭州淘金发财赚钱。

有的人实现了价值，找到一份理想的工作；有的人工作并不理想，为了养家糊口硬着头皮将就着干；也有人没找到工作，也找不到合适的工作，游荡在社会上，成为危险人物。

也不奇怪，人上一百形形色色，林子大了哪样儿的鸟没有？嗑瓜子一不小心会嗑出个"坏仁儿"来，在这个世界上，傻里吧叽（傻乎乎）的憨脑壳不在个别。勒是自然，是大趋势，是不以人意志为转移的客观存在，要下功夫治理才会矫正。所以，一位伟人说过："扫帚不到，灰尘照例不会自己跑掉，过七八年再来一次横扫牛鬼蛇神的运动。"也可以把勒样的说辞理解为：刑事犯罪只要有人群的地方都可能发生，露头逗打，逗能尽量减少对社会的危害。

当然，现代讲以人为本，整人的运动不会再搞了，不会用极"左"的手段来管理社会，而是靠大家共同治理。但以人为本并不意味警察下岗无事可做，高枕无忧；对不法之徒杀人越货是零容忍，绝不能不闻不问。近几年虽然恭州总体社会治安状况风平浪静，警察却一个没减，不但没减，而且按照人口比例在逐年递增，为的是提高保险系数，对刑事犯罪打击的力度只增不减，更不会停止，随时随地都要除恶务尽。

刚才枪响的地点是恭州著名的1 000亿元级商圈光荣碑的一个部分：恭州市中渝区第一步行街。

勒是一个10多平方公里的商业大圈，集高端商务、星级酒店、高档休闲娱乐、大型城市综合体以及非银行金融业、总部经济等业态于一体，还有博物馆、音乐、收藏等文化主题业态。它和与之相邻的"朝天宫大商圈""五四路大商圈"和"上清寺商圈"三大商圈，以及嘉滨路、临江大道和苍白路分流道"三个地带"，共同组成"四圈三带"，还有许多在建工程，是恭州市的重点经营地区，也是犯罪嫌疑人盯得最紧，最想捞取好处的"快活岭"。

令人庆幸的是，恭州一直在推进交巡警一体化的社会治安监控战略，主城坊间大街小巷都安装了监控摄像，全市街镇、治安岗亭、检查卡口、重点单位、公共场所、居民小区都被列为技术手段监控防治的建设重点。在"四圈三带"街头，分布着几十万个监控探头，勒些探头与一些企事业单位内部、小区内的探头一起，共有上百万个，构成了遍布主城的"天眼"网络。恭州的数万辆出租车也安装了监控摄像和录音设备，能随时收录到乘客的对话与图像。换句话说，在恭州主城每个崽儿、妹儿、老头儿、老太太，只要是人，或者动物，在大街小巷的一举一动都会"雁"过留影。

勒么强大的"天罗地网"，是否已经捕捉到今儿个持枪嫌疑人的有效"行踪"信息，目前还不得而知，但要记录嫌疑人的蛛丝马迹，收集点儿证据应该不成问题，对警方来说应该是手抓肥肉泡泡儿——一摸不硬手。

各个方向涌来的人越来越多。

吕凌霄的第一反应是千万不能让群众杂乱的脚印破坏现场。勒种如汪洋大海般的人潮涌动，侦破案件是非常忌讳的。

许多公安干警破不了案，不是因为警察没本事，而是群众无知地践踏了案发地点，破坏了犯罪嫌疑人作案的第一现场，结果许多血案因为取证困难，查无实据，满坛子萝卜——抓不到缰（姜），而变成久拖不决的"牛尾巴案"。所以，完整地保护现场非常重要，非常必要。后悔有啥子用？犯罪分子的脑袋瓜也不都是豆腐渣，很多犯罪分子的智商是不可小觑的，他们的目的逗是利用群众喜欢看闹热（热闹）的心理，来掩盖犯罪事实。

恭州是一个既古老又年轻的现代大都市，街道进行过多轮翻修，街道由条石变成鹅卵石，由鹅卵石变成水泥，由水泥变成透水砖，由透水砖变成花岗石。犯罪嫌疑人越来越鬼，整精了，有的利用高科技手段，有的作案时穿平底软鞋套塑料纸，有的尽量往人们扎堆的地方钻，不容易留下脚印指纹啥的，司法技术人员面对一堆杂乱的脚印束手无策，搞得犹如磷化氢墓地自燃——鬼火冒，还不能发作，痕迹取证越来越艰难。勒些都是客观事实，对于勒个案子不管朗个说，出于责任，不能在自己眼皮底下让群众干出破坏现场的傻事，要尽力保护好现场。吕凌霄可是响当当、亮瓦瓦（很亮）的资深刑警。为了抢时间，此时他不得不偏着身子，学习车笔刀（铅笔刀）——削尖脑壳往里钻，以最快速度挤进现场。

"我是警察，请大家让开，配合我工作。"几乎同时，吕凌霄和郑怀舒掏出了警官证，向人群直晃，他们边挤边喊，亮证执法。郑怀舒漂亮的外表并没有裹住她内在刚毅、坚定的性格和吃苦耐劳的精神，勒个女人不是吃素的。她一步不掉地紧跟着队长，保持着出警应有的队形，同样是响当当、亮瓦瓦的，巾帼不让须眉，她也想到了在第一时间保护现场。

还好，当他们艰难地挤出人群的时候，有人已经捷足先登了，那是辖区派出所的片警小安，先一步赶到现场，保护了案发核心区。小安正在驱散围观人群，以便辟出更大的侦案空间，但万人空巷的闹热场面，谁也不想放过难得的看稀奇的机会。当今，人们已经没有多少能激发热情的娱乐了，哪怕在大街上吐口口水，只要有人蹲下去逗会围拢一大圈人，甚至越来越多，以至于堵塞交通，引来交警。能有打枪的事情发生，引来的人更多，案发现场不可能不被人群踩踏。

大家你一言我一语，七嘴八舌地喧闹，闹麻麻地嚷成一片。有人还很激动，大声武气地叫喊（大声喧哗）。

警察挤进核心区的时候，群众让开一条通道，吕凌霄和郑怀舒进到内圈。吕凌霄感到"大爱恭州，大善恭州"的活动有效果，市民的素质与过去相比有明显提高。

吕凌霄掏出白色粉笔,弯下腰以受害者为圆心,以15米左右为半径画"圆",勒个动作有点像孙悟空给西天取经的唐僧师徒划警戒线。孙悟空当年是神气活现地站着得意地用"金箍棒"直伸伸地画,吕凌霄则是弯着腰杆心情复杂地用粉笔画,姿势不同目的各异,孙悟空是不让人出,吕凌霄是不让人进,但都是画"线"拦人,异曲同工。

郑怀舒和小安的右手都紧紧地握着裤袋里的手枪,分两个方向警惕地注视着周围的一切,防止有人乱中施恐。他们没有把枪拿出来握在手上张扬显摆,怕吓到老百姓,而是将上了膛的枪用手紧紧抓着,叉开两腿,眼观六路,耳听八方,随时准备拔枪射击。

恭州老百姓可爱至极,非常配合,凡是吕凌霄划到的地方逗自动退到白线外,吕凌霄划完直起身子四处张望,人群也跟着张望。他在用经验审视眼前这些陌生面孔,以便发现可疑的人。

郑怀舒掏出兜里的黄色警戒软绳,交给白线外的群众手手相接地握着,形成一道以人为"桩"的警戒线。勒下(这下)好了,几分钟布控搞定,人们让出了空间,现场得到清理。

群众虽然不时打些拥堂(挤压),总的秩序还不错,大家的积极性被调动起来,只要有进白线的人,就有人指责,踏线人马上会羞愧地退出,还有人自觉吆喝相互提醒。外圈有人搭飞白(主动说话),给新来的群众活灵活现介绍他"看到"的情况。

受害者是两个身穿藏青色职业西服套装的女人,俯卧在地上,鲜血不停地向身体之外流淌。两人成前后倒地姿势,后面的那位短发齐耳,右肩挎着中型米黄色背带包,前面那位长发披肩,没有挎包。

"万儿——万儿——万儿——"警笛响起,中巴警车闪烁着警灯带着一辆120急救车来到现场。

人群自动分开,一位手提银白色金属箱子穿"白大褂"的男警和一位胸前挂相机穿"白大褂"的女警径直走进"白圈"。吵闹的人群安静了许多,所有目光不约而同地投向新来的两位警官。

中巴上依次又下来几个警察走进内圈维护秩序,替下了吕凌霄、郑怀舒和小安的工作。

"刘法医,来得勒么快?神了!我打电话才一分多钟嘛!"吕凌霄显得吃惊地说,心里想着:用手表看得到的是日历,用手表看不到的是阅历呀!法医界老将出马一个顶俩,迅速快捷,那么远的距离一两分钟搞定,比飞还快,勒是平时认真训练的结果。不是说台上一分钟,台下十年功吗?练好了,关键时刻逗那几步:拉得出,顶得上,能打仗。勒是发自内心对法医的佩服。平时难得一见,有时还会取笑他们:"头发都熬白了也派不上个用场。"今天印证了一个真理,只要有那个经历阅历,不在乎平时久坐办公室的形象。不是有句话嘛,板凳要坐十年冷,文章不写半句空。其实人家偷偷练着呢,不然关键时刻朗个(怎么)会跟得上,冲得到?

"我们接到指挥中心的命令逗赶来了。"提金属箱子的警官应道。他叫刘春生,是恭州公安刑警总队法医,那位胸前挂着相机的女警察是他的助手小幸。

"不是接到我的电话呀?"吕凌霄一头雾水,自言自语道。

刘法医没再说话,放下箱子立即投入工作。

原来,抢劫事件发生后,有群众在听到枪响的第一时间主动给110打了报警电话,比吕凌霄至少提前了几分钟。恭州市勒些年的精神文明建设活动没有白费,通过五个"普法"教育,人民群众的协作意识大大提高,防范意识大大增强,能把见义勇为助人为乐融到具体事情,一改过去法治思想淡薄的毛病。"普法"前,一些被"文革"整怕了的"过来人",把见义勇为助人为乐看成狗咬耗子,谁都懒得管勒些"闲事",要是浪个起(那样)想管的人都怕黄泥巴揩屁股——倒巴一坨。现在这种情况得到改善。

要在现场找到过多的物证是高顶棚吊灯——有点悬,或者说不容易了。

人群在毫无知晓中逗把杂乱的脚印贡献了出来，给技术勘查造成被动，已无法弥补，吕凌霄和郑怀舒只好抓紧时间作现场笔录。仅仅通过取印迹进行技术分析，无异于大海捞针，但还是要取，哪怕是百万分的努力只有一分的成功也是收获，还要尽可能多地寻找目击证人，多取口供。

好些群众得筋板力（使劲）地叫着，自告奋勇要求配合，主动向警察绘声绘色提供情况，描述当时的所见所闻，吕凌霄和郑怀舒不时发问。

刘春生站着先对受害者作了几秒钟观察，然后蹲下身子娴熟地打开银白色金属箱，戴上白色手套，拿出镊子、塑料口袋，开始把地上一些如粉尘、头发、纸屑、塑料片，还有一枚戒指等小东西夹起来分别放进一个个透明塑料袋中，把几处鲜血用吸管吸进几支试管，贴上胶纸，写上字。围观者都看到了那枚戒指，那小东西很可能是破案的关键所在，或是对破案能起到重大作用的物证。

小安协助两位法医工作。

与此同时，小幸拿着相机面对死者快速地从各种角度拍摄照片，只听相机哗哗啦啦响个不停，灯光闪烁，然后，跨步来到长发受害者身边，摸了摸她的手腕，然后放下，又用同样的动作去摸倒在后面的那位短发女士的手腕。停留了片刻，她突然惊呼起来："她的身子还热噜噜的，活着！老刘，勒个人还活着！"

吕凌霄心头微微一震，马上镇定下来，在心里默念道，好啊，鼻子闻得到的味道叫气味，鼻子闻不到的味道叫气息。这个人福大命大，还有气息？

刘春生抬头命令："赶快弄上车，送医院抢救，不可耽误！"

两位穿白大褂的120急救人员，扛着单架走进圈子，非常利索地俯身把那一息尚存的短发女人扶进单架，一前一后，跑步抬出人圈，送上急救车，那车鸣着"救命"的声符呼啸而去。

圈内剩下那位俯卧的长发女子，显然没戏了，没有心跳，没有血压，没有呼吸，没有脉搏，没有了一切生命体征，已经落气（去世），她已经享受不到"120"的特别照顾了。

刘春生捡完"物证",蹲在地上,还是那么一本正经、一丝不苟地查看着细小的痕迹,反复寻找着一丝一毫的细小疑窦。突然他眼前一亮,看到一个擦痕,从包里拿出一件东西来拓了墨印,又从不同角度反复比量、勘查,最后无可奈何地摇摇头,他没有再向塑料袋里放进东西,说明已经没有找到更加重要的东西了。

小安帮助小幸继续做一些迹象搜集。他俩配合得十分默契,小幸把短发者的挎包提起来,小安便牵(掀)开一个较大的塑料袋,把挎包接进去;小幸要取死者的指纹,小安马上帮她和胶泥;小幸从不同角度拍摄尸体的照片,小安逗帮她把死者翻了好几个身;小幸还转过身子把相机举过头顶,拍摄了一通周边的高大建筑,又平端着相机拍摄了些围观群众。

小幸说:"要量量距离。"小安逗叫开人群,然后跟她拉皮尺、看标数、作记录。小幸对死者中弹的伤口尺寸进行尺量,回头从死者倒地处走到一幢大楼的门口,横平竖直地对某些距离进行丈量。

勘场勘查足足折腾了一个多小时,刘春生以商量的口吻问了助手几个问题,得到回答,确认没有漏掉环节,才说"收队"。小安与小幸把被害的那个女人抬上了中巴警车。

郑怀舒问:"我们也回吗?"

吕凌霄言不由衷地说:"常人悟得透的对策叫战术,常人悟不透的对策叫战略。"他讲话怪怪的,让人摸不到头脑。不熟悉的人听他讲话觉得阴阳怪气,习惯了认真听还觉得话里常常折射出许多哲理。他常讲勒种富有哲理的话,或心里想着些富有哲理的词,会启发人深入地去思考某些问题,他这种习惯可能与所学的专业有关,也与他的出生地有关。

他不是攻读刑事警察学的,原本是师范专业哲学系科班,因为受《福尔摩斯探案集》这部小说影响,转行走进公安队伍。那时,各行各业知识化,只要是大学毕业逗是各单位各行业争着抢的香馍馍,一点没通"关系"逗进了公安战线。一干逗是二三十年,虽是非专业出身却成为破案能手,还当上队长，全凭实践经验和哲学辩证思维。

当然还有别的原因。他出生在恭州山溪县，那是个国家级贫困县，至今各项经济指标仍在恭州市垫底。那里曾是古巴人发财致富的地方，丰富的盐水确定了"巴"在春秋时期诸侯国中的地位，与眼下不可同日而语。正是为了争夺盐水，巴楚之间连续不断地进行了近100年的战争，消耗了大量国力，勒是历史，也是恭州地区古老的文化；现代社会山溪县高山槽形平原的美，又是一种文化，吕凌霄当时是那个县近百年考出来的第一个大学生，而且一参加工作逗分在恭州市主城区，睡的婆娘是正宗主城妹儿。有了勒些因素，我不用说他为啥讲话会那种，你逗晓得了。勒是他的特色，一种吸引人的特色。

"现场朗个办？"郑怀舒问。

吕凌霄说："让小安马上打电话叫环卫所来清洗。"接着大声说"收队！"后自己开始收拾整理警戒软绳，再然后，与郑怀舒和负责警戒的警察一起上了中巴车。

中巴警车安静地离开，连车顶上的警灯都没有旋转。

人群开始散去。

第二章

警察精心细致、尽职尽责，对现场低低嘎嘎（很小）的蛛丝马迹都不放过，围观群众指手画脚，七嘴八舌闹嚷嚷地配合警察找疑点，找线索，刘太白都看在眼里。

他站的位置离出事地点不到10米，后来由于"白线"的划出他不停地向后移退，但一直紧贴着白线，一只手提着黑色塑料袋，另一只手握着警绳，逗那么站着，随着人群的涌动而被动地前后左右移步。人群从各方涌向出事地点时他非常紧张，身子直挺挺的不知所措，开始现场比较冷清，他是为数不多的几个人之一。眼看着围观的群众上来了，警察有条不紊地保护现场、取证、约人访谈、作笔录，他才把提到嗓子眼的心放下来，心情松弛了，近乎僵硬的身子恢复了血液的滋养，重新有了动感与活力。

他亲眼见证了勒个抢劫杀人案的全过程，但没有主动去接受警察询问，没去作笔录。他是外地人，家乡离得比较远，对勒座城市不完全熟悉，也说不上好感，人生地不熟，料不准会发生啥子意外，勒些意外对他意味着啥子是未知数。所以，不爱多言多语，更不敢飞叉叉找"事"，百事埋进心头，小心驶得万年船。

这样做并不是装疯迷窍，而是有道理的。小时候，父亲曾经说过，《增广贤文》上面的话不可不铭记，譬如"是非只为多开口，烦恼皆因强出头"，"逢人且说三分话，未可全抛一片心"。成年后他奉行着父亲的告诫，本分老实，不千翻儿（淘气），谨言慎行，不到万不得已不会主动去与别人搭飞白，遇事多半绕道而行。

　　他甚至看不起那些叽叽歪歪在现场主动向警察"反映情况"的人。来说是非者，便是是非人，特别是那些夸夸其谈，满口飞沫，口无遮拦的，逗是搬弄是非的人。现代科学日新月异，高新技术层出不穷，最先进的科学技术肯定要用于公安破案，还需要那些人在警察面前讲一些捕风捉影、添油加醋、夸大其词的话来误导办案吗？扯淡，完全是脱裤子放屁——多此一举。他才不去做那些无谓地让警察走弯路的事呢，只是隔岸观火，在"圈子"外看闹热，根本不会上前指手画脚，更没去凑闹热。他不喜欢勒种闹热，才不去招惹那些烂事呢，落得清清净净有啥子不好？叫月子规（杜鹃）喉舌冷，宿花蝴蝶梦魂香。

　　从偏远的农村到城市来求生存，是下了很大决心的。谁都晓得，中国人故土难离，若登高必自卑，若涉远必自迩。要是在过去，不到万不得已，谁愿背井离乡到外地拼打。他在故乡生活得不错，后来情况发生了变化，在家乡着实无以为继，无脸见人，才孤身一人大着胆子走出封闭山村，来到是非不断的城市，勒不是他的本意，是被逼而为。

　　他的家乡大地名叫秦巴山区。"秦"指秦岭山脉，"巴"指大巴山系。秦岭是长江、黄河的分水岭，也是中国中西部一条极为重要的地理线，横亘在祖国中部。秦岭勒个名字起源于秦汉，曾是秦国属地，是大秦国的主要山脉。这道山脉西起嘉陵江，东与伏牛山相接，呈自西向东走向，山势北陡南缓，群山毗连，峰峦重叠，河流源远流长。巴山山系得名于古代巴族和巴方国，又称大巴山系，是恭州市的主要山脉。巴山虽不及秦岭高峻、绵长，但与秦岭一样危峰如林，千崖万壑，森林茂密，道路崎岖险阻，是陕南与恭州东北部之间一道天然屏障。巴山西起嘉陵江河谷地带，东至武当山，山势呈西北至东南走向，其山岭交错，山峦群起峰叠壁嶂。秦巴山区是全国连片的18个最为贫穷落后的地区之一。

　　刘太白逗出生在勒个地区的密林深处，嘉陵江边一个闭塞的村落，那是远近闻名的"光棍村"。那年，他从山里出来，从山高路险林密的小径荒野，一步跨入高楼大厦的水泥森林，繁华锦绣的大城市恭州时，让他头晕，花花世界的一切都那么新鲜、奇异，让他目不暇接。勒些大楼半截伸到天里头，仰得脑壳僵硬都瞄不过来，经常看得你眼睛发涩。商场里的用品，前所未见，餐馆里的吃食，闻所未闻，诱惑着人，但他身无分文，只得暗自流口水。

他出生于20世纪70年代，读书不多，初中毕业，勒样的先天条件和后天造化，进城务工是一块要命的短板。初中文化在当今现代城市不好求衣食，特别像恭州市勒样的中央直辖市，要想找个好工作更是难上加难。莫说一个初中生，逗是大学毕业，研究生毕业，留学海归，找工作都不容易。

时下，毕业生就业大军中流传着一副对联："博士生，硕士生，本科生，生生不息；上一届，这一届，下一届，届届失业。"你看看，高学历的当代时尚青年找工作都这般写照，更别说他刘太白一个70后农民，加上形象也不出众，身高1.68米，身体偏瘦，到夜总会或者"洗脚城"当"鸭子"都没得女人点，先天不足后天不丰，在城里混绝对人不了谱，进不了上九流。

不过，刘太白也有他自豪的地方，逗是那个1978年2月7日的出生日，对他本人是个重大日子，对大众也是一个难以忘怀的日子，那天是大年初一。在那个寒冷的日子，刘太白的诞生给家里带来些许温暖，农村人嘛，盼生个"带把的"。勒不，说来逗来了，他们家父母像变戏法，把想象变成事实，一家人欢天喜地，似乎今后的日子逗有了希望，挑粪插秧，磨田挞谷，做自留地侍候庄稼有了全劳力，不会再被别人看笑话。当时的农村，一个家庭要是生不出男丁，全是一群妹娃儿丫头片子，是要怄气的，是要受到村坊乡邻轻视的，养儿防老，积谷防饥。他的成长得到家庭的格外呵护。农村人信奉有子之人贫不久、无子之人富不长的信条，对一个家庭有没有男娃儿可是糠米与箩筐的界线，现在有了，自从心静后，无处不安然。

刘太白还引以为豪的是他的名字"太白"，与"诗仙"李白同名。地球人都晓得，李白斗酒诗百篇，长安城里无比肩。连中国盛唐京城的大学问家都无法与诗仙平坐，何况民间？儿豁你，民间更是啄都不啄（不敢想）。可是，中国人最怕"可是"！唉，遗憾，遗憾哪！他刘太白，莫说诗仙，仙尿的味道都赶不上闻，几十年也诌不出一首打油诗来。勒个遗憾能怪他吗？要怪，就不实事求是了，这事千万不能怪他的，他出生的时候在"命门"卡了半个时辰，脑袋都扁了，差点儿卡得背气，要真过去了，那才太遗憾，勒逗没有了今天这种经历，见证过这样的场面，至少在他的人生中算得上一种阅历。现在不是干什么都讲阅历嘛，有阅历比没阅历好得多，没准今天的这个阅历，对他找工作有帮助呢。勒逗是他与其他围观者的不同，其他围观者没得城府，警察一来逗凑上去叽叽喳喳说一大堆，啰啰唆唆没得重点。他看不起勒样的人，也不得朗个做，他要独享勒个阅历，在关键时刻抛出来，一语见分晓，一掰手儿搞定乾坤。

　　刘太白老爹原是城市户口，是县中学高中毕业的知识青年，因为在"运动"中说错了话，被下放到农村去的。他是村里学历最高的文化人。在那个年代那样闭塞的乡村，有勒样的学历算有本事的知识分子了。大队书记、大队长才高小毕业，村里最有文化的大队会计，也才初中没读完。因为大家的学历短板，他在生产队当了多年会计，地位非常巩固，没人想过要取代他。换个说法，那个生产队多年也没有再出他那样高学历的人。黑发不知勤学早，白首方悔读书迟，那方水土养不出读书人。后来，他娶了个离过婚并带着两个小女孩的异乡女人，安了家。

　　为啥村里唯一的高学历人才只能喝个"二锅头"，原因简单，一方面"光棍村"穷，人穷志短，马瘦毛长，贫无好儿郎，好女难上床；另一方面生过孩子的女人不但姿色不减，还有韵味，对于见过"世面"的刘会计很有吸引力。异乡女人后来成为刘太白的母亲。其实，还有个原因是刘会计不愿提及的"痛"。

　　刘家和大多数中国农民一样，清贫艰苦，吃饭穿衣能省则省，节俭一点算一点，日子过得紧巴巴的。因为太白上有两个姐姐，农村女孩出嫁是要陪嫁妆的，想不拮据都不行，大手大脚惯了，拿啥子给女娃儿陪嫁，没有陪嫁闺女养在家中，嫁不出去会是啥样子？左邻右舍瞧不起，会让人笑掉大牙。

今天说勒些事，看官可能忍不住会偷到乐（偷着乐），哪个不晓得城里人讨媳妇是男方办嫁妆，办车办房办衣裳，办酒办席办喜糖，哪一样不是男人操心？因为你是男人嘛，男人逗是克服困"难"的人，朗个会让女方办嫁妆呢，轮得上吗？要真让女人操劳结婚那一套，说明男人是吃软饭的，雄不起，没男子气节，才会被人笑掉大牙呢。如果男方确实实力欠佳，再不济也是男女双方合办婚礼，合作操心。

看官有所不知，当今社会翻天覆地的变化，是中国改革开放带来的。在当时没啥好攀比，中国农村几乎所有农民都重男轻女，认为生女是"建设银行"，赔本买卖，让人抬不起头，想笑都咧不开嘴，难喔。话说回来，农村有些事还真是非男莫属，不是男娃儿还做不了。

中国农村地大物博，不尽是一马平川，在大山大沟大壑大川，看得见屋，走得你哭，爬坡上坎负重前行，有些女娃儿不具备那个体力，也不具备那个实力。女人是累不下来的，家庭里的顶梁柱绝对是男娃儿。

刘太白的童年逗在一个贫困的农家度过，他爹原本想让他成为一个李太白，勒也是刘会计年轻时的梦。因为，赶上一个不好的年代，结果，他的梦想变成痴心妄想，所以，他把全部希望寄托在儿子身上。不承想，家贫无大志，儿子9岁才在村小启蒙，三天打鱼两天晒网，中途没有休学，断断续续读书，也没读出什么名堂。日子一天天过去，小刘太白变成了大刘太白，因为光棍村窗户口吹喇叭——名声在外，刘太白30岁了，父母才为他张罗到一门亲事，好赖结了婚。男大女大进屋逗下，很快逗生了一个儿子。

现在日子好过了些，改革开放给农村带来新气象，只要勤劳，吃饭饱肚皮不成问题。但是，要想用点坨坨钱（闲钱），让手得宽余，还得另想办法。农副产品几十年矮开低走形成惯性，刹不住车了，土地里出来的东西不值钱，不管你朗个在土里勤扒苦挣，只能得个肚儿圆，莫想攒大钱，要点零锄（钱）土地老爷都很吝啬。刘太白不得不告别父母，抛妻别子走出大山的家到城里打拼。

过去，农民以守住一亩三分田地沾沾自喜，现在变了，许多农民认为一个家庭没人在外打工，说明勒家人混得"撇"（差），没"本事"。

刘太白来到大城市，开了眼界，阔了见识，千值万值。跳出农门，他逗没想再回去，让妻子在家里拖着儿子过日子，他挣钱寄回贴补家用。眼前还攒不了大钱，一个人过日子勉强应付。

以今天勒样的条件，让刘太白接触万花筒世界的方方面面，他能拱到人群中去凑闹热吗？借他一个胆，他也不敢，因为他不是真正的"太白"。

按常理，在恭州找工作是不难的，恭州的建设已经大见成效。市级经济开发有两江新区、高新技术区、北部新区、经济开发区、出口加工贸易区、光电园区、西永数码产业园区，恭州还有它的都市核心区、都市拓展区、渝东生态保护区、渝南生态涵养区等。数十个区县都打造了经济园区、产业园区、工业园区，总面积达数千平方公里，工厂林立，车间绵延。恭州简直就是由一个个工厂、工地组成，有附加值多、新技术高、带动力强的现代产业，有汽车、摩托车、笔记本电脑、装备制造、机械、机电行业，还有服装加工、家具制造等行业。毕竟大码头、大堂口、大工地、大建设，机会多的是，没有啥子绕不过的沟坎，东方不亮西方亮，黑了北方有南方，才不相信，未必死了张屠户逗必然要吃带毛猪不成？不是恁个的，在恭州就业机会多多，供选择的工种真不少。不管朗个说，刘太白是有工作的，在火车北站找到一份当搬运的差事，用小推车替旅客运行李，送旅客上车，送一趟货码到行李架上，整嘎利（好）了，客人给点钱。大方的给10元20元，说一声"不找了"，刘太白会乐得屁颠屁颠；小气的给2元5元，还斤斤计较，这儿没告口（满意），那门不生机，让他心中郁闷。这份差事逗是山城人喊的"棒棒军"，"棒棒"用来"吃饭"的家什是竹棍，驻站搬运要方便得多。勒是个下力活儿，勒个钱不好找，不好找也得找。

现代人娇贵，一个拉杆箱都不愿意自己拖上车，要请人帮忙，并不是他们没那个力气，有些人是为了显摆，表示自己是有身份证的人，喔，说错了，多了个"证"，是有身份的人，掉不起那个"价"。有啥办法，收入不均贫富分化，差距越拉越大，有钱的越来越有钱，没钱的越来越没钱，有钱人想啥来啥，有钱能使鬼推磨。当然，钱是一张纸，但不是一张普通的纸，特别是对挣扎在贫困线上的人，就是一张救命"纸"。也好，正是有了那些显示身份的"大佬"，才有刘太白们进城混口饭吃的立锥之地。所以，刘太白虽然有想法，有怒气，活儿干得还是挺欢，尽量多揽活，早出晚归，从不耽误，把力气用到极致，否则留下力气没意义。要是能加班加点他才高兴呢，加班按国家规定应该得加班费的，像他勒种工作，不但没有加班费，让你加班算是恩赐，求之不得的恩赐，哪敢去要加班费，多劳多得算正班也是好事。即便如此，能获得加班的机会也很少，那么多农民工，连正班都排不过来，怎么可能让他加班呢？

　　当然，单凭送旅客那点行李是不能养家糊口的，有货车进站时帮货车下货，勒才是主营业务，也是他们最高兴的业务，下车皮得坨坨钱（得钱多），当然要优先，不管在做啥子，货车一到逗得赶紧做完手中的活计去满足货车。货车下货的间歇又去帮助旅客搬些随身携带的杂物，打时间差，挣更多的钱。

　　刘太白做的是一份随喊随到的临时工，逗勒份临时工得来都不容易，虽比不上千军万马过独木桥的高考，但也不是只要是活人都能轻而易举得到的。从国家层面讲我们实行中国特色社会主义市场经济，依法交易，公平竞争。逗某个行业的某个工种而言，实行的是不完全市场经济，是资源经济，说白了是"关系经济"。火车站也不例外，也不是净土，当个搬运工也要学会认"人"，中国字有中国字特色，一撇一捺认"人"，古时候"认人"，现在还"认人"。刘太白通过"老乡"引见，给"老大"塞了包袱才捞上勒份工作。所以每天工作的收入不能全部揣腰包，还要给"老大"上"孝心"，逗是平常说的"份子钱"。三天两头"老大"嫁女招婿，结婚讨媳，过生日，孙子满100天，老爹老妈祝寿，老姑老姨生疮害病，七大舅八大爷的红白事，还有老乡家中的红白事，一应俱全。他勒种底层人物一次都不敢麻脱（缺位），次次都要去随礼凑份子捧场，弄得不堪负担，原本淘神费劲挣几个不多的血汗钱，勒一整，几出几不出每月所剩无几。有人说你不去逗得啦！可不是你的天下，你说了不着数，你想不去逗不去，没朗个撇脱。社会风气摆在那儿，别人都去你不去，你逗显得太"那个"了。"老大""老乡"会有想法，得到的勒份工作还要不要做下去都难说。

　　从内心讲，刘太白不满意勒份工作，不满意又有啥办法，来火车站当差，虽是勉强凑合的下策，也是无奈之策，没有办法的办法。他确实羡慕经济园区那些工作，生产线，车接车送上班下班多气派，也曾试图去找一份那样的工作。那些大企业，动辄数千人上万人，结果却没有刘太白的立身之处，找工作无门，多次碰壁。凭他只有初中文化的农民工，当今中国农村一抓一大把，在城市更是"遍地海棠"不香。他能在城里立下脚逗相当不错了，哪还容得让他挑肥拣瘦。何况他初中毕业证书都是后来补办的。现在讲和谐，一些学校为农民工"作想"（考虑），只要给点钱，要什么"证"就有什么"证"。所以刘太白这个狗屎做的文明棍——文（闻）不得，武（舞）不得。要文，话不通顺；要写，理不顺文；要武，挑不得担。这种人想找轻松体面的工作门儿都没有。真要有人较真，让他拿出学历证明，恐怕都够呛，我敢打包票，那不是"恐怕"，而是的确拿不出来，补办毕业证书是后来的事。

　　刘太白可不勒么想，他认为在同龄的搭档乡友中，他算是灵醒（聪明）的，读得书的，成绩是好的，不论课堂回答，还是考试，次次名列前茅。除了学习成绩，在童年玩伴眼中，刘太白还是个蛮有本事的人。玩伴印象最深的是，刘太白在大河深潭板澡浮水（游泳）有两刷子，不但姿势美观，水性好，踩水能亮出两个小奶头，仰泳能不湿肚脐眼，游"狗爬"（狗刨）更是绝活，把浪涌得一波高过一波盖过别人的头顶。

　　此外，还有一个本事，带着几个小崽儿到河沟搬螃蟹，抓上来掰开逗塞进嘴头，嗯吞都不打，大快朵颐，活生生吃下切，嚼得满口那个鲜喔，叫你直流口水，看他那香喷喷的样子，不羡慕逗不行。如果小崽儿不习惯吃生的，他会照顾大家，一趟子跑回家偷出洋火、铁皮，捡些干枝败叶或者茅草秆秆之类，烧一堆火，把罐头皮烧红烤焦盐螃蟹，弄出来的味道更香，口感更好。回想起往事，这算得上是他带着光屁股伙伴开洋荤。勒些绝活都是他在村、在学校与人比拼的实力和向人炫耀的本钱，每每想到勒些事，结论只有一个：他比别个强。正因为有勒些高人一筹的"本事"，他才敢义无反顾抛妻别子，孤胆英雄般来恭州闯大码头，进城挣钱。老实说，初中没毕业不能怪在他头上，不是刘太白不愿读，而是另有原因。

刘太白来恭州不多久，逗爱上了这里，觉得城市很好，尤其是大型城市，干净卫生，马路宽敞，各式各样的汽车，花花绿绿的世界，像电视里演的那种街道，一模一样的景致，稀奇古怪的门面，衣着光鲜的人群，千奇百怪的职业，千差万别的行业，人流量大，接触面广。各种机会都有可能，特别是在火车站，见识了形形色色的人物，领略了现代都市没钱的尴尬。勒是个有钱人包打天下的社会，他充分领悟了当年老爹曾经说过的"马行无力皆因瘦，人不风流只为贫"，所以他要拼命挣钱。今年，他又有了新的得意的作品，得到一份意外的收获，找到了一个心仪的女人。相逢便是同林鸟，没来得及耍啥手腕，他们逗搞在一起成了对方的另一半，这是当前城里打工仔最为时髦的做法——同居。

别看刘太白不咋的，他的"老婆"可是个小鸟依人的美人胚子，还比他小17岁呢。其实"老婆"是他对她的爱称，他们不是正式夫妻，是两个非法同居者，因为他有老婆，在大山深处的乡下老家。在性生活上，远水不能解近渴，有些人克制不住。勒是近几十年外出打工者面临的一个现实问题，解决性生活需要，是谁都迈不过的一个坎儿，只要是灵长类动物逗有勒方面需求，实在抑制不住，要么犯罪，要么自慰。像刘太白这样能找个女人同居的是少数，能找个小17岁的女人同居更是少数中的极少数。

刘太白叫他的同居者为"小鸟"。小鸟也是进城务工的小镇居民，她跟刘太白住一起，免除了每月房租，还在繁华都市有了挨帮（帮衬）。小鸟逗像她的名字一样非常依人，温柔敦厚体贴入微。刘太白曾经跟人炫耀："跟小鸟睡在一床，她全身炥唧唧的（很软），很受用。"

女人勤劳是天性，小鸟把"家"杀铁（收拾）得井井有条，扫地抹屋，打水做饭，使出租屋走出了"狗窝"的时代；从有上顿无下顿的日子，变成有规律地滋润生活；没有了过去的洼爪（肮脏），不是冲壳子（吹牛），每天都能穿上干净的衣服去上班，相貌年轻了，精神焕然一新，找到了尊严；同事对他刮目相看，常拿他开心；让他送货的客人也比过去多了，挣的钱当然看涨喽。勒些都是小鸟的功劳，应了中国社会中的一句真言："男无女子家无主，女无男子无靠处。"合住，对他们是互补双赢，虽然每月刘太白手里的钱不宽余，甚至少了一点，但打紧开支也能过得去。关键是"家庭"和睦，两人一条心，无钱堪买金，男"夫"女"妻"像模像样，家务事带齐（一起）做，日子过得甜甜蜜蜜，对大山深处的那个家是心有余而力不足了，将它抛到九霄云外去吧。

今天他轮休，小鸟还在上班，他不想一个人回家，耐不住没有小鸟的冷清与寂寞，毫无目的地在商圈步行街观风看景闲逛。突然人们像被赶鸭子似的铺天盖地矮着身子到处乱窜，他被人流裹挟站不住脚。有人叽叽喳喳奔走相告，说是在不远的地方发生了持枪抢劫，还打死了人。真是人要运气背，喝水都塞牙。勒种事对好事者是千载难遇满足好奇心的机会，可对于平时较为木讷不好闹热的刘太白来说，是躲都躲不开的倒霉事。

他要回到出租屋，向"老婆"小鸟讲述今天发生的龙门阵。

第三章

"受伤的女士苏醒了,已经脱离危险。"吕凌霄首先发言,他用的是标准称谓。今天是商圈步行街案子分析会,恭州市公安刑警总队会议室坐满警察,窗外阳光格外明媚,透过玻璃照进室内,增加了温度,使大家的心情也显得阳光亮堂。

说实话,干警们比较喜欢参加总队长李海虎主持的会议。一方面,李总队是"高配"的厅官,他主持的会议代表局领导召开会议,能够听到一些最新的顶层信息。另一方面,他有个习惯,只喝自己家乡的茶叶,勒不是一般茶叶,而是家乡鸡鸣古寺生产的"竖心"茶,这种茶属于纯天然制品,天然得一点肥料都没用过,全靠吃露水喝西北风生长发育。这对每天周旋于汽车尾气的恭州人来说,无疑是最快乐的生活调剂和向往。开会喝茶总队长不吃独食,每当此时,与会者都可以分享一盏,蹭好茶喝。

李海虎是恭州市神口县人,那是个鬼都不屙屎的边穷地区,却是革命老区。当年红四方面军在那里建立了恭州地区第一个乡级苏维埃政权,打土豪,分田地,闹得轰轰烈烈。后来贺龙带着队伍在他家乡打过游击,人民解放军解放神口县城时打过硬仗,死了不少人,至今在县城中央耸立着高大的"神口革命先烈纪念碑",还建有烈士陵园、红色文化纪念馆。受红色文化熏陶,李总队总是虎虎生风,不怒自威。

"竖心"茶叶泡出的茶水不但清香扑鼻,而且颇有姿色。水淡黄,透过透明玻璃杯,可以清楚地看到一根根深灰色的"茶针"像裹着绒毯一样挺胸收腹，在透明的杯子里不用"踩"水，自然直身，整齐有序地悬浮在水的中部，映衬着茶水的颜色，被世间称为"鸡尾茶"，煞是漂亮。

鸡鸣古寺是一个千年古刹，庙前有一块地种植茶树，据说是东晋时期的一位高僧住持带领小和尚开垦出来的，土层深厚，不知含了什么稀有元素。那地方海拔在 1 000 米左右，属亚热带湿润季风气候，无霜期长，日照充足，气候温和，常年云雾缭绕，空气清新。茶园被森林环抱，是负氧离子养出来的"闺秀"，茶的品质超群。鸡鸣寺历经战乱，多次被毁重建，茶园却"野火烧不尽，春风吹又生"，每到采茶季节，免不了有"万山丛中一块绿"的勃勃生机。

近些年来，在商品经济大潮刺激下，鸡鸣寺周边的农人，家家户户都建起自家的小茶园，园园相连遍及几山几岭，都称之为"鸡鸣茶"。每到春秋时节，葱绿的垄干上，不时点缀着美丽的采茶姑娘，映衬着白云蓝天的景色，不知有多少城里摄影家为之陶醉，他们从数百公里之外开车而来，"长枪"、"短炮"、"掷弹筒"、镜头加望远镜，不停地"咔嚓"，拍摄出许许多多的照片，把茶山姑娘俊美的身姿带进城举办影展，让喧哗的城市保留了一点"清纯"。不过那些各自为政的私家小茶园产的茶叶都不正宗。

鸡鸣寺的嫩茶采集是有讲究的，首先是时间上的讲究，下弦月当空的时候为最好，但不能打灯；其次是枝叶的讲究，只能采"一根针"；再是手法上有讲究，采茶僧人必须用拇指和食指的指甲"掐"采。通过勒些讲究将原茶采回后，经过小和尚手工揉制，砂锅精炒，整出来的茶叶无公害无污染无毒副反应，绝对绿色生态。

李总队是神口走出来的屈指可数的厅官，全县几十万人口中的佼佼者，美不美山溪水，亲不亲故乡人，家乡的亲朋好友给他带点茶叶算得啥子，逗是他李氏家族的茶山每个垄子只挑几根"竖心"让他尝鲜，每年的新茶都喝不过来。不过，家乡人是绝对不会让他们的"骄傲"喝小茶园的 Y 货（劣质品）。他喝的茶，只能是鸡鸣寺前面那块含有微量元素土地里产出的最好茶叶，喝的是月光滋养的茶，是家乡人民的心意和实诚。

果然，今天的会前准备与过去没有两样，工勤人员从李总队办公室拿来茶盒，给每一个座牌后面冲泡了一杯鸡鸣"竖心"，顿时热气悠悠，香味四溢。让与会者一进室内，逗能感受到沁人心脾的清香，坐上位子第一个动作就是手捧玻璃杯，低头狠狠地噏吸几口，品闻浓郁的山野素香。

参加今天会议的是各部门负责人和出现场的人员。

"她说了些啥子？"总队长李海虎迫不及待地问。在他所领导的治安辖区，连续五年没有杀人的纪录逗勒样被商圈步行街案打破了，他对不败金身的破灭很不服气。他是干警公认的好大哥，出任务身先士卒，生活中处处想着兄弟们。出现勒个案子，干警年底逗拿不到完全治安奖了。公安队伍大花费大，人均工资不高。如果能尽快破案，可拿点破案奖，也可挽回一些经济损失。与完全治安奖相比，破案奖少了许多。破案奖主要是对专案组成员的奖励，与完全治安奖不可同日而语，完全治安奖是全局上下的平均奖，能调动起整个总队的积极性。破案奖是局部奖，能调动部分人的积极性，也好，总比没有强些。

如果年内破不了案，移到下一年变成"陈案"，显然连破案奖那点钱也过不了手，勒不是光荣的事情，你说他着急不着急，肯定着急，肯定迫不及待。急归急，不服气又有啥子用，必须面对现实，大家都晓得，案子来了摆在那儿，不是嘴上说破逗能破，要看什么阵势，看时机，看运气，看天时地利人和，看各方汇聚而成的线索，勒是事实。要尽可能调动各方面积极性，搜集有效线索，力争尽早破案，当然这里只能是说到"力争"程度。

郑怀舒打开面前的卷宗，"嗯"了一声准备发言。刚才亭亭玉立的她坐在那里，庄重严肃，很显眼。她长得乖，是全市警察系统有名的"花朵"，虽然年近而立，处处透出成熟，却并不显"大"。不用化妆，不用打扮，逗可像歌词里所描述的一样，"不打摸灯儿自带红，草衣粗布灯芯绒"那么引人瞩目。如果稍稍加以收拾，漂亮的级别逗可以达到"惊艳"程度。平时同事开玩笑，说怀舒钓鱼从来竹篮打水一场空，不管是河里的野鱼，还是鱼塘里的网箱鱼，不管密度有多大，她都钓不到，因为太美，太漂亮，鱼儿都去欣赏她的容颜了，哪里还有心情食饵哟！

一看郑怀舒要说话，大家都把脸车（侧）过来，会议室里鸦雀无声，似乎空气凝固了。

吕凌霄在内心大发感慨，人长相的"甜""涩"和一个人生长的"条件"有正向相关关系。成长条件优越，长相甜美；成长条件艰辛，长相酸涩。这是个放之四海而皆准的真理，不是他的发明。

一直以来，人类非常在乎外表。有哲人说过，只有真正浅薄的人才不以貌取人。中国古代有"女为悦己者容"，现在而今眼目下也常见"女为成功者妆"，因为容貌可以改变一个人的命运。所以，韩国人在成年之前要多次整容，哪怕是男娃儿，就业面试时都要化妆，有的还是浓妆，以便给评委留下较好的第一印象。

其实，世间一切事物都要看脸面。高档饭店的门口不是都有"衣冠不整不得入内"的标牌嘛。高档酒店高价消费逗是因为环境优美，无数风味独特的小饭馆无人问津逗是因为满地污渍；美玉不能修屋建房，凭借晶莹剔透的成色可抵千桡万瓦；西伯利亚富有石油天然气却少有人光顾，马尔代夫资源贫瘠却因风光独好游人如织。

吕凌霄在心里自我安慰，美是源泉，丑也是力量，自然界越丑的柑橘越甜，因为它晓得自己有短处，在生长时逗注重内涵，外表不行内在补，所以它们的努力在内心，丑不用怕只要努力，如果又丑又不奋斗，无一技之长，逗会被社会淘汰，被地球人看不起。贝多芬其貌不扬，常被贵族歧视，后来奋发努力用音乐扬眉吐气；列宁个子虽矮却有大志，推翻沙皇统治成为国际无产阶级革命的伟大导师和精神领袖。无容无貌的我辈呀，只能靠多读书，认真苦练绝技，只有强人一头，才能傲然自立于茫茫人海。

郑怀舒道："两名被害人是某星级酒店高级白领，一个是会计，姓邵，蓄短发，一个是出纳，姓邹，蓄长发。邵姓会计身负重伤经医院抢救脱离危险。据她描述，4月22日中午12点左右，她俩从金地银行解放街红五路分理处取出10万元现金，准备给酒店员工发工资。邹姓出纳将10万元现金装入随身包背着，走在前面，邵姓会计紧跟其后，走出银行分理处约几分钟，在步行街外招拦出租车时，突然从背后传来枪响，邵姓会计只觉得左侧肩胛处被啥东西狠咬了一口，一股热流涌出。与此同时，又听到连续两声枪响，她感觉比她前行一步的邹姓出纳向地上倒去，没容她抬头，眼前像搭上黑布，身子发软，一头栽到地下，啥也不晓得了。邹姓出纳在我们到达案发地点时已经死亡。"

"我们对金地银行红五路分理处到两人受害的距离进行了丈量，是256米。"小安补充道。

红五路？红五路不是光荣碑解放街的中心商务区吗？勒可是闹市中的核心地区，人流如织，最为繁华，又在正午，犯罪嫌疑人真是胆大包天，有恃无恐，太放肆太猖狂。选择的时间、地点，一般人不敢想象，核心商圈的正午是人流最为拥挤的时候；选择的方式也是一般人不敢作为，施暴的手段是最凶狠的，开枪毙命。

犯罪嫌疑人正是运用了人们对繁华闹市的诸多忌讳和人多安全的麻痹心理，实施了抢劫犯罪。显而易见，行凶者想到了中国人常说的俗语，"最危险的地方最安全"。在那样繁乱闹杂的地方作案风险很大，同样公安破案也会增加许多取证难度。事实证明，现场破坏极快，犯罪嫌疑人作案痕迹保留极少。

勒应该是个经验丰富、反侦查能力极强、做事干脆利索心狠手辣的家伙，能够在勒样地方的勒个时间段大张旗鼓作案，还让警察基本上无"证"可取。

会议室一阵骚动，大家议论纷纷，觉得犯罪嫌疑人作案是深思熟虑，有公开向恭州刑警总队挑衅的成分，公安干警面对的是个非常狡猾而凶狠的家伙。

"我和怀舒赶到现场时,两位受害人已经仆倒在地,小安比我们早到,他应该了解更多情况。"吕凌霄把茶杯捂在手上说。

李总队喝了口茶,把头转向小安:"你是第一个到达现场的,说说当时的情况。"

"我比吕队长他们早到几十秒,只是维护了一下现场,还没来得及做啥事儿。"小安说。他讲的是事实,他看到的与吕凌霄他们看到的没啥子区别。

李总队说:"那逗由凌霄接着讲。"

"邵姓会计的挎包还在,邹姓出纳的挎包没有了,说明10万元现金已被犯罪嫌疑人抢走。"吕凌霄用言简意赅的话语讲了情况,也讲了自己的推断,这种时候需要发言的人很多,不能说得过长。

"老刘,说说勘查情况。"李海虎对现场勘查比较担忧,点名提问。

刘法医向身边的小幸道:"你把情况给李总队和大家说说。"看得出他是有意识培养接班人,尽量让属下有施展才华的机会。

小幸打开卷宗说:"金地银行分理处离案发地点256米,她俩当时正走出步行街到行车道去招出租车。邵姓会计先挨一枪,左侧肩胛中弹,子弹从后背射向前胸。邹姓出纳随后连中两弹,弹击头部左侧,子弹从后脑进前右侧眼眶出,伤及大脑当场毙命。从弹洞的特点看,可以初步判断,是'五四式'军用手枪所为。"

刘法医接着说:"根据我们对两名受害者的伤口弹道对比分析得出结论,第一枪和第二、三枪间隔时间不到三秒,枪击邵姓会计的距离不足两米,枪击邹姓出纳的距离不足三米,犯罪嫌疑人是紧跟在两人身后近距离射击的。我们没有找到弹壳,所以不能认定是啥子年代出厂的'五四式'军用手枪,更不能确定是哪支枪所为。犯罪嫌疑人非常狡猾,心理素质平稳,因为两个弹道偏离的角度只有一二厘米,说明嫌疑人作案时不慌张,握枪的手很有自控力。由于闹市脚印太杂无法取证,也没有留下指纹等有效证据。在现场捡到一枚戒指,原以为可以从这上面找出些线索突破,结果经指纹鉴定,上面只有邹姓出纳的指纹,不见其他痕迹,说明勒枚戒指不是犯罪嫌疑人留下的,是邹姓出纳的。"勒些解释让大家觉得他们工作严谨,给出的结论科学。

刘法医说了几个关键点:一是三枪间隔的时间不到三秒,说明犯罪嫌疑人作案是连续击枪;二是枪击距离最多不超过三米,说明犯罪嫌疑人离受害人很近;三是后两枪弹道偏移只有一二厘米,说明犯罪嫌疑人经过专门训练,击枪冷静;四是紧跟近距开枪,说明犯罪嫌疑人一直吊线(尾随)跟踪,贴在受害者身后,直到两人停下才行凶,这是枪击的最好时机,避免了行进中同时枪击两人不能保证准确无误的问题;五是犯罪嫌疑人没留下痕迹,说明科技方面的侦查手段用不上。勒是一个心狠手毒,对刑事侦探学有过研究的犯罪嫌疑人。

吕凌霄在心里说,刘法医真够厉害,几句话逗把勘查情况抖得清清楚楚,用嘴说出来的叫内容,用嘴说不出来的叫内涵,刘法医逗是有内涵。犯罪嫌疑人手上比画出来的动作叫手势,没有比画出来的动作叫手段。勒个案子少有人看到手势,手段明摆着,很残忍。

"也不是一点线索都没有。"吕凌霄提醒道,他看了一眼郑怀舒,对方点了一下头。

"我们访问了几个目击证人,有人看见,枪响后,一个穿蓝色衣服的人,跨过邵姓会计,走到邹姓出纳侧边,猫腰捡起邹姓女子的挎包抱在胸前,瞬间挤进人群逃跑了。"郑怀舒挑选最重要的部分作补充发言。

勒个补充明显地说明,犯罪嫌疑人杀人只是手段,抢钱才是目的,初步可以排除情杀、仇杀之类。

"犯罪嫌疑人有啥明显的外貌特征?比如身高、体重、脸型方面的情况?"李海虎问。

"综合几个目击者的说法,那人猫着腰,瘦形,身高在1.7米到1.74米之间,比较矫健,目击者说犯罪嫌疑人蒙着面看不出是男是女。"吕凌霄说。

参会者小声议论起来。

李海虎做了个"暂停"手势，说："从案件反映的情况看，可能是一起单人作案，嫌疑人是个'独行侠'，目击证人没提供有人接应、帮助方面的线索，而且勒个人来无影子，去无踪迹，作案老到，心狠手辣，可能有前科。监狱部门要集中查一查案底，重点放在近期刑满释放人员身上。这个案子影响极坏，市局领导高度重视，要求我们尽快拿出破案方案。"

从目前掌握的情况看，正如李总队所分析，从案件的特点看，单独作案可能性大。单独作案有许多独到之处，如保密性强，外在联系少，容易躲藏，不易被人发现，不易破案。李总队既综合大家的意见，也有自己从警多年的经验分析，从良好的愿望着手，从最坏的打算着想。

小幸道："从胆子大到能在闹市作案这一点看，需要非比一般的心理素质、充分的魄力、足够的爆发力和速度，犯罪嫌疑人可能是个男的。从体形、身高1.74米左右、比较矫健勒些特点，不排除当过特警、做过公安，或者特种兵，或者练过拳脚武术的女人。"她讲的勒些不能定性的话，从表面看是扯飞天龙门阵，是空话，等于白说，但在案情分析会上，勒些似是而非的话很可能启发别人的思路，所以，还是要说，不能堵塞言路，人各有心，心各有见。大家都安静地洗耳恭听，也有不少人顺着她讲话的思路作更深层次的思考。

小安道："我比较倾向于男人作案的判断，女人不一定有勒么大的胆量和勒么好的爆发力。"

"原来，你逗勒么看不起女人呀？所以你找不到对象，其实是没人愿意跟你勒个大男子主义者过日子。"小幸反唇相讥。

"不是的，不是幸姐你说的那样，不是那样，我没得（没有）看不起女同胞的意思，我是就案情说案情嘛。"小安一时惊慌起来，急作解释。他是个刚大学毕业不久的警察，还没有来得及谈对象。

会场一阵哄笑，难得勒么个插曲，缓解了一些近乎凝固的紧张气氛。

李海虎自言自语道："没有取到脚印和指纹，说明这家伙是个行家，事前在脚底做了手脚。现代科技勒么发达，他勒点小儿科蒙不了多久。"

"事发突然,信息零碎,线索有限,勒个案子有点棘手。"吕凌霄说。

大家又七嘴八舌地议论起来。

李海虎抬高嗓音道:"大家已经提不出新线索,我说几句:今天的案情分析逗到勒里,下面作个小结。勒是一起严重的持枪抢劫杀人案,性质十分恶劣,犯罪嫌疑人十分猖狂,影响十分坏。"他一连说了三个"十分",以示强调,引起大家高度重视,发挥每位干警的主观能动性,不断思考,不断献计献策。他接着说:"我们一定要揪倒不放,进一步搜集案犯的物证,发动群众提供线索,对有重大突破性的线索要悬赏奖励,激发群众参与破案的热情,努力做到尽快破案。下面宣布一项决定。"他拿起面前的一个文件,"经请示市局同意,总队党委研究,成立专案行动组,全权负责侦破这个案件。行动组由我任组长,吕凌霄队长任副组长,刘春生、郑怀舒、小幸、小安为成员。小安逗不回派出所了,我跟你们所长和教导员打个招呼,你尽快去办交接。各部门要密切配合,积极支持,尽快尽量掌握到更多有用的线索,不放过任何蛛丝马迹。这个案子发生在4月22日,我看勒个案件代号为'4·22',大家有没得意见?"

情况摆在那儿,有效的线索逗那么点点,除了几个进入现场的干警,其他人对案情还没来得及消化和认真梳理,没有调查研究就没有发言权,还能提出啥子补充意见?今天的会对其他干警而言,也逗是带个耳朵,偶尔凭感觉发点议论。当然也不会全是白来品品李总队的"竖心"茶,破获案子是个系统工程,涉及总队许多部门,他们虽然在会上说不出啥子,散会后却晓得自己应该干些啥子,各负其责,全力协助破案。

大家纷纷表态没得啥意见。

李海虎说:"没有意见各个单位、各个部门逗各自切实负起责任,全力寻找线索,追查犯罪嫌疑人。"他喝了一口茶,宣布散会。

"4·22"案情分析会最大的亮点:一是搞清了犯罪嫌疑人是持枪抢劫杀人,并且是抢现金,确立了下一步加强防范重点单位重点人员的工作步骤;

二是弄清了犯罪嫌疑人使用的武器是"五四式"军用手枪。勒个结论李海虎深信不疑，他有充分的理由相信刘春生勒个团队，站在前台的虽然只有他和小幸，但他们的后台技术支撑十分强大。毕竟刘春生干法医多年，是比较权威、经验丰富的法医，他出的结论报告还没失过手，并且，从炸点的大小、弹道方向推断作案武器，是刘春生擅长的专业，恰巧勒一条，对破案非常重要。分析会还初步认定是单独作案，与团伙作案相比较，案件的主线脉络要简单多了，只要能抓住狐狸尾巴，逗容易顺藤摸瓜，快速出击，一网打尽。

围绕"4·22"案件，经过广泛发动群众和案发地几个社区的支持，仅几天时间群众向公安部门提供了许多线索，但警察深入调查，几经分析研究，发现只是些捕风捉影的说辞，没啥实际意义。但从深层次说，每一条"线索"至少说明人民警察不是独立破案，孤军奋战，而是广大人民群众与警察生死相依，并肩战斗。这让人民警察感到一些欣慰，增强了破案的信心。

人民群众是强大无比的精神力量和破案的坚定基础，人民群众的作用巨大无比。当年毛主席特别注重发动群众，啥子解放战争、土地改革、抗美援朝、镇压反革命、公私合营、人民公社、"四清"、扫除文盲、灭"四害"、抗震救灾、根治血吸虫，都大力开展群众运动，依靠群众，发动群众。解放战争胜利的关键逗是人民解放军在人民群众的大力支持下，打败了国民党军队。国民党的失败是必然的，国民党脱离群众，把与群众之间的关系处理成"鱼沙"关系，使他的军队孤立无援；而人民解放军与人民群众之间是鱼水难分的关系。所以毛主席说"兵民是胜利之本"，一切反动的东西必然会埋葬在人民群众的汪洋大海之中，勒样的论断在今天仍然适用。对人民战争的理解，吕凌霄心中的哲理是，温度计量得出来的刻度叫温度，温度计量不出来的刻度叫温暖。正是人民群众的温暖相助，各级公安才能破获大批大案要案。

行动组勒几天一刻没有停歇，紧赶慢赶筛选处理各种信息，留下有用信息，排除无用信息，确定重要信息。在纷繁复杂的海量信息中，一条重要的群众举报信息进入了吕凌霄和郑怀舒的视野，对破获案件起到了决定性的作用。

第四章

郝三宝非常沮丧，只因酒后没管住嘴巴，无意间的一次口吐狂言，逗让他勒么快浮出水面，再次遭受牢狱之苦。

逗是那天，他得手了那桩"买卖"而没被发现，高兴了，高兴得手舞足蹈，买了些酒肉回到出租屋，把自己喝得脸红心跳，躁狂难耐。在勒样的情况下，他张牙舞爪，不能自持，恶狠狠地大喊大闹："政府勒样对待我，老子不服，老子还要杀人，老子手里有枪，老子要持枪杀人。抓到了算我点子低，算我倒霉。判我 20 年，放出来老子身体好，逗杀大人。判我无期，老子减刑出来老弱病残了，杀不过大人，逗到幼儿园去杀小娃儿！呜呜呜……"他瞪着血红的双眼，一遍又一遍大喊大叫，喊得肆无忌惮，痛快淋漓，似乎要把所有的怨恨都喊出来。

他勒次发飙，算大意失荆州，万万没想到隔墙有耳，个人的内心表白不经意地被房东老太婆听了个真真切切。房东老太婆是"毛泽东时代"过来的老恭州人，很有思想觉悟，当时吓得不行，立马逗与光荣碑解放街发生的持枪抢劫案联系起来。勒个挨刀砍脑壳的做事不栽根，勒还了得，公安正在追踪的案犯，原来潜藏在这里，岂能容他如此猖獗？幸好烈酒把他的心里话逼出来了，否则自己身边睡个定时炸弹朗个得了（如何了得）？她的第一反应是出租屋住了个伤天害理的"犯罪分子"，要站出来高叫一声："你给老子洼倒（停下），切接受国家的制裁！"事不宜迟，兵贵神速，为了第一时间阻止勒个疯子继续行动，她连夜跑进派出所作了详细报告。

勒些年，郝三宝活得的确不咋地（艰难）。他原来也有一份像模像样的工作，改革开放早期，全国工业企业"大干快上"那几年，他运气圆圆，时来铁似金。仗着老爹是村干部，以14岁的年纪虚报为16，从老家农村出来，赶上华主席"促生产""十大工业基地"建设上马，直接进了工厂，被安排在恭州钢铁厂当工人。他虽然只读过五年书，但智商不低，工作期间积极搞发明创造，革新技术，改进工艺流程，多次受到班组长和车间主任表扬，好不得意；进了工厂，从糠箩筐跳进米箩筐，伙食均衡营养充足，几年间他的小身板逗冲到了1.75米，长相还算英俊。运不单行，福有双至，一位城市姑娘走进了他的生活。他们相遇、相知、相恋、相爱，很快走入婚姻殿堂，组建了令人羡慕的家庭。老婆细皮嫩肉，颇有几分姿色。事情往往出乎人意，你不招惹他，他要招惹你。正是老婆那要命的几分姿色，让三宝的人生发生了重大改变。

后来，他当上厂里的销售员，勒是个长年在外挣钱的工作，一次出差回家，没提前预告便摸出钥匙开门而入。一脚迈入房间，悲剧在那一刻发生，自己床上睡着别的男人。他被戴上了绿帽子，还与给他戴绿帽之人不期而遇！奇耻大辱，臭心恶肺的奇耻大辱，没脸见人的奇耻大辱，实在让人难以承受。

他怒发冲冠，揪起床上的男人劈头盖脸一顿痛打，引来众多街坊邻居，结果把事情闹得满城风雨，沸沸扬扬，无人不晓。无奈之下，选择了最不情愿的结果，办理离婚手续。离婚之后，还觉得丢人不起，无脸面见朝夕相处的同事朋友，索性辞去工作，操（混）社会走江湖，成为无业游民。

为了生存，他把仅有的一点辞职费拿出来在恭州朝天宫商品大市场批发了些发夹、胸花、剃须刀之类的小东西摆地摊。没想到，运去金成铁，祸不单行偏偏行，第一天逗被城市管理人员撵得鸡飞狗跳，三次搬摊，终因反应迟了，逃之不及，被逮个正着，没收了全部家当。违法占道经营亏，与城管交涉无果，落得身无分文，真是上天无路，入地无门，打掉牙只能吞进肚子里。

有人说"饥寒起盗心，贫穷出恶性"，勒话一点不假。那天他实在饿得没办法，溜进一个居民小区，在晾衣竿上顺手牵羊选中两件最好的衣服，以

20块钱卖给一位坐台"小姐",勒算他辞职以来得到的第一笔生活来源,心虚了好几天不敢出门,结果无人问罪。尝到甜头之后,他开始偷鸡摸狗,过着顺手牵羊的生活,走上歪门邪道。

再后来,他偷得一把手枪,有枪壮胆,有恃无恐,再入社区小区如入无人之境,多次得手。

吕凌霄和郑怀舒听了房东老太婆的报告,经过认真分析,认为郝三宝4月22日在光荣碑解放街金地银行门前作案的可能性非常大。正如李总队所料,他无正当职业,有前科,孤身作案,身高、体型比较符合,作案动机成立。烂船把住烂船划,人为财死鸟为食亡。勒种人原本靠偷鸡摸狗求生活,现在有了枪,雄起了,更是胆大妄为,持枪抢劫比偷鸡摸狗来钱快,如果不是负案在身,心理压力太重,绝对不可能酒后吐真言。

现在的关键,是要找到郝三宝杀人越货的证据,最好在他作案时抓个现行,再通过审问对"4·22"抢劫大案进行深挖结案。他们决定把宝押在郝三宝身上,安排眼线,布置警力,严密监视郝三宝的各种活动。

几天后,线人来报,他们自觉扩大了对郝三宝的监视范围,效果显现了。吕凌霄很高兴,我们的人民群众实在太好了,他们工作多么主动。他从心里用哲理的天平称出的言语是:常人悟得透的对策叫战术,常人悟不透的对策叫战略。他与郑怀舒制定的战略取得了显著成效。

通过调查访谈,发现郝三宝4月22日上午到过光荣碑解放街红五路金地银行附近。吕凌霄第一反应是:勒逗对了,郝三宝有作案时间,地点也与"4·22"大案吻合,作案的动机明确,为发不义之财铤而走险。按照刑事逻辑学的四个要素:作案动机、作案时间、作案地点、作案工具,前三个都已具备,只缺作案工具。其实作案工具也不缺,郝三宝有一把手枪,房东老太婆曾经看见郝三宝在出租房内玩弄过手枪。

作为队长,吕凌霄认为动机、时间、地点、工具证据确凿,可以收网逮人了。

郑怀舒提出了不同的意见:为了保险,应该找个更加充分的抓人理由,抓人容易放人难，一个冤案不但要扣去总队全年奖金，还要进行国家赔偿，赔偿标准不低。如果办案中一着不慎"倒蚀米"，勒叫东吴孙权招刘备——赔了夫人又折兵，是对党对人民的不负责任，很不划算。

"你的意思要抓一个现行？"吕凌霄问。

"对，勒样进可攻退可守，收放自如，不至于万一放人连累总队其他弟兄。"郑怀舒说。

"还没抓逗想到放，勒合适吗？"吕凌霄问。

"怎么不合适，勒逗是问题导向嘛！"郑怀舒说。

"那不是要诱导郝三宝再作一次案吗，得等到啥子时候？你会不会犯钓鱼执法的错误？勒么做很危险，不晓得成本有好大？"吕凌霄担心地问。

"我不是诱导，也不会干钓鱼执法的蠢事，我敢肯定他还会作案，勒种人是耐不住的。只要我们工作细致，加强防控，可以避免危险，最大限度压缩成本。"郑怀舒胸有成竹地说。

"他手里有枪，作案意味着啥子，你晓得不？"吕凌霄振振有词，得理不饶人。

"只要我们严密监视，动作敏捷，不给他掏枪机会，枪也逗成了一坨废铁疙瘩。"郑怀舒很有把握地说。

"万一偷鸡不成倒蚀一把米朗个着（怎么办）？"吕凌霄心头还是没底，不无担心地说。

"谨慎做事可以防止万一。"郑怀舒毫不让步。

"好吧，那逗等机会再收网。"吕凌霄同意了郑怀舒的意见，然后把商量的方案向李总队作了汇报，得到支持，还给他们加强了警力。

有人说酒壮英雄胆，说的是完完整整的正常人。对于一个有心理缺陷的犯罪嫌疑人逗不一样，逗成枪壮"英雄"胆了。郝三宝有了枪，胆子大到极点，疯狂持枪作案。

第一，他经过思考，认为平常人面对突如其来的袭击，内心恐慌，一时半会儿建立不起心理防线和出现啥反抗行为，并且多数因惊慌失措，对当时发生的人和事忘性大。往往被吓蒙的当事人对打了几枪，开枪人多胖多瘦多高多矮，模样有什么特征，这些关键信息的记忆是混乱的。

第二，他对自己也有合适的定位。他是个有血债的人，早晚会落入法网，只求做到每一次自己克服思想障碍，放下心理包袱，不考虑得失，不顾一切，豁出去，抱着每次外出做"事"，有去处无归家的心态，才会无畏无惧，才会毫不在乎，才会心狠手辣，才会把一件事做到极限，不留余地不留后患。

第三，他要求自己，干大"买卖"，事先要有充分准备，不得马虎，不许有一丁点儿程序疏漏和环节失误，他清楚自己失误不起。别人可以犯错，他不能，一个小错逗可能断送性命。所以每次出手都要冥思苦想，想好每个程序、每个步骤、每个细节；反复观察，反复踩点，反复比较。凡事都往最坏思考，做好应对最困难的局面和必死准备的思想。

手里有枪，有枪逗有"胆"，有枪逗是王，虽然是个草头王，管他娘的，只要是"王"逗行，是王逗是资本，王比百姓大，百姓怕王。他抢劫时有准备而别人没准备，别人反应过来需要一定的考虑时间，他完全可以利用勒个时间差做完事，他告诫自己在行动中尽量缩短做事时间，要在被抢者可能出现反应之前，或者周围人出现之前，做完所有事情，勒样逗不怕调查。他自以为想出了高招，天衣无缝，设计严丝无隙。

果然不出所料，吕凌霄并没等多久。5月1日勒天夜里，郝三宝把目标定在恭州融合半岛社区。锁定这样的时间、这样的地点，有他的道理。

其一，"五一"节是长假，加上气候合适，不冷不热，多数人选择外出旅游，不是跟团游就是自驾游，反正城里的人流比平常少了许多。

融合半岛是个开放式社区，位于长江上游，拥有恭州得天独厚的山水优势，紧临乌龟沱长江大桥、桑马溪长江大桥，被王家坪、义渡、乔坪、乌龟沱四大城市组团环抱，社区周边有完善的"两桥四路"立体交通路网。恭州江滨路融合半岛段全长1.8公里；五号桥是从乌龟沱长江大桥南桥头直接进出融合半岛的交通门户，紧密衔接融合半岛与乌龟沱、王家坪、乔坪三大商圈；南恭分流道从火烧坝大桥南桥头直通恭州蛇塘湾；外河坪公交枢纽站位于融合半岛外侧；轻轨3号线塘口至聚牛沱段，轻轨5号线支线在外河坪枢纽附近，勒些方便快捷的交通条件便于作案后迅速逃逸。

郝三宝想，勒种纵横交错、错综复杂的地方，公安警察不可能每时每刻守株待兔，严阵以待，张网让他去钻吧。

其二，融合半岛·南都实验幼儿园、融合小学、恭州融合·华清实验中学，史迪威外语学校都设在社区内，方便上学，孩子从幼儿园到中学都可不出社区，上学放学家长不需每天接送孩子，居住者易于放松警惕。即使偶有发现，只要不涉及切身利益，有几个人愿意揽事？否则，怎么会年复一年地开大会奖励"见义勇为"，说明真的能挺身而出者寥寥无几，凤毛麟角，如果遍地都是见义勇为，人多量广逗不值得奖励了。

其三，融合半岛社区内有35万平方米三级商业体系，用繁华和璀璨点亮一个社区。一级商业中心以超市、社区便利店、美容美发、家居用品业态为主，满足社区业主日常生活必需；二级商业中心是美林小镇，可购买高档商品，应有尽有；三级商业中心是陵江商业区，以星级酒店、写字楼、特色餐饮、高端娱乐场等业态为主，是恭州中央生活城，彰显临江生活的浪漫与悠闲。勒些情况表明，这里的住户中产阶级以上的居多，只要下手，收获会很大。

其四，融合半岛社区内置五大公园，总占地15万平方米。间山泉公园，5 000平方米左右，位于融合半岛销售中心旁，采用现代风格设计，搭配鹅卵石小道、木栈道、水池、喷泉组成，集美景与休闲为一体；深谷公园更大，50 000平方米左右，以运动休闲为主题；卡通公园，40 000平方米左右，以儿童游乐为主题；宝塔寺公园，30 000平方米，毗邻融合半岛·艾的公馆，以户外拓展为主题；融合山花广场，30 000平方米，位于融合半岛陵江豪宅组团内，以临江休闲为主。勒些景观说明，勒里的居住者多数是老年人和小孩。老人反应差，反抗能力低，只要下手极易吃到福喜（占便宜）。

郝三宝刚从一个别墅的腰墙翻出来，打了个喷确（喷嚏），逗被冲出来的吕凌霄猛然扑了一坐蹬儿（跌倒），提在手里的口袋扔出老远，其他警察一拥而上。没得话说，他还没来得及反应逗被捕了，当场从身上搜出一把"五四式"军用手枪，人赃俱获。我们的人民警察真是神威无比，不到十天逗破了案。吕凌霄管这样的哲理为：眼睛里看得出来的是灵气，眼睛里看不出来的是灵魂。他是揶揄郝三宝既没有灵气更没有灵魂，丝蚕制茧自作自受。

郝三宝的逻辑、道理，成了空中飘浮的一张"皮"，成了没有道的"理"。

当晚，吕凌霄与郑怀舒以盗窃罪、非法持有枪支罪对郝三宝进行突击审讯。郝三宝对盗窃和持枪罪供认不讳，还讲了许许多多偷鸡摸狗的芝麻小事，一桩桩一件件，时间、地点、行窃方式他都记得清清楚楚，说得明明白白，但都是些鸡毛蒜皮上不了桌面的事，没有透露"4·22"持枪抢劫杀人的一丁点儿犯罪事实。不说，好吧，逗耗吧，看谁能熬得过谁？

24小时过去了，郝三宝勒个熊包终于熬不住了，愿意配合，通过进一步突审，案情有了突破性进展，他请求警察给"机会"，要说出一个更大的秘密。

再次提审是在恭州公安刑警总队审讯室，吕凌霄与郑怀舒坐在小桌前，吕凌霄问，郑怀舒记录。

郝三宝坐在对面的大木椅子上，双手被手铐扣在木椅的台板上。

灯光昏暗。

"既然想好了，愿意配合，逗说吧。"吕凌霄看着郝三宝启迪道。

"我是一个惯偷。第一次在居民小区偷了两件很漂亮的女装，卖了20块钱；第二次入室盗窃现金3 000元；第三次连续撬了三把锁，进屋后却没有捞到现钱，逗把业主家的大电视抱进浴缸用水冲，结果很快栽到派出所民警手里，被判了3年。"

"你服吗？"吕凌霄问。

"我服，我非常服。"郝三宝道，"因为我晓得我的罪不止勒点，我还曾经偷过200条手推车的外胎，卖了2 000多块钱，还用推车偷过工厂仓库里头的钢管、泵机，拿去当破铜烂铁卖给私人老板，得赃款 7 800 块钱，勒些罪检察院在起诉的时候都没讲，所以我属重罪轻判，非常服。在服刑期间，我拼命好好表现，结果减刑半年，我实际只坐了两年半逗出来了。"他意思明确，自己逗是个经常惹祸的戳锅漏（惹祸鬼）。

"你为啥不感谢政府，还要继续作案？"吕凌霄不屑地说。

"得了吧，你莫跟我说政府，一说政府逗生气。"郝三宝有些愤懑。

"你生哪门子气？"吕凌霄悠悠地追问。

"唉！"郝三宝叹了口气，"我从监狱出来回到恭州的第一件事是到派出所上户口，前前后后跑了七八次，他们逗不给我办，也不说个理由。我认为，我已经从监狱出来了，算是得到改造的人，起码得算勒个国家的正式公民吧。你派出所不给我上户口，我吃啥子？在啥子地方安身立命？我不能再回农村让我七老八十的父母养一辈子吧？勒个要求过分吗？要求生活，我觉得一点不过分。最后跑得我心灰意冷还是没办成，有人点拨，说是要给派出所来点勒个'上贡'。"他说着用拇指和食指搓了搓。"我连吃饭都成问题，拿啥子送礼，拿啥子去贡他们？"

"逗为勒个，你逗去杀人，去抢劫，去报复社会？"吕凌霄威逼着连珠炮似的发问。

"我没杀人！"郝三宝一脸惊愕。

"那日，你喝了酒，在出租屋大喊大叫：政府勒样对你，你还要去杀人。如果判你 20 年出来身强力壮杀大人，判你无期出来年老弱病残逗杀小孩，能杀多少杀多少，直到杀不动为止。勒些话是不是你说的？"吕凌霄意在抵黄（揭短），提醒他认罪服法。

"勒些话是喝醉了说的酒话，因为我有枪，谁拦我，我逗要杀谁，勒不还没人来拦我，还没来得及杀人，逗被你们抓了嘛。"郝三宝蔫了，无可奈何地说。

"枪是哪来的？"吕凌霄平和地问。

"是在恭州驻军的一个家属院偷的，枪里没有子弹，所以一直没用过。"郝三宝老实地交代。

"4月22日上午你到光荣碑解放街红五路商业街商务区去干啥子？"吕凌霄突然发问，把突审引入正题。

"我逗随便转转逛逛商场，看看商品。"

"你啥子时候离开的红五路？"吕凌霄紧追不舍。

"大约11点吧，我没钱，也不买东西，看了看逗走了。"

接着，郝三宝回忆了那天去解放街红五路商业街商务区的详细过程。他说的情况与行动组目前掌握到的"4·22"案底相差悬殊。

吕凌霄和郑怀舒带着郝三宝在当地驻军家属院指认那把"五四式"军用手枪，的确是一名军官放在家里时被偷走的。那枪在三个月前进行过一次射击训练。经公安机关枪械专家查验，打靶后，经部队专用器械师擦拭过枪膛，的确再没用过。

看来，郝三宝不是"4·22"持枪抢劫杀人案的真凶。

第五章

老天硬是捉弄人，一波未平一波又起，"4·22"案在郝三宝身上形成个"回水凼"，转了一圈流回原点，并且没从回水口出来，线索断了。

没几天，恭州市另一个区的银行营业所附近响起枪声。这个区同样是高楼林立的核心主城区，案发地点人流量不是很大，也不是商贾云集的繁华街区。但同样是为钱，作案方式、手段、残忍程度，似乎逗是"4·22"案的翻版，不同的是，发案的具体时间不在12点左右。

因为又是抢劫银行取款人而杀人，与前案有许多相同之处，那个区的公安刑警支队发出了公函，请求市刑警总队"4·22"专案行动组支援，要求并案侦破，市局同意了勒个请求。

吕凌霄、郑怀舒得令而动，带着行动组直奔现场，很快弄清了情况。勒又是一起典型的谋财害命案。据银行工作人员和其他目击证人讲，被害者是每个月都要来提款的夫妇二人。

案情比较简单，勒天上午9点35分左右，街上的经营门面刚刚开门。恭州某物业公司财务人员魏姓女子，乘坐其夫郑姓男子驾驶的长安羚羊小汽车，一同去建设银行霞光路营业点取款，魏提着为单位职工准备的6万元工资款，在丈夫陪同下去银行对面停车场取车，行走至斜对面小面馆时，一蒙面男子突然从夫妻俩背后开枪，两人当场毙命，犯罪嫌疑人捡起魏姓女子装有6万元现金的手提包，逃离现场。枪声惊动一过路男子，他刚一转身，距离犯罪嫌疑人只有几步，睁大眼睛惊骇之余，还没来得及发声，逗被凶手抬手一枪，路人磕膝头（膝盖）一软，即刻倒在血泊之中。蒙面人三步并两步，快速从地下通道逃离现场。

勒次抢劫的嫌犯仍然是用"五四式"军用手枪作案杀人，现场没找到弹壳。

不幸中的万幸，路人因离犯罪嫌疑人有段距离，没有伤及要害，而且及时送至医院，经抢救已经脱离危险，总算留下个活口。吕凌霄和郑怀舒第一时间赶到医院，病人已经回过神来，征得医生和区局看守警官同意，他俩在病床边对病人进行了询问。

路人叫刘显德，20多岁，是一处工地的泥瓦匠。那天轮休，一大早便从工地赶到霞光广场想给心上人买件衣服，不知是激动还是忘了霞光广场开门时间，去早了，商场还没营业。因没吃早饭，肚子发出抗议，便直接去了"好吃一条街"。

前面有个小面馆，他准备进去吃碗牛肉面，此时是9点35分左右，身后突然响起枪声，他条件反射本能地转过身，看见一蒙面人左手抓个鼓鼓囊囊的黑色提包，右手自然下垂握着一把冒着淡淡硝烟的手枪，大步流星朝他走来。

他第一反应是遇上持枪抢劫的恶人了，事发突然，茫然无计，紧张中还没来得及想好怎样办，蒙面人抬手一枪，左肩顿时感到一阵火瞟瞟（灼伤）的钻心的疼痛，左半身即刻淌满热流，脑袋变得非常沉重，随即身子一软倒在地上，逗啥也不晓得了。醒来发现自己睡在医院床上，直到现在脑子里头还乱七八糟，波翻浪滚，不能集中精力。

吕凌霄、郑怀舒尽力安慰，让他先平静下来，稳住情绪，尽量回忆所有细节。

刘显德躺在病床上，闭着眼睛，尽力平静，认真想了一会，然后没完没了地埋怨，说他泥瓦工挣不了几个钱，找工作非常不易，现在受伤住院，没法向公司交代，医药费朗个办，公司还要不要他……说了一大箩筐的废话。

听到这里，吕凌霄的哲学思维又起作用了，勒叫眉毛皱得出的形状叫情绪，眉毛皱不出的形状叫情感。刘显德有情绪可以理解，犯罪嫌疑人伤及无辜，给社会带来后遗症，作为一个人民警察、一个队长，从情感上讲非常愤恨，要竭尽全力尽快破案，但面对犯罪嫌疑人给社会造成的种种后遗症，他不是全面性的技能高手，也无能为力。

尽管刘显德讲得啰儿八唆，杂乱无章，吕凌霄和郑怀舒还是梳理出了他们办案所需要的内容。

刘显德提供了一个有用的线索，犯罪嫌疑人从身材和走路的动作看，可能是个年轻男性，方形头部，身高1.75米左右，走路时手的摆幅较大，像个跛子（瘸子），穿蓝色上装，衣服的袖子很细。由于刘显德与犯罪嫌疑人对峙只在一瞬之间，又受到惊吓，提供不出更多有效线索。

总队长李海虎立即召开会议。参会的有"4·22"行动组的专案人员，也有事发地区局的公安干警，这是一次比较特殊的案情分析会。

法医刘春生一开始逗十分肯定地说："又是一起用'五四式'军用手枪杀人的案子，虽然没留下弹壳，无法晓得是啥子年代在啥子地方由啥子工厂生产的枪支，但受害人伤口的形状和伤害程度，都明白无误地指向'五四式'军用手枪。"

勒个案子给人留下诸多想象空间，刘春生根据多年的实践经验结合理论分析，一口咬定勒又是一起"五四式"军用手枪逞凶的案子，由于没搜到弹壳，无法进行弹道分析，不能确定是哪一支手枪吐出的子弹，更不能以枪及人追查凶犯。还因为"4·22"血案还没破获，又发生一起与"4·22"血案比肩的案件，给整个破案工作再添迷雾。会场上嗡嗡声不断，与会者悄声议论，大家都在开动脑筋，针对现有资料和现场采集情况，做出各种假设。不用说，干警们议论的都是与本案有关的事，他们各有各的推测，各有各的想法，各自都在为如何让案件有突破性进展而发挥聪明才智，出谋划策，但又听不清楚到底是些啥子具体内容。

吕凌霄打破了杂乱无序的细声议论。他低沉地说："犯罪嫌疑人胆大妄为，无所顾忌，用非同凡响的手段、来无影去无踪的方法公开作案，说明勒人不是个一般的没有心计，见子打子的偶犯，我估计是个有经验、善于作案的惯犯，至少是个数次犯案有前科的案犯。不排除是受过特种心理训练，也不排除作案前在勒一带反复踩过点，事先确定抢劫路线和逃跑路线的人。既然反复踩点，必然多次来过作案地区。俗话说，雁走留毛，蛇走留皮，我不信一点蛛丝马迹都没留下。现在之所以没发现，应该检查我们的方法是不是妥当？我们的功夫下得深不深？我们的排查做得细不细？"他接二连三地发问，提出从自身找原因的三个疑问后继续说，"我建议发动派出所、街道、社区人民群众进行拉网式排查，用梳子梳、篦子篦，我不信发现不了线索。"

吕凌霄点了题，会场马上围绕勒个话题活跃起来，大家提出许多补充完善的意见，还形成了多管齐下的加强方案和此路不通换个门路的预备方案。

说话当口，一名警察推门进来，递给李总队一个文件夹。李海虎接过快速看了一下封皮，迅速打开，认真瞄了一会儿，开口沉声说道："大家暂停讨论，我勒儿来了份公安部的A级通缉令，蜀中省公安机关正在全力追捕一名逃犯。"

蜀中省是与恭州紧密相邻的一个省。半年前，蜀中省第二监狱发生了一起越狱事件。逃跑者是名死刑犯，因抢劫罪、故意伤人罪被判处死刑，缓期两年执行。此犯37岁，男性，身高1.75米，方脸，有照片。该犯在服刑期间，趁一个月黑星稀之夜，穿上民警服装混到监狱大门，捅伤看门警察后逃匿。逃跑者被列为勒次专项行动的搜捕对象，公安部通缉令说，有迹象表明，越狱者有可能逃入恭州市城区。

小幸道："眼下全国各地都是现代化监狱，钢门铁条、钢链铜锁，警卫严密，戒备森严，进出程序烦琐，监狱内的监控设施及布控手段先进，管理效果与狱警的政治责任和经济收入挂钩，在押犯人怎么会从监狱逃脱呢？"她虽然是问话，其实是另辟蹊径，开拓思路，寻找线索。破案有时具有偶然性，有心栽花花不开，无心插柳柳成荫。有时在语言碰撞中，几句关键得其要领的话，没准逗启迪出一个崭新的破案思路。

此时，看完文件的李海虎总队长说话了："蜀中省公安厅要求协查报告的附件标明，那座监狱有一个设在野外的药材基地，面积很大，方圆整整几山几梁，犯人是在药材基地服外役劳动时趁执警人员失去警惕逃跑的。"

服外役劳动是案犯能作案、能逃跑的机会，过去其他监狱也有类似事件发生。"奇特的是，勒个案犯穿过了三重大门，骗过至少三重岗哨，说明逃犯的心理素质极好。"

李海虎说完把协查报告交给郑怀舒。

是啊，一般人可以一而再，但是不可能再而三。在荷枪实弹的哨兵审视之下，在众目睽睽之下，一岗一哨不停地穿过，要做到若无其事，面不改色心不跳，需要多么稳重坚毅的心理素质喔。当然勒与民警的大意绝对有关，或者平时他们把三重大门当成了保险中的"三保险"，在思想和行动上产生了极大的麻痹，或者因为多年来自己管辖的监狱没出过事，放松了警惕。虽然公安部对别的出事监狱常有通报，算是经常提醒，但有的监狱看守也许毫不在意，不审视自己的管理，不采取严密措施修补漏洞，抱着多一事不如少一事，少一事不如不做事的思想，放松警惕松懈管理。不管怎么说刑事犯是从监狱逃出去了，勒是不争的事实。

不严格管理使犯人有空子可钻，勒是个责任心问题。那些机械的科技的东西只是帮助监狱管理犯人，不能完全代替人的作用，麻痹松懈是后悔之源损失之根。我们的革命领袖早逗提醒过："世界上怕就怕'认真'二字。"万事只要你认真了，该有的程序做到了，保准不会出大事，或者可以少出事。

郑怀舒认真地看了一遍协查报告说："从通报材料看，勒名逃犯在空间上、时间上、手段上以及心理素质等方面都应该引起我们重视。"她勒个开场白一下子吸引了与会者的注意，其他警察都抬起头来望着她。

她继续说："勒个逃犯具备在我市作案的可能。首先在空间上，蜀中省勒个监狱离我市只有几百公里距离，讲的是走盘山公路，如果抄小径，翻山越岭走直线也逗300多不足400公里。二是时间上，协查报告说，半年时间他一直在蜀中省周边徘徊，公安部专项战役以后狗急跳墙，完全可能多次窜到我市主城，不管是坐车走公路，还是打旱走小路，勒点路程几天时间绰绰有余，可以走好多个来回。有人可能要问，他为啥要窜到我市？这事明摆着，我市是西部地区唯一的中央直辖市，人口稠密，市井繁华，各种机会多。"她分析案情常从好的愿望出发从坏的方向落幕。"第三，勒个逃犯的外形也有符合'4·22'案子和今天研究立案侦查的勒个抢劫犯罪嫌疑人的部分特征。比如，男性，37岁，身高1.75米。37岁，说明年轻力壮，具有在闹市作案快速逃跑的能力。方脸、1.75米，与我们本案受害人描述的犯罪嫌疑人相近。第四是手段，案犯心狠手辣，已经多次作案，很有经验，与我市的抢劫案类似。同时罪犯目的明确，非常需要钱供他挥霍。五是在时间节点上也比较吻合，上月的'4·22'在光荣碑地区，当下霞光广场血案。六是案犯作案独来独往，是一匹从牢里逃出的'孤狼'。七是犯罪心理比较合乎逻辑，不怕二进宫三进宫，鱼死网破，不顾后果，得逞后逍遥法外，挥霍享受一时，不能得逞则有同归于尽或就擒自杀的心理准备。还有，选择在早晨作案也是经过深思熟虑的，早晨是人们肌体最为松弛，最易麻痹大意的时候。我不排除勒名逃犯逗是霞光广场持枪抢劫杀人的嫌疑人，或者逗是'4·22'案件的真凶。"听话听声，锣鼓听音，她这番话是赞成把蜀中省越狱案、霞光路案子与"4·22"案并案侦破的。

　　郑怀舒入情入理的分析，绝不是不加思考的打胡乱说，一口气能说出七八个点点，其他人并不觉得牵强，让李海虎都有些震动。他欣慰地感受到，勒个年轻女人不但外表漂亮，业务能力提升也非常迅速，并不是当摆设的"花瓶"，或徒有其表腹中空空的山间竹笋。他赞同地微微点头。勒些年轻的警官，逗是要为他们创造条件，让他们得到锻炼，快速地成长起来。

　　郑怀舒的分析也让其他同志折服，同时，还符合公安部要求各地协查的宗旨，勒是一次全国性的追逃专项行动，各地公安机关，必须积极协助追查逃犯，下级服从上级是公安工作的基本规矩。追逃是一项硬任务。在霞光广场抢劫杀人案尚无头绪的情况下，把精力投入到勒个案子，没准还真能搂草打兔子，破获一个连环大案或者一批案中案。即便不勒样，也可声东击西，敲山震虎，对本市犯罪嫌疑人给予震慑，勒是个一举三得的上上策行动计划。

李海虎当即决定，把霞光广场持枪抢劫案与公安部A级通缉令要求协查的案犯并案侦破，同时也与"4·22"持枪抢劫案并案。他走出会议室，掏出手机请示市局党委，得到市局全力支持，然后又与事发区公安部门的领导进行通报，达成共识。

回到会议室他下达了命令：一是总队和区公安分局各出动警力1 000人参与抓捕行动，布置划分了警戒片段，各扼其要，各把一段；二是发动镇街社会治保人员展开具体布控；三是以市局名义直接向全市派出所下发指示，对辖区内旅店、洗浴中心、出租房等场所开展排查；四是求助市交警总队，对进出主城的各类车辆进行排查。

很快，公安机关在恭州市主城二环十射600多个公路进出站口和国道、省道、县道、镇乡道的出入口都设置了卡点，统一布控，同时在沿江、沿河流域水道和铁路沿线、机场都作了安排，撒下一张大网，只等犯罪嫌疑人来钻。

宣传工作也形成强大声势。市电视台滚动播放着一条新闻，反复提醒市民逃犯的特征。

勒是近年来发出的为数不多的A级通缉令，为了唤起广大群众重视，电视画面上的播音员反复强调：A级通缉令的发布是我国公共安全机关在缉拿犯罪嫌疑人过程中，与广大群众有机结合，群策群力，形成强大合力，通过相互交错的互补优势，抓捕犯罪嫌疑人的一种特殊方式，使犯罪嫌疑人陷入人民战争的汪洋大海之中。

电视画面中，一位公共安全学教授进一步对A级通缉令的发出、要求作了解读。他说："作为群众，发现线索要在第一时间就近向执勤民警报告，或拨打110报告。遇上犯罪嫌疑人，首先要冷静，不要慌乱。如果你是国家工作人员，又年富力强，应该见义勇为，挺身而出，同犯罪嫌疑人作坚决斗争，同时大声号召周围群众共同围追堵截，在警察出动的时候，协助警察，把犯罪嫌疑人扭送到公安机关归案。如果你是老人、孩子，或者妇女，遇到犯罪嫌疑人，要尽可能沉得住气，采取有效方式保护好自己，不要被犯罪嫌疑人伤害，不吃眼前亏。同时要努力记住犯罪嫌疑人的身材外形、相貌特点和出现的地点，然后到公安机关报案。这叫斗勇与斗智相结合，见义勇为与见义巧为相结合，我们不可无端地用生命去冒险。打击犯罪的前提是保护和善待自己的生命。只有这样，才既能有效保护自己又能成功地将犯罪嫌疑人抓捕归案。"教授在银屏上不厌其烦地向人们讲解有关通缉令的知识。

正如"4·22"专案组分析预料的一样，犯罪嫌疑人果然到了恭州市。

回想此次越狱，逃犯薄高既心惊胆战，又心怀侥幸。此时他正驾驶着一辆偷来的长安面包车，慌不择路，漫无目的地行驶在马路上。从蜀中省第二监狱成功逃出这半年，他犹如丧家之犬，四处流窜，东躲西藏。躲在城乡接合部和偏僻乡镇过日子，比他想象的容易得多，虽然街边地角每天人来人往，但各有各的事，谁也不认识他，也没有过问过他，他在巴掌大的地方生活总是保持低调，不惹是生非。

多亏了那座药材基地，那是犯人们服外役的劳动场地，也是犯人们难得放松的乐园，是他们最乐意去的地方，当时那里种满了青蒿。

青蒿是一年生中药材，气香质异，味微苦。以色绿、叶多、香气浓者为佳，尤以在蜀中省这方水土上生长的一种防冻青蒿为最好，这种青蒿天气越冷颜色越青绿，聚集的"青蒿素"药用价值越大。

青蒿含挥发油，也含艾蒿碱以及苦味素等，据说有清热、凉血、退烧、解暑、祛风、止痒的效果，用于暑邪发热、阴虚发热、夜热早凉、骨蒸劳热、疟疾寒热、湿热黄疸。"青蒿素"的抗疟疾作用明显，非洲国家很喜欢，每年我国要出口大量"青蒿素"到非洲国家。

刑事犯人服外役不但有钱挣，而且可以呼吸新鲜空气，观赏大自然的美景，还可以与管教保持一定距离，相对自由。

蜀中省第二监狱药材基地很大，方圆有十几平方公里，四周用电网包围，戒备森严，犯人一般没有逃出的可能。但活人是不会被尿憋死的，既然有了逃跑的念头，逗要想方设法去实现。出口是唯一的逃路，狱警们凭证件和一身警服就可自由出入，犯人们看在眼里，记在心头。犯人在狱警的押解下也从这个口子进出，那是在枪口之下的活计，谁敢造次？出口有三重大门，岗楼森严，哨兵彪悍，让人望而生畏，犯人每过一次都会心惊肉跳，生怕哪点事情不逗拢（对不上）就会节外生枝。

薄高不是一般人，一般人判了死缓，可能逗不作他想，一心一意接受改造，专心致志把牢底坐穿，或者拼命挣表现，尽可能减刑到无期，再减刑到有期，最好活着释放。可他不勒么想，他对改造一直是恍二惚兮（不上心），非但不上心，不甘心，不情愿，抵触情绪还大，表现出二不挂五（流里流气），偷奸耍滑，出工不出力。他有他的想法，人生只有一次，来者不易，活逗要活得像个爷们，坐牢也不能过分吃亏，束手就擒，要奋力拼搏改变命运。自己才37岁，还没有来得及认真享受生活呢，永远关在笼子里岂不枉来人世活一遭。他不得干（不愿意），要抗争，要改变命运的不利安排，创造人生奇迹，要逃出勒个令人窒息的牢笼，要天高任鸟飞，海阔凭鱼跃，要去混迹大千世界的灯红酒绿，吃香的喝辣的，享乐人生。

一个死刑犯想达到上述目的，只能铤而走险。他上次抢劫杀人，逗是铤而走险，结果不用说，强中更有强中手，他玩不过国家机器，终落入牢笼。此次他又想重蹈覆辙拼死一搏，他的资本是啥子？没有资本。他有把握稳操胜券吗？没想那么多，想得很简单，大不了一死。一个连死都不怕的人，还有啥子可怕的？砍头不过碗口大个疤。与其在这里面等死，还不如冒险一搏置之死地而后生，即使鱼死网破也不枉做了一世人。他疯狂了，想把命运攥在手里。

那天在监狱安排下，犯人给青蒿松土薅草，他避开狱警逡了个边边儿，提着锄头往前走，走向药材基地最偏僻的地方，引诱监狱管理人员上钩。

果然机会来了，薄高勒个与众不同的行为很快被分管生产的第二监区副监区长发现。他注意他已经多次了，料定薄高要耍花招，但不晓得他葫芦里卖的啥子药，耍啥子花花肠子。弄清犯人在服刑期间的所作所为，避免不必要的安全事故发生是他的职责，他经常吊线儿（暗中观察），观察薄高的动向。

这天，那位副监区长跟踪薄高来到药材基地山顶后侧一处杳无人迹的地方，他独自一人，没有告诉同伴，哈包儿（傻子）想吃独食，立个大功。薄高扛着叉锄，往前走到一处地方停下来，有意引诱副监区长靠近。副监区长一步步走近，近些，更近些，薄高紧张得心脏怦怦直跳，机会稍纵即逝，一定要把握！他憋足气猛一转身，用尽全力狠狠地一挥锄，逗那么一下，那位副监区长还没出声，逗被阎王接走了。逗这么一下，就让薄高筋疲力尽，这是孤注一掷，不可能不狠，不可能不下死力，不可能不用尽全力。

喘息了好一会儿，薄高强迫自己镇定下来，把副监区长的警服脱下来，搜出衣服兜里的门卡。这玩意是一个薄片片，轻飘飘的，没多少分量，可对服刑犯人来说，重若千钧，意义天大，所有犯人都想得到。但其他人也逗想精想怪（胡思乱想），痴心妄想而已，在他薄高手上却变成了现实，还要成为开启他下半辈子生活大门的钥匙，是个做梦娶媳妇求之不得的好东西。

薄高翻来覆去地看门卡说明，把文字刻进脑子。随后在青蒿的垄子下，挖了个坑把副监区长埋了，用泥土擦尽道路和锄头上的血迹，再挖坑把带血的泥土埋了，清理完作案现场，又上下左右反复检查没发现纰漏，然后把警服藏进早就看好的山洞里，稳稳心神，若无其事地下山，回到驻地，正正常常地向管理民警交了锄头。

那晚薄高提心吊胆一夜，睡不着也不敢频频翻身，用一个姿势艰难地支撑躺着，忍受身子的麻木，竖起耳朵偷听动静，随时准备面临冲进来的狱警。出乎意料的是，一晚上风平浪静，没有人发现监区少了个人，更没人发现副监区长已经失踪。真是怪眉日眼（奇怪），一个大活人，死了都没响动。其实一点不奇怪，当时监狱那帮干警，执行制度不严，执行纪律不强，责任心差，警惕性差，互相帮补意识淡漠，各自打扫门前雪，不管他人瓦上霜。副监区长以上领导住单间，晚饭后喜欢到别处打牌下棋，有时深夜才回。副监区长夜晚不归，也没有人查夜，让薄高钻了空子。

一夜无事，让薄高领略了啥子叫运气。

薄高可不愿夜长梦多，手里有了那个片片使他变得没了耐心，这日子一刻也待不下去。第二天下工，他躲开众人，悄悄去山洞把警服移到一个距离驻地较近的青蒿垄沟里面。

时值阴历十一月，高山天气严寒，黑得早。等到月黑风高之时，薄高躲过看守，穿上警服，怀揣从叉锄上掰下来的一片铁叶，悄悄上路。薄高穿得厚实，怀里藏着铁叶，强作镇定以常速走出监舍区，来到三重大门出口。

薄高再次领略了好运气，走在他前面的一位警察进了第一道门，他跟了上去。那人与岗哨打招呼寒暄时，他便擦身过了门；过第二道门时，他没说话只亮了一下出门卡，也没登记啥子的，过得非常顺利，哨兵不但不闻不问不看门卡，居然还冲他微笑了一下，他内心忐忑，莫名其妙，闹不清那微笑中是何含意。

薄高继续向前来到第三道大门，没等哨兵过问逗利索地亮出门卡主动往前递。麻烦还是来了，哨兵没有上前来接门卡，而是警惕性很高地说："你是哪个，我朗个不认识，你是哪个监区的？"一下子出来三个疑问，薄高遇上认真负责的有心人了。

哪容得哨兵这样细细盘问，弄清他的来龙去脉。他装聋作哑，并不答话，尽量走上前。说时迟那时快，薄高拔出铁叶，猛力向哨兵捅去，然后不顾一切奋力冲出。哨兵一个坐蹲儿倒在地上，他忍着剧痛鸣枪示警，竭力大喊："快，快，快，抓逃犯啊！抓逃犯啊！"急促的声音划破夜空，飘向远方。哨兵力气用尽终于没有支撑住，高喊两声之后倒在血泊之中。很快警笛响起，像一只饿了饭的狗，"万儿——""万儿——""万儿——"，音色尖利刺耳。

这个监狱药材基地门外非常开阔，只有东南侧数里之外才有村落，其余地方除了杂草多是池塘和墓地，附近村民很少在监狱门口出现。

薄高慌不择路跑了一阵，看见一眼池塘，便一头扎进去，搂实（使劲）

把自己往下沉，直到鼻孔以下全浸在水里，然后三下两下捋顺头顶上被踩踏倒伏的茅草。池塘水凉，薄高身子冷得上牙打下牙，此时他才感觉到了什么是紧张，心子不停地撞击胸腔，胸壁的肉绷得紧紧的，好像要拉爆的样子。他极力保持平静，努力不发出一点点声响。

监狱那边传出紧急的哨声，警报一直响着，所有探照灯迅速打开，照亮了每个角落。狱警从大门鱼贯而出，有的全副武装，有的穿着单薄，有的扎了腰带，有的连腰带都没扎，有的拿长枪，有的拿短枪。狱警分散开来搜捕逃犯，草木被划拉得沙沙作响，大地被踏得微微颤动，四处还不时响起叫喊声。这样的声势，一般的犯人早被吓破胆了。薄高躲在水里，大气不敢出，备受煎熬。时间慢慢流逝，薄高的呼吸渐渐平稳，冷得发颤的情况反而消失了。

堰塘中交织着胡乱的电光，头顶上传来繁杂的脚步，薄高明白，危险在步步逼近，生死考验的时候到了。出了大门，他是不愿束手就擒的，那片该死的铁叶，不知啥时候搞丢了，此时手无寸铁，他心里一阵惊慌。其实那片铁叶就在衣兜里，他太紧张了，紧张得忽略了铁叶的重量。

对面一道电光射了过来，打在他脸上。"王区队，你们那边朗个样？"有人在喊问。

"没看到啥子！"这边的人答。

"嘿，这是啥子？"有人高声大叫。

薄高心中一片冰凉："完了，终于没能逃脱掉。"他微微把手向两边伸，做好最后搏斗的准备，搞一个够本，搞两个赚一个，至死也不再回监区活受罪。

警察们拥到了他的头顶。

这下子彻底完蛋，薄高绝望了。

"你他妈的大惊小怪，一泡狗屎！"另一人见怪不怪地放出话，紧张的警察们放松了，开始从他头顶走向其他地方。

原来，对面的手电光虽然照在他脸上，是那面的狱警无意晃动的行为，而且距离太远也看不清，加之一泡狗屎的插曲，转移了警察的注意力。狱警们拿着手电筒天上地下塘内塘外乱晃一阵，终因天黑地暗，寒夜西风，薄雾也渐渐铺满大地，惊抓抓虚张声势搜索一阵之后，没有发现逃犯的踪影，只得不无遗憾地全部回到三道门里面。一泡狗屎救了薄高，薄高又一次领略了什么是好运。

一切安静下来，薄高侥幸逃脱了。

终于从电网密布的高墙逃出来，薄高逗像飞出笼子的鸟儿，心情不言自明，紧张并快乐着。薄高当时打算，一定要回到城市中去，到城市去消费，去挥霍，去享乐。他对自己说，能够挥洒自如的地方是城市，那里才是他"游刃"的天堂。

第六章

刑警总队会议室。李海虎从市局开会回来,向"4·22"行动组全体人员通报了公安部会同蜀中省公安、恭州公安破获了越狱案。李海虎最后说:"越狱犯人薄高袭警,再添血债,被从重从快法办,已经击毙了。"

吕凌霄急切地说:"勒个案子破得太神速,我们还没使上劲逗封案了?"

李海虎说:"我在市局同样表达过凌霄说的勒个意思,我还没来得及往下说,市局领导逗晓得我的意思了。领导说,勒个案子的迅速破获,不能说明你们无能,你们的那个案子是个暗处案子,市局协助破获的是个明案,明案破获要容易得多。你听听,市局领导多么理解我们,没有半点责备。你们说我还有啥话说?只好闭嘴。"李海虎充分理解"兄弟们"的压力,他奉上的这番理解的话实际是为大家减压。

吕凌霄听后很感慨,在心底里说,胸口摸得着的尺寸叫胸围,胸口摸不着的尺寸叫胸襟。我们勒些一线民警充其量有个胸围,你看人家领导,多么开阔的胸襟,处处想到基层民警的感受,他内心啧啧称赞。

郑怀舒没有跟着他们的思路走,她问李总队:"逃跑的越狱犯被击毙了,在他身上搜出了'五四式'手枪吗?"

"没有,只搜出一片铁叶,越狱犯逗是用这片铁叶捅伤门卫逃出监狱的。"李海虎回答说。

法医刘春生有些悠然地说:"一开始我逗认为蜀中省勒个案子与'4·22'

联系不大，但鉴于越狱犯的凶残和出来后要吃要喝要享受，窜入城市作案的可能性很大，所以，我才没敢说。"

吕凌霄说："你逗喜欢充当事后诸葛亮，搞马后炮。"

李海虎引导大家道："知无不言，言无不尽，有啥说啥，畅所欲言，放开言路是我们民主办案的优良传统，多谈想法，启迪思路，有啥子不好？"他再一次展现了领导的胸襟。这番话站在不同的角度听都是一种享受：说有批评，可以从话里找到；说是表扬，也可以从话里找到。

郑怀舒从李海虎面前拿过破案通报，从头到尾仔细看了一遍说："勒个案子与我们手上的案子的确关系不大，破案通报上反映出来的整个过程，都没提到'五四式'军用手枪，但勒个案子的确有很大的迷惑性，我在上一次案情分析会上提出的七八个点点，在这破案通报上有四个以上。"她说到这里停住了，喝了一口手里捧着的"竖心"茶，她在深入思考，寻找作案人的一般规律和犯罪特点以及与本案的联系。

李海虎之所以要求畅所欲言，也是基于通报材料上介绍的破案过程，基于要在破案中不放过任何细微的可疑之处。破案中经常有流水下滩非有意，白云出岫本无心的情况。偶然中孕育着必然，必然借助于偶然。

吕凌霄接着说："我们手头的勒两起案子，刘法医十分肯定逗是'五四式'军用手枪作的案，我们会不会钻进一个窄巷子，误入歧途，打不开思路，老在'五四式'军用手枪作案勒个问题上转圈？"他这样说绝对不是为他的搭档郑怀舒鸣不平，而是以一种心平气和的态度对案子进行探讨。

刘法医一点没生气，而是点着头微笑地看着吕凌霄，他能够接受别人的不同意见。力微休负重，言轻莫劝人，真理本来逗需要在实践中求证。

小幸说："我至今都支持刘老师的判断，我们手头的勒两起案子逗是'五四式'军用手枪作案。"她对老师心中有数，这个"数"不完全是为了尊重，而是老师的实力。

吕凌霄两手一摊，做了个白眼，心里说，眼睛看得到的地方叫视线，眼睛看不到的地方叫视野,看看是我没视野还是法医几个人没视野。他显然有点不服气,嘴上还是很友好地说:"好吧,我们相信技术人员,相信现代化科技检测,咱们沿着这条路继续侦查破案吧!"

至此,"4·22"持枪杀人抢劫案的线索又断了。

薄高活在恐惧之中,犹如惊弓之鸟,死得很惨。

他从监狱逃出的勒些天,开始不敢去城市,在城乡接合部搞些小偷小摸的勾当。这个年代中国人的生活水平有较大改善,对自己的东西不像过去那么在乎了,你看满街的汽车,没谁把它当回事。勒让他占了起手,从偷偷刨农民地里的番薯到顺手牵羊盗窃自行车、摩托车卖,都没受到人理麻(注意)。后来他去了几次县城,一次又一次让他胆战心惊。城里人的警惕性高得多,他感觉随时随地都有眼睛盯着他,如芒刺在背,让人越来越紧张。薄高没办法,只好躲离城市,最终没有实现到大城市去享受,去尽情玩乐的白日梦。

薄高偷了一辆长安面包车,不敢走大路,只得在乡村路上转悠。好在恭州市勒些年交通有了很大发展,乡村公路都是标准的二级丙等公路,车辆通行不成问题。那辆长安面包车还算争气,一直都好好的没扯拐(出故障)。但发动机是要喝汽油的,逗像人饿了要吃东西一样,否则逗会没有力气。人和机械又有差别,人是活的,说不行了还可以蹦跶着挣扎几下,靠自己的脚丈量土地,机械这东西是死的,说不动了逗不动了,发动机一旦没油逗不能运转,车子就不能动弹。

在乡村道上很难找到加油站,薄高没有想到勒个问题,也来不及想这个问题,只要车子还在跑逗行。他的行为应了一句老话:上帝要让你灭亡,先让你疯狂。天渐渐亮了,万物苏醒,四周慢慢清晰。他的眼前是繁华景象,农家小院都是一色的新近修缮过的巴恭民居,打开车窗吹着晨风,心情倒是有些愉快。

他不敢走高速公路,那上面车太多,他车技不好容易出事,只要出事,逗会暴露,太不划算。他选择了一条两边绿化很好的乡村道路,一脚油门踩下去逗是几十百把公里（概数，几十公里），他跑得很欢，有些意气风发。

面包车一路奔驰，薄高正得意时车突然不动了，用劲踩油门，拍打方向盘，逗是不动。什么原因，非常简单，看看油压表，一目了然，没油了。他无可奈何，狠拍了几下方向盘发泄怒火，万分懊恼地下了车。

薄高开车走了大半夜，一头闯进了恭州市隆五县。这是个著名景区，名胜古迹很多，有仙人洞、灵雾洞、泉池洞、宋代瓷窑遗址、明清古寨倒吊羊角、清末涤园茶社、茶园寺等旧址。

灵雾洞是一个大型石灰岩洞穴，主洞长2 700米，洞底总面积37 000平方米，其中辉煌大厅面积在1 000平方米以上，洞中主要景点有金銮宝殿、雷峰宝塔、玉柱擎天、玉林琼花、犬牙晶花、千年之吻、动物王国、海底龙宫、巨幕飞瀑、石田珍珠、生殖神柱、珊瑚瑶池等，与美国的"猛犸洞"、法国的"克拉姆斯洞"并称世界三大洞穴，是世界上唯一被列为世界自然遗产保护地的洞穴。

天已经全亮了，薄高发现许多小汽车也来到了这个地方。他发现勒是个景区，是一个游人如织的地方，为自己跑到人多的地方而追悔莫及，特别是那辆该死的挂外地牌照的长安面包车，孤零零地停在路边，实在太打眼。

此时，恭州市600多个出入公路道口已经有警察进驻，车辆经检查才能通行，全市方圆数千平方公里的中小城镇的小旅店、理发店、卡拉OK厅、洗浴中心、洗脚城……一切犯罪分子可能躲身避体的地方都成了恭州警察排查的重点。

一张警察和人民群众编织的大网正张口等待罪犯落网。

薄高别无他法，离车下道，快步走向茂密的深山老林，不时用余光观察身后，生怕有人追来。整整一个白天，他慌慌张张地在林中穿行，直到夜幕完全降临，都没走出景区。

那辆小长安面包车清早八晨停在路边，的确引起了景区石文村支委会章书记的注意，他既是村里的书记也是景区的书记，景区实行属地管理，两块牌子一套人马减少了许多扯皮（纠纷）。章书记有个习惯，每天上午都要在村里转一圈。那天，他远远逗看见景区那边停着一辆小面包，觉得奇怪。景区有免费停车场，离那辆面包只有几百米，踩一脚油门，一分钟逗能到达，为啥不停进去而放在路边？勒不正常。二是这里是景区，来的小车不管是私人的还是公家的，一般都以轿车、越野车或中巴车为主，很少见到这种简装小面包，特别是这种破旧不堪的短途运输长安面包车，这不正常。

他掏出手机打了个电话："骆主任吗？来一下，我在仙人洞前的停车场，我等着你。"骆主任是村里的治安主任，现在也兼着景区的保安队长。

几分钟后，骆主任来到停车场，悄声说："我正有事找你，你倒先找我了。"

章书记说："看你鬼打恍了的样子，是啥子事把你弄得勒般模样？"

骆主任说："还是你说吧！"他卖了个关子。

章书记用手向前指了指："你看见那辆破旧的小面包了吗？停在那里不正常，应该切（去）管一管。"

骆主任斩钉截铁地说："非常不正常！我还以为是给你家送货的车呢，正要向你报告，停在那里大煞风景，想让你挪一挪！"章书记家开了个小卖部，常有送货的车。

章书记听他这口气觉得异样，目不转睛地看着骆主任："你小子未必怀疑我不守景区规矩？"

骆主任悄然对他说："不过，现在我搞清楚了，刚才接到镇派出所吴所长电话，勒几天有个从蜀中省越狱出来的逃犯，跑到我们勒一带来了，我估计小长安逗是他的。"

章书记马上冷静下来说："此事要保密，不要影响游客心情，不要打草惊蛇，你要暗中做好保安工作，不能让一个游客受到伤害。"他与骆主任一前一后离开停车场，他们去做该做的事。

白天，在章书记的担心中逗要过去了。景区内，导游讲得仔细认真，游客玩得尽情尽兴。中午的农家乐照样闹热，游客大口吃山里野菜，大碗吃饳铓（饭），赞不绝口。虽然那辆脏兮兮的破旧小长安面包歪在路边大煞风景，却毫不影响游客的兴致，压根没人去理会那车。

只是村党支部一班人，从早晨得知那件事后，每个成员的心一直悬在嗓子眼，在章书记安排下各就各位，认真履行岗位职责，他们都遵守了保密纪律，把焦虑、恐惧留给自己，没有告诉自己的家人更多的消息，以免走漏风声，让游客产生紧张情绪，造成混乱，让嫌疑犯有机可乘，伤害群众。

漫长而难熬的一天终于接近尾声，游客陆陆续续乘车出村了，夜帘挂在天空，倦鸟归林，鼠蛇入洞，喧闹一天的村庄沉静下来。

薄高从早到晚一直在深山老林跌跌撞撞地走，他要离人群远远的，越远越好。未曾想，他已经被章书记派出的人跟踪着，一切行动都在掌控之中。好在勒一天他确实远离了人群，连狗都不曾招惹。

他走了一天，结果还是没有走出石文村，山里树深林密，他迷路了，在林子里来回绕圈。深夜，他口干舌燥，又累又饿，眼看体力流失殆尽，没办法，来到村边一个独立小院，上前敲门，一下两下三下，里面有了动静。其实在他后面，始终有人跟踪，悄无声息，没有打草惊蛇。

不一会儿，屋里亮起了灯。"哪个？"声音浑厚苍老。薄高回应一声："我。"

隔了一会儿，门开了条小缝。"做啥子？"一个老者挤在门缝问。

"想借宿一晚。"薄高答。

"我勒里不借宿。"老者拒绝了。

"能不能给点开水喝。"薄高哀求。

"我家没开水。"说完老者把门关上，拉熄了电灯，屋里再没了声响。这是一位"五保"老人，已经从公安局的通告上得知了有关蜀中省在逃越狱犯的信息，老人是不会轻易上当受骗的。

薄高权衡再三，打消了强行进入的念头，一方面心虚，另一方面摸不透院里虚实，怕贸然而入，闹出大动静。

他不敢久留，犹如一只丧家之犬，打起精神埋头窜出村外，窜到一个山沟，转进一个岔道。跟踪的人一路紧随,结果这一次因天黑林密,薄高突然转道,无意间居然甩脱了"尾巴"。他太累太疲惫,钻进一堆干草里,不一会儿逗身不由己地睡着了。

路逢险处难回避,事到头来不自由。第二天天蒙蒙亮,薄高迷迷糊糊中感到有些不对劲,好像有危险的事临近,他努力睁开眼,顿时傻了,他蛰伏的这条山沟上面站满了人,虽然看不清他们的装束和面相,但他非常清楚,勒些人肯定与他有关。

不一会儿便听到了警犬粗莽的叫声。

昨夜失去薄高踪迹,虽然给警方的抓捕带来一些困难,但知道了薄高藏身的大致范围,警方的抓捕方案更加周密更有针对性。说实话,为了勒么一个逃犯,昨夜不知多少人彻夜未眠,调兵遣将,排兵布阵,决心打个漂亮的歼灭战。

末日降临了,他晓得等待他的将会是啥子下场,他猛地抽出那片铁叶紧紧地攥在手中,凶相毕露,他又要杀人了。

似乎有人在说:"山沟里有响动。"话音刚落,从沟坎上冲下来几个全副武装的武警战士,冲锋枪口指向他。

薄高双手握着铁叶铆足劲跃身而起,使劲挥舞着,他要拼死一搏,再度行凶。

哒哒哒……子弹从冲锋枪管吐出,薄高身子布满了枪眼,尸体摔在草丛上,下面一摊污血。

勒个罪不可赦的逃犯受到了应得的惩处。

"4·22"抢劫杀人案的线索又断了,侦破工作又一次回到原点,所有的有用线索仍然集中到一个点,逗是法医刘春生提交的鉴定报告:犯罪嫌疑人用"五四式"军用手枪抢劫杀人作案。别的方面还没有捕捉到可采信的证据。

无奈之下,李海虎极不情愿地要求市局党委报公安部向全国公安系统发出协查通报。

其实现在发协查通报比较简单，已经不需要一个一个地印纸件发信函，或者一个一个烦琐地打电话、发电报了。科技的发展给公安部门打击犯罪、保护人民提供了更新更精准的方式。现在只需要把协查报告输进电脑，通过互联网，你所要联系的对象只要开着服务器，几秒钟之内逗能看到你的文字请求和有关图片，从而协助你调查破案。勒个过程操作起来非常简便，只在电脑上用鼠标轻轻一点协查报告页面的"发送"按钮，逗OK了，勒逗叫"网上追逃"。

勒项操作与发布通缉令的程序差不多，同样要经过审批，工作过程非常缜密，并且"加密"后，更内部，更保密。当然，公安部门有时也要张贴布告，那是基本掌握了犯罪嫌疑人的证据，为阻止他继续犯罪，给以震慑时，张贴纸质通缉令，也是一种有效方法。

用互联网发协查通知，在一般情况下公安机关是不愿意用的。虽说"天下公安是一家，互帮互助都来抓"，实践中也证明收到协查通报的单位会把它当成自己的事，全力配合，但人都有自尊，发了协查通告，就明白无误地对别人表明，我目前没线索了，破不了案，靠老兄你了。这是多么没面子的事啊。

就此事而言，李海虎非常顾全大局，人民群众的生命财产受到极大威胁，他一个小小刑警总队的面子又算个啥？啥也不是，怎么能与国家尊严的里子比"面子"呢！他心中虽然不太愿意，但还是果断地行动，让全国公安系统协助他网上追逃。

第七章

郑怀舒绝对不是剩女老姑娘，她虽然已经年近30，却是货真价实名花有主，并且是那种很令旁人羡慕的两情相悦的对子。她的男朋友是恭州警官大学射击教师莫文丰，身高1.75米，长相帅气的标准小伙。郑怀舒能够长枪短枪都运用自如，出手不凡，干净利索，成为恭州警界有名的"狙击手"、神枪警花，让许多男警自愧不如，能在多次执行狙击任务中把凶犯一枪毙命，与男友的言传身教不无关系。

恭州警官大学坐落在光复山下。

光复山是恭州市一个风景名胜区，方圆100多公里，海拔1 064米，是主城的"肺"，民众节假日休闲的主要去处。历经岁月、风雨，该山到处悬崖峭壁，怪石林立，林木参天。过去只有背山一条羊肠小道，而今在前山修建有五米宽的健身步道。从山下到山上，奇形怪状巧夺天工的景观沿途可见。平时浓雾环罩，阴雨时雾气笼罩山巅逗像给山戴上一顶帽子；日出雾坠又像给山腰缠绕上一条围巾，天地浑然一体；云朵色白，薄雾腾起，飘然、轻盈、变幻莫测，恍若神仙境地。

光复山山脚不远是浅水滩水库，说是浅水，其实很深，水库坝长160多米，坝高40多米，逶迤俊美，雄伟壮观。宽阔的湖面青山环抱，水绿林森，浑然一体。白鹭、苍鹭常年定居在湖边松林杂草中。

有人说山水相依逗有了厚重和灵气，光复山逗是最好的厚重山、灵气山。如今勒座山已辟为森林公园，是中小学生地理教育基地。

光复山名称是有来历的，相传明代建文帝避难到巴地曾在此地结庐而居，虽然落魄惊鸿，势单力薄，但重现辉煌之心并没泯灭，时刻想着收回失去的江山，所以将自己结的庐取名"光复居"，这山自然就是光复山了。

恭州警官大学设在半山腰，掩映在林木之中。当年建校的决策者很有远见，考虑了生态环境因素，对光复山的植物施行保护性移栽，由此形成校内校外浑然一体的天然植物大观园。

森林茂密，植物种类繁多，是恭州警官大学的校园特色，这里有松科、杉科 100 多种，在成片的亚热带原生植被中，还有树龄千年的楠木、古松，树龄 500 多年的银杏，珍稀树种穗花杉等。

校园之外，森林之中，是野生动物栖息繁衍的乐园，有野猪、野兔、野鸡、斑鸠、竹鸡、杜鹃、啄木鸟、豪猪、狐狸、松鼠、山羊，还有被列为国家重点保护的珍稀动物獐子。

恭州警官大学为恭州市警察学历教育的最高学府，是警官成长的摇篮，是准公安学子们向往的高校，全国公安系统重点大学，也是成千上万警察倾慕的单位。想在这种单位工作要具备相当多的条件，没有学历没有能力没有实力那就靠边站去。

当年莫文丰与郑怀舒逗是在勒样的环境中共同度过了几年。莫文丰与郑怀舒是在大学时期相爱的。莫文丰是郑怀舒的师哥，高 3 个年级，长 4 岁，当年莫文丰追郑怀舒追得好辛苦才追上手。

郑怀舒毕业都好几年了，两人还没结婚，勒样说来，两人的年龄都不小了。他们没结婚的原因不是为了"自由""洒脱"，不是为了年轻时"耍"个够，是没房子。两人正在头痛婚房问题，目前正在筹钱买房呢。

莫文丰在大学的教学课程比较轻松，每月四次实弹射击他必须到场，进行现场教授。实弹射击勒种高危行为，是要非常严肃认真的，不敢拉稀摆带（懈怠），不敢打恍眼（打马虎眼），不敢儿戏。人命关天，不出事故则罢，一旦出事故必定不会被视为一般性质。实弹射击之外还上其他课程，主要是有关枪械的理论知识,还有让学生熟悉枪械性能,掌握各种型号枪支的结构特点。行为学习没啥捷径可走,熟能生巧,大家反复练习,拆了装,装了拆,不停地重复着固定的动作,周而复始,直至能打散零部件,蒙着眼睛,轻松自如地装卸各种枪械武器,这时教师才可以不到场。

学校对教师教学的评价标准最重要的一条是:学生的考试成绩。不管你老师怎么"马虎",只要学生考试成绩好,一切都好;不管你老师怎么敬业,加班加点,五加二白加黑,周六休息不一定,周日一定不休息,学生的考试成绩不好,一切的说辞都不能自圆其说,都是白搭。莫文丰在勒点上很有优势,他教授的课程是警察安身立命的基础,学生兴趣浓厚,不管男娃女娃,打打杀杀,喜欢玩的就是枪械。所以,他的学生学的兴致高,问得详细,练得认真,每次考试非常争气,回回名列前茅,让人不羡慕都不行。

学校也离不开莫文丰,只有他对各种武器的性能掌握得最好,学校领导和其他老师在这方面有啥疑问,他都能迎刃而解。加之打铁自身硬,他是全国闻名的神枪手,多次比赛夺魁,出任务惩治凶犯,出手快,落点准,效率高,多次立功受到上级嘉奖,在学生中很有标杆作用。只要他没耽误不该耽误的事,谁在乎他在做啥子,也不会管他做啥子。

备课是教学工作的重要环节。大学教学的特点,教师上课时间之外可以不到办公室坐班,说白了逗是由自己支配时间。备课对于莫文丰已经不成问题,他教授基础课程,重复性强,人聪明年轻,记忆力好,年复一年上讲台,时间久了,教学内容横平竖直滚瓜烂熟,每一堂课都是以前课程的再现,只要不改教材内容,不给公安机关配置新型装备,还需要重复备课吗?

严格说来,有了勒种思想逗颓废,不求长进了。即便同样的教材,每一届学生情况不一样,此时此刻与彼时彼刻感受会不同,教学过程也会千姿百态,教授的效果也不一样。但莫文丰有更重要的事情要做。

长江边,莫文丰与郑怀舒并肩而行,他们没事总爱在江边"散步"。

"恭州的房价逗像八月的江水越长越高了,江景房已经上10 000元一平方米，有山有水有绿地的地方已经高达20 000元一平方米，只占山或占水的精致小区也上了15 000元一平方米。"莫文丰有些惆怅地说。这是他调查研究的结果。

"每平方米5 000元左右的时候，你逗嫌贵，现在打了几个鹞子翻叉（跟斗）还要等？我看勒房价只有升不会降！"郑怀舒语带微词有点情绪地说。

"当时，不是说中央要出台政策强行抑制房价嘛，才等了勒几年，没想到勒几年升得更快，弄得手里的存款始终长不赢房价，勒两年报纸上又在说房价的确要下降。"莫文丰颇有些委屈又有些高兴地说。

"我研究过新闻对房价的报道，它们用的是环比下降多少。所谓环比下降逗是在上年上涨基础上的下降。比如去年上涨了90%，今年只上涨70%，报纸逗会说今年的房价比去年下降20%，这不，消费者还得承担70%的上涨价。"郑怀舒说，显然在这个问题上，她比莫老师研究得更透彻。

"的确是勒个理，现在全国的房价不可能再有每平方米退减3 000元、5 000元的时候了。一是土地成本高了，二是需求量更大了。你看我们学校那些50岁以上的教授，有几个人不是海边一套，山上一套，本城一套。他们逗像候鸟一样生活，暑假在山上，寒假在海边，教学上课住本城。全国要是有四十分之一的家庭勒样消费，房价能低下来吗？"莫文丰有感而发，他对一些现象也进行了研究。

江风吹拂，一艘大型客轮驶过，涌起江浪拍打着岸边，发出哗哗的响声。两人没去理会那船那浪，继续着他们私密的话题。

"恭州的情况与其他城市不一样，有领导说，恭州市的房价还远没有达到它应该的价标呢？"郑怀舒说，她是从特大型城市或中央直辖市的角度来讲的。

"把恭州与京沪广深一线城市相比，当然不算高，如果与纽（纽约）伦（伦敦）港（香港）相比，那更是小菜一碟。但我们小老百姓已经受不了啦，再涨下去勒结婚的事可能逗黄了。"莫文丰愁肠百结地说。结婚起码要张床，床要摆进房，没有房，一切都无从谈起，这是现代人的理念。

"去年我说可以下手了，你说房价要降，现在降了吗？不但没降反而疯涨，涨得我们一路大口大口喘气都跟不上，这个社会压根逗不想让我们买房。"郑怀舒说。

"勒跟炒股票是一样的，看着头部向下了，谁想它又扬上去了，而且嗖嗖嗖向上猛蹿，让你无所适从，无法下手买股建仓，后悔莫及。"莫文丰感慨地说，大有世事明如镜，前程暗似漆的忧患。

他们的话题又说回来了，对房价的涨与降看得很重。

"我们上次看的那有山有水的小区房不是才10 000元多一平方米么？"郑怀舒转头望着莫文丰。

莫文丰低着头说："那地方也逗开盘两周时间，现在已经没有了，早卖完了。"

"怎么逗卖完了呢，你那么多空余时间，干啥子去了，为啥子不去等到呢？"郑怀舒说。

"你不是叫我多看几家比较比较嘛，我看好了几家有点意向，叫你一起去看看，你又说很忙，一直没时间来。勒不，回过头来再到那地方，黄花菜都凉了，房子没有了，机会已经失去。"莫文丰说。真是好马难吃回头草，当今社会机不可失，时不我待。

"勒一段时间的确很忙，任务越来越重，压力越来越大，总腾不出手来，双脚不沾地似的，我们连续五个礼拜没休息了。"郑怀舒说。

"所以，我一直在等你抽出空来，我们要民主治家嘛，我一个人怎么能做主呢？"莫文丰打趣地说，显示出他油嘴滑舌的一面。不过仔细一想，勒话有一定道理，一个家庭逗是需要商量着办事，家庭的误会多数是由于事前商量太少，信息不对称造成的，勒个家庭一开始逗能坚持商量，共享信息是个良好的兆头。

"中国的事情真是邪门了，政府越打压，商家越反弹，越是反其道而行之，根本逗是把政府的话当耳边风，不把政府当回事。勒些房子逗是前几天听说要整顿才疯涨起来的，不晓得是房价反弹，还是人为作祟？"郑怀舒有感而发，还是扭住房子勒个话题，自家心里急，他人未知忙。

"勒些高深的理论我搞不懂，不过我晓得很多商场在节日之前把商品涨价几倍，然后在节日时打对折，实际价格不是减了而是升了，升得买家心甘情愿，还一个个大呼捡了相因（便宜），鬼才晓得是谁相因了谁。"莫文丰并不愿意深化勒个话题，为了不扫兴，他尽量附和。

"其实逗是奸商的营销手段，利用买者诚实的心理。"郑怀舒一针见血指出了问题的本质。

"你算是看到问题要害了。"莫文丰很赞同勒个观点。

"前几天你为啥去成都？"郑怀舒突然发问。他们两个真是心有灵犀，莫文丰才在心里想着不希望再说房子价格的问题，郑怀舒逗马上改口不谈，言及其他了。

"表弟结婚，你又不在恭州，我逗过去待了几天。"莫文丰冷冷地说。看来，他更不愿意谈论他们两人之外的话题。

"才几天？好大的口气，整整 11 天！"郑怀舒有些生气地说，显然她对他的行踪是很在乎的，"你晓得我最看得起你的是啥子吗？"

"是啥子？"莫文丰一下子慌了，脸色顿时有些发暗，不晓得是哪句话的啥子地方出了纰漏，被郑怀舒抓住，丈二和尚摸不着头脑，情不自禁身不由己地脑壳上渗出了汗珠。

"你每年都有寒暑假嘛，可是你勒个不是假的'假'，一去逗是十一天，等你回来，恭州勒边的所有稀饭都被吹冷了，不是我说你，你勒一耽误，活生生让一套房子泡了汤。"郑怀舒余气未消，她还是要把话题扯到房子上。勒是可以理解的，快 30 翻杠的姑娘，等着房子结婚，你说她能不着急吗？要是遇上是你，我相信，照样急！

"怎么是我让房子泡了汤呢？一是你没在家我不能与你商量，不能擅自做主，定不下来；二是我也没想到房价涨得勒么快呀？"莫文丰并不服气，有些冤枉地说。显然他的理由是站不住脚的，显得强词夺理，苍白无力，有狡辩成分，不过他还是觉得庆幸，郑怀舒把问题又扯回房子，而没去深究其他原因。

"怎么不是你，如果你在恭州待着，得知房子疯涨的消息，逗给我打电话商量也不至于如此嘛。"郑怀舒得理不饶人。不过谁摊上勒档子事情都可能生气，拿出去的是真金白银啊，哪个不心痛，并且是从牙缝里一口一口省出来的真金白银，能不气吗？

"我与你商量，你有时间拿身份证回来办理过户手续吗？你一天到晚都陷在案子里，打电话也白打，经常关机，还不如不打！"莫文丰一脸委屈。现在科技水平很高，手机已不能保密，许多在出厂前逗嵌入了高智能芯片，具备了接收和传播功能。在当今不排除犯罪嫌疑人的高科技犯罪比如窃听窃录之类，所以研究"4·22"案子时，虽然没有要求一定要关机，但多数时候她都自觉关闭手机，作为行动组成员，经常处于关机状态也很正常。

"好嘛，今后我注意，尽量少关机。还有，我没时间，你逗没时间嘛，你在放假呀，勒种事逗勒么婆婆妈妈了？"郑怀舒承认了自己的不足，但对莫文丰的失误毫不让步。

"说得好听，没有你的身份证怎么办，难道只写我一个人的名字？你愿意我还不愿意呢。"莫文丰继续申辩，说得也对，两个人的共有财产肯定不能只写他一个人的名字。

他们恋爱的马拉松已经长跑 10 年了，等不起了，但房子是摆在他们面前一个不可逾越的鸿沟，一个迈不过的现实问题。良田万顷，日食一升，大厦千间，夜眠八尺，不管朗个说，基本的生活条件是必需的。

"给你打了电话，结果你还是又多耍了五天，你晓得勒五天的变化有多大？大得难以想象，对我们勒样的家庭逗是个沉重打击，白白耍脱一套房子。"郑怀舒负气地说。

"参加完表弟婚礼，我回了一趟老家，我的老家在山区乡下，你是晓得的。我虽然听到了你的电话，可是信号不好，时断时续，没听清具体内容，所以我不晓得你老人家的具体指示嘛。"莫文丰的口气一下子软了，一个劲地解释，眼看郑怀舒真的生气了，他可不想把事情闹大，一旦搞大了，姑奶奶的脾气上来，他还得收拾残局，所以不得不转变态度，既有认错还带有讨好的成分，想用俏皮话活跃气氛，缓解剑拔弩张的形势。

"我妈好不容易向三亲六戚借到了首付款，我忙，你又不在家，总不能让老太太成天东奔西跑吧，那么大的岁数，老人家也跑不下来呀，找不到人去付款，还不逗白白放过了机会。"郑怀舒无不委屈。其实让她妈跑也没用，他们两人的身份证都不在，想交款都找不到地方，找到地方也没人敢收，逗是有人敢收，老太太也不敢交。

郑怀舒的着急是有道理的，女人等不起。别人说男人四十一枝花，女人三十狗屎屁，虽然郑怀舒现在还不到30岁，但交了房费还不能马上拿到房子，拿到房子还不能马上装修，装修好了也不能马上去住，勒样一算下来又是猴年马月？不过交了房款逗有了盼头，现在连一点谱都没有，盼头从何而起？老实说，再不结婚逗要被人耻笑了。可是要结婚必须要有房，大好的买房时机被错过了，你说她能不气吗？

郑怀舒把老太太搬出来，莫文丰逗更说不上话了，为了他两个的事，老太太付出了太多太多，如若对老太太有所不恭，不充分尊重老太太，不认可老太太的付出，的确从哪方面都说不过去。

莫文丰觉得自己委屈，房子的事确实让他出乎意料。早不涨，迟不涨，自己才走10来天逗涨了勒么多。他晓得错在自己，但也不完全服气，这是市场因素、社会因素，不应该全算成人为因素。所以他努力寻找客观原因，东拉西扯，砌词狡辩。勒是80后年轻人的通病，从生下来逗是在鼓励中成长，哪受过委屈批评，不说出几句理由，面子上怎么也过不去。

勒对鸳鸯走到今天不是一帆风顺，经历了一些磕磕碰碰，还曾经闹到几近分手的程度，要不是老太太极力做些劝解疏导工作，莫文丰恐怕是打起灯笼也难找到郑怀舒勒样的好媳妇了。所以一说到老太太，莫文丰自然逗没了话说。

郑怀舒考上恭州警官大学那年，莫文丰已经是那所院校四年级的学生，别人都在跑进跑出忙着找一份称心如意的工作，他却在快毕业那一年，成天猫在学校，耐心等待着郑怀舒下课，"只争朝夕"分秒不误地快速确定了他与她之间的恋爱关系。他所以勒样是因为他对自己的工作分配有正确估计，他有底气，好事岂止朝朝暮暮，不在慌忙上。

那时，莫文丰是学校比较出众的人才，不光长相帅气，还是校篮球队的前锋。在篮球队里，他的身高并不占优势，但弹跳力超常，尤其是定点摸高，据说在球队里首屈一指。打比赛的时候，他那优美的三步上篮姿势令人拍手称快掌声不断，更绝的是腾空转体360度再急转灌篮动作，霸道（威风）惨了，让人看得目瞪口呆。他的勒个动作，不知迷倒过多少女生。郑怀舒那个痴迷哟，发自内心，无以言表。只要有她在场，莫文丰的每一个灌篮动作，她都要大声喝彩，引得周围人侧目而视。只要有莫文丰比赛，从"热身"、活动筋骨、赛前小练，郑怀舒都是忠实的观众。只要时间许可，她绝不放耙子（爽约），场场不缺，当莫哥的铁杆粉丝。

郑怀舒也非等闲之辈，一进学校逗成为校文艺演出队的骨干舞蹈演员，非常洋气，独舞"凤凰梳翅"是成名作，把个凤凰如何爱惜自己的羽毛表现得淋漓尽致，勒个舞蹈并不是她进大学以后的新创，而是从中学带来的。不管怎么说，在勒所院校的教职员工和广大学友面前勒个舞蹈久演不衰，绝对百看不厌，赏心悦目。她同时又是校篮球"宝贝"，莫文丰的每一场球，都有她呐喊助威，尤其是中场休息，宝贝们的激情热舞，更少不了她。那种心体合一婀娜多姿的神态，凹凸显著的体线，满脸洋溢的微笑，不知让多少人神魂颠倒。

他们是在这样的条件下，抛开世俗的偏见，抛开其他一切干扰相识相知相爱的。那时的莫文丰虽然奋力急追郑怀舒，但绝不出格。他是很灵醒的人，清楚木桶的容积取决于木桶中那块短板。他有短板，那短板逗是家庭条件不好，家徒四壁，穷得一塌糊涂，他们之间的成长环境有着天壤之别。在勒个问题上他只能当白市驿的板鸭——干绷（打肿脸充胖子）。

第八章

刘太白推门进屋，顿时，出租屋一股家的温馨迎面袭来，同居"老婆"依人的小鸟放下手里的活计飞叉叉地跑上前拥抱他，给了他一个甜甜的吻："饭早做好了，人家都等你好久了，朗个勒才回家。"这样的吻已经成为小鸟的惯例，只要先下班，先回屋，刘太白逗能享受勒样的优待，但勒样的时候的确不多。

"今天太阳从西边出来了，怪扯扯的下班勒么早？"刘太白问。

往天，小鸟勒个时候不会在家，做晚饭这种家庭妇女的事，自然而然理所当然地落在刘太白这个大老爷们身上。

"从明天起，上夜班了，白天睡觉，晚上9点接班。我每天都可以做好晚饭等你。"小鸟抑制住兴奋，脸部爬上红晕，温情脉脉。

刘太白的脸部表情急转直上，来了个阴晴颠覆，是怎样的颠覆？当然是晴把阴倒了个个儿，心情一下子逗爽起来："哦，那好！我今天要先吃你，再吃饭。"话没说完拦中半腰一把抱住小鸟，边脱衣服边往床上拥。

小鸟也不挣扎，晓得他要干啥事，嘴里喃喃地反复着："老公爱我，老公爱我。"还惊疯豁扯（亢奋）地主动牵引着退到床前。

他们颠鸾倒凤如胶似漆，小鸟在他身下快乐地呻吟。

刘太白所有的不痛快，所有的忧伤，所有的烦恼，都在小鸟快乐无比的呻吟中荡然无存，消失得无影无踪，他彻底地放松了，舒服了，被小鸟征服了。

小鸟也折腾累了，紧紧地依偎在他身旁,每当勒时他都会脚炮手软(无力),

幸福慵懒地躺着，一动也不想动。

这真是个好老婆，是他的小老婆，还真是个"小老婆"，人家今年才18岁呢。

回想起来，这个"小老婆"得来真不容易，费了一番手腕周折。

小鸟叫钟桂花，蜀中宜灵人，之前是个发廊的按摩女，大家又叫她小桂。瓜子脸，大眼睛，双眼皮，明眸皓齿，樱桃小嘴，肌肤白净嫩滑，腰线突出，很有几分姿色。

刘太白那天从发廊经过，当他第一眼看到小桂的美貌姿色，逗觉着撩拨心弦，他那颗心咚咚地跳得心房发痛，血往头上涌，着着实实领教了一把啥子叫"一见钟情"。

她正给人做头部按摩，身子直立，胸部高耸，显出优美的线条，散发出撩人的性感。他身不由己地停在发廊门前，站了好一会儿，睁大眼睛看着她的每一个动作，特别是不时透过矮领，看她丰满的酥胸，越看越不能自已，犹如打翻了调味罐，五味杂陈。他有些犹豫，既想进又不敢进，要晓得勒一脚跂（跨）进去，今后可能逗会被勒个女人迷住。红粉易妆娇态女，无钱难作好儿郎。他不晓得在勒个女人身上花的成本有多大，勒几个月倒是挣了点钱，还没来得及往老家寄，那是给家乡妻儿老小的钱，是不能乱用的。然而，他终究没有挡住诱惑，一脚跂进去了。

从此他常到勒个发廊按摩，自己做体力活，闲暇无事，也需要得到放松，虽然花钱，但觉得"值"。他每次只点小桂，逗是她正在"上钟"，等很长时间也只点她一人，小桂也知趣，从来不多要"小费"。他获得了她的好感，她对他有了信任，这逗是成本，他想着，这样懂事的女子，花在身上的钱不会太多。

几次结交，刘太白掌握了时机，蠢蠢欲动，企图趁热打铁一举拿下钟桂花。他试探着约她外出，她满口答应，这倒让他大出意外。

那天，他带她来到恭州近郊灯影峡游玩。勒是个被游客称为"一步一景"的地方，海拔不过600米，青山绿水，山势雄伟；峡谷常年烟雾弥漫，蜿蜒崎岖，两边山峦丛林在阳光照射下酷似一尊尊姿态各异的人像。他俩汇入游人之中，涉溪水、观峡谷、过悬桥、荡钢索，一小时险象环生的游程，让钟桂花高兴得呜嘘呐叫（大声喊叫）。

接下来他们感受了漂流的乐趣，租了一条双人橡皮艇。这是刘太白第一次与钟桂花的大面积身体接触，他闻到了她的体香，刺激了雄性荷尔蒙，心里发痒，陡然升起一种欲望，那位硬痴夺棒很有力量的小弟弟顶在钟桂花的腰上，他还是克制住了。一是在这大庭广众之下，他还没有勒个胆量；二是年龄悬殊，必须要做到小鸟心甘情愿，否则鸡飞蛋打得不偿失。他有自知之明，冰雪是靠温度融化的，感情是靠时间培养的，他有足够等待的耐心。

灯影峡水量充沛。有人说山有多高，水逗有多高，勒话一点不假。灯影峡上游群山环抱，有多股泉水从地下涌出，汇集而成一座库容达四五百万立方米的水库和一座3万多立方米调节水坝，勒里漂流就水量而言可以不分季节，不受气候影响，旱涝都可以正常接待游人。

灯影峡谷深沟狭，植物葱郁，几乎被森林全部覆盖，冬天可挡风雪，风吹不透；夏天可遮蔽紫外线，日晒不着，不用担心皮肤被紫外线撕咬而脱皮。

灯影峡是个全天候漂流场所，全长五六千米，总落差达120米，水中大小阶梯一个挨着一个接连不断，最长的连续200多米长，非常刺激，非常过瘾，似水上过山车，让漂流者尽情释放激情。

漂流中途经的珍珠滩、龙佛岩、千佛滩、石莲花瀑布等景点，有如串串珍珠错落有致地散布在河道之间。水流时而湍急如梭，时而舒缓惬意，时而逐浪高飞，时而跌宕起伏。

一路上随波逐流，钟桂花大呼小叫，异常兴奋。特别是漂过5米石莲花瀑布时，人一下子逗被浪花抛到空中，那心也逗悬到空中，随即落下到水中，那心也就落回心房，让他们体验了瞬间自由落体的感觉，有上天入地的滋味，带来空前的浪漫与激情。

勒一天，挑战自我，释放压力，让钟桂花领略了前所未有的惊险和刺激。

回来的路上，他请她吃了晚饭，还把她一直送到家门前。刘太白等待着当晚成就好事，他不能太主动，要让钟桂花主动提出。

画水无风空作浪，绣花虽好不闻香。事与愿违，钟桂花并没有像刘太白所想象的那样轻浮，一举就被拿下，她甚至都没喊他进自己的出租屋，哪怕客套性的语言都没提，更没让他进屋过夜。他非常失落，有了霸王硬上弓的心思，但一下子想到他的过去，便偃旗息鼓，悻悻而归。贪她一斗米，失去半年粮，好事不在慌忙上，忍一时之气，除百日之忧，他想开了。第二天钟桂花照样波澜不惊继续在发廊上班，做她的按摩女，当然，对他仍然热情不减。

天长日久钟桂花勒个生鸡蛋真的被刘太白焐熟了，终于擦出"火花"，产生了"感情"。勒种感情对刘太白勒个"大叔"辈的男人而言是清醒白醒早有贼心，只是一直假装深沉死眉秋眼（无精打采），哄人家小姑娘。他在把握时机，温水煮青蛙，一步一步地让她在矜持中丧失警惕，在欢乐中就范。多次交往，多次散步、攀谈，他逐渐了解到她的往事，少女向大叔敞开了心扉，主动讲出了她的隐秘。

钟桂花与中国农村绝大多数怀春少女一样，有过许多梦想，也有过许多失落，虽然年轻却在不少事情中历经苦难。

那年，16岁的钟桂花憧憬城市生活，高中毕业离开了生养她的小镇，到蜀中某市一个工厂成了打工妹，光怪陆离的大千世界中一切的一切，对她是那么新鲜、充满诱惑，她要用自己的力量，去解开一个又一个谜团，融入美好的城市。在生产线上班是严肃紧张的，来不得半点疏忽。下班后无所事事，她学会了上网，学会了QQ聊天，这两样是要上瘾的。

此后，虚拟的网络伴随着她，空闲时间几乎都在网络的天地遨游驰骋，有时甚至忘了吃饭、洗衣，忘了收拾出租屋。那年头，她不谙世事，三天两头回家，不断地重复着进城回乡、回乡进城的节奏。年轻人嘛，好动。特别是90后独立生活能力差，初出家门，初踏社会，恋家，挣的几个钱全交给了车船售票处。

一年后，钟桂花离开蜀中的工厂，返回宜灵老家。在好友介绍下实现了离土不离乡的愿望，在当地大型酒厂给酒瓶贴标签。勒活路钱少不轻松，每天累得腰酸背痛，颈子发僵，椎间盘突出，要死要活还拴人。她没干多久便辞职离开宜灵，只身南下深圳。

初到深圳的钟桂花，感觉那里的工作更累，没完没了地加班，无聊、苦闷。她在QQ中写道"将薪比薪都没脸活啦"，同样是人，别人干得少拿钱多，她说的是厂里的白领丽人；她勒样的打工妹干得多却拿得少，付出和获得不成正比。她不服，不服也没得用。"工作辛苦"，"工资少得可怜，只够喝水"，"天天青菜炒黄瓜，捞肠寡肚（没油水），无油无盐巴"。有怨气，发牢骚，又如何呢，未必搬起石头打天不成！

勒个社会差距太大了，她在QQ中对朋友说："看到别人轻松干活挣得不少，老板打两个钟头牌输赢的钱比自己一个月工资还多，心里不舒服。"她希望要一份"钱多点，活轻点"的工作，但是勒样的事情不由她主宰，愿望很难达到。几个月后，她只好辞去工作回宜灵。

钟桂花看惯了城市的干净整洁，再看小镇垃圾遍地糊屎搞尿，杂杂草草的环境，不习惯了，烦！在家的日子过得更无聊，性格变得孤僻。遇上熟人，喜欢的打个招呼，不喜欢的，对方打招呼也爱理不理。也偶有外出，比如陪弟弟进宜灵城，父母带她去外地医院看病。勒些都是短时的，外出几天再回家，还是感到无聊，无所事事，磨皮擦痒，只好用手机上QQ。

父母怕她成天耗在家里整出啥子毛病，不是办法，想让她学经商，但是她说："自己创业又不晓得做啥子，头发长见识短，没阅历，没经验。本钱大的父母拿不出来，本钱小的又不能赚大钱，想开个饭馆做胀不活饿不死的生意，老妈又觉得太拴人，舍不得'麻将'，不愿帮忙打下手。"她抱怨"运气不佳""人生不幸"。

屋漏偏逢连夜雨，行船还遇顶头风。钟桂花心情不好，丢三落四，蚀财失物，两个星期不到掉了两部手机，对于"啃老"的她是一笔不小的损失，心理重创，更是气得不行，对外出也更少了兴趣，整天在家睡觉。

后来她在网上传出照片，照片像素不高，都是用网吧摄像头拍的，但效果不错，年轻富有朝气，被恭州勒个发廊老板看上，便来恭州当了按摩女。

"老公你再躺会，我去把饭热一热。"小鸟想翻身起床。刘太白才不想放过她呢，一把抱住她，又是一阵猛亲，他鼓足勇气，又做了一次。这一次，照样使小鸟兴奋不已高潮迭起，他彻底累了，身子散架似的，被小鸟榨干成了蔫打皮皱的干丝瓜。

他放了小鸟，却没有睡意，脑袋仍处在亢奋之中，心想："女人真是一块铁，打不垮，整不烂，不晓得累。"他听着小鸟窸窸窣窣地办饭菜，品味着他是怎样把小鸟捉进笼子的往事。

钟桂花到了恭州，有个男人多次到发廊纠缠，与刘太白见过面，那人说是她在深圳的男朋友："我是从深圳一路追到恭州的，我离不开她，舍不得她。"

深圳打工的那年，钟桂花在郊游中，有了"男朋友"，属于一见钟情的那种，还同居过，但好景不长，双方年轻，不懂人情世故，完全是小孩子过家家，当不得真，还时常吵吵闹闹。

"既然勒样，你逗应该好好地去爱他，珍惜他，呵护他。"刘太白言不由衷地说，他在套她的口风，毕竟刘太白是过来人，老成持重。

"㞞的个男朋友，差十万八千里，只想占便宜，花我的钱，又不想娶我，光耍不娶，好逸恶劳，那是个吃软饭的无赖。"钟桂花一边按摩他的头部，一边气愤地说。

钟桂花能在刘太白面前说出勒样的话，让刘太白欣然，显然他与她的关系又进了一步。他对勒个女人有了更深的了解，他感觉得到，她是真生气了，气得按摩的手法都乱了，老在他头上打指腹。

勒些话让刘太白坚定了信心，他转过头望着钟桂花："我还巴不得呢，他不要我要！"说得干脆利落，铿锵决然，然后起身一把抱住钟桂花。

钟桂花的脸唰地红了，她挣扎着，摇晃着："放开，放开，别个在做活路呢。"

"以后我养你，不让你干活，挣的钱都给你用！"他根本没管对方的拒绝，及时地补了一句话。

她低下头，似乎人都傻了，没再动作。

当那个"深圳人"再来发廊时，刘太白稍稍动了点男子汉的威严，气势汹汹咋呼了几句，那个人逗吓破了胆，屁滚尿流落荒而逃，被撵得远远的。看来，钟桂花说得一点儿没错，那人真是个熊包，是个吃软饭的家伙。否则，他不与太白大叔决斗才怪。刘太白庆幸没费多大力气逗捡了个便宜。

"她有羊儿风（癫痫病）！"

刘太白多天的软磨硬缠，用深情打动了钟桂花，当钟桂花终于答应跟他走的时候，发廊老板迈过（瞒着）钟桂花，斜着眼睛向他悄悄说。

刘太白一怔，他不晓得发廊老板是何居心，是不是放烂药（使坏），更不知道这话是真是假，也不晓得发廊老板为啥子要让人勒样扫兴，羊儿风不是一般病，打退不如吓退。他想了想说："我才不信呢，你娃莫骗人。"

老板不看他了，只顾忙着给人理发："勒是真的，我是提醒，一点没骗你。"看得出来，发廊老板心里有些发梗，翻滚难受。

刘太白看懂了，从他与钟桂花"闪电"似的交往和钟桂花平时为人的严谨，他猜想，老板是吃醋，吃不到葡萄逗说葡萄酸。他更不相信了："你那点小九九，花花肠子，逗想跟我过招，没门。还是趁早收起来算了，我不会上你的当受你的骗。"

发廊老板转过头来一脸认真地说："我勒个人不是你想象的那个样，我是诚心帮你，免得你后悔。"

刘太白回想着在自己眼皮底下，发廊老板对桂花的确没有支脚动手（动手动脚）的暧昧行为，平时交代工作一本正经，有板有眼，不见嬉皮笑脸吊儿郎当的样子。对勒样漂亮的女人不动心，过去他估计老板可能阳痿，或者同性恋，他暗自庆幸。如今老板舍不得桂花，可能是另有目的，便又说："你是想把小桂当招牌，用她的美貌为你招引顾客，给你挣钱，把她当摇钱树，所以才舍不得放人。"

老板见他油盐不进，有些不大愉快地说："好心当成驴肝肺，我不管了，爱信不信。"他从此闭嘴，一门心思做生意，不再多说一句话。

勒个不利信息还是引起了刘太白的重视。他听人说过，羊儿风发作起来，意识丧失，全身僵硬，还伴有抽搐。每发作一次会持续好几分钟，常常伴有舌头咬伤、尿失禁或窒息。轻者也会突然中止所有动作，盯着一个物体不转睛，口吐白沫，喊叫不应。要真是勒样，今后的麻烦可逗大了。不但勒个花瓶碰不得，而且还要防着点，捉个虱子来搔痒值不值？要不要捡勒个炭圆儿，得思忖思忖，他犹豫了。

钟桂花的确有羊儿风。她离开深圳回家，逗是因为癫痫病。不知怎么搞的，在深圳的生产线上落下了勒个毛病，可能是小镇少女没见过大场面，尤其是90后衣来伸手，饭来张口，散漫惯了，突然面对醒领轰隆（闹哄哄）的现代化大生产场景，心情过分紧张，精力高度集中而产生意外是有可能的。

从深圳回到宜灵，钟桂花先在一家电子厂找了份工作，没干几个月又辞职了，逗是因为那该死的羊儿风，只要她被聚光灯罩着逗会犯病，渐渐地犯病间隔越来越短，最后根本没法坚持大车间的生产工作。

刘太白不得不考虑勒个现实压力，他徘徊了，冷静地思考着勒个棘手的问题。几经回忆他发现，自己到发廊时间不短了，从未发现钟桂花发羊儿风。并且勒小女子只要见到他逗格外开心，别说羊儿风，逗是小伤小病也不曾有过。他相信，钟桂花的羊儿风与情绪有关，只要不是特定的环境、特定的刺激引起情绪波动，可能逗不会犯病。想通了，也逗坦然了。他没有听信发廊老板的忠告，而是执意要与桂花在一起，他拿了点钱给发廊老板，把小鸟"赎"出来，租个房子过起了夫妻生活。

"可以吃饭了。"小鸟亲切地呼唤着。她现在一切正常，又进了工厂，上生产线也没犯过病，她得的勒病的确与心情有关，心情舒畅啥事没得。

刘太白从床上扬起身子，瞄了一眼一桌热气腾腾的饭菜，抓起衣裤穿上。

小鸟乖巧地递上一条热毛巾。

他惬意地擦了一把脸，递回毛巾时也没忘记啃她一口，小鸟十分夸张地"尖叫"一声，转身晾毛巾去了。

他勒才心满意足地来到饭桌前，非常爷们地拿起筷子进餐。

勒是一对幸福人儿的幸福生活。

"昨晚恭州又出事了。"刘太白一边吃饭，一边给小鸟讲外面的花边新闻。因为火车站是个人流汇集的地方，各种消息来得非常快，加上为了与小鸟有共同语言，一有空他逗读报纸。

"出啥事了？"小鸟惊奇地问。

"说是昨晚7点多钟，恭州新高区桥石堡驻军营房门口，一个站岗的哨兵，被人开枪打死，手头的自动步枪遭抢走了，另一个赶去查看的哨兵也被袭击，造成重伤，行凶的人逃得无影无踪，一点痕迹都没留。"刘太白说。

"哇，有勒样的事，这段时间朗个勒么多事？能不能给我讲详细点。"这显然又是一个奇闻，吊起了小鸟的胃口，要晓得解放军在她心目中是多么神圣，多么伟岸，她不明白怎么会出勒样的事，犯罪嫌疑人哪来那么大的勇气和胆量，会明火执仗抢解放军的枪？

刘太白乐意与小鸟说话，特别享受小鸟每次专注地望着自己听龙门阵的神情，非常羡慕地听他说话的样子。每到勒个时候，他的自尊心得到极大满足，勒也是所有老夫少妻最为得意的地方。其他的老夫是靠学识镇住少妻，在勒个家庭，刘太白一无学历二无技能，是靠他的阅历镇住小鸟，而勒个阅历主要是街头巷尾的花边新闻。因为小鸟的工厂是封闭式管理，两点一线，家里厂里，很难听到新闻。不过刘太白每次与小鸟说话都要尽量咬文嚼字多用报纸上的语言，尽量显得学富五车，正是这样尽情展示自己光鲜的一面，小鸟才被他深深地吸引着。

"多的事情我也不晓得，详尽的细节我更知之甚少，勒种事是考公安本事的，现在的公安除了在老百姓面前耀武扬威，没得别的本事，我看勒个抢驻军枪的案子，他公安朗个破案，朗个交差？我估计是破不了！"刘太白幸灾乐祸。显然，他对公安有成见。

小鸟愣住了："公安都破不案，勒个案子有那么复杂嘛，那解放军朗个办？未必白死了，不会吧？勒犯罪分子硬是凶狠，太神奇了吧。"

"能不能破案，会不会白死，犯罪分子神不神奇，我们骑驴看唱本——走着瞧，小老百姓没本事左右案件，心头明镜似的，等着看笑绳儿呢。"刘太白不阴不阳不冷不热地说，不知是高兴还是随随便便一说，过嘴瘾。

小鸟无不担忧地说："勒种事千万不可摊到我们脑壳上，老公你在外边要注意安全，有事躲得远点，千万不要找上门去遭误伤，你要经常想到，勒个家不是只有你一人喔，还有我时刻在等你哟。"她非常珍惜来之不易的幸福，非常在乎勒个家。

刘太白无不得意地说："是啊，我有勒么好的老婆，我朗个会到不安全的地方冒险呢，我才舍不得勒个家呢，随时随地都警惕着。老婆，你逗一百个放心，一千个放心，没事我是不愿意去凑闹热的。"他说的是真心话，涉及自己的生命安全，多数人绝对不会去赶斗凑（多事）。

第九章

所有信息汇集到了恭州市公安刑警总队的案情分析会上，太阳透过玻璃窗射进屋里，给会议增加了一分明媚，大家讨论非常热烈。

"这的确又是一起用'五四式'军用手枪杀人的案子，两枪几乎同一个射击点，第二枪稍稍偏左5mm。弹孔穿出方向的大小、走向与'4·22'枪杀抢劫案差不多，也属近距离射击，没捡到弹壳。"法医刘春生首先发言，简明扼要，直奔主题，似乎一下子逗把新近发生的勒个案子与"4·22"枪杀抢劫案连在一起了。

小安马上抢过话头："单凭勒一点逗与'4·22'案并案侦查，我觉得牵强。"

李海虎看了看吕凌霄，"老吕，是你说还是美女说？"他意指刑事巡逻这一块由谁来介绍情况。

吕凌霄努了努嘴，示意身边的郑怀舒："还是美女说吧，她说话更有人听。"脑子里测得出的叫智商，脑子里测不出的叫智慧。他用智慧避开了自己在思考不成熟时与不同意见的正面交锋。

郑怀舒听出了他的话外音，一点不计较。她晓得勒位搭档是发自内心地赞美她。她打开纸皮卷宗介绍说："事发地是恭州市一处颇有名气的商品批发集散交易市场。具体地点是恭州市新石路桥石堡，驻扎在勒里的是一支解放军技术部队。大门左右两侧，分别是商品批发市场、桥石堡建筑材料和装饰材料经销广场，对面一排经营陶瓷，大门右侧四五十米有一排居民楼，夹杂着餐饮小店。勒个地区每天的人流有五六万，人员身份各异，很嘈杂，往来车辆多，一批批建材以数十吨的卡车运进去，又以无数个'小长安'拉出来，人流如织，来来往往，市面繁荣，各色人员川流不息，有人看货，有人买货。

"这些年，军民相处得很好，数十年没发生过大的安全事故，百姓从内心把部队当作保护神，战士笔直地站在岗台上，逗像天兵天将一般，威严镇邪，给市民极大的安全感。

"案发时天近黄昏，虽然商品批发市场和建材广场的商铺已关门打烊，但部队门前的马路仍有行人来往，有些人在准备夜市，摆出一些晚餐小摊，比如烧腊、卤肉、酸辣粉、锅盔、烧烤，满载水果的板车停在街边摆卖，小贩高一声低一声地吆喝，使出浑身解数招揽过往行人。勒里是城中村，更像城郊接合部。

"部队大门平时有3名战士值勤。其中两人在大门外两边岗台上，一人在传达室内。岗台上左边战士肩挎半自动步枪，右边值班长背手枪，两名哨兵身体敦独（结实），军姿标准。

"目击者介绍，夜幕刚刚拉下，天气还有些凉，一个身穿浅蓝色风衣，头戴黑色绒帽，只露两只眼睛的人，突然出现在部队大门口，以迅雷不及掩耳的速度抽出手枪，向站在大门左侧岗台肩挎半自动步枪的哨兵连开两枪，战士猝不及防胸部中弹，倒在血泊之中，蒙面人又调转枪口直端端地对准了右侧的值班长和一名外出回营房企图向他冲去的战士。

"这两人见势不妙，意识到硬上可能吃亏，转身闪进大门，从营房阴影处跑进大院，值班长嘘、嘘、嘘……吹响了紧急口哨。

"犯罪嫌疑人上前提起半自动步枪，沿部队门前马路，向新石路方向快速逃窜。"

第一现场的案发经过在郑怀舒娓娓动听的叙述中展现开来。

小幸补充道："据部队门前街道上的几个监控录像显示，蒙面人抢走枪支后，徒步穿过桥石堡社区，到达距离事发现场300多米远的恭州五金城西门对面的石新路口，乘坐一辆在此等候的出租车逃逸，从监控录像看出，这辆出租车至少在此停留了二十分钟。"看来,她已带人提取了临街的监控录像。

"拍摄到出租车牌照吗?"李海虎问。

"没有,出租车离摄像头太远。"小幸答。

郑怀舒接着道:"犯罪嫌疑人作案的过程被部队大门对面正在吃饭的香烟摊老板看见。他当即大声武气地喊,'抢枪了!抢枪了!抢匪把解放军的枪抢了,抢匪打死人了。'正在部队大门外扫地的一位中年女清洁工,也看到了犯罪嫌疑人开枪射杀哨兵和抢走枪支的过程,因为离得近,她害怕犯罪嫌疑人加害,吓得直哆嗦,怔怔地愣在那里,大气不敢出。

在离事发地300多米远的勒段街道上,犯罪嫌疑人作案后的系列行为是清楚的,有多个目击证人。从部队大门通往新石路四五十米的地方,有一条斜坡小路通向桥石堡社区,路口旁边有个卤肉摊。枪响过后,卖卤肉的女老板看见犯罪嫌疑人腋下夹着个硬长的尼龙布袋跑了过去,径直向山坡上的小路跑。她们事后揣测,犯罪嫌疑人是把抢来的枪藏在尼龙布袋里了。

距路口十来米远的山坡上,有一家废品收购站,老板蹲在路边烧腊摊旁打望,也看见了戴黑色绒帽、只露两只眼睛的犯罪嫌疑人沿山坡跑了十多米,窜进了左边山腰上的桥石堡正街。"

"勒个老板姓谭,以前当过兵,是陆军普通部队,退伍多年,但血性还在,对犯罪嫌疑人很愤慨。"吕凌霄插话道。

郑怀舒继续说:"一分多钟后,被犯罪嫌疑人逼退的那两个解放军追了出来,他俩是吹过哨子后逗直接追出来的,身后的大部队离得还远。

看到解放军沿着马路向新石路方向追,谭老板连忙迎上前拦住,告诉他们犯罪嫌疑人跑到了山坡上的桥石堡正街,并主动带路向山坡追去。"

吕凌霄插话说:"后来谭老板对我说,当时他没听到枪响,只是有人在喊抓抢劫犯,他不晓得嫌疑人身上有枪,还以为是抢了女人的金耳环、金项链之类东西。我只是作点补充,你继续说。"

郑怀舒接着说:"谭老板带着两名战士,跑上山坡,向桥石堡正街犯罪嫌疑人逃跑的方向追。"

桥石堡正街是一条建在半山腰的小巷，只有三四米宽，200多米长。小巷两边的商铺和居民的自建住房形成步行街，有洗发店、麻将馆、修鞋铺、小吃摊等，还有人在小巷中用手推车卖水果，小巷尽头是新高区人民医院。

"谭老板和两名战士边追边询问路边行人。据巷口一家洗发店前卖香烟的阿婆证实，她亲眼看见蒙面人跑进了巷子，根据这个线索，他们三人一直追到新高区人民医院门前，没有见到犯罪嫌疑人。他们不晓得问题出在哪里，只好从原路返回。"

小安道："据目击证人描述，犯罪嫌疑人应该是个男性，身高1.75米左右，穿浅蓝色风衣，戴黑色帽，背上还插了一把砍刀，上坡时急走脚呈外八字，脖子比较僵硬，含胸，似乎身带残疾。"他也参加了社会摸底和对群众的走访调查，了解的细节比较多。

小幸道："上坡中段的那个监控录像，比较清晰地捕捉到了这些特征。"她支持小安的说法。

吕凌霄补充说："事发后，当地警方怀疑嫌疑人逗潜伏在周围，把谭老板召回来带路，持枪解放军战士与警察一起对附近楼层挨家挨户进行了拉网式搜查，没有任何收获。"

小幸说："当地一名曾姓保安告诉我，警方和解放军出动数量之多，是前所未有的。随后，军警开始在重点路段设卡，对出租车进行排查，直到第二天早晨才取消哨卡，整个气氛极其紧张。这会给犯罪嫌疑人很大的心理压力，起到震慑作用，估计一时半会儿不敢有所行动。"她要表达的意思是，犯罪嫌疑人迫于压力很可能逗在附近，没跑多远。

的确，恭州警方在事发后立即启动了应急处置预案，各警种全力投入搜捕，还在众多交通要道布设了警力，并对部分车辆进行检查。恭蓉高速公路科辉收费站旁，一个"武装检查"的黄色警示牌十分显眼，过往车辆十分配合，都自动停车接受检查。

小幸说:"被杀的士兵今年才19岁,江西人,长得很帅气,刚从新兵团下到老兵连队站岗。死亡哨兵的亲属当晚赶到恭州。网民还为哀悼这名年轻士兵开了网站,很多人登录,谴责凶犯。网民'巴恭人'说:一个突然陨落的年轻生命,离开了世界,向我们拉响了安全的警钟,希望你的血能警醒生者,不会白流。"

李海虎从上述发言和补充发言看出,"4·22"行动组成员对勒个案子是做足了功课的,进行了认真调查研究。但他们中有的同志思想还有些不明朗,有把本案与"4·22"专案割裂的倾向。面对这种情况,还需要全面系统地分析案情,统一思想。干公安逗是勒样,既要胆大如虎,又要心细如丝。胆大如虎说的是不畏惧邪恶,在人民群众生命安全受到威胁时能够挺身而出,冲得上去;心细如丝说的是调查研究要仔细,不能放过任何蛛丝马迹,不能因麻痹大意失去有用线索。

"4·22"行动组的同志有些想法,可以理解,勒是责任使然。谁都晓得,铁路警察各把一段,各扼其要,各负其责。乐于种别人的田,必然会惆怅地荒了自己的地。把大量时间和精力用在一个与自己案子并无关联的案子上,必然会耽误"4·22"专案的侦破,勒是连三岁小孩都清楚不过的道理。

吕凌霄也在心里打鼓,用他的哲学来衡量,叫作耳朵听得到的动静是声音,耳朵听不到的动静是声誉,他怕精力偏移、聚焦分散,会影响"4·22"专案的侦破,进而影响恭州警察的声誉。

从情况介绍可以看出,他们中的有些人虽有想法,只是思想认识上的问题,并没有影响行动上"执行任务",他们的调查严丝合缝,有板有眼,一丝不苟。勒逗是我们的人民警察在大是大非面前的态度,有了勒样的态度,啥子困难也吓不倒,啥子疙瘩也解得开。

李海虎决定因势利导,他说:"勒个案子涉及人民解放军,解放军是国防的重要力量,是祖国的钢铁长城,是人民的守护神。勒个案子非比寻常,守护神惨遭杀害,引起了各方面的高度关注,市局调集了数十位破案能手和破案标兵直接参与侦破，甚至那些已经退休的破案高手也被请回来参战，一些机关、后勤部门的民警也被抽调到作战前线，真是高手云集，高调出击，强手打击。"他一连说了三个排比句，意在强调，意在着重，意在要求。

他接着说："公安部讲了，若市民向警方提供有效线索，可奖励10万元。我们已经掌握嫌疑人的大概体貌特征，很快犯罪嫌疑人的画像逗会制作出来。从目前的国际形势发展看，勒个案子不排除是对党和国家有敌对情绪的人作案。上面初步认定，不排除与恐怖组织有关联。"他用公安部和市局对勒个案子的重视程度来增强大家协作破案的信心，消除顾虑，统一思想。

吕凌霄经过认真思考后说："我们总队是因为此案与'4·22'抢劫案的杀人凶器相同才并案的。在市局强大的阵容面前，虽然，我们勒个小组显得比较渺小，但却应该发挥不可忽视的作用。当然，勒个抢枪杀军人的案子，从监控录像中看，犯罪嫌疑人的身高、体态等方面，与我们掌握的'4·22'案犯特征有些出入，表面看沾不上边，但有勒么多的破案能手和破案标兵参与，他们的分析和看法，对我们来说是个千载难逢学习的好机会，应该倍加珍惜。我们要恪尽职守，一心一意执行上级的命令。"看来并案的事，事前李海虎与吕凌霄这位专案组的副组长沟通过，没准有可能还是吕凌霄主动争取的呢。他的勒番话让人感到，队长很快调整了思路，回到了李海虎要求的主线上，队长与总队长保持一致，很正常嘛。

李海虎抓住时机说："上面已将此案列入反恐打击范畴，破获此案，成为全世界刑警的共同工作，很可能还会有国际刑警介入，这样我们身处办案的核心圈子，直接和国际接轨了，更有了开阔眼界的机会，本不想发生案子，但案子已经发生，在破案中能有勒样的机会，能向那么多高手学习，坏事变成了'好事'，机不可失，时不再来，大家要珍惜勒个学习机遇，虚心向专家学者学习。"

反恐打击是近年来一个常用的响当当的名词。公安部曾在北京举行新闻发布会，正式把反恐打击纳入我国公安的职责范畴。在那次会上宣布了首批认定的 4 个"东突"恐怖组织。中国政府希望国际社会对中方打击恐怖活动给予支持，并愿意与国际社会就反恐怖情报信息交流、引渡和遣送恐怖犯罪嫌疑人、截断恐怖活动的资金来源等方面加强战略合作，实现资源共享，勒逗使我们的公安工作在反恐打击活动中正式与国际无缝对接了。

恭州市枪杀军人抢劫枪支案，被定性为恐怖组织的行为，上升到政治案件高度后，公安部部长亲自飞抵恭州督促办案。恭州警方发动 10 000 多名警察和武警，人手一张监控录像截图，挨家挨户进行调查。在恭州往蜀中等外省区的交通要道上，警方都设有明岗暗哨，检查过往车辆和行人。恭州市委、市政府对此案高度重视，市领导相继批示，要求全力侦破此案。

第十章

莫文丰出生在木鱼山顶端的一个村子里，山脚下是庆收古镇，那是个好地方。相传庆收镇建于隋朝，明清两朝尽显繁荣，商贾云集，店铺林立，商贸发达，一条绕镇而行的小溪伴随着通天的青石大路，是著名的旱码头。

古庆收是以"城"的规模而筑，有东、南、西、北四道城门进出。东门出城通往故陵，南门出城通往川南，西门出城通往清风，北门出城通往碛洛，这四个地方都是当年的繁华大市。庆收老街至今保留着较为完好的古石板路，市面的门脸里隐藏着众多四合院。宫、堂、殿等建筑物的装饰，多以砖木为主要材料，以镂空、浮雕等手法制作成花、鸟、鱼、兽形状，广布于檐额、窗栏之上；房屋以榫卯木结构、单檐房山式屋顶、二层双重挑檐为主要形式，老街房屋多为青砖黛瓦，福街、寿街、禄街、喜街、十字街、神仙街、半边街保存完好。

碉楼是庆收的一大特色。庆收古镇历来是繁华之所，是兵家必争之地。古镇四周山高林密，沟壑纵横，富商多造碉楼保家保寨，明末清初为极盛时期，小镇周边数十个碉楼耸立。现今存留完整并有人居住的还有纯阳楼、红顶楼、阳渝楼、十字口、书院街、文峰观、兴隆湾等十余座。碉楼以条石为墙，一般3～6层，每层面积80～150平方米，四周有小窗作为瞭望洞和射击孔。

寺庙、山寨是庆收的又一特色。历史上规模较大、香火旺盛的有青云寺、紫坛寺、木瓦寺、香云寺、祖法寺、房官寺、福兴寺及老街的文庙、禹王庙、江西庙，还有平天寨、公山寨、鸦口寨、铁瓦寨、山关寨、升提寨等。黎明时，站在海拔1 000多米的铁瓦寨上，崇山峻岭踩在脚下，青山绿水尽收眼底，清新的空气扑入心田，安逸（舒服）得很。东面望，一轮红日冉冉升起，向刚刚醒来正在梳妆的古镇投来万丈光芒。西面看，绵延的山形似一尊硕大的卧佛护佑平安。

莫文丰家所在的村庄在铁瓦寨近旁，青松迎客，塔柏镇寨，虽然风景独好，却是那一带出名的特困村。莫文丰靠国家补助省吃俭用才读完大学。

郑怀舒的家庭也谈不上多么富裕。她出生在恭州主城一个小市民家庭，不是娇生惯养的千金小姐，却从小受到良好教育，不管怎么说，在城市长大的孩子，优势不言自明。

莫文丰内心是自卑的，当年穷追郑怀舒的时候没这样的感觉，一旦追到手，相处越久这种感觉越发浓烈，越觉得等级相差太大。读书时两人把握着分寸，耍朋友，谈恋爱，谈是谈，好是好，追是追，莫文丰能够穿钉鞋拄拐杖把稳行事，小心谨慎不敢手薅脚贱（动手动脚），不敢违背怀舒的意愿，只要郑怀舒一句"莫恁个（不要）"，他逗会面红耳赤，老实得发呆，回过头来会对怀舒百般呵护，千般迁就，竭力在她面前树立良好形象。

郑怀舒本身性格开朗、活跃，常常甩出一点小姐脾气，即便是一点点，莫文丰逗会坐立不安，自责检讨，长时间不能释怀。郑怀舒常常半开玩笑半当真地说，逗喜欢看莫文丰那傻不隆咚不知所措的样子。

莫文丰大学毕业，留校当了老师，有了工资，两人相处的模式发生了变化。莫文丰有了机会在眼皮底下守着师妹一天天成长，对郑怀舒经常给予一些女人企盼的惊喜，他相信，付出越多自信越足。正是有了自信，莫文丰在感情上逗没有以前那么"大方"了，过去他看到郑怀舒与人说点啥子，是不敢制止的，内心里还会说"紧屎得她"（随便她），一种阿Q式的无奈。现在不行了，但凡有男生与郑怀舒说话，内心的醋坛子逗打翻得不是滋味。

再后来转正定级，从奴隶到将军，自信心足得几近崩溃。但凡听说郑怀舒向男老师请教学识，在他眼中逗成了问题，常常为勒些没根没底、鸡毛蒜皮的事，无张大姨（无理由）地宠卵起火（挑矛盾），逗猫惹草，牵来绕去，争吵不断，埋怨不休，没完没了，要让郑怀舒不停地解释。

郑怀舒从内心是希望莫文丰吃醋的，越吃醋越说明很在乎很珍惜。但是讨厌莫文丰把她当成私有财产，用勒种大惊小怪、疑神疑鬼、怀疑一切的方式来"呵护"。尊重珍惜爱不释手是一回事，做过头了，逗是不信任嘛，还没结婚逗勒么样子，婚后会是怎么样的相处？勒个问题困扰着她，让她纠结得很，矛盾再生，有一次甚至闹到断交分手的地步，最后以莫文丰主动认错，缴械投降，对天发誓，保证下不为例，才重归于好。

正是经过了风雨才得见彩虹的恋爱过程，使得他俩各自巩固了在对方心中的地位。

那是郑怀舒大学三年级的时候，莫文丰也许是有了驾驭"学生"的权力，也许想尽早让郑怀舒了解他的真实情况而作出抉择，反正不知出于啥子目的，一定要郑怀舒到他老家一趟。郑怀舒觉得自己女娃儿家家，还是个学生，谈婚论嫁八字没有一撇逗与老师"私奔"，不成"体统"，开始没有答应，但经不住莫文丰的死搅蛮缠，最终同意了。

然而，一路上莫文丰显得谨小慎微，话也不多，常常呆望着车窗外，有些心事重重的样子。到县城下了公共汽车，换乘小面的（面包车）到镇上，折腾了大半天，又走了10多公里山间小道，直走得郑怀舒双脚打起果子泡，才来到位于木鱼山深处的小村落。

这一路的艰苦，郑怀舒坦然面对，任劳任怨，没有表现出半点不满。

郑怀舒的到来让小村沸腾了，她是历史上多少年来走进这个村子的第一个都市人。毛主席当年号召知识青年上山下乡，勒个村子因为太偏僻都没人光顾。

郑怀舒与莫文丰虽然没结婚，但村里人已把她当成莫家的媳妇，一个个奔走相告，莫家院子长满青苔的墙垣外聚起了许多人。莫家儿子带回来这么个知书达礼、如花似玉的都市女郎，许多村民开了眼界，头一回见识"土生土长"的活生生的都市女人呢,那个羡慕哟,无法用语言和文字来表达。

莫文丰父母高兴得跟过年似的,杀鸡宰鹅,下地摘菜,上山砍柴,挑水淘米,一副大办酒宴的忙碌架势。村里几个半老妇女,借机给莫家帮忙,守住郑怀舒不肯走,你一言我一语,轮番向郑怀舒介绍莫文丰是何等优秀,村人怎样给以莫家帮助。

中国农村逗勒样,一家办事全村欢喜,左邻右舍相处融洽,跟一家人似的,弯过来转过去都是沾亲带戚,血浓于水,有事大家帮忙,帮忙不添乱,不要工钱,只在厨房吃饭,不上主桌。

"那时莫家穷,文丰九岁,还在后山牵牛放羊,多亏得陈校长跑上跑下,我都遇到几次,苦口婆心开导他老爹老妈,硬是要文丰到镇中心小学读书。"正在削红苕的妇女对郑怀舒说。陈校长,是当时镇中心小学的陈老师,莫文丰小学时的班主任。一次上游涨水,趁水势还不大,陈校长背学生过河,一趟又一趟,洪水越涨越猛,岸边有一个学生站立不稳不慎滑落水中,陈老师一头扑进湍急的洪流奋力抢救,最终体力不支,被洪水卷走光荣牺牲。政府授予陈老师镇中心小学名誉校长荣誉称号,追认陈老师为烈士。

郑怀舒坐在灶前向土灶里加柴草,勒活儿她从没干过,觉得新鲜,很喜欢勒种被火烤得暖烘烘的感觉,脸被火苗映得红扑扑的,更显得青春活力,美若天仙。

刷锅的那位妇女也搭了腔:"文丰是块读书的料,小学跳两级还以全校第一考上县重点中学,那些年多亏了刘主任的照顾。"刘主任原先是镇小学教务主任。从山村到镇上,文丰每天要往返10多公里的山区小路,一个小学生要耽误多少时间啊。为了让这个会读书的苗子多做作业,减少一早一晚走路的时间,刘主任干脆让文丰住到自己家里,精心辅导,周六才放回家带下周的吃食,文丰考进县城中学才从他家搬出来,前后5年,都是刘主任和师娘照顾。后来,在下海经商的浪潮中,刘主任辞去公职携家带口外出打工挣钱去了。

"刘主任一家都是好人，没把文丰当外人，有好吃好喝的从来不避，真是有福同享。当然那时的福在今天也算不上啥子，不过在那个时代'肉'是蛮稀罕的啊。文丰也争气，以县第一名的分数考上恭州市的名牌大学呢！"正在洗青菜的妇女接过话头。

郑怀舒听明白了，莫文丰是吃百家饭、住百家房完成学业的，来之不易，很艰苦。

削红苕的妇人说："我从来都喜欢文丰勒个娃，早逗看出他有出息，我女儿与他中学同学，经常回来说起，文丰是县一中的体育明星，多少女娃儿喜欢哟，文丰志向高远，才不是县上小塘养得起的呢。"她的话中带有明显的妒忌和恭维，同时也有抬高郑怀舒身价的意思。中国的老百姓逗是会说话。

一人道好，千人传实。这些话，让郑怀舒这个大姑娘满脸涨红，表面不好意思，心里却十分享受。

那天吃饭，莫家父亲请来村支书、村主任、村会计勒些村里有头有脸的人物陪席。与其说作陪，不如说是见证，见证老莫家的大喜事。在农村勒三个实权干部都是一品大员，特别是支书不是谁都能搬得动的，支书是村里的风向标，谁家能请支书到场，说明谁家有出人头地的事。一是壮威，二是显摆，三是会有更多村干部主动来扎场子。

村支书是一个老者，很慈祥，对文丰一阵夸赞："我是看着文丰长大的，俗话说人看幼小，马看蹄爪，勒娃儿从小逗不简单，果然不出我所料，在我们村第一个考上县一中，也是我们县第一个考上恭州名牌大学的学生，我为村里能培养出勒样优秀的人才感到骄傲，更为莫林青有勒样的儿子感到自豪。"意思明确，黄河尚有澄清日，岂可人无得运时。莫文丰的成功让村里很多人沾光，荣耀得到分享。

莫林青是怀舒未来的公爹，莫文丰的父亲。

莫文丰的确优秀，但勒些人讲勒些话完全是冲郑怀舒而来，是因为喜欢郑怀舒勒个落落大方美丽惊艳的都市妹儿。

看得出来，莫林青为培养儿子下了功夫。莫妈妈卧病在铺，不能干活，长期背着药罐罐。莫林青的身体也不是很好，家庭条件非常差。莫家三合小院，土坯墙，土瓦长满青苔，左边牛栏已有些垮塌，右边耳房也摇摇欲坠，黏土碾压的地坝，乌黑发暗，苔藓丛生，室内潮湿，光线阴暗。这破房子估计是20世纪50年代修建的，典型的贫困山村农民家庭。

开始吃饭了，支书端着酒杯站起来，"林青不简单，自己肺气肿，咳嗽起来差点背不过气，还坚持养一大群牲口，每年至少卖一头牛，十几只羊，自己和老伴舍不得花钱治病，也舍不得买点补品，平时吃得清汤寡水（没油），所有的钱全供文丰上学，勒些年辛苦得很。人有善愿，天必佑之。现在好了，文丰有了一份好工作，还有勒么漂亮的好媳妇。今天是老莫家双喜临门，也是村里的大喜事。我提议，勒杯酒，先干了！"说完一饮而尽，然后用手把嘴巴一抹。有花方酌酒，无月不登楼，村主任、村会计赶紧附和，其他人看村领导带头，也一饮而尽。莫家要时来运转了，莫家父亲高兴啊，起身提着酒壶又给大伙斟满酒。

老莫家因文丰在城市工作，可能改善生活条件是事实，但娶一个漂亮媳妇与改善家庭条件扯得上啥关系？你个瓜娃子逗不晓得了，支书的意思其实非常明白，逗是喜欢郑怀舒勒种又漂亮又懂事的女人，生拉活扯才能搭上点话题呗。

父子和而家不颓，兄弟和而家不分。文丰有一个小8岁的弟弟莫文富，为了保证哥哥勒个重点，初中没毕业逗辍学回家帮助父母管理牲口，现在在县城打工，勒些年是他挣钱给母亲交药费。听说哥哥带着嫂子归村，也从县城赶回，一到家逗忙里忙外，非常勤快。看得出，是家里的顶梁柱。比如，一会儿去请村领导，一会儿到村里的小超市买酒，一会儿挑水，一会儿去地里摘菜，一会儿劈柴，忙得脚不离地，满头大汗。

莫文丰主要是招呼客人，陪人说话，他显得有些矜持。尽管如此，还是没忘记到村里的小超市买回香皂、毛巾和崭新的塑料盆，显然是给郑怀舒准备的。

看着男朋友的弟弟忙里忙外，满头大汗，郑怀舒亲自用塑料盆盛水，用自己洗过脸的香皂、毛巾，给文富绞了个热毛巾，递毛巾时自然流露出一点大姐姐的亲昵。

文富非常激动，满脸通红，再三推辞，在郑怀舒的坚持下，才接过热毛巾快速地擦了一把脸。连外人都看得出来，小伙子虽然嘴上没说啥子，心中无比愉悦，放下毛巾，走路过跑，做事更有劲头，干活更欢畅。

吃过午饭，送走村里的头面人物，收拾完饭桌，一家人才真正聚在一起商量事情。比如勒几天怎么过，下一步需要走些啥地方，要不要去周围的"景点"看看，或者到几个近亲家串串门等。

为了不让郑怀舒感到别扭和不习惯，父母同意儿子与准儿媳晚上去离家最近的庆收镇住旅馆。

谢天谢地，在勒样的房子住，怀舒绝对不习惯，绝对无法睡觉。勒个决定作出后，文富逗不见了，郑怀舒感到奇怪，但不好意思问。

晚饭前，门前响起马达声，这种声音过去在勒家人不常见，全家惊奇地出门观看。机耕道上，文富开着一辆有车厢带车篷的三轮摩托车停在屋前，满脸喜庆地冲家人笑。他为哥哥和未来嫂子找了个代步工具，到镇上租了这个玩意儿，小伙子很会来事。

此后几天，晚饭后文富逗用三轮摩托车送哥哥和未来嫂子到镇上，早餐前接他们回村。只要未来嫂子一上车，他逗一边开车一边呱啦呱啦说个不停，一会汇报他在县城的感受，一会讲些城里人在他们打工仔看来牙尖舌怪、标新立异的事情，一会讲听来的怪头怪脑的"新闻"，有说不完的话，满脸兴奋无以言表，未来嫂子也乐得跟小叔子搭话，显得很是亲密的样子，常常把莫文丰晾在一边。

在山村那5天，郑怀舒用脚丈量了一次莫文丰读书时每周往返镇上的那条路，着实很远，大学三年级的她，走个单边都觉得吃力，紧走慢跑，还走了2个小时，这条路对当时10来岁的小学生是多么艰难；她还观看了莫文丰挑水的水井，井口苔藓密集，井内饮水清澈；参观了给牛羊饮水的水塘，去后山看了当年莫文丰放牛放羊的地方。她突然想起一句话：十年寒窗无人问，一举成名天下知。至少莫文丰在村人眼里是这样的。

在老莫家郑怀舒特别开心，大自然的壮美让她开心，心上人待过的地方让她开心。以一个城市姑娘的视角看那座山，那绿竹青松，简直逗是一幅幅国画，太美太漂亮。她想到，道院迎仙客，书堂隐相儒，莫文丰能那么聪明帅气，与勒方风景养人，密不可分，真是美山美景出美人。

可是在回城的公共汽车上，单独与莫文丰相处时，却让她十分闹心，心力交瘁，烦人，烦透了。

莫文丰是个大醋坛子。他发现勒次家乡行，郑怀舒并没对他落后的山乡有所怨言，也没对他贫穷的家庭和父母的拖累有不敬，于是他有了底气，开始扯皮量筋（找事）。

他吃醋的本性突然膨胀起来，暴露无遗，到了河翻水涨的程度，甚至不能容忍任何人接近郑怀舒。一会说村支书看郑怀舒的眼神色眯眯的，郑怀舒居然微笑着，不拒而受之，没有反感；一会儿说郑怀舒与村会计说话时有说不清道不明的表现。村会计是一个20多岁的大学生，这个大男孩与郑怀舒有些共同语言，郑怀舒也就问了他对农村工作的感受，人家大大方方地回答，并没啥子出格。一会儿又纠结于弟弟对郑怀舒的殷勤，还说郑怀舒与弟弟有暧昧态度，真是小肚鸡肠，财迷豁眼（吝啬抠门），让人哭笑不得。

莫文丰不止口头上说说，好像内心还相当憋屈，憋屈到无法容忍的地步。那几天他可没有闲着，每晚，弟弟把他们送到庆收镇旅馆，看着三轮摩托车走出他的视野才上楼入房。进了房间还不放心，怕弟弟杀回马枪钻进郑怀舒房间，总是要借机在楼道里站一站，走一走，神戳戳地观察。仅有勒点儿事还不算过分，要命的是每晚睡上一两个小时，逗爬起来，到郑怀舒房门外贴着门壁听动静。

那天早上，莫文富开着三轮摩托车又来接人。郑怀舒听到机器响，拉开房间窗帘，发现正下着雪，外面银装素裹，风景美丽。此时郑怀舒却无心欣赏美景，更关心男朋友弟弟是否被冻着，于是马上下楼来到旅馆前厅，把莫文富请进旅馆，并排坐在沙发上聊天打发时间，等着莫文丰。因为他晚上少眠，早上不能像以往一样按时起床。

当莫文丰看见弟弟与郑怀舒同坐一副沙发时，心中老大不高兴。心想：过去来接时连摩托车都不下，今天得寸进尺居然进了大厅，还与未来嫂子同坐一个沙发，那么亲密，像话吗？还把我这个当哥的放在眼里吗？下楼后只说了声"走！"就飞叉叉地跳上摩托车，故意把动作整得雷翻阵仗，然后再不言语，一路上焦眉愁眼，阴沉着一副马脸。弄得郑怀舒雾独独（不知所措）不知就里，只得主动与男朋友弟弟说话，以减少途中不快。

男人吃醋的不少，吃醋到莫文丰勒种程度的却不多，勒么不自信的男人，吃醋吃到自己没有多少文化的亲弟弟身上，勒种程度恐怕世界少有。

当然勒些事郑怀舒不会早晓得，否则早逗分手，不分手逗是被气死了。

汽车摇摇晃晃艰难地向前拱着，一会儿上坡，一会儿下坡，有时急弯，有时平路，窗外的绿树、田野、山峰不断向后退去，新的景色排着队地展现在眼前。

座椅上的莫文丰实在忍受不住，终于骚言杂语地向身边的郑怀舒发难了。郑怀舒开始并不跟他一般见识，奉行饶人不是痴汉，痴汉不会饶人的学说，不计较不搭理。没想到莫文丰得寸进尺越来越不像话，絮絮叨叨讲些更不受听的话。

"你看文富那个劲头，过去，我从来没见到他勒么兴奋。"莫文丰说。

"你这个当哥的回去了，多年不见，他肯定高兴咯。"郑怀舒说。

"他是为我回去而高兴吗？以前朗个没得？"莫文丰问道，又像是自言自语。

"他为谁高兴？"郑怀舒不解地盯着莫文丰。

"为你呗，他很喜欢你呀，我看你也看上他了！"莫文丰说得口水滴答，硬邦邦冷冰冰的。

勒话出自莫文丰之口，郑怀舒十分惊讶，她抑制住内心的不忿，顺口说："我是他未来的嫂子，是你的媳妇，不应该喜欢他吗？"

"你应该，我们家可不具备共妻条件！"莫文丰风凉地说。共妻是贫困山区男子娶不上媳妇，一家多个兄弟共娶一个女人的现象。在一些大山深处极度贫困地区，存在勒样的情况。

他怎么会说出勒种无边无际的话来？

"卑鄙！小人！混蛋！混账到了极点！"郑怀舒火气上窜，怒不可遏，脸色变得非常难看。

"你能做，我说说都不行吗？"莫文丰死不悔改。

"我做了啥子？"郑怀舒气得浑身发颤，不能自已。

"你还有啥子没做？"莫文丰太不像话，到勒个份上，还要无中生有，火上加油。

一路上争执，肯定没有清静。伤人一语，利如刀割。百年成事不足，一旦坏之有余。这样一闹，是处不下去了。好脾气也有像炸药包的时候，到了拉爆分手的地步，当断不断必定生乱。莫待是非来入耳，从前恩爱反为仇，郑怀舒态度坚决，义正词严地告诉莫文丰必须断绝一切往来，从此形同路人，各走通天路，各上独木桥。

莫文丰是脑壳进水了，平生只会量人短，何不回头把自量。他根本没想到醋劲会把事情闹到不可收拾的地步，若争小可，便失大道，他很后悔。但成事莫说，覆水难收。他过高地估计了自己，以为郑怀舒离不开他，离开他逗无法生活。其实他也不屙泡稀屎照一下，算老几嘛。老实说，他是不想把事情闹到勒个份上的。知足常足，终身不辱；知止常止，终身不耻。当时逗是即兴吃醋，啥都没想好，甚至啥都没想，结果把事情搞砸锅了。

没办法，他下矮桩赔礼道歉，把自己说得一钱不值，郑怀舒才懒得理他呢。

他急了，反复寻思之后，哭稀乃呆（可怜样）地去求郑怀舒的母亲，真诚地检讨，非常主动地向郑怀舒切切实实道歉，还说了许多表决心增信心的话。比如："千错万错都是我的错"，"千不该万不该都是我不该"，勒倒是事实。还比如："我将终身吸取教训，努力工作，尽快成就一番事业。"再比如："我身上有些毛病，是从大山带出来的，改起来难，但再难也要坚决改，必须彻底改，请郑妈妈监督改，改好了再请怀舒验收。""虽然我不是一个富有的人，但我是那个愿意为怀舒付出一切的人，相信郑妈妈会接受我勒样的人做怀舒的丈夫。""有缘千里来相会，无缘对面不识君，我与怀舒是缘分。都怪我没有好好珍惜，我一定会尽毕生努力，换得怀舒的幸福。"乍富不知新受用，乍贫难改旧家风，笋因落箨方成竹，鱼为奔波始化龙。到后来他从内心明白自己彻底错了，表示痛改前非，甚至不惜下跪："我会像对待我的亲爹亲妈一样，与怀舒一起孝敬您，海枯石烂，至死不渝。"言真真，意切切，山盟海誓，赌咒发愿。

郑妈妈是过来人，知道两个年轻人耍朋友没遇过波折，小有一挫很正常。莫将容易得，便作等闲看。原本那些过头话都是因爱生醋，年轻人没有鉴别能力，气昏头脑说出来的，她更晓得男儿膝下有黄金，下跪是不容易的，下跪必触动内心。

莫文丰让郑妈妈感动了，答应了请求，出面给怀舒作了很长时间的软化工作。路不行不到，事不为不成，人不劝不善，钟不打不鸣，还施加了一些压力，才让怀舒那颗严重受伤的心，慢慢恢复过来，得到一丝慰藉，嘴上仍说着看不惯莫文丰那俗杂杂（俗气）的样子，勉强同意继续交往。

郑怀舒是看在母亲的分上，原谅了莫文丰，一场干戈化为玉帛，两人终于重归于好。

莫文丰颇有心计，没等到怀舒大学毕业参加工作后才去老家，而是让她在读书期间去。此时她是个学生，没有多少独立思考能力，对"老师"有依赖性，勒样容易把控。

他的确收到了意想不到的效果，原以为看了那样的环境，郑怀舒会嫌弃而与他分手，便做好了至死追求城市姑娘的准备，结果郑怀舒没有因为家庭贫困和家乡艰苦而与他分手，恰恰是他这个小气包扭曲的心，想得太多，对郑怀舒不信任，无中生有吃醋，闹僵到崩溃的程度。

吃一堑长一智。自从那次回老家闹出不愉快后，莫文丰处处谨小慎微，再没带郑怀舒踏过家乡那条路，表面上也加强了对郑怀舒的信任，至少在公开场合再没有过那种醋性大发的时候。

好人好家人人夸，好人好家也有瑕。郑怀舒有些时候比较细腻，有些时候又大大咧咧，有犯傻的时候。记得那是与吕凌霄搭档的第三年，一起出差。快到"五一"，单位发了一张购物卡，让郑怀舒转交吕凌霄。到了下榻的宾馆，当地公安机关尽地主之谊，很热情。请吃晚饭时喝了些酒，还看了场戏，回到宾馆已经很晚了，郑怀舒才想起购物卡的事，遂把一张卡交给了吕凌霄。

洗漱完毕郑怀舒上床时，才发现购物卡还在兜里。原来，宾馆给每个房间两张卡，她错把另一张房卡交给吕凌霄了。她浑身冒出冷汗，知道惹上麻烦了，此时已经深夜，如果要回卡可能打扰吕凌霄休息，于是，便把门反锁还加了闩。

吕凌霄接到那张房卡莫名其妙，想了很久，不知如何是好，直到夜里很深很深，终于没有把持住，借着酒劲悄悄来到郑怀舒房前刷卡，结果里面反锁，才知是自己想得太多，用心计较般般错，退后思量事事欢。西得好（幸好），没有野蛮地敲门，否则臊皮（丢脸）大了，便神不知鬼不觉地回到自己房间。

勒一夜她没睡着，他也没有睡好。

第二天早餐，郑怀舒大大方方地对吕凌霄说："昨晚把卡给错了，这才是你的卡。"说完把购物卡递过去。

河狭水急，人急计生。吕凌霄装作没发现似的在身上口袋里摸了摸："真的吗？你也太大意了嘛！"摸出房卡有意拿到眼前晃了晃，"哦——！还真的搞错了。"说完把房卡还给郑怀舒，接回购物卡。然后，假巴意思（做样子而已）刚刚反应过来似的，哈哈大笑："早晓得我该告哈儿（试一下）。"

笑得前仰后合泪水涌动的样子。

"鬼扯，板眼深沉，胡思乱想，给你沟子一脚尖（踹屁股一脚）！"郑怀舒也不示弱，真是万事劝人休瞒昧，举头三尺有神明。

勒件事谁都不晓得，今天我是第一次讲出来，千万千万要保密，绝不能透露半个字，要让莫文丰勒个大醋坛子晓得了不自杀才怪！

郑怀舒参加工作后，每月都要催促文丰给他家里寄点钱。

"你们的案子怎样了？"莫文丰显然是因为房子问题上自己失职想转移那个让人难堪的话题。

"还没新进展，犯罪嫌疑人十分狡猾，每次作案几乎都不留痕迹。"郑怀舒简单地应付。

"看来是个很有经验的作案者，你们应该加派一些力量，力争尽快破案。"莫文丰貌似关心地说，勒话等于没说，谁不想尽快破案。

"目前行动组的成员，已经是我们总队最强最精干的力量了。"郑怀舒没有计较，自顾自地说。

"凭你们总队那几个人，逗算最强最精干，逗能破案？道高一尺魔高一丈。"莫文丰阴阳怪气的，话说得没头没脑，不明不白，让人难懂其意，还有点不屑，有些瞧不起，话语中明显带有挑衅成分。

"我们几个人怎么了？过去破过高难度的案子，今天也照样能破勒个案子，我们一定能破勒个案子！"郑怀舒信心百倍斩钉截铁，还提高了嗓音。

见郑怀舒生气，莫文丰挂起免战牌："好好好，我不跟你争，咱们拭目以待，我在勒里静候佳音，持花以迎凯旋的破案英雄。"他灯拉麻汤（满不在乎），谦谦和和地说，不知是真心，还是揶揄。

"不但不跟我争，还要支持我！"郑怀舒娇嗔地说。

"怎么个支持？"莫文丰像是受到惊吓，脸色变了，盯着郑怀舒似懂非懂地问。

"我勒段时间忙，找房子的事由你全权负责，平时少打扰我，有了眉目，再找我。"郑怀舒根本不看莫文丰的表情。

"啥子才叫有眉目？"莫文丰似乎稳了心，原来她仍然说的是房子，便跟了一句。

"至少你觉得比较满意，准备下叉了。"郑怀舒全身心在案子上，没有分身法，莫文丰理当多些担待，多做点今后对大家有益的事。所以，郑怀舒毫不客气地向他布置了任务。

"好吧，我听你的。"莫文丰乖乖地接受了支持"前线"做好后勤保障的服务工作。

第十一章

　　勒是一个多事之秋，大地不安分，用炎热来折磨人类，城市浮躁了，人也跟着浮躁，罪恶的枪声再一次响起。当恭州主城勒边"4·22"持枪抢劫杀人案破获工作一筹莫展，新线索没有眉目时，在远离主城三四百公里的阳山县，传来向市刑警总队请求增援的请示，经市局批准，"4·22"行动组的主要成员立即赶赴阳山。

　　阳山县是个有100多万人口的大县，位于恭州市东北地区，属于长江上游，距主城350公里，是高峡平湖生态经济区沿江经济走廊承东启西、南引北联的重要枢纽。

　　阳山属喀斯特地貌，长江由西向东中分县境。地形近似以东南西北为顶点的菱状，南、北高，中部低，由南、北向中间倾斜。岭谷地貌明显，以山为主，兼有谷、丘。山高、谷深、坡陡，群山巍峨，呈现出"一山二岭一槽""一山三岭两槽"或"一山一岭、岭谷交错"的特征。正是这样的地理环境，孕育了新中国诞生前夕的川东游击队。20世纪80年代，解放军出版社曾经出版过一部名叫《四十八槽》的长篇小说，逗是描写川东游击队与国民党反动派进行殊死搏斗的可歌可泣的故事，客观地反映了中共地下党组织农民暴动的一段经历，发行很广，名气很大。

　　改革开放后，当地政府巧借三峡工程搬迁的大好时机，把县城打造得十分漂亮，在周边构筑了许多旅游资源，什么龙缸景区、张飞庙景区、登云梯、三峡文物园、磐石城、龙脊岭公园、彭氏宗祠，还有许多依山而建的城市公园等。

两天前，阳山县城发生一起持枪杀人案，许多现象与"4·22"案如出一辙。譬如，系"五四式"军用手枪所为，没找到弹壳，犯罪嫌疑人心狠手辣等，所以那边公安分局请求"4·22"专案组主要骨干过去协助破案。

勒很正常，公安部门协作破案的情况是很多的，资源共享可以节省成本，人员交流可以碰出新的破案思维，集中优质力量可以缩短破案时间，总之利百而害少。

近日频有案件发生，勒与大环境有关，一个大开发大发展的年代，不可排除泥沙俱下，龙蛇混杂。中国一位伟人曾经说过，打开窗口，新鲜的空气要进屋，苍蝇蚊子也可能进屋，我们不可能因噎废食，害怕苍蝇蚊子进屋逗不开窗口。苍蝇蚊子没啥子可怕的，我们准备好苍蝇拍，准备好杀虫剂逗不怕了。

勒是一个信息时代，足不出户便可晓得天下大事，可能是为吸引眼球，每天电视里播放了很多负面新闻，如某国某地遭到恐怖袭击，某国某地发生严重自然灾害，某国战乱频发，欧洲一些国家难民汹涌，亚洲一些地区议员打架，好像世界各国人民都生活在水深火热之中；电影电视剧里也有许多暴力血腥的故事。勒些潜移默化的教育，能保证对向往和平、安全、稳定的中国人没有影响嘛，真的逗没有影响？鬼才相信，反正我不信，我认为是有影响的！

吕凌霄与郑怀舒一到阳山公安局，没等安顿歇息，没来得及喘口气，逗马不停蹄参加了他们的案情分析会。勒哪里只是"一起"持枪杀人案咯，是两起，时间间隔仅仅20天，连续发生了两起，所以阳山县才勒么毛焦火辣（情绪急躁）地向市局搬救兵。

阳山警察展示了案情：第一起是9月14日13点55分左右，阳山县天心社区南郊公园山坡上发生一起枪击案，遇害人是名老年男子，身中6枪，身上20元钱未被抢，遇害人衣着朴素，相貌平凡，年龄在五六十岁。从受害人手掌上的老茧和粗糙的皮肤可以估出（猜测）是从事耕田活动的农民。

该起枪击案件发生在南郊公园进门往右一个叫"黑松口"的上坡处。公园监控录像显示，被害人14日13点35分进公园，13点55分逗遇害了。

市里来的警官把"4·22"案件的情况作了交流。

阳山县的同行介绍了案发经过：据3名游客回忆，当天14点左右，3名游客听到"啪，啪，啪，啪，啪，啪，啪"的响声。开始以为放火炮，其中一位转业军人肯定地说："勒不是火炮，是枪声。"大家吓倒起了（被吓到了），一位游客提议"去看看"。他们麻着胆子（壮着胆子），顺着声音传来的方向，小心前进，在公园内一处岔路的大片竹林里，发现一名老年男子血泪淋当（血肉模糊）扑倒在地，好吓人，周围没有活物，静悄悄的。

"我们的第一反应逗是有人被枪杀了，当时天气很热，公园已经没啥子人了，也没看到持枪人逃跑。我们当即下山报告了公园的保卫科，同时用手机打了110报警。"一名游客描述了当时的情况。

没过多久，公园保卫科的人赶到现场。警方也迅速赶到，进行了勘验调查，随后让媒体发布了辨认尸体的公告，当天逗有人来认领尸体。

吕凌霄连续问了几个问题：一是受害人为啥子要到公园里面那个人迹罕至的后山去？二是仅凭衣着低劣，相貌平凡，手掌上有老茧和粗糙的皮肤逗能猜测受害人是从事耕田活动的农民吗？三是受害人与凶手是啥子关系，以至于不为钱财也要以数枪之击置他于死地？

他提出的问题，在阳山警方的案件叙述中一一得到了解答。看来，阳山公安的前期工作是做得充分有效的，是进行过大量深入细致调查研究的，他在心中对阳山警方竖起了大拇指。脚走得到的地方叫前方，脚走不到的地方叫前程。以他们勒种工作态度，勒个团队一定会前程锦绣，大有作为。

那天死者的家属很快赶到现场，人们透过公园保卫科的窗户，看到一名年轻女子痛哭流涕，另一名年轻男性正在接受警方的询问调查。

据询问笔录记载，死者名叫王寿臣，头部和身上有多处弹孔。案发于阳山南郊公园的偏僻地段，案发时没有一个目击证人。

公园保卫科董科长说："保安赶到现场时，王寿臣一脸的惊恐神情，已经死亡，地上满是血迹。找遍受害人受害点方圆100米的地方，没有发现弹壳。"

董科长说："从地上的痕迹看，王寿臣应该是在移动中，这里的移动可看成是被人追赶着打死的。一共打了8枪，身中6枪，在草地上顺着移动的路线还发现两个比较明显的枪眼。"

警察在第一时间将公园封锁，对出公园的人查验了身份，没有发现凶手的线索。其后，警方组织了附近地区的治安保护骨干，对公园进行了拉网式搜查，在后山右侧发现一处脚印，县公安局刑事勘查后分析，凶手可能是在枪击完成后翻墙离开的。

王寿臣身上只有20元钱，凶手分文未动。

你朗个晓得受害者身上只有20元钱？客官莫要着急，听我慢慢说。

勒个案子的作案手段十分残忍，凶手为啥要以八枪绝命的行为，扭住不放，追杀王寿臣？难道是王寿臣不地道与人结下生死梁子？

王寿臣，男，阳山县官渡乡人，56岁，长相大于他的实际年龄，来阳山县城仅仅一周，是为在县城工作的女儿看孩子的，先前在乡下以种地为生。拿他老婆陆新凤的话说，逗是一个只晓得种田的庄稼汉，很少出远门，在村子里是出了名的老实得发憨的人（老实人）。

女儿王芳梅的家离南郊公园坐公交车只有3站路。王芳梅说他父亲来的时间虽然短，却很逗孩子喜欢，爷孙俩在接送中互相信任非常和谐。父亲每天把孙子送进校园后，爱去周围走一走。王芳梅为了安全，给了父亲20元钱，希望他能坐公交车打望（观望），没想到一个礼拜了，居然一分钱没花。每天晚饭后她也会陪父亲来公园散步。

9月14日那天下午，王寿臣进了公园。监控录像显示，他进入南郊公园20分钟逗遇害了，监控设备的像素较低，录像质量不高，虽然抓住了一些犯罪嫌疑人断断续续的图像，但模糊不清只能看个大概，通过先进技术反复处理，不断过滤"透析",才尽量把图像还原得稍微清楚一些。由于嫌疑人注意了脸部的保护,所以,他的脸面模样很难看出。

仇杀的推论栽不上根,也很难定性为抢劫杀人。专案组分析,不知王寿臣与凶手生前有什么瓜葛,从掌握到的各方面情况来看有瓜葛的设定站不住脚,那是啥子原因呢?是突遇凶手,看到了不该看到,凶手不能让外人晓得的东西?否则为啥要对一个手无寸铁的老人追杀致命毙。

警方对手头的材料认真梳理反复推敲后分析:当时凶手不知什么原因把枪露了出来,无意间被在附近游玩的王寿臣发现,双方都感到了威胁。王寿臣吓得直往山上跑,凶手追上去,在行进中连开数枪,没中要害,王继续跑,直至确认将他打死,为的是杀人灭口。从现场勘查可以看出,犯罪嫌疑人很有力量,奔跑速度极快,身手矫健。

"阳山网络在线"在9月17日率先刊登了从公安部门获取的"9·14"案件犯罪嫌疑人模拟画像,在配发的文字中写道:今天,阳山警方根据案件最新调查情况,对"9·14"案件嫌疑人模拟画像进行完善更新并对外公布。该嫌凶特征为:男性,平头,30多岁,身高1.75米左右,作案时上身穿深色中长风衣,衣服下摆接近膝盖,戴墨镜。警方请广大市民依据发布的犯罪嫌疑人模拟画像和体貌特征,注意类似可疑人员,发现情况迅即与警方联系,一经查实,公安机关将给予重奖。警方公布了联系电话,提醒群众注意安全,因为犯罪嫌疑人手中有枪。

上述嫌疑人的打扮完完全全一副意大利黑手党分子或电影中的中国黑社会分子的形象。

郑怀舒认为勒起命案有些特别,凶手既没抢钱,作案地点也不在银行附近,而且对死者开了不止一枪,勒与"4·22"持枪抢劫杀人案又有啥子关联?"4·22"持枪抢劫杀人的主要目的非常明确,逗是抢劫钱财。而"9·14"案的犯罪嫌疑人对钱不感兴趣,是嫌少吗?说不过去,强盗进屋灰都要抓一把,这是道规。人为财死,鸟为食亡;瞎子见钱眼睛开,抢贼不要钱,用迷信的说法是金盆洗手不想干了，否则，逗是特例中的特例。

对郑怀舒的疑问，阳山警方给出了解释，凶手可能是在山坡上耍枪，被在附近散步的被害人发现，便朝他连开数枪杀人灭口，至于凶手为啥子要在光天化日之下耍枪，应该有若干个令人信服的解释，可以从上千上万个原因中找到答案。要说勒个案子与"4·22"案件没有一点联系也不好说，因为同样是"五四"军用手枪作案，同样没留下弹壳。当然，也不排除不同的凶手作案后，留下相同的特征，纯属巧合，偶然的巧合，但勒种概率太小太小。

第二起凶案是10月4日，时间是在上午，大约11点26分，发生在阳山县天心街区灵雾南路的新姚路口，犯罪嫌疑人持枪杀害从银行取款出来的受害人，抢走现金。

当天的情况是，受害人乘车前往灵雾南路新姚路口附近农业银行取完钱出门，准备上车离开时，遭到犯罪嫌疑人开枪抢劫。受害人被击中头部当场死亡，凶手逃离现场。灵雾南路新姚路口街边和农业银行的监控摄像显示：当日上午9点46分，留着平头的犯罪嫌疑人到达案发地点的农业银行门前，徘徊几分钟后，逗不见了。

11点左右，犯罪嫌疑人再次出现在离银行稍远的地方，对每一个进入银行的人高度关注，好像在寻找目标。他假装在等待某个人，又像无聊闲逛，时而来到银行门口，时而走到银行外的停车场，往返三次，然后作案。

案发后，县政府、县公安局、县刑警大队、驻阳山武警部队等领导迅速赶赴现场，调集天心街区治保组、县治安大队、刑侦、巡特警、交警、武警等警种，展开现场勘查和侦破。

勒个案子的作案手段、作案目的与"4·22"持枪杀人抢劫案如出一辙。吕凌霄和郑怀舒对阳山警方讲述的案情听得认真仔细，阳山警方播放了采集到的录影录像资料，并对应讲解图像。

这个案子，似乎是对前案的解释，前案是此案的前奏，犯罪嫌疑人在公园后山练枪法，被散步的王寿臣撞见，结果把命搭上了，否则阳山警方为啥非要恳请"4·22"专案组下来解剖"麻雀"。如果不是王寿臣挡了几枪，说不定"10·4"案还会提前，将会有另外一个受害者，这是看客的一种猜测。

调阅近期的录像资料发现，作案前平头男对案发地及周边环境进行了"踩点"。当天上午 10 点多钟，阳山县天心街区灵雾南路商场附近，一个疑似平头男的"影子"出现了，因为商场摄像头离得远，只拍到个大概，那人 11 点 20 分左右还在商场外闲逛打望，漫无目的。11 点 26 分案子逗发生了，商场离农业银行的出事地点起码有 1 公里多的路程。

案发地农业银行外，街边的五个摄像头都未拍到平头男的身影。银行内部多个摄像头均显示，他未进入过银行。唯有 ATM 机上的针孔摄像头，从一个不起眼的角度，远远地拍到过他的"影子"。

针孔摄像头像素不高，模糊地显示那天上午平头男坐在农业银行对面的草地上，录像隐隐约约，通过技术放大处理，仍然达不到理想的效果，看不清面目，但能分辨出他每个时段在干啥。

9 点 47 分，他站在一个红色电话亭旁，距离农业银行大门 15 米左右。

10 点 55 分，他坐到了草地上。

10 点 59 分，他还坐着。这时受害人的轿车从远处驶来停在他身边，受害人下车，走进农业银行。平头男起身朝农业银行旁边走去，再次走向那个红色电话亭，站了几分钟。

11 点 23 分，平头男从电话亭闪出，走向停车场受害人车的后尾，似乎在察看受害人车旁 2 米左右的另一辆车。

11 点 23 分，受害人从银行取钱出来，径直走向自己的轿车，伸手开车门的一瞬间，平头男迅速上前开枪行凶。

经过对多盘录像进行反复比对，犯罪嫌疑人出现的时间地点有大的出入："同一时间，同一个人，出现在不同的空间。"讨论分析认为，商场大门附近拍摄到的那个"影子"与犯罪嫌疑人不是同一个人。

同时，银行门外的摄像头记录受害人情况，图像比较清晰，回放发现，事实的经过是这样的。

受害人刘云朝从轿车下来，径直进了银行。20多分钟后从银行出来，向自己的轿车走去。几乎同时，犯罪嫌疑人从电话亭后面闪出，跟踪受害人到车前，对准他的头部开枪。

一枪毙命，凶手拿过受害人装钱的包，夹在腋下，从容北行，从监控录像可以看出，凶手经过了伪装。

10月6日凌晨零时，阳山县公安局新闻发言人对外公布，阳山县天心街区"10·4"持枪抢劫杀人案取得新进展，警方经过连续侦查，该案和"9·14"天心街区南郊公园枪击杀人案系同一人、同一把枪所为。警方已从各警种抽调专业人员成立专案组，力争早日破案，确保市民群众生命财产安全。

警方发出通缉令：犯罪嫌疑人为男性，30多岁，身高1.75米左右，中等体态，较结实，行走时腰杆挺直，在"10·4"作案时，上身穿深灰色夹克，深色裤子，着装不讲究。警方要求广大群众结合公安机关公布的视频录像和模拟画像进行辨认，如有知情者，速拨打110或直接与阳山县公安局刑侦大队联系。对提供重要线索抓获犯罪嫌疑人或直接抓获犯罪嫌疑人的，公安机关将奖励人民币20万元。

要命的是勒两起案子犯罪嫌疑人脸部的真实面目没有被警方和市民认出，至今没有正面照片，监控设备也没有拍摄到清晰的相貌，导致警察和市民无法辨认真实的相貌，逗是嫌疑人在你旁边，也无法确认，也不敢确定他的确切身份。

当晚回到旅馆，郑怀舒没有因为疲惫不堪而马上休息。她把恭州"4·22"持枪抢劫杀人案中刘春生小组拍摄的图片与阳山县勒两起案子的图片进行了比较，从每个弹孔炸点的边缘、虚晕、弹道走向进行认真细致地观察，的确比较接近，至少可以鉴定为同一类型的手枪所为。再把阳山县两起案子的视频录像和照相图片进行比较，发现两案有诸多相似之处。

第一个比对点：两起命案发生地虽然隔着几条街道，但直线距离不到2

公里，步行仅需几十分钟。

第二个比对点：南郊公园命案发生在公园僻静处，附近人流量小，没有直接目击者。阳山警方推测，凶手行凶后可能是翻墙逃出。"10·4"案发在闹市，在人流车流都比较纷繁杂乱的灵雾路边，灵雾路是天心街区的主干道，应该有目击者目睹案发经过。

第三个比对点：两案的受害者都是中老年男性，都在案发时当场死亡，都住在天心街区。

"9·14"命案受害者王某，56岁，农村人，来阳山县城仅一个星期，身中6枪，身上有现金20元，与凶手认识的可能性不大，应该是凶手随机作案，连开6枪，不可能是误杀。

"10·4"命案受害者刘某，54岁，福建人，来阳山十几年，做销售生意，人脉较广，死者朋友称其为人憨厚大方，不是斤斤计较的人。刘某仅一枪毙命，据银行柜台证实，刚刚从银行取走的4.5万元现金被抢。

阳山警方提供的资料称，犯罪嫌疑人在案发前将近两个小时，一直在银行附近转悠，勒应该是一起有计划的抢劫作案，有特定指向，目标明确。

第四个比对点：南郊公园枪响后，警方马上封锁公园，园区内的所有游客被陆续清出园区，出园的游客都被要求登记姓名、身份证号码和电话号码。3天后，也逗是9月17日，警方公布疑凶模拟画像和疑凶特征，却不是真实照片。

"10·4"枪击案后，警方迅速封锁案发地，案发后不到两个小时，阳山主要出城口逗布置了持枪特警盘查过往人员。案发第二天，警方公布疑凶体貌特征和模拟画像，不是真实照片。第三天凌晨两个专案组人员进行合议，确认两案凶手系同一人、同一把枪所为。

做完比对，她若有所思，似乎明白了啥子，又似乎啥子都没有明白，实在太困了，她洗漱后终于上床睡觉，勒一夜她睡得很沉。

第二天在旅馆餐厅吃早饭时，郑怀舒将昨晚对案子进行比对的情况与吕凌霄交换了意见，谈了个人对勒两个案子的看法和下一步打算。吕队长非常支持郑怀舒的想法，提出了些补充意见。看来，他昨晚也做了功课，至少对勒两个案子进行过深入思考。

在征得阳山县局领导同意后，吕凌霄与郑怀舒决定走访两个案子遇害者周围的人。

效果很好，还原了受害人的生活圈子，还原了一些人一些事的情况。

当阳山警方发布将天心街区"10·4"持枪抢劫杀人案、"9·14"南郊公园枪击杀人案列为一人所为并案侦查的新闻时，看到消息的"9·14"案死者王寿臣的儿子王初阳深吸了一口气，他悲愤地告诉吕凌霄和郑怀舒："作案手段那么凶残，前所未闻，我爸爸中了6枪，我想不通，凶犯到底为啥，还是不是人，还有没有一点人性，为啥子要对一个老实巴交的农民下毒手。"

此时谁也回答不了王初阳提出的问题。

"我真的对不起父亲，也对不起我的家人，如果不是我让父亲从乡下到阳山城来帮我带娃儿，或许逗不会发生勒样的事情。"死者女儿王芳梅依然沉浸在深深的悲痛与自责之中。

王芳梅在阳山县城一家金融单位上班，老公在一处建筑工地做工程指挥。她介绍说，夫妻俩平时工作很忙，因公公回老家忙农活，4岁的儿子上幼儿园没人接送，她便与老公商量，让孩子的外公来阳山帮忙。"父亲是7号下午才来的，头几天中午，我和老公都会轮流回家吃午饭，以便陪一陪初来乍到还没熟悉城市生活的爸爸。唯独事发当天中午，我们两人都有事没来得及回家。结果，不幸的事情逗发生了。"王芳梅努力回忆着当天的点点滴滴。

王芳梅说，父亲上午11点还给她打过电话，她当时正在为一家企业做结算，是同事代接的电话，父亲在确认她不回家吃午饭后逗挂了电话。下午5点，她回家时发现父亲没有去幼儿园接儿子，打他手机，手机通着却一直没人接，真急死人了。直到下午五点半，电话接通了，但听到的却是父亲出事的消息。

王芳梅家离南郊公园不远，她说："以前我跟父亲总是晚饭后才去散步，不知怎么勒天中午他会独自一人去，查看过他的手机通话记录没发现异常情况。"

大儿子王初阳是在案发当天晚上6点钟接到妹妹电话的："当时我逗蒙了，怎么都不敢相信勒是事实，逗在事发前一天下午，我还与父亲通了个电话，他说在城里不太习惯，想与妹妹商量，过几天逗回官渡。本想早点回，鉴于勒两天女儿女婿都忙，不忍心丢下小外孙不管，还没把回官渡的想法告诉他们。我当时向父亲报了平安，要他不要挂记老家，劝老爹先在城里住一段时间再说。"

"我父亲算是辛苦了一辈子。"王芳梅说。

吕凌霄与郑怀舒来到王寿臣在乡下的老家。

在官渡乡王家村，吕凌霄与郑怀舒看到一栋两层小楼房，是几年前刚建的。王初阳哽咽着告诉他们："小时候家里很穷，为供4个子女上学，父亲最多时养了30多头猪，几乎每个星期都是早晨四五点钟推着板车去六七里外的酒厂拉酒糟回来喂猪。勒次进城，我是想让父亲休息休息轻松一下，辛辛苦苦一辈子，到城里妹妹那里过几天有盐有味的清静日子，体验一下都市生活，真的没想到，这一去成了永别。"

对于王寿臣遇害的原因，村民众说纷纭，但大家都不约而同地排除了"仇杀"的可能。

"本分，老实，一门心思照顾家庭，在村居邻里之中从不多言多语，从不与人争执。他不是那种逗猫惹狗（无事找事）的人，老实得有些迂腐。"熟知王寿臣的村委会主任祁素钊评价说。

是否真是个意外，王家人也说不清楚，仇杀？情杀？他们试图从各个方面来推想凶手的杀人动机，但各种推断似乎都被一一排除，52岁的陆新凤在得知老伴去世的噩耗时，当场晕了过去："我们结婚30多年了，我最了解他，一个种田的庄稼人，与外人基本不接触，是出了名的老实巴交本分人，跟人说话都轻言细语，从不大声，平日没和哪个红过脸，更莫说和哪个结仇。勒种事落在他身上,我是朗个也不会相信,是哪个下如此毒手?谁勒么没人性,丧尽天理良心?"清醒过来后,陆新凤反复向儿女们问勒个问题,子女们回答不出来。好不容易把娃儿们盘出来(抚养长大)了,他却遭到了毒手,她悲痛欲绝。

吕凌霄与郑怀舒在官渡勒边的走访,没有获得实质性的线索,两人除了表示同情,也回答不了受害人家属提出的问题,但两人没有打住(停手),着手走访第二个案子的相关人员。

阳山县城尖山南路284号西园小区1栋302房房门敞着,吕凌霄与郑怀舒走了进去。室内橘黄的灯光下,十来个人围坐在一起。一位身穿蓝色棉袄、40岁不到的女士坐在人群正中,默默哭泣。有人告诉他俩:她,逗是死者刘云朝的妻子,姓郭。

屋内的陈设很一般,一套皮质沙发,一张带屏风的鞋柜,一台电视机。客厅的装修较为简单,家具略显陈旧。

这时,从屋内走出一位正在打电话的白衣女子,从通话内容中得知,她是刘先生的同事。白衣女子告诉两位干警,坐在屋内安慰郭女士的都是刘先生公司的同事。"他们来阳山十多年了,家里的老人都在福建,现在正在赶往阳山的路途上。"

"我们总公司在福建,刘哥是阳山分公司的代理,负责产品的销售业务。"说起刘先生的为人,白衣女子眼中泛起泪花,"他真的是一个很好的人,对我们勒些晚辈都很随和,过年过节会把我们聚在一起,大家热热闹闹吃饭聊天。真没想到,他逗勒样去了。"龙归晚洞云犹湿,麝过春山草木香,大家都记住了刘先生生前的好。

出事之后,同事们已经把刘先生的双胞胎女儿送回福建老家,而正在上小学的女儿们还不晓得爸爸出事了。

此时,虽然不方便向郭女士直接了解情况,但大体情况一目了然。两位警察从屋里出来,看看住房周边的环境。

出了西园小区大门，是一长排门面。门面前围满了街坊邻居，大伙都在议论前两天发生的悲剧。"勒么好的一个人，怎么会被人用枪打死啊？"唉，拂石坐来衫袖冷，踏花归去马蹄香。

小超市的老板陈先生告诉吕凌霄和郑怀舒，他不晓得刘先生做啥子生意，但是他们一家人都非常和善。"他妻子没有工作，主要是在家带双胞胎女儿，他基本上早出晚归，毕竟要赚钱养家嘛。"

陈先生说："虽然我们没跟他打过很多交道，但他经常带着女儿到我店里买吃的小东西，他对女儿是有求必应，对我们勒些做小生意的人也非常客气。他妻子小郭经常在我店里闲聊，每次说起刘先生脸上总是笑着的。我认为刘老板是个比较落较（重情义）的人。"白云本是无心物，却被清风引出来。

邻居们说起刘先生，都用了"低调"一词，"我们做了近10年的邻居，他勒个人从来不多说话，对人总是微笑着，很有礼貌的。"

第十二章

回到下榻的旅馆，吕凌霄与郑怀舒连夜对走访的情况进行认真梳理并与阳山警方一起对各个疑点进行讨论分析。

吕凌霄说："我们在死者王寿臣家乡走访发现，王寿臣只是个老实巴交的农民，树叶子落下来都怕打伤脑壳，在村里没有与人结怨，他来到阳山县城只是帮女儿带娃儿，一个礼拜时间，一般不存在与人结仇，初步设想排除仇杀可能。调查王寿臣遗物证实，身上仅有的20元钱原封未动，也基本排除抢劫杀人的可能。'10·4'枪杀案中，凶手在直线距南郊公园不到2公里的农业银行门口开枪，抢走遇害者刚刚取出的4.5万元现金，明显是抢劫杀人。另一个值得注意的证据是，王寿臣遇害的地方地处南郊公园偏僻路段，平时很少有游人走勒条道。凶手朝王寿臣开了8枪，其中6枪打在他身上。王寿臣倒地后，草坪上毛竹的竹茎上还有两个弹道。那么，凶手在南郊公园开枪杀人很可能是为了在灵雾南路农业银行抢劫杀人练胆练技练枪法！"

他对把两个案子关联在一起的可能性进行了大胆设想，勒个设想合情合理，是在详细调查研究和丰富经验总结基础上得出来的结论。果然，经验丰富的警察逗是不一样，很快逗把两个案子联系在一起了。

郑怀舒发表了补充意见，总的意见是支持吕凌霄的大胆设想："你看有没有勒种可能，'10·4'案是有针对性的仇杀，因为刘云朝是总公司在阳山分公司的代理，负责产品的销售业务，不可避免地在工作中与别的公司发生竞争关系，比如，因销售地域、销售渠道、销售客户之争，而做出损人利己、得罪人的事？"这种情况在当今市场经济的环境下司空见惯。"而'9·14'南郊公园枪杀案可能是误杀。勒种设想基于几点：第一，'10·4'枪杀案中，凶手是守株待兔，一直等着受害人，并先枪杀，再抢走装钱的包，一枪毙命报复杀人，如果双方不认识，也许不会出现勒种现象。第二，会不会有一种可能，9月14日，遇害者王寿臣看到凶手在南郊公园从事某种地下交易，为了灭口而开枪杀害。当然，也有可能凶手把王寿臣错认成刘云朝而误杀，毕竟两个死者的年纪差不多，都是50多岁的中年男子，体态也比较接近。"

"你的意思是凶手有可能跟踪王寿臣到公园？"一位民警发问。

"我认为不排除勒种可能。"郑怀舒说。

"我看勒种可能性不大！"另一位民警说。

案情分析逗是要各抒己见，尽量开启思路，想得宽想得深想得远，让同行们在各自的发言中受到启发，没准能使山穷水尽的案子又峰回路转，柳暗花明。但在今天的勒两种假设中郑怀舒本人都信心不足。因为没有强有力的物证和人证，所以，她刚提出来，多数同行不赞同勒两种假设，被否定了。

但有一点，大家达成了共识，平头男每次针对无辜百姓下重手，除了其骨子里冷血外，还兼具仇世报复社会的心态，或是刻意用其行为挑战警方的能力。

走访没有收到应有的效果，案子又打了一个结，是个解不开的结。吕凌霄在心底里叹了一口气：蜡烛点得燃的数字叫岁数，点不燃的数字叫岁月，勒个案子要熬到何年何月？他感到头大了，有点悲观。

大千世界总是勒样，上帝为你关上一扇门，必然逗会为你打开一扇窗。

山穷水尽之时，另一条线索进入阳山警方视野。他们在针对勒两个案子锲而不舍地追查，深入研究时，借助技术设备反复辨别每一个疑点，对录影录像带一盘一盘重复审看，在一个只收到人像头顶的街边监视录像影带中挑拣出一个异样的声音，声音虽小，但可以肯定是人发出的。通过送恭州市公安局科技处，请专家用除去杂音技术、放大音频信号和纯洁主音音质处理，那个声音跳出来了，果真是那个没有录到面目的嫌疑人发出来的。经辨别细听，隐约听出那人说的是："你个瓜娃子，好生点嘛！"

说勒话时那个神秘的头顶摇晃了一下。警方分析认为，是嫌疑人沿街溜达，迎面来了一个"低头族"，撞到他身上了。

"瓜娃子，好生点！"勒是一句典型的蜀中话，是蜀中人常对小孩说的一句非常普通的话。由此他们联想到全国公安通报中，曾经有个多年前的犯罪嫌疑人陈贡开在云西省双西纳霸州孟春县持枪抢劫，杀死一人后潜逃。勒个陈贡开外号叫"五眼狼"，是蜀中籍男子。

警方怀疑陈贡开是有一定道理的，因为他是10多年前一起枪杀案的重大嫌疑人，目前一直逍遥法外，他会不会沉渣泛起，重出江湖？

市局同意吕凌霄和郑怀舒的建议，把阳山这个案子的疑点放在陈贡开身上，由他俩代表市局支持阳山破案，阳山警方非常欢迎由他俩牵头。一方面他俩是"4·22"专案组成员，具有资源共享、延续、熟练的优势；另一方面，恭州市与蜀中省同祖同族同宗，服水土，基层工作好落地，顶层设计在省市层面好沟通，有利因素多。

对于陈贡开，公安部给出来的资料倒是与阳山发生的案子有相似之处：身高、身材、年龄相仿，10多年前作案时20来岁现在30多岁。作案的手段、出逃方式都有相近之处。公安部还附了一张对破案很有帮助的基本情况清单，比较翔实地介绍了犯罪嫌疑人。

陈贡开，男，蜀中省江里市人，身高1.75米左右，曾在黔筑省通辽武警部队特警总队服役，体态中等，结实，行走时有耸肩现象，脚尖朝外呈八字形，常将一只手插在裤兜里；站立时有背手、右腿不停抖动的习惯。性格内向，话语不多，沉着冷静，作案独来独往，因为当过特警，有较强的反侦查能力，为避开视频监控，作案时曾戴帽子，戴墨镜，爱低头走路，左脚有点跛。

勒些线索经过仔细研究并和以前掌握的线索作比对，越看越像"4·22"

等几个案子的犯罪嫌疑人,或者的确与"4·22"等几案案犯非常接近。吕凌霄、郑怀舒心中很激动,觉得破获"4·22"持枪抢劫杀人案,已经近在咫尺为期不远了。

郑怀舒在心中说,抓到犯罪嫌疑人后,倒要看一看勒个陈贡开,到底是不是个红眉毛绿眼睛,铜头铁臂的怪物,否则,为啥逗勒么心狠手辣,无所敬畏,杀人不眨眼,一而再再而三地糟蹋鲜活生命,给社会带来黑暗,给人民带来恐惧,给家庭带来极大危害,为啥逗不考虑社会和别人的感受。

"你有时间回恭州看房了。"吕凌霄信心倍增地对郑怀舒说。在他心中,也觉得"4·22"案件的破获已经为期不远,他对本次蜀中之行充满信心。

"我希望是勒样,不过,锅盖不要揭得太早,揭早了煮不熟的鸭子会飞。"郑怀舒显得比较冷静。她的高兴在内心,不是像吕凌霄那样溢于言表,往往越是接近胜利的时候,她表现得越细致,越严谨,越一丝不苟,所以,总队从上到下都认为他们俩互为补充是金牌搭档。

手里握着公安部给出的珍贵资料,吕凌霄和郑怀舒及时赶到蜀中省江里市陈贡开的家乡,勒里地处蜀中盆地边缘,属于盆周山区。

退伍之后,整整10年,陈贡开没有回过家乡,也没与家人有过联系,家乡的任何人都没再见过他,逗是在全国各地打工的本村人,都没听谁说起曾经见过他或听说过他,更没人晓得他现在在干啥,勒个人似乎从人间蒸发了。据说,勒10年里,陈贡开是人是鬼,是死是活都不得而知,从来没给家里寄过一分钱,也没写过一封信,家里人根本不晓得他在天涯何方。

那年,19岁的陈贡开高中毕业入伍时豪情满怀,发誓要到部队大干一番,好好学习,好好表现,力争尽快提拔为军官,或者转为专业军士,成为家乡父老崇敬的职业军人。他对几个要好的朋友说,请大家相信,不混出个人样,绝不与他在学校的校花"小芳"谈婚论嫁,他要对得起"小芳",他的那个"小芳",是挣脱别人的束缚而投向他的。怀着这样的目标,大家对他拭目以待,多有期盼。

据说他到部队后的确表现较好，摸爬滚打，擒拿格斗非常认真，练就一身真本事。不过当时部队提干和转士官之难，是众所周知的，只有两个渠道，要么考学读书，要么救人一命，立大功受大奖。陈贡开不是读书的料，考学没门，他选择了立大功受大奖，一直在寻找见义勇为的机会，时刻准备舍身救人，但苍天迟迟不给他得以施展勇气的机会。据说有一次差点就要实现这个目标了，还让他暗自高兴了一把。

那是个星期天，陈贡开与几个战友约好在赤水河畔玩耍，一个个萎靡不振打不起精神，陈贡开提出进城去，大家踊跃响应。走了一段路，他突然停下来说有点事，让其他人先走。战友们晓得他神不隆咚，时常发神经，提醒他注意安全，逗自顾进城去了。

原来，陈贡开看见个染了一头黄毛的时髦青年，坐在赤水河大桥栏杆上看杂志，恍里惚兮（恍惚）的样子，那是个危险姿态，稍不留意就可能掉下河去。所以，他支开战友，自己要回去守株待兔，准备见义勇为。

一直等了4个多小时，等得陈贡开脚杷手软（没了精力），瞌睡眯西（犯困），直到那小子从桥栏杆梭（滑）下来，扬长而去，他才垂头丧气地回到部队。这事要不是他跟一个战友老乡说起，没得一个人晓得。结果当兵三年平淡无奇，没等他混出个人样逗退伍了。许人一物，千金不移。陈贡开辜负了"心上人"，削了面子，当年的"小芳"非常失望，富人思来年，贫人想眼前，她便与他分手，之后很快成为别人的新娘，陈贡开人财两空十分郁闷。

当爱情因为种种原因无法挽救，尴尬地结束之时，陈贡开告别了生养他的故土，游荡他乡。人情似水分高下，世事如云任卷舒。家乡对他似乎不再有啥子留恋，他对家乡也失去了情感，轰轰烈烈的"爱情"，让他颜面丢尽，宁向直中取，不可曲中求，再也无脸面见江东父老。

陈贡开退伍时信誓旦旦对战友说："不混出个人样决不回家。"10多年了，他确实没回家，更没听说有啥成就。当初的那份豪情，逐渐变了味道，变成了冷漠，对家人的冷漠，对邻居的冷漠，对社会的冷漠，以至于当年的那个对他抱以希望的"小芳"也绝口不再提起他。

在村中老乡指引下，吕凌霄与郑怀舒来到一栋经过改造后的白色"川东民居"宅前，两位头发花白的老人正弓着身子在院坝捡黄豆。逗是把黄豆秸秆从地里扯出来，抖下泥，背回家，在院子里晒干，再用棒子捶打，让豆荚开裂，黄豆滚落出来，然后去掉荚衣把裸豆放进箩筐。

看到警官出现，两位老人只用眼角瞟了一下，没有搭理，也没停止手里的活计。勒些年来，到他家来的警官多了，已经见怪不怪。

陈贡开的父亲叫陈兴志，是个闷葫芦，对访客一声不吭。母亲叫田世兰，每次警官来问话主要由她回答。两位老人年龄都在70岁以上，过着清贫的日子，身体还算过得去。入山不怕伤人虎，只怕人情两面刀，因为家中出了勒样的事，精神压力是可想而知的。

他们一共养育了三子两女，陈贡开在家排行老四，上边有两个哥哥，一个姐姐，下边有一个妹妹。哥哥和姐姐都在外地打工，妹妹嫁到了外村，原来的老宅子已经破败得不能住人，陈兴志与老伴田世兰借住在大女儿家。

寻找话题是郑怀舒的拿手好戏，不一会便与两位老人搭上了腔，从午饭的吃食到二老的身体，再到地里的粮食和手里的黄豆，郑怀舒不住地问勒问那，田世兰出于礼节，只得回答，但每次答话都是短得不能再短。

"他没我勒个妈。"当问到陈贡开退伍，最后一次与家里联系的时间时，田世兰忍不住回了一句。

吕凌霄和郑怀舒说了半天，提及陈贡开10多年未曾回家，没有与家里联系，作为父母有没有请有关方面查找或委托本村外出务工人员打探下落时，田世兰的回答就是简简单单的一句话："我没他勒个儿子，生不认魂，死不认尸。"说明家里人很失望，她根本不愿提及勒个儿子。

吕凌霄和郑怀舒一时无语。在沉默的这段时间，郑怀舒主动帮陈家二老捡豆子，很快吕凌霄也加入捡豆子的行列。

田世兰见两位警官很和蔼，并无颐指气使、盛气凌人、先入为主、一味指责那些章法,而且,还处处表示出善解人意的意思,变得放松了些,她拖了条长板凳过来,意在让两位警官坐下,并且坚持不要警官帮助捡豆子。

吕凌霄心里有数,老太太可能要开口了。其实,勒与郑怀舒俊俏的脸蛋不无关系,老太太看她面善愿意跟她说话。遇上这种时候,吕凌霄逗退居二线,让出能使郑怀舒开展工作的空间和时间。心底涌出他那莫名其妙的哲理:掌纹看得出的线条是命理,掌纹看不出的线条是命运。脸蛋是爹妈生的,他没有勒个先天条件,命当如此,只好掏出笔记本作记录,遇到勒种情况已经分不清谁是谁的助手了。

让客人站着,勒是陈家不情愿招待客人的最朴实的方式,不坐逗是不希望谈得太久。过去警察为陈贡开的事多次登门,绝大多数是站着,甚至吃闭门羹,半天问不出一句话来。今天,因了郑怀舒勒位漂亮警官的出现,还是因了漂亮警官的工作方式、工作态度,还是有其他别的什么原因而享受坐的待遇,反正今天陈家二老破例了。

"他自打退伍后逗没回来过,勒么多年我们也没主动找人打听过,每次我都是从派出所得到他的一点消息,我真的没啥子好说的。"田世兰抓着黄豆秸秆,在水泥地上用木棒狠狠地敲打,一下,两下,三下,十几下之后黄豆破荚而出,洒落在地上,陈老爹把黄豆聚拢,用嘴吹去浮壳,一把一把放进箩筐。之后,田世兰细心地翻看、捏拿,检查着地上的豆荚,不放过任何一颗,哪怕是藏在未成熟豆荚里的青豆也要抠出来。

因为郑怀舒的问话,田世兰虽是偶尔搭白几句,但她的话明显比刚才多了:"小时候是个听话的娃儿,放学了逗去打猪草,学习不太好,但是高中也是毕了业的,还是学校的体育尖子和文艺骨干,从没惹过事。"在啪啪的敲打豆秸声中,田世兰慢慢悠悠地说开了。

陈贡开之所以能揽上"校花",原来是有些特别的本事,勒些本事也许在当时封闭落后的山区学校算是拔尖的,有吸引力的。

田世兰撩起围裙擦了擦鼻涕,眼角没有一滴泪水,接着说:"他现今不听话，我有啥子办法？孩子大了，大人能管得住嘛，想管也不让你管，连人都看不到，怎么个管法？退伍了，也没回来过，他不听我的话呀！"田世兰的话主要是埋怨和辩解，她也难得发泄一次心中的愤懑。

她又说："大家都说他犯了法，又拿不出证据，逗晓得一次又一次找我们。勒里抓到个人让我们去认，那里抓了个人又让我们去认，搞了多少次，结果都不是，他现在是活不见人死不见尸，谁晓得他到底死在哪里，在干啥子？"她越说越来气。

作为家里的幺儿子，陈贡开小时候聪明灵光，曾经是夫妻两个最得意最疼爱的孩子。然而，曾经的得意和疼爱如今变成了恼火，甚至一听到他的名字逗烦躁。"勒么多年了他都不回来，他没有勒个家，没有我勒个妈，我也没他勒个儿子。"老人彻底地心灰意冷了。

"陈伯伯您老怎么看？"陈贡开的父亲一直没说话，郑怀舒点名对他进行启发。

"人老了，身体到处都是毛病，又没个挨帮，不干活逗没饭吃，逗勒样熬吧，我们也熬不到几年了！"谈到儿子陈贡开，陈兴志显出一种很复杂的情绪。也难怪，皇帝爱长子，百姓疼幺儿，在中国农村，幺儿逗是自己年老后的挨帮。"他听话逗是我儿子，不听话逗不是我儿子，我早没有指望他了。他犯法，是他自己的事，由国家去法办，他咎由自取，罪有应得。"陈家老爹不是不会说话，第一次开口既在理又精道，他只是不想说，心里啥子事都清楚，上到国家法治，下到家庭治理。这叫人生不语，水平不流，对不熟悉的人，在摸不到虚实的时候，陈老爹会谨言慎行。

在两个老人勒里问不出啥子东西来，吕凌霄与郑怀舒便去村里走访其他人。

陆琴琴今年30来岁，是陈贡开的同学。在她记忆中，陈贡开是一个性格活泼，豁达开朗的人。"特别喜欢唱歌，模仿明星，还有那么些味道。因为比我们大点嘛，我们很羡慕，当时的许多歌曲他都会唱，啥子流行唱啥子，他不但能模仿歌星唱，而且还能在那个基础上改编，改编后唱出来更受听。他是我们心中的歌星，嗓门好，唱出的歌挺招惹人。陈贡开比我大两三岁，与我读一个年级，从初中二年级逗与我一班了，听说他是因为学习成绩不好留级下来的。的确，他对学习文化知识不太上心，对文娱体育很积极。后来，他的爱情闹得满校风雨，沸沸扬扬，一下子成为全校的名人了，我们当时那个羡慕呀，人一辈子逗得有过一把轰轰烈烈的事情才过瘾嘛！"陆琴琴回忆着说。

陆琴琴回忆起最后一次看到陈贡开的时候，"当时，他当武警回来探亲，带着'小芳'回村来耍，那姑娘我认识，我们一个学校的，是陈贡开的歌迷粉丝，长得很漂亮，学校有好多男生喜欢她。应了那句话，一家养女百家求，但那女生逗看上陈贡开，别个说，他在当兵前逗开始耍朋友了。那次回来看到我和我老公，他笑嘻嘻地过来打招呼，给我老公递烟。他比上学时胖了些，身体很棒，气质很好，很挺拔帅气的样子。"一听勒番言语，逗晓得陆琴琴是一个快乐活泼的女人，真是知无不言，言无不尽，有啥子说啥子，想到啥子说啥子。

吕凌霄有些分神，想象着当年陆琴琴眼里的陈贡开是个啥子模样，他在心里说，眼睛看得到的时间叫时钟，看不到的时间叫时光。时光的流逝，陈贡开变得让他当年的粉丝都不敢相认了。

后来，邻村"小芳"勒门那样（各种各样）地找茬与陈贡开分手了。"分手的原因，说法不一。有说是女方父母说两人辈分不符，命里相克，怕是不能白头偕老。也有说是女方嫌陈贡开家里人口多又太穷。在附近的勒几个村子，我们勒个村自然条件最差，山多田少，经济落后，这只是一个方面，还有说关键是陈贡开在部队没啥出息，当年人家姑娘是一心一意想跟陈贡开随军当官太太的。"陆琴琴说。部队随军带家属必须是营职以上军官。这又应了一句话：一马不行百马忧。

陆琴琴的男人杨忠义现在是山阳村的村主任，他们夫妻俩与陈贡开都是中学同学，杨忠义高几个年级。"我初中读了两年半逗去学医了，我与他不在一个村，等我学成回来，陈贡开逗已经当兵走了，之后因为两家住得也比较远，接触更少了。"杨忠义对吕凌霄和郑怀舒说。

在杨忠义印象中，陈贡开初中是读下来了的，还升到了高中："他有高中毕业证书。"

另一位同村同学卢超志的说法有些新意："陈贡开高中没读完逗辍学了。"

"大概是高中三年级下学期的时候，不知啥子原因，他被几个同学打了。在中学里男生打架照理说很正常，不过陈贡开勒人特别好面子，觉得被同学打了是件没面子的事，特别是在女同学面前抬不起头，因为他很愿意做些帮助女同学的事情，很逗女同学喜欢。被打之后逗没再来上学，据说去河南还是啥子地方学武去了。"卢超志说。在勒之前，电影《少林寺》风靡一时，估计是受电影的影响。"不知是不是正经学了武术，几个月后回来，在我们面前亮了几手，我们觉得他的身手不凡，据说他一个人能打三四个人，但是在村里从来没人跟他过招，他也没有主动出过手。"

在山阳村当了几十年党支部书记的梨美尚对吕凌霄和郑怀舒说："陈贡开的身体素质特别好，当年征兵时，村里很多人报了名，只有陈贡开红头花色（优秀），体检合格了，逗去了黔筑省当武警，据说还是武警中的特别部队，让村里好多年轻人非常羡慕，村里也觉得有面子。"

据陈贡开的战友、同乡张荣介绍，陈贡开在部队时特别注意锻炼身体，没事逗踢踢腿、弯弯腰、伸伸手、做做俯卧撑，活动开后就展开架势拳打脚踢，在训练之外还坚持跑步，军事技术却一般，特别是在过筋过脉（有特别讲究）的军事技巧项目方面，如单杠、双杠、爬杆、跳马等不太在行，为此当了一年饲养员，因猪喂得好，立过三等功。陈贡开到部队后再也没长个子，一直还是当兵时的1.75米左右。"在部队，我们打靶，练的都是长枪，卧姿、蹲姿、立姿、行进中射击，没练过短枪，陈贡开的上靶率不是很高，没有传说中那么准，他不是神枪手。"

与陈贡开在部队有过三年交往的张荣认为，陈贡开不算内向，人也不是很温顺，相反性子比较急，几句话不逗拢（合意）逗会猴急狗刨的，"与人说话时，说着说着逗会毫无由厘地大声吼叫起来，好与人争辩，属于个性比较强的那种，有时闹得吓人巴沙的（吓人的）。"

农村兵退伍后从哪里来回哪里去，勒是国家政策，不像城市兵，一般会安置一个工作。"也许是在部队没混出个啥来，回到家乡没面子，也许是不想回家务农，逗滞留在黔筑省了吧。复员以后，我与陈贡开再没联系过，更不晓得之后他的一切情况，我愿意配合你们，但我确实提不出啥子线索。"张荣说。

村里人说，10多年来，因为陈贡开，交通十分不便的山阳村从来没有消停过。陈贡开的父母经常被叫到派出所去问情况，每次都是村干部带着去。前几年，云西省的和公安部的人都来过山阳村好几次，前几年还曾经在陈兴志屋里屋外安装了监控器。墙有缝，壁有耳，好事不出门，恶事传千里。那时陈家二老面子丢尽了，不敢抬头走路，见善如不及，见不善如探汤。正因为如此，乡里村邻也不敢到陈家去，后来没见到陈贡开回家才在去年撤了监控。

所以，陈家对警察冷淡，一提起勒个儿子逗生气。勒种事摊到谁家，我也不敢说不会有陈家二老一样对待公安机关的态度，包括山阳村的村民都因出了陈贡开勒个祸害，觉得矮人一等，家中有恶，外已知闻。

吕凌霄与郑怀舒的蜀中之行没啥实际意义，得到一堆垃圾信息，对案件侦破没啥帮助，可以说是一无所获，空手而归。但也不能说是竹篮打水，至少直接了解到一个在逃凶犯的沉浮，可以丰富警察的阅历。

看来，想象与现实相差甚远，情况并不乐观。

郑怀舒说："勒一趟也不是完全逗没有一点意义，不算白跑。"

吕凌霄沉思默想了一会儿说："有啥想法，说出来听听。"他并不是揶揄说啥子风凉话，而是真心实意地鼓励。

郑怀舒不管他是风凉还是鼓励,她确是真心实意,一副商量探讨问题的架势说:"勒次蜀中走访,在我心中至少有勒样一些想法,一是陈贡开的作案真的与他家人没有多大关系。二是近年来他可能没作案了,勒又分两种情况,要么金盆洗手,重新做人,改邪归正,从善从良;要么已经客死他乡,不在人世了。"她的分析如情如理,在逻辑上是说得过去的。

吕凌霄说:"好,我赞同你的观点,回去后马上写个报告。"

自此,"4·22"行动组费心巴力(费尽心思)找到的一条线索,却没有多大的实际意义,那句蜀中语应该有其他的含义,手里的线索链条又断了。

第十三章

吕凌霄和郑怀舒风尘仆仆回到恭州，已经是 12 月下旬，快到年底了。

"妈！我回来啦！"郑怀舒把钥匙伸进锁眼，房门打开的同时，冲里面兴奋地高声呼叫，她没像其他子女"常回家看看"时那样使劲敲门或不停地按门铃，她是突然闯入，目的是给妈妈一个惊喜。

屋里光线很强，家里所有灯都开着，给人温馨的感觉。郑妈妈坐在客厅兼餐厅兼过道的沙发上看报纸，她没有开电视，怕声音太大，压住女儿的敲门声或门铃的歌声耽误开门，即便是看报纸也心不在焉，入眼不入脑，一心一意听着门的响动，因为女儿在电话上已经作了报告，准女婿也传递过信息。结果还是"耽误"了，女儿捷足先登，压根逗没"敲"没"按"，没给她开门迎接的机会。

郑妈妈体态清瘦，精神矍铄，衣着得体，行动轻盈，不急不躁，看上去非常平静。她从容地拿下眼镜，约约低头认真地朝门口看了看："回来啦，车堵得厉害吧，整整走了两个小时二十三分钟，洗把脸逗吃饭！"说完放下报纸，站起身揭去桌上倒扣着的那些碗碟。她肯定查了火车时刻表，晓得女儿啥时候下车，而且一直掰着指头计算时间，提前逗把香喷喷的饭菜做好了。

其实，她没有查时刻表，是莫文丰接到郑怀舒后，马上给她通了电话。

怀舒换了拖鞋，上去给妈妈一个拥抱，接过妈妈手里一摞用来扣菜的碗放进厨房的洗碗池，然后进了卫生间。莫文丰也来了，换完拖鞋进到厅堂，把怀舒的背囊放在沙发上，到厨房去洗手，显得熟门熟路。

紫色的背囊放在沙发上显得非常不协调，勒房子被郑妈妈收拾得井井有条，干干净净，几乎到了加一件嫌多，减一件嫌少的地步。

房子不大，典型的单一房，一室一厅一厨一卫，总面积40多平方米，结构比较合理，厅堂较大，三分之二作客厅，三分之一作饭厅，没有走道。勒种结构在10多年前的恭州市可是抢手货，一般人不易买到，当时还托了一位学生家长才得以到手。

郑妈妈是典型的知识女性，担任过恭州市某区实验一校的小学校长，几年前退休后赋闲在家，陪伴着女儿。他们那一代是新中国成立后最"辛苦"的一代人。20世纪50年代出生，长身体遇"灾荒"年月缺乏营养，学知识遇"文化大革命"缺乏教育，找工作遇"上山下乡"缺乏机会，出成果遇"改革开放"后起之秀风起云涌缺乏底蕴。

像郑妈妈勒种靠本事升到区属最好小学的校长职务的人，算是过关斩将相当不易了。所以，任领导时在许多学生家长眼中，可是个了不起的人物。

怀舒从洗手间出来，莫文丰很知趣地进去了，先解了小手，再洗了把脸，还在镜子前站了几秒，理理头发，端详形象，增强点自信心，才出来。

郑妈妈满脸微笑坐在主座位上，怀舒、文丰分别坐在条桌两边，勒是固定模式，他们都非常熟练。郑怀舒与莫文丰恋爱都快10年了，在这套房子里以勒样的座位吃饭不知有过多少回。

怀舒对妈妈亲昵，上桌出筷首先给妈妈夹菜，"妈妈吃菜。"郑妈妈乐呵呵地说："你们多吃点，我晚上吃多了不消化，你们年轻人吃多吃少没关系，特别是小莫要多吃点，增加营养，东奔西跑，勒么辛苦！"说着逗给文丰拈菜，她对勒个未来女婿是比较满意的。

郑妈妈说话轻言细语，不急不慢，看得出当年做校长的功力，也看得出小学校长勒活儿对她而言不是啥子"高精尖"技术，做得顺溜，水到渠成，十分自然。其实，做领导不容易，兼听则明偏信则暗，有时又不由自主地要偏信，勒是万不得已，不得不做的平衡术，委屈自己照顾多数人利益，否则勒个领导必然做不长。要晓得，郑妈妈当年领导的恭州市某区实验一校，有400多名教职员工呢，是恭州第一，是小学中的航空母舰，规模最大，师生最多。

莫文丰自从那次与郑怀舒闹过别扭，认真反思，自知自己心胸狭窄，吸取教训，现在表现得令人满意，不时做出一些讨好怀舒和郑妈妈的动作，有时还会给出点惊喜。有些小把戏在郑怀舒这个做刑警的面前，是能够看得出来的，她假装看不明白，其实是原谅，不逗为了惊喜吗，有啥大不了？所以，她感觉莫文丰最近有些莫明其妙，似乎在有意隐瞒什么事情，她没有计较，不逗是要制造惊喜吗？不过这一次她错了，没有善意的惊喜。

桌上的温馨折射出勒个家庭的和谐融洽，他们没有喧哗，没有相互大谈离别时各自见到听到的"新闻"，长辈没讲晚辈怎么能讲，那逗认认真真安安静静吃饭吧，勒能看出郑妈妈的家教，不怒自威镇得住台。大街上正在营造的年味与勒个家庭的温馨，浑然一体，相得益彰。勒是中国儒家学说的功绩，几千年的文明精华传承到今天，浓缩成几个字：全民构建和谐。今天过的这个年是阳历年，也逗是元旦，大街上到处张灯结彩，营造出喜气洋洋的气氛。中国人是要过两个年的，一个是农历春节，勒个年闹热在民间；一个是元旦，是新一年的真正开始，机关、单位、学校在这个时候进行新旧更替的装点，这个年简捷、朴素、大方。

吃到中途，郑妈妈开始与两个晚辈讨论过日子的事，脸上挂着微笑。勒也是一种节奏，让大家先吃点东西，肚里有粮心里不慌。有些话是不得不说的，只有在勒个时候，三人才有机会聚在一起，吃完饭又要散伙，各奔东西，话说在此时比较合适。

勒几年，恭州市正在拓展新城，新城叫"桑树坪"，位于恭州聚鱼沱、乌龟沱两个城区之间，东靠罗汉山脉，西临长江。新区规划面积上百平方公里，分为A、B、C三个区，呈组团式分布，使新城没有了老城的拥挤，预计投入资金数千亿元人民币。新区建成后，将成为一座可容纳60万人口的滨江生态新城。

　　桑树坪新城交通便捷，有纵横交错的道路网络系统。纵向有恭乐大道、桑龙大道、滨江路等，横向有跨界高速公路、海龙大道、胡鱼路，还有轻轨4号、6号、10号线过境。便捷的交通使得桑树坪新城距恭州主城任何一个区域都只有20分钟以内的车程，区位优势十分明显。

　　桑树坪新城基础设施建设已经完善，城市干道基本建成，水、电、气、通信、电视、有线信号等管网全部预留下地，与道路同步建设。新城功能布局主要分为商贸金融区、餐娱休闲区和生态居住区，有数个生态景观公园，数十公里亲水江岸，几千米景观艺术长廊和数个时尚文化休闲广场，不可谓不新潮，不可谓不大气，不可谓不宜居。

　　随着桑树坪新城的快速建成，实现对乌龟沱和聚鱼沱两大城市组团对接，对扩大恭州城市规模，加快推进恭州城镇化进程，促进恭州南北均衡大发展都起到实质性作用。在未来时间里，桑树坪勒座生态新城必将成为一颗耀眼的明珠镶嵌在美丽的长江之滨！

　　目前，恭州的人口主要向桑树坪转移，月亮走我也走，我给月亮提巴篓。勒一家三口还有啥子话说，从众是大趋势，也瞄准了桑树坪勒块宝地，那逗下叉吧。

　　"听说桑树坪的房价又涨了？"郑妈妈说。

　　"是的，现在小区房每平方米都超过万元了，不过环境的确上乘，绿化很好，内阳台半价，外阳台白送，还送露台。"莫文丰接过话茬儿，其实他是在表功，说明他多次到过那里的多个小区了解过情况，做过性价比。

　　"是我没本事，那点退休费和存款给你们交首付还差得远，朗个办呢？"郑妈妈担心地问，边说边拿出椅子旁小坤包里的存折递给莫文丰。说明这个话题她们说起过，她老人家选择在这次帮助女儿和文丰，早逗有所准备。

　　"非常不错了，妈妈把钱都给我们了，您以后急需用钱朗个办？我们心里还难受呢。"郑怀舒亲昵地说。她不是说客气话，勒是事实。她深知老妈勒笔钱来之不易，虽然不多，可是她大半辈子一点一滴攒出来的。为了省下勒笔钱，老妈不知有多少次在商场放弃了该买的东西，多少次节省了该吃的食品，慈母手中线，游子身上衣，可怜天下父母心啊，勒逗是亲情，没有掺杂半点功利的血缘之情，血浓于水的真感情！

"阿姨的钱来之不易，还是先放起来吧，改日非常急迫的时候或者万不得已时再取用，我现在手里已经有一笔钱了，足够交首付。"莫文丰既坦率又信心百倍地说。他突然卖出的勒个关子，一下子把母女二人搞蒙了，一时摸不清东西南北，不约而同地望着他。水至清则无鱼，人太急则无智。勒个常常和稀泥的人今天在这方面又制造了一个"惊喜"，母女俩过去可没得见过他隐藏得这么深，还会来这一手，要知道房子的首付对于这个家庭来讲不是小数目。

"你哪来的钱？"郑妈妈首先发问，带着迟疑。

"去年做的那个课题，已经结题交差了，学院给我结了一笔课题费，我又向同事借了点，凑起来完全够首付。"莫文丰从正面回答问题，他说得流利顺当，自自然然，没有丁点儿破绽，也不会给人以啥子不妥的感觉。

"课题费？我朗个不晓得，你好像没说过？还有借钱为啥子不跟我商量？"还是被郑怀舒听出了纰漏，她有些敏感。

她问得有道理，文丰在警官大学逗一个讲师，所谓讲师逗是课堂上认认真真授业，在项目课题中是教授的助手，为学生做师表，带着学生踏踏实实干活，相当于机关中的一个大办事员。有人形容讲师在大学的地位：有你活干，没你话说，或者有你的话说，没你的席坐。至于项目经费，国家每年的支持倒是不少。莫文丰的学校，课题结题之后，剔除花销剩余的经费由课题组长硕士或博士生导师分配，导师是"第一主研人员"拿大头，一般超过60%，余下不到40%才由副教授过滤分配，讲师和所带领的一大群学生，一般几人，十几个人，有时甚至数十人。可想而知，落到他莫文丰手里一个课题上的经费，能够分得几个银子？

另外是借钱，人情似纸张张薄，借钱容易还钱难，如果别人急需钱用来追欠款，自己又拿不出来，会多么尴尬啊。

他莫文丰说有钱了，是在麻广广（骗人）嘛，做这样的事有何意义？或者是比较木讷的莫文丰变开化了？变妖言儿了？活络了？让人码不实在（没把握）。

"你不是很忙嘛，为了不影响你的工作，不过多分散你在案子上的精力，我逗暂时保密没告诉你，我勒是以实际行动支持你，当好你的后勤保障哦。"莫文丰解释。他是从关心她的角度不让她过多操劳"家务"，不想给她添麻烦，勒也是她最欣赏他的地方。

"前几天，我给你们学校打电话，学校说你没在，上哪儿去了？"老年人怕出事，以谨小慎微为做人做事原则，郑妈妈关切地问，问得风轻云淡却内涵深重。勒可能是她多年当小学校长职务的工作惯性，凡事都要理出个来龙去脉，也是一种长期在领导岗位的权力欲使然，总是眼睛盯着别人想控制场面。同时，她也想让未来女婿晓得，她关注着他呢，他的行动经常在她的视野之中，迫使他只能中规中矩，在勒个家庭不能出事，当然任何家庭都不希望出事。

"我到外省的几个同学那里待了几天，主要是课题方面一些需要请教的问题。"莫文丰虽然流露出一点慌张，但很快给自己打了圆场，他讲得合情合理，顺流顺水，没有半点掀风鼓浪。不过他违背了一个常识，出走几天，怎么也得给郑家人打个招呼，怀舒很忙，郑妈妈不忙呀！看来他硬是有事在隐瞒！

郑怀舒若有所思地看着莫文丰，眼里虽然温柔，但也有警察职业特有的审视。

莫文丰低下头不慌不忙地夹菜吃饭，一副泰然自若的样子。

画虎画皮难画骨，知人知面不知心，郑怀舒心中咯噔一下，浮现一个不祥的闪念。不过那只是一个闪念，那闪念只在她脑海里一晃逗打消了。不可能，绝对不可能，也许勒是女人的错觉，面对未婚夫她不希望有勒样的错觉。

她告诫自己，不能犯职业毛病，怀疑一切，把所有人都想得很坏，勒也是他们总队正在转变的观念，要以人为本，废弃人性本恶的理念，对犯罪嫌疑人都要无罪推论，在无罪原则指导下依据事实进行分析，难道对自己心爱的人还能无端怀疑不成。俗话说得好：一年之计在于春，春之万物苏醒；一日之计在于晨，晨之新风扑面；一家之计在于和，和气安稳；一生之计在于勤，勤之生财。他靠勤劳挣钱，有错吗？不应该吗？只是借钱的事是她没想到的，他不是已经说清楚了嘛，怕影响她的工作分她的心嘛，这也合情合理。于是，她低下头继续吃饭吃菜，再没别的杂念。所有人在亲情面前智商都低，勒是正常人的共有特征。

莫文丰是一个很认真很较真的人，在学术上也是如此，为了研究课题项目方面的事，到外省与同行和学友切磋，向他们请教，共同商量讨论，攻克一些把握不住的难题，是比较常见的事情，过去有过，现在又有，将来还会有，不值得啥子大惊小怪。所以，郑怀舒给自己找到了合理的解释，是自己多心生疑了，此时此刻她不平静的心逐渐平静下来。

"我那点钱虽然不多，还是要付的，拿出来逗不要再拿回去了，老折腾也不好，勒是我的一番心意嘛。"郑妈妈始终微笑着，坚持要把她那点省出来的钱和退休金给女儿和未来的女婿买房子。从这番话中可以听出，她老人家是非常在乎那点血汗钱的，平时都小心翼翼地保管着。非亲不是亲，是亲才有情，亲情到了自然成。

老人家并不是霸蛮（固执），强行入股想今后分点什么，这当然是说笑话。老人家有她的想法，钱多钱少只是能力问题，亲情才是最重要的，钱再多买不到真情，钱再少也不能泯灭亲情。民间有句俗话：大小是个情，长短是根棍，情到了能增加友谊，棍有了逗有依靠。千里送鸿毛，礼轻情意重，说的逗是勒个道理。父母不逗是为了给儿女们留念想嘛，精神的价值远远胜过物质。所以把自己存了多年的一点小钱和仅有的养老金送给女儿买房，天经地义，她的决心一直没变。

"妈，我比较赞成文丰的想法，您的钱还是先拿回去，好钢应该用在刀刃上，万一今后真有个啥子急用也方便得多。"怀舒有她的想法，母亲虽然现在身体很好，以后有房了肯定是与他们住在一起。目前，第一选择也是与他们住在一起，小两口上班，老太太看家，收拾做饭，今后带外孙，大家都无牵挂，多好的事。

当然勒得充分尊重老太太的意见，如果她老人家不愿意，非要单独在一边，还只能像歌里的唱词一样"常回家看看，回家看看"。但有一条是比较现实的，老太太一天天老去，如果没有一点积蓄，万一有个突发事件需要用钱上哪里找来应急。当今这个社会，有钱有酒多兄弟，急难何曾见一人。这个家庭是属于宁可人负我，切莫我负人的那种。

有人说越是身体好的人，平常没病越要引起高度重视，一旦生病逗会非常危险。郑怀舒可不想自己的母亲摊上勒样的倒霉事，自从父亲去世后，她与母亲相依为命，晓得母亲艰难，晓得母亲省出的勒点钱经历了许多的隐忍和割舍。自己拿不出钱来孝敬母亲，还要把母亲存的勒点钱和退休费提前支付，勒是千不该万不该，让人戳脊梁骨的事。她绝不做勒样的事情，她坚持不要妈妈支付房子的首付款。

莫文丰推让着一定把存折还给郑妈妈，怀舒也在一旁恰到好处地奉劝帮腔。

冲着两个年轻人的勒份真诚，郑妈妈改变了想法，勒笔钱她有新的用途了，她接过莫文丰递过来的存折："好吧，勒钱先暂时存放在我这儿，今后留着急用。"她的所谓急用，逗是让他们结婚时用，说真话，把所有的钱押在房子上，结婚时还真的会很寒碜。

虽说现在要求节俭办婚事，但女儿女婿总得有几套像模像样的衣服吧，勒对他们还是有点困难，现在的贴牌产品都很贵，稍微得体的新款式服装动辄几大千，勒得花钱吧，虽然怀舒说结婚穿警服，终究不是办法，勒些年为了节省她一直没买过啥衣服，结婚勒样的大事也应该改变一下在公众面前的形象，多年来除了有一两件休闲便装外，人们还没见怀舒穿过正规礼服的样子呢。

结婚时怎么也得办几桌，请一请莫家的亲戚和女儿的同事同学以及女婿在学校一起工作的好友吧，还有自己实验一校那些老伙伴，他们早逗等得不耐烦了，笑话过多少次。勒一请，怎么也得上万元，光喝点好酒逗上千元，女儿人生中的大事，还不抵那点酒嘛，不能太抠门，让那些老辈笑话，勒逗得花钱！所以，她收回了原来的意见，没有把自己的新想法说出来。

郑妈妈收起存折，两个年轻人脸上露出了满意的表情，勒种神情发至内心，一点没有造作，他们终于说服了老太太一次。

勒顿饭开始的前奏并不活跃，还有些寡言，现在却吃得很开心，勒种开心绝不是装出来的，而是发自内心，发自心底里的。有点儿像演戏，压轴的东西总是放在后面，不会一开始逗搬到前台。

吃过饭，怀舒很自然地问："文丰，你住勒儿，还是回学校？"

莫文丰心里晓得，住勒儿逗是睡客厅的沙发，过去他不止一次在勒儿住过。睡沙发比较别扭，一是沙发太窄不好翻身，一个姿势睡到天亮，时间久了，浑身不舒服。还有一个要命的事情，逗是郑家母女早晨有个习惯，四五点钟上卫生间之后还要睡个"回笼觉"，特别是每当他听见那滴滴答答淅淅唰唰的小便声，心中很不是滋味，让他心里发颤，浮想联翩。

说实话，他与怀舒恋爱勒么多年，怀舒至今仍然保持处女之身，一方面是怀舒不愿过早献身，另一方面文丰比较知趣没有硬逼，反正早晚都是他的菜，要做那事儿何在乎朝朝暮暮，勒在当下是非常难能可贵的。再加上他是军事科目教员，原本有早起带操的习惯，但在郑妈妈勒里睡沙发，他得挣表现留好印象，不敢早起弄出响声打扰母女俩难得的那点早觉，醒得早起得迟，只好睁眼看着天花板蜷曲在沙发上，假装睡懒觉。

莫文丰略加思考说："还是回学校吧，你也累了，早点休息。"

郑妈妈看了一眼墙上的挂钟说："你逗先走吧，还有半小时公交逗收车了。"

文丰却说："天还早，不急，到车站很近，我还是干完老本行再走吧！"他说的老本行逗是收拾厨房、刷锅洗碗，除了勒点小事，他啥都不会做。如果连勒点小事都不做，对得起未来的丈母娘和妻子吗？

怀舒是喜欢做饭，她说炒菜做饭是一种享受，很有成就感，尤其是大家都说"味道正宗""好吃"时，心里更是乐滋滋的。她不喜欢洗碗，最不喜欢被油水糊着的感觉，勒也许是性格使然，干公安不能拖泥带水，黏黏糊糊。

"今天已经晚了，都快10点了，回学院还有一段山路，碗筷放在勒儿我来洗。"郑妈妈坚持说，虽然莫文丰身强力壮有两下子，一般三五个杂皮还对付得了，但在老人眼里他毕竟稚嫩，真的遇上歹徒也不划算啊。

"不晚，我收拾了逗走，很快。"莫文丰转身离开桌子，非常娴熟地走到门后取出一块围裙系在腰上，三下五除二把桌上的残羹剩饭收拾了。怀舒擦桌子，在一旁打帮手默契配合，把该放冰箱的蒙上保鲜纸放冰箱，该入垃圾桶的放入垃圾桶，边做边说："也好，你洗我清，勒样快些。"收拾完了桌上的残局，逗挽起袖子，打开了水龙头。

郑妈妈不再阻拦，为怀舒收拾床铺去了。

不一会儿，莫文丰轻声低喊："阿姨，我走了！"

郑妈妈在卧室回答："好吧，注意安全！"

"好的，天还早，不会出啥事的。"莫文丰答道。

郑怀舒用揩手帕擦了擦手，送文丰出门。

第十四章

真让人不能踏踏实实过点日子，从阳山县回到恭州不到几天，还没到春节，千川区传来协办案子的要求，那里发生的案子，涉及用"五四式"军用手枪抢劫杀人，没留下子弹壳，凶手极端残忍，作案迅速，手法与"4·22"持枪抢劫杀人案惊人相似，千川警方请求恭州方面紧急派警员支援。现在不管什么地方，只要是"五四式"军用手枪作案，没留下子弹壳，逗要请求"4·22"行动组增援，这是大家的命，半点不由人。

吕凌霄队长与助手郑怀舒只好再次丢下手头的工作，放弃在家与亲人一起过春节的打算，马不停蹄地赶往千川，用吕凌霄的话说，人类把握不住的是节操，人类把握得住的是节奏。勒是没办法的事，公安警察有节操，但犯罪分子不讲节操，不给你节奏把握，警察也把不住节奏，勒是职业特点，以案件为中心，案子的节奏掌握在犯罪嫌疑人手里，案发逗是命令，随发随到没有价钱可讲。

千川位于恭州东北部，地处高峡平湖库区，属于长江中上游区域中心，是恭州市数十个地域城市中最大的一个，有第二大都市的说法。

千川东临阳山县，南接柱姜土家族自治县和北湖省川利市，西濒临腾县和平州县，北靠高县和蜀中省江开县。长江贯通千川主城，是一座非常漂亮的山水城市。

千川区位独特，历来为恭东北、蜀东等地的重要物资集散地，距恭州主城区和北湖省西北中心城市夷昌都是300多公里，是300多公里半径范围内城市人口唯一超过100万的中心城市。交通便利，长江黄金水道穿境而过，拥有机场、铁路、公路、深水港码头和海关口岸、国际保税物流园。

千川区的案子，又是一个棘手的"鬼剃头"，来无踪迹，去无影子，虽然警方也掌握了些线索，但几乎都是捕风捉影或过去已经握在手心的东西。案发在众目睽睽的闹市区，现场已经被无知的群众踩踏，无痕迹可寻，千川区警方只做好了笔录和有限的现场踏勘。

案子发生的时间是1月30日上午9点钟左右，地点在千川区木树山立交桥附近的千川重型机械厂旁边的那排低矮的营业门市中间，一个名叫"千川信诚经贸公司"的大门与停车场之间的地方。

接到报警电话，当地警察快速出动，很快封锁控制了现场，进行了勘查，并及时对现场相关人员讯问。现在办案有许多难处，进城务工人员多，他们中绝大部分没有保护现场的基本常识，乱劈柴（没规矩），只晓得看闹热传闹热整得闹热，根本不考虑公安破案需要，相互之间拥挤过来拥挤过去，大小脚印你覆盖我，我覆盖你。只要是人流量大的地方，痕迹专家不管有多么高超的技术，哪怕第一时间赶到现场，多数时候也奈何不得，只能做个样子，大量的第一现场案源线索主要靠笔录。

经梳理受访者笔录，还原案情发生经过，大体可以看出勒样的脉络：1月30日上午9点左右，街上行人逐渐多起来，有人隐约听到一声枪响，然后循着枪响方向望去，一个人倒在地上，有人跑拢（抵达）后，没有发现凶手却见受害人满身血渍，已经落气，接着更多的人拥来看闹热。

死者姓肖，挎一个黑色帆布包，50岁左右，是千川区信诚经贸公司老板，才中弹倒下凶手就抢走了那个黑色帆布包，据公司人员和死者家属证实，包内只有一台笔记本电脑，没有现金，也没有银行卡，可能因为开凯迪拉克车给人很有钱的表象而不幸遇难。

据停车场东头一位卖建材的老板说，他与肖老板有过交往。老肖为人低调，穿着朴实，行为收敛，除了开一辆凯迪拉克外，完全没有大老板架子，多数时候给人的印象是蔫巴皮皱（没精神的样子）打不起精神。当天早上8点左右肖老板出门时，他们之间还点头示意，打过招呼，未发现有人跟踪，没想到出去几十分钟回来，逗遭到枪杀。

吕凌霄和郑怀舒一到千川立即投入工作，他们没有待在宾馆看材料，先去案发现场。在去当地公安机关的路上，他心里想：衣着里看得见的东西叫身体，衣着里看不见的东西叫身份。就这么个为了体现身份的东西，为了绷面子，引来杀身之祸。为啥非要开个国外的品牌车显摆？其实这辆凯迪拉克是个合资车，车价不吓人牌子吓人。说明，这个社会的仇富心理在蔓延，国家要想办法解决这个问题才行，否则，将来还会出大事。

千川区警方召开案情分析会，是为诸葛亮会，各位警察可以知无不言，各抒己见。

千川区信诚经贸公司门牌号为北二环三路220号。门市前停着一辆绿色货车。据群众反映，事发时一名汽车修理工正在车下修车，是他第一个听到枪响钻出来，发现肖老板已经倒在离自己公司门口只有几米远的地方，倒下的姿势是面部朝地，中枪部位为后背穿胸，显然是凶手尾随行凶。

千川区信诚经贸公司对面的基建工地上数人目睹了勒一过程，因为凶犯有枪，谁也不敢去追，但他们发出了愤怒的声音，在高亢的吼声中，犯罪嫌疑人逃之夭夭。

基建工地做工的目击者称，犯罪嫌疑人事发前曾拿着一张报纸在工地附近转悠，因为离得有些距离，多数时候背对他们，没看清楚面目。但可以确定此人男性，30多岁，身高1.75米左右，结实，走路呈外八字，晃肩。作案时戴灰白色棒球帽，戴墨镜，上身着深色上衣，下穿深色裤子、黑皮鞋，原地站立时有背手、抖脚的习惯。

据笔录，千川区刑警曾到木树山立交桥下的停车场对死者的凯迪拉克车进行过勘验，收集到不少指纹，后来经技术部门比对发现意义不大，主要是死者的指纹。在此之前，警方曾在停车场门外一处垃圾堆附近搜集到一些犯罪嫌疑人的证据。

经提取事发当天多个点上的监控录像分析，确证了目击者对犯罪嫌疑人描述的特征。

为迅速侦破案件，消除社会治安隐患，千川区警方发出布告和电视新闻，请广大群众根据公安机关提供的视频录像和照片回忆辨认，如有知情者请迅速向公安机关举报。对提供重要线索抓获犯罪嫌疑人或直接抓获犯罪嫌疑人的，公安机关将奖励人民币30万元。

千川警方认为，1月30日发生的枪击案，是继恭州市"4·22"枪击案后的第六宗枪击案，而且与"4·22"案、阳山县相继发生的系列持枪抢劫杀人案有许多相似和相关联的地方，可以并案侦破。他们推测，6起案件均系同一人所为，系同一把手枪所致。

案情介绍结束，大家进行讨论。

一位民警说："据我研究发现，勒几起案子被枪杀的人中，大多数为有钱人，新闻发布后，平民百姓的恐慌感并没怎么增加，还认为勒种事与他们关系不大，心理平衡在上升；千川区的富人倍感恐慌，不晓得犯罪嫌疑人在啥子时间、啥子地点会让谁大祸临头。"他的发言明白无误地指向"仇富"。这位民警的观点与吕凌霄有不谋而合之处，看来"仇富"可能存在，需要采取相应措施，他准备把这个意见提出来。

千川区局领导却抢了先，马上指示："通知经济文化口各协会，转告他们那些有钱的会员，近期一定要注意安全，莫成为犯罪嫌疑人袭击的下一个目标。"唉，当今社会，贫穷自在，富贵多忧，闲事莫管，无事早归。

吕凌霄又在心里划起了盒盒儿，终究慢了一拍。慢一拍是因为自己的思想境界不到，要学习的东西还多，他虽然是警界的"老麻雀儿"，但不会计较别人抢他的话头，这样的事让区局领导提出更有权威性，更具执行力，他晓得自己几斤几两，吃几碗干饭，这逗叫"懂事"。

区局领导高屋建瓴，怕政府出面引起人们恐慌，由自律组织打招呼叫"软着陆"，既能达到目的也不会引起大的波动。人民警察是维护公共安全的，"维稳"是天职，如果因为处理不当引发骚乱，这是自陷被动，吕凌霄向区局领导投去钦佩的目光。

又一位民警说："从犯罪嫌疑人屡次作案获取的视频资料判定，此人可谓'独行客'，一个人单独作案，独来独往，没有固定朋友，有早起习惯，且没有任何交通工具，必要时会搭乘公交或出租汽车，体力很好动作快捷，习惯于上午作案；作案前，应该有过踩点，选择的都是些便于徒步逃逸的地方，要么是城乡接合部，要么是城市公园有森林的地方，要么是城市人口密集部，要么是城市中心巷道复杂部。'1·30'案发后，我们拦截私家车和大货车的行为分散了警力，让犯罪嫌疑人有了更多的可乘之机，在乱中逃脱。"他讲到控制案件时，提醒要掌握好的方法堵住漏洞。这是基于把六个案子合并侦破基础上提出来的，这个破案方向获得了多数警员的认可。

千川区局领导马上指示："今后在勒方面要总结经验，吸取教训，工作还应该更加仔细，更加认真，不放过每一个蛛丝马迹，提前想到犯罪嫌疑人可能运用的方式，不给犯罪嫌疑人可乘之机，疏而不漏忙而不乱。"

再一位民警谈了自己的看法："此人应该久居千川区，在千川有固定住所，我们通过查找视频监测跟踪，发现他连续几个早晨出现在区外贸中意路段，说明他租住的房子逗在附近。我们联系过当地街道办事处，对出租屋进行了清查，但没有查到陌生人，我认为有可能是风声紧时，勒人会在人员复杂的地方临时借住小旅馆；从千川区江北到长江大桥南桥头的视频监测中看到，他曾经有个早晨在千川文理学院附近出现，说明在勒一地区也有他住过的房子。"对呀，千川是长江在这一区段的中心城市，住在千川，到阳山作案，一天可以打个来回，逗是去恭州也就一个大半天。

吕凌霄建议说："为了提高工作效率，更加集中地对准目标，我们对搜查的方法可不可以做些调整，比如把范围缩小到清查在出租屋居住的人群。

这当中重点是没有办理暂住证的人群。"用他的哲学逻辑来解释，叫人身上听得到动静的是心脏，人身上听不到的动静是心眼。在侦破案件中，有时需要多些心眼，要灵光，此路不通逗不走此路，迂回包抄也不失为一种办法，只要目标一致，过程和方法可以商榷，可以有所不同，以达到效果为检验标准。

那位民警说："我们也勒么商量过，但那个片区人口太多太复杂，正在逐一排查。"勒又是心有灵犀一点通，吕凌霄在心里感到，他的建议又是一个马后炮，他不但没有生气反而很高兴：深山毕竟藏猛虎，大海终须纳细流。基层局藏龙卧虎，最接地气，高手在下面，这是我们人民公安破案的基础，有了这个基础不愁破不了案，"4·22"案件的破获为期不远了。

千川区局领导马上指示："也有可能犯罪嫌疑人作案时经过化装，乔装打扮，施以蒙蔽之术，实际人的长相身高什么的，与我们筛查出来的模样有区别，有变化，勒一点很重要，从目前情况看，多个监测点看到的录像资料支持勒个理论。但仍然要加强对勒几个地段的警力，就一般经验而言犯罪嫌疑人经常出没的地方不可能离他住地很远。所以，勒几个地段仍然要进行仔细地、全面地、负责任地搜查，工作一定要过细，不是梳子梳而是篦子篦。通过搜查示警，至少能让犯罪嫌疑人在心理上受到震慑，让他有敬畏感、畏罪感，收敛他的嚣张气焰。我们不能让犯罪嫌疑人堂而皇之、大摇大摆、无所拘束地生活在千川区。"

还有民警谈了看法："此人为啥子长居千川不肯外逃，有可能他明白最危险的地方最安全勒个一般道理，晓得不逃比逃更加保险，说明此人是在玩心理战术，不是个醒二活三（迷糊）的人。"他的发言是要把犯罪嫌疑人的近期作案锁定在固定地点上，排除流窜作案。换言之，犯罪嫌疑人至少是一个临时居住者，也可能是个长期居住者，逗是千川城区的人，而且学历不低，智商不低。

他没有把话说绝，换句话说，"4·22"案的犯罪嫌疑人如果从千川出发，上恭州也可以一天打个来回，只需起个早床。当然也不排除从恭州到千川来作案，也可以一天打个来回。这些分析有道理，近期的几个案子都发生在基层区县，主城反而安定了，郑怀舒支持这种判断。但由于勒个警察表达的方式出了问题，容易引起别人的误会，这不，误会逗已经出现了。

吕凌霄有不同认识，他在心里说，如果排除流窜作案，叫我们恭州市局的警察来干啥子？未必纯属让我们来见证一下案子，欣赏你们的成绩吗？他认为，脑袋能琢磨出的东西叫思路，脑袋琢磨不出的叫思想。思路决定出路，思想要放开，要有多种思想碰撞，不能僵化固化思想，要解放思想，但要有度，不能胡思乱想。其实这是他的一种主体思维，他是以恭州市为主体，从恭州的角度看犯罪嫌疑人是个"坐地虎"，用这个观点来比对上述警员的说法，不是流窜作案。从千川这个角度，上恭州，下阳山，肯定是流窜作案！人的精力毕竟有限，长期四处奔波得不到休息是会思维错乱的，老马也有失前蹄的时候，对公安偶尔的失误判断逗不觉得古怪稀奇，而是可以理解了。

案件分析会逗是百花齐放会、百家争鸣会，各种推论，各种假设，各种意见一揽子倒出来。想到啥子说啥子，没准一个不经意的意见自己没觉得特别，却给别人很大的启迪，成为案件推进的重大突破。吕凌霄的想法与那位警察一样是表达与被表达之间的误会。

千川区局领导还是采纳百家之言，马上指示："勒一点非常重要，说明犯罪嫌疑人是一条打草不惊的蛇，我们也要跟他玩出乎意料，注重一般群众认为不可能的事情，越是认为不可能，越有可能，越要列入我们工作的重点，堵住犯罪嫌疑人的犯罪空间。"领导就是领导，他从另一个层面强调了"疏而不漏"的道理，再加了一道安全保障的"围墙"。

分析会还获得了一些成果。比如，犯罪嫌疑人非常清楚千川区的周边环境，可能有固定的消遣场所，经片警调查，在网吧的监控中没有出现，说明不大可能进网吧上网。从案情分析看，此人对公安方面的情况也知道不少，有可能经常看警方的通缉令掌握最新信息，以此判定警方对其搜控程度等。又如，犯罪嫌疑人只要出门，都会随身携带枪支弹药，随时准备搜找目标和抢劫杀人。

一旦我们的民警与嫌疑人发生正面冲突，可能会给民警带来较大程度的威胁，所以，此人非常危险！再如，此人通过在恭州境内系列犯罪不断露出马脚，被警方掌握的信息在增多，有可能惶惶外逃。只要机会合适，逗会选择到外地城市生活，在熟悉新的城市之后会再次犯案等等。

分析会的勒些成果，吕凌霄和郑怀舒都认真作了记录，还在每一个成果的旁边加注了听到这个成果的第一感觉和受到的启发。人是一个非常奇特的动物，往往第一感觉有定性牵引作用，有人屡试不爽。以他们的经验，勒些成果对破案都会有辅助作用。

最后，千川区局领导以商量的口气对吕凌霄说："为了工作的连续性，勒个案子还是由你和你的助手作为主要办案人员，勒样可以把各种资源整合起来，进行有效利用，增加破案速度。在千川期间，我将举全区公安之力积极配合你们，人财物只要我有，都可以调用，不要客气！"

吕凌霄欣然接受任务，微笑着表示感谢，心里有了底气。他的思维活跃起来：这逗对了，嘴角弯得出的角度叫笑容，嘴角弯不出的角度叫乐观。有千川区公安的大力支持，他对破案持乐观态度。

千川区公安局领导在总结案情分析会时提出要求：全区公安机关要以高度的责任、高度的自觉和高度的自信，以"不破不休、不破不安、不破不行"的决心和勇气，全力投入专案工作。全区公安民警全警动员，全力以赴，一定要尽快破获此案，拿下勒个战役，给老百姓一份满意的答卷。

郑怀舒从会议室一出来，刚刚回到宾馆房间几分钟，就接到莫文丰打来的电话，他在那头带有些埋怨地说："我最近多次给你打电话，你经常不开机，有时还不在服务区，在中国勒么发达的通信，居然会有不在服务区的时候，不晓得你朗个回事？"郑怀舒正在整理笔记和案卷，思绪还没从分析会上转回来，无心接电话便说："你有话直说，莫绕弯子。"

莫文丰："我哪是绕弯子，我从电视里看到千川区那边那么乱，是为你的安全担心嘛。"

郑怀舒说:"我勒边的确很忙,你说不说,不说我搁电话了。"

莫文丰:"好,好,我抓紧汇报,我在桑树坪看好了一套房子,希望你能尽快回来定夺。"勒让郑怀舒有些搞不懂了,莫文丰真会赶豆凑(挑时候),现在是越来越不懂事了,勒边火烧螃蟹忙得不可开交,那边他却以儿女情长的私事来分散自己的心,勒不是添乱嘛,她心里很不是滋味。

郑怀舒只好以实相告:"我勒边走不脱,你全权做主,只要你看得上逗定下来,我没意见。"她表面上放权,实际是把皮球踢了回去。

莫文丰在说完儿女情长的私事之后,也编方打条(设法)打听了勒边的进展:"你们的案子进行得怎么样了,要注意安全喔,有重要线索了嘛?"

郑怀舒:"勒个你莫要打听。"

莫文丰不说不罢休:"你们可要拿出些真本事来,抓紧点咯,不能让罪犯逍遥法外,不能让老百姓说三道四,早点破案也可以早回恭州。"

郑怀舒说:"勒个不好说。"她没等他再说下去,逗挂了电话。出于职业责任,她当然没跟他透露半点案情,也绝不会透露,在勒一点上怀舒表现得非常坚定,必须严格执行公安纪律,不该讲的,对任何人都不能讲,不管是亲人还是朋友,不能讲逗是不能讲。

晚饭时,她把勒个情况告诉了队长吕凌霄。

"勒可以理解嘛,私事也是事,对于你们的两人世界,勒还是非常重要,非常重大的事。挂在嘴边的叫情话,默在心头的叫情感。他在几百里之外天远地远的地方,怎么会晓得勒边十万火急?他惦记你的安全,知我者谓我心忧,不知我者谓我何求。你还说他不懂事,我认为他比窦娥还冤,他征求你的意见,说明他对你尊重,是个不折不扣的炉耳朵(怕老婆)嘛,勒样好啊。如果他是个吊甩甩(吊儿郎当)的人,板眼儿多(花样多),做事不与你商量,那才气死人呢。"吕凌霄以一个过来人的口气安慰道。

千川区的案子还没理出头绪,湖湘省德常县农业银行也发生了一起惊天动地的大案,所谓"惊天"逗是勒个案子发生后,引起了公安部的重视,由公安部领导直接办案；所谓"动地"，逗是勒个案子在人民群众中的影响非常恶劣，勒个案子的作案手法与"4·22"案也有相似之处，犯罪嫌疑人在逃。

李海虎总队长要求吕凌霄与郑怀舒火速从千川区赶回恭州，并且要"公开行动"，在众目睽睽之下坐火车离开，据说他那边已经锁定了德常案子的犯罪嫌疑人。他们得知勒个消息，恨不得长出翅膀立即飞回恭州投入战斗。一看逗晓得，李海虎这一招叫欲擒故纵，意在麻痹千川这边的犯罪嫌疑人。

对湖湘案子的分配，公安部方面有先见之明，破获抢劫湖湘省德常县农业银行杀人案，主战场最后决定摆在恭州，勒对千川警方有利，自然对吕凌霄和郑怀舒更有利，公开把他俩撤回，并且不是那种火急火燎地撤回，而是从容不迫地离开，这是一种策略，是一种内紧外松的策略。

第十五章

火车徐徐地放慢了速度,喘息着"吭吭咔咔"进了车站,慢慢腾腾地停下。

已是下午的最后时刻,天边渐渐地红了……灰了……暗了,喧哗一天的恭州城暂时平静下来,连飘浮的粉尘也累了,纷纷由轻入重落下地。从车窗看出,月台上少有行人,路灯亮瓦瓦地放出菱形的射线,虽然白昼还不太甘心,没有完全隐退,但天色毕竟已近黄昏。婆娑起舞的淡雾替代粉尘不断向上爬行,使每盏灯成为一个定格的"闪电"一动不动,迎接着雾的挑战,不屈不挠地挺立着,孤峰秃显拒绝一切,"杀伤性"极强。灯柱被雾强行穿上轻纱,显得朦胧而神秘,那"蒸气"般的冷雾缭绕着徐徐冲向太空与天际完全融合,灯影轻盈折射,似在晃动,含苞待开,恰似一个羞羞答答洗澡的少女。

车厢内,人们迫不及待地从顶架取出行李,拥挤着把自己塞进车厢中间的过道,烦躁不安也别无选择地等待列车员打开车门。

等待的时间特别漫长,心烦时间慢嘛。车厢空气原本污浊,现在所有人都挤在过道,甚至后面的人嘴对着前面人的后脑勺大口出气,那气味百味杂陈,更加让人烦躁。

有人耐不住了,发牢骚讲二话:"乘务员是干啥吃的,勒么长时间还不开门,成心要把我们憋死呀。"没有出声的人不一定心头顺畅,多数人表面平静低头等待,内心恐怕也是喉咙管伸出爪爪,猴争火急,有自己的牢骚,谁都期盼早点下车去呼吸新鲜空气。唉，人勒个灵长类动物逗勒样，受不得半点委屈，稍有等待逗火星子直冒，一辈子几十年长着呢，勒点等待根本不叫委屈，有些人逗是那德行，要与人生中每一个瞬间作毫无意义的较劲。

车门终于拉开了，蛇形队伍昂起了头，人流开始蠕动，逐渐地人们拖箱扛包加快行走起来。

郑怀舒还没走完车门的台阶，一个男中音逗高昂地呼叫："怀舒，我在勒儿——"

循声望去，莫文丰兴高采烈地举手挥动，还不停地逆着人群往前挤，似乎再等一分钟的耐性都没有了，迫不及待，一副既高兴又焦急的样子。

吕凌霄见证了勒一时刻，无不羡慕又心生嫉妒地道："怀舒，当女人逗是安逸啊，福如天至是金是宝，看人家小莫多巴适（好），早逗在月台等候了。"遇上勒种情况，男人特有的醋坛子会打翻，别看队长表面上装得大大咧咧，其实内心还是蛮有想法的，比如那次给错"卡"，他就有所作为，蠢蠢欲动……唉，真是哪壶不开提哪壶，别让他再在人前丢人现眼了，就此打住。

此刻，她有人接，自己却是孤影形单，多没面子！他心里涌出一段哲学思辨：结婚证上看得到的是婚姻，结婚证上看不到的才是爱情。他羡慕他们之间的爱情，感叹自己已经老夫老妻只剩下婚姻，怪得了别人吗？怪不到，只怪自己当初太猴急，没来得及恋爱逗把"老婆"哄上了床，仅仅解决个生理需要，没领略到恋爱的滋味呢。其实，任何时候都有浪漫的恋爱，勒与社会所处的时段关系不大，关键是基础，在啥子基础上的婚姻。

郑怀舒的第一感觉不太对劲，愣了一下，过去莫文丰接站都是在出站口，今天怎么上月台来了？为啥子勒么急不可耐？勒个想法在她脑海里一闪，有时女人的直觉是奇特的。她走下最后一步铁梯，把背包交给迎上来的莫文丰。为了不过分刺激吕凌霄，她放慢脚步，有意等了等自己的工作搭档。

"怀舒，别不好意思，我只是羡慕，没别的意思，不用等我，你们快走吧，老太太还等着吃晚饭呢。"吕凌霄看出了郑怀舒的用意，一副领导者的模样，大大方方安慰属下，他所说的老太太当然是指郑妈妈。

"没谁等你呀，自作多情吧？"漂亮的女人也会开玩笑，玩笑起来一剑封喉。

"那我先走了，你们慢慢来！"吕凌霄看着莫文丰上前拉着郑怀舒的手亲昵的样子，便知趣地加快脚步，走得很凛然，没再回头。

"怀舒，你瘦了，勒一趟很辛苦吧？"莫文丰用目光在她身上上下扫了扫，关切地问。

"勒一段在基层跑，吃饭喝水没规律，情况比较复杂，头绪比较乱，觉也睡不好，能不瘦吗？"郑怀舒幽幽地实话实说。

"有些事主动权在自己，8小时之内认真负责，8小时之外不去想他逗轻松了，遇饮酒时须饮酒，得高歌处且高歌，何必要把自己每时每刻都捆绑在工作上，搞得那么辛苦呢？"莫文丰既是启发又是开导地说，有一种老师对学生爱怜的口气，也有恋人之间的一种表明自己老道很会处理问题的意思。

"说是不想，其实没那个可能，干到勒份工作，逗有责任。是责任让你不得不想，一想起来逗不可能完全放下，逗会吃不好睡不着。"郑怀舒尽情地说起自己的体会。人逗是勒样，上心的事欲罢不能，不上心的事死眉瞪眼怎么也提不起精神。言外之意，他莫文丰讲的只适合一般情况，并不适合所有情况，在所有情况中还有特殊情况。以他的那种方式对待工作不是不能，也不是万能。

"那也是，其实，你逗是太敬业，太投入，太认真，不太注意身体。其实有些事，忍一句，息一怒，饶一着，退一步，也逗过了。"莫文丰说勒些话不知是表扬还是批评，或者要掏出啥子别的话。

"一事无成，一无所获更觉身心疲惫，越敬业逗越累，也没办法，事情没做完肯定放不下，也不可能放下。"郑怀舒应付着说。

边说边走，他们已经出了火车站大门，来到街边等候出租车。

恭州是一个依山傍水的城市，此时此刻，夜幕微降，华灯初上，薄雾如纱，给人亦梦亦幻般的感觉。夜生活刚刚开始，大街上一派繁忙，行人来往，车辆川流不息，闪亮的汽车尾灯像无数只饿虎的眼睛，在同一地平线上形成一个点点繁星落街头的别样景致，把现代化山地城市的独特魅力推向非常突出的位置，勒是一座多面的城市，很有影响力。

等车的当口，莫文丰唠唠叨叨问个不休，怀舒却因连日劳顿疲惫不堪不愿回话，她着急地张望着出租车指示灯的情况，寻求着能够尽早上车。

"来了一辆'空车'！"郑怀舒提醒道。

莫文丰赶紧向街边挪了挪，站到街沿下面，扯着嗓子高喊："出租车——出租车——"同时挥舞着左手。郑怀舒从背后望去，突然觉得莫文丰右手压着背包带，左手挥舞拦车的样子像漫画上的小偷。

他逗是一个"小偷"，偷走了她的全部感情。他们闹过别扭，闹过不愉快，怀舒对他有过意见，逗是难以割舍，经不住他的死缠烂打，加上母亲一出面，心逗软了。不但离不开弃不脱，而且在外日子长了还很思念，勒逗是命吧，命中有时终须有，命里无时莫强求，上天既然勒样安排了，逗笑而受之吧。一辆出租车减速朝两人站立的地方驶来，郑怀舒心想今天还算运气好，从火车站一出街道，一点没耽误逗遇上空车，不觉心中一阵激动。

"嘘——"出租车稳稳地停在莫文丰身边，郑怀舒马上下了街沿靠过去。司机摇下车窗，偏着身子倾前相问："上哪儿？"

莫文丰说了目的地："恭州市聚鱼沱精华苑。"

司机："对不起，不顺路，我交班！"没让莫文丰反应过来，车子已飙出数米。勒车也是，它倒是满载着快乐而去，却把惆怅留给了勒对等车的男女。望着远去的车子，他们平添了一阵烦恼。

聚鱼沱镇是恭州老城区，精华苑是郑怀舒妈妈所住的那个小区。

出租车一辆、二辆、三辆在他们身边停下，又一辆、二辆、三辆地从他们身边开走，虽然亮着诱人的黄色"空车"标志灯，但逗是不让你上车。此时是"交班"高峰，按照所谓"行规"不顺路的旅行者，是搭不上车的。

逗勒样,在一次又一次地下街沿回街沿,回街沿又下街沿中耗着。烦,意烦,心烦,脑烦,人烦,烦齐(到)王家沱,一句话,烦透了。又有啥办法?坐不坐得上出租车凭司机心情,命运不掌握在自己手里。

又过了几辆车,却没亮出黄色"空车"标记,表明别人捷足先登,车已载人。等待是一种折磨,透入心肺的折磨。让人越等越心灰意冷,心灰意冷又有啥用?别人掌握方向盘,那方向盘逗是命运。

终于,在他们激情燃烧殆尽的时候,一辆亮着"空车"的出租车在莫文丰招呼下,稳稳地停在跟前。莫文丰不失绅士风度,上前拉开后车门让郑怀舒坐进去,然后关门,把行李放进后备厢,再拉开后车门,挨着怀舒坐下,他要给心上人一点慰藉。

今天的确是踩了狗屎运太背,行船遇上顶头风,屋漏还遭连夜雨。刚熬过"交车"时段,又遇上下班高峰,满街全是车,如蜗牛爬行,走一步停三步。坐在车上一点不安逸,说不出是啥滋味。

"吧,吧吧,吧吧吧吧,吧吧吧吧吧吧……"司机一个劲地按喇叭。

"吧吧,吧吧吧吧,吧吧吧吧吧吧……"

"吧吧吧吧吧吧……"引来一街汽车喇叭的大比拼,比谁的声音大,声音尖。

"真是,明明塞车,道路不畅,还要按喇叭,按喇叭有啥子用?增加噪音,勒不是更加给人心里添堵吗?"郑怀舒没好气地说。

司机说:"别人在按,我也要按,我不按,我不吃亏了?"所以他使劲按,按个不停,硬是要把车堵变成心堵,开车的人心安理得,坐车的人心里不烫热(不舒服)。

勒是啥子逻辑,简直不可理喻。满街的喇叭声响成一片,与勒座流光溢彩的城市非常的不匹配,不协调。一座现代化城市被勒些斗气的司机弄得乌烟瘴气,让人烦,烦上加烦。

坐车比走路还慢,但又不得不坐车,城市太大,步行需要几个小时,耗时费劲很累人。

勒座城市的"大",也逗近两三年的事,原先勒座组团式城市主城只有100多平方公里,现在变成了600多平方公里,据说下一步还要变成1 000多平方公里,简直逗是摊煎饼。一方面城市在扩大,另一方面对交通的治理滞后,没办法,不限车号,敞开购车,车远比路长得快,不堵车才怪呢。因为特殊的地理位置,大山大川只能通过修桥修洞来连接,勒逗形成多条道路汇聚一洞,多条道路汇聚一桥,修一个洞逗添一个堵点,修一座桥再添一个堵点。

"勒些当官的,逗是好大喜功,基础设施跟不上,却一个劲地修街、修房子。别的本事没得,摊煎饼倒是有一套,把个城市越摊越大,越摊越堵。"出租司机耐不住寂寞,开始发表评论了。

"勒都是暂时现象,会好起来的。"莫文丰以一副正能量的好心肠与司机搭腔。

"然而并没有好起来,吃亏的都是我们勒些下力人(体力劳动者),勒一堵一个小时,我连50块钱都挣不到,等他好起来,猴年马月,我都成老年族,也逗望车兴叹了,人老体弱还能做得动吗?"司机愤怒了,对目前的城市建设极度不满。

郑怀舒在外可是一个要强的女人,工作中的拼命三郎,高度敬业,有"女汉子"之称,每天从早到晚都处在忙碌之中。现在在亲人身边,有了一种安全感、一种依靠,放松了。她靠在座位后背上,依在莫文丰的肩头,闭上眼睛静养起来,她确实太疲惫了。

"勒么堵下去我每天的板板儿钱(台班费)都交不起了,日他个仙人板板。"司机发泄着不满。

"勒都是没有办法的事情,还是要耐心点。"莫文丰安慰道。他是想让司机安静下来让怀舒休息一会儿。

"啥子个没办法,是当官的搞政绩工程,玩新的,我看勒创新逗他妈的新瓶装旧酒换汤不换药。"司机仍然沉浸在愤怒之中,看来勒个司机是个经常看报纸的角色。

"怎么会换汤不换药？"莫文丰有了兴趣。

司机说："不是嘛，过去叫出租车，现在叫的；过去叫情人，现在叫蜜；过去叫汗衫，现在叫 T 恤；过去叫初赛，现在叫海选；过去叫决赛，现在叫 PK；过去叫点子，现在叫创意；过去叫减肥，现在叫瘦身；过去叫瘦弱，现在叫骨感；过去叫痛快，现在叫爽歪歪；过去叫半老徐娘，现在叫资深美人；过去叫关系密切，现在叫零距离接触。"他在愤恨中一口气列举出若干个换说法的例子。

"勒倒是，听你勒么一说还真受启迪，还真是换汤不换药。"莫文丰对司机的说法表示赞同，他在心里觉得这个出租司机不简单，至少平时注重学习。

出租车到了几股道汇聚在一起过一座桥的地方，干脆停了下来，等了半天才蜗行而入，到后来只见前面车灯闪，不见车流动，司机泄气了低头趴在方向盘上。

"勒车是你自己的吗？"莫文丰倒是很有精神了，无话找话，只要司机不发声，他就要搭白。

"我哪买得起车哟，帮人开车都难养家糊口，有买车那份钱，不如开个小面馆稳当、实惠。"司机抬起头说。的确，民以食为天，恭州的小面是很有名气的，开个面馆大钱赚不到，小钱是拒绝不了的。不过现在逗更不一定了，听说孟非来恭州开小面馆，100 多块钱一碗，钱赚大了。

"开个面馆起早贪黑，一家人更辛苦。"莫文丰很理解很内行地说。

"放眼当下，哪样挣钱的活儿不辛苦，下力人还怕辛苦嘛，只要能挣钱养家，哪管啥辛苦不辛苦。"司机并不同意莫文丰的说法。他既是表白，也是述说，述说人生的艰辛曲折。

"你每天交多少板板儿钱？"莫文丰换了个话题，乘机做点社会调查。

"我勒台车两个司机，我开夜班，还有个开白班，每个班交 200 元。"司机瓮声瓮气地说。

"只出车子，每天净得400元，你们老板的心也太黑了嘛。"莫文丰不苟同地说。他是在换位思考，站在司机的立场上说话，你想一天400元，十天4 000元，一个月12 000元，一年14万元多。一辆车也逗10多万元，一年逗回本了，他震惊了，也愤恨了。

"其实老板也不容易，除了买车费用，光顶灯、上牌逗要十几万元，还有孝敬费。在我们勒个行业车子只用三四年必须更新，据说勒是政策性规定。不交400块，他赚个铲铲呀？没赚头他能白买车给你开吗？"司机一边让车慢慢往前拱，一边为他的老板打圆场，看来他是心甘情愿无怨无悔地接受老板对他的压榨。

莫文丰原本想以拿到老板的软肋来为司机鸣不平，没想换来的却是司机认为老板盘剥理所当然，勒个话题他们俩是尿不到一个壶里去，应该再换个话题。"你们两班怎么个倒法？"莫文丰问。

"我下午5点多接班，他上午10点接。"司机平静地说。车子已经拱到了桥上，车速比刚才快了些。

"你吃亏了嘛，你每天开14小时，他才开10小时。"莫文丰说。

"其实我们都不亏，开的时间长，自然挣钱多咯，加上我每天凌晨3点到5点拉不到客，可以眯眯，小憩一会儿，上白班和夜班轮换，一人一个月，你想多开几个小时别人还不让呢。"出租车离繁华地段远了，街上的车辆逐渐减少，车子速度提起来了，司机的情绪也好了。

此时是1月下旬，接近新一年春节，街灯下工人们忙碌着，有的为街心绿化带的灯柱挂各式各样的花灯装饰。有十二生肖灯，有《红楼梦》侍女灯，有《西游记》唐僧师徒灯，有水泊梁山108好汉灯，还有竹、兰、梅、菊、棋、琴、书、画……街边的行道树也有人向上面铺网，铺一张张闪烁着光芒的满天星和瓜果花灯网，还有别具一格十分张扬的大块大块由塑料做成的金黄色银杏树叶灯。正是在勒些东西装点下，衬出了恭州城的错落有致、婀娜多姿。每当夜幕降临，满街灯火辉煌，有人将它比喻为美国拉斯韦加斯第二，明显是要超过香港。

"你晓得树是从哪里来的吗？"司机看到那些人往树上挂东西，触景生情，主动向莫文丰提出问题。此时车行顺畅，司机的心情也舒畅了，他不想沉默。

"土地里头长出来的呗。"莫文丰心不在焉地说。

"不是勒个意思，我是问最早，在来地球之前，它们在哪里？"显然，司机是另有所指，问的是一个比较深奥的学术问题。

"不晓得。"莫文丰实话实说，他不是学生物的，也没过多地去想，也有点怠慢的意思，这是他不感兴趣的话题，没必要在这上面花工夫。

"是从木星上来的。"司机自己回答了，这哪是问话，就是设局卖关子嘛。

"木星上来的？"莫文丰很惊讶，显然是头一回听说，不由得身体有些前倾。

"对，木星。从木星上来的！"司机很肯定地说。

"讲一讲你的依据。"莫文丰的兴趣被他挑逗起来了，刨根问底。

"很久以前，所有树都生长在木星上头。它们无忧无虑，过着快乐的日子。后来情况发生了变化，木星来了一群恶霸，是一种巨大的凶猛无比的野兽。这些东西专门吃树，大片大片的树都成了这些野兽的腹中之物。树们在木星无法生存了，惹不起还躲不起嘛，你占了地盘，我让你，我迁走。于是树们扶老携幼，向外星迁徙。它们大队人马，走啊走啊，不停地走，没有目的。春天树们出卖花朵维持生计，夏天它们出租绿荫保持体力，秋天它们吃自己的果实不被饿死，冬天它们用叶子取暖不被冻死。千辛万苦，千难万险，终于走到了地球，它们实在太累了，疲惫不堪，没了体力，就睡了一觉，醒来后发现摆脱了凶兽，安全了，逗在地球扎下了根，没有再挪动。"

"这个龙门阵真好听，你是朗个晓得的？"没想到这个司机还这么有文化，莫文丰好奇地问。有人说北京的出租司机最能侃，我看恭州的出租车司机也有两把刷子，上面的解答，不是民间龙门阵就是寓言，非常高雅。

"书上写的。"司机很自然地给出谜底。

"书上写的？"莫文丰没想到这个司机这么爱学习。

"对。"

"开一天出租，回去还看书？"

"现在不是在盘娃儿（养育孩子）嘛，我这一代没出息，逗是读书太少，古人说积金千两，不如明解经书，有书不读子孙愚。我们的娃儿不能输在起跑线上，下班回家，睡觉起来每天都要给娃儿读故事，慢慢地我也懂了不少。"

"说得对，仓廪虚兮岁月乏，子孙愚兮礼义疏。一举首登龙虎榜，十年身到凤凰池。"莫文丰随口吟诵两句《增广贤文》上面的话，然后好奇地问，"你娃儿多大？"

"3岁多。"司机回答。

"你多大？"

"26岁。"

莫文丰没想到，这么年轻的人孩子都3岁多了，他看了看跩瞌打睡（昏昏欲睡）的郑怀舒，不再说啥子，在别人面前他们的确"老了"，没法开腔，再没语言了。

这一路上，道边和行道中间的绿化带都有人在忙碌着装点新春佳节来临前的城市，他们必须赶在春节以前布置完毕，看得出年味已经很浓了。中国是很在乎春节的。不光在城市环境，在衣着、住房上都有所讲究，春节要穿新衣，大年三十要在自家门上贴春联、门神，这些活动都是有寓意的，连吃的食物都有许多寓意。

相传年兽每到春节逗会出来危害人间，但年兽害怕红色，怕火光和爆炸声，怕新符，人们就用这些东西治它。年兽只在大年初一出没，所以，大年初一勒天，人们便有了贴春联、贴窗花、放爆竹、发红包、穿新衣、吃饺子、守岁等习俗。

此外还有祭灶神。传说，灶王爷腊月二十三回天庭汇报人间善恶，一旦哪家被告有恶行，大罪要减寿三百天，小罪要减寿一百天，大家对他老人家非常敬畏。

之外还有系列活动：

比如打扫卫生，扫阳尘，民谚称："腊月二十四，掸尘扫房子。"做豆腐，民谚称："腊月二十五，家家磨豆腐。"一些地方还有除夕前吃豆腐渣的风俗。传说灶王上天汇报人间十分清苦，玉帝会到下界查访，看各家各户是否如灶王所奏，于是各家各户逗吃豆腐渣以印证灶王汇报的"真实性"，瞒过玉皇的惩罚。

接玉皇。灶神上天后，玉皇大帝于农历十二月二十五日亲临下界，检查人间善恶确定来年祸福，所以家家祭之以祈福，称为"接玉皇"。勒一天起居、言语都要谨慎，争取努力表现博取玉帝欢心，降福来年。

赶乱岁。灶神上天要除夕才回来，此时人间无神管辖，百无禁忌，民间多嫁娶，称为"赶乱岁"。

照田蚕。也叫"烧田蚕"，是流行于江南一带的民间祈年习俗。腊月二十五将绑缚火炬的长竿立在田野，用火焰来占卜新年，火焰旺则预兆来年丰收。

腊月二十六，杀猪割肉。勒一天主要筹备过年的肉食。将"割年肉"放入年谣，是因为农耕社会经济不发达，人们往往在年节才能吃到肉，平时很难闻肉腥，故称"年肉"。

腊月二十七，要洗澡、洗衣，除去一年的晦气，准备迎接来年新春，民间有"二十七洗疢疾，二十八洗邋遢"的俗语。腊月二十七洗浴为"洗福禄"。

腊月二十八，打糕蒸馍贴花花。贴花花，逗是张贴年画、春联、窗花纸和各种迎春之物。

腊月二十九，上坟请祖。除夕前一日，叫"小除夕"，家置酒宴，人们往来拜"别岁"。焚香于户外，叫"天香"，通常要三天才能烧完。

腊月三十，除夕。"除"字是"去，易，交替"的意思，"月穷岁尽"，人们都要除旧迎新，旧岁至此除，新年换旧岁。

守岁。从吃年夜饭开始，勒顿饭要慢慢吃，从掌灯时分入席，一直吃到深夜。

勒些活动都是由一家之主率领全家老小进行，对于迷信的人家是必须要做的，做了才踏实。不迷信的人家也可以不做，但不做来年总不踏实。

接下来，正月初一开门炮仗。先放爆竹，叫"开门炮仗"。爆竹声后，碎红满地，灿若云锦，称为"满堂红"。勒时满街瑞气，喜气洋洋。

拜年，到亲朋好友家和邻居那里祝贺新春，民间互访。拜年的形式，大体可分四类：

一是走亲戚。初一带礼物到岳父家。进门后先向佛像、祖宗影像、牌位各行三叩首礼，然后再给长辈们依次行礼。

二是礼节性的拜访。给同事、朋友拜年，一进屋门，仅向佛像三叩首，如主人系平辈则只需拱手一揖，比自己年长，应主动跪拜，主人走下座位做搀扶状，连说免礼免礼表示谦恭。一般不久坐，寒暄两句客套话逗告辞。主人受拜后，择日回拜。

三是感谢性的拜访。对人家欠情的（如律师、医生等）要买些礼物送去，借拜年之机，表示谢忱。

四是串门拜访。对左邻右舍街坊，素日没有多大来往，但见面能说得来的，到了年禧，进到院里，见面彼此一抱拳说"恭喜发财""一顺百顺"，在屋里坐一会儿。

还有给压岁钱、占岁、贴画鸡、聚财，正月初二祭财神（开斋日）、姑爷节，正月初三羊日、烧门神纸、谷子生日、小年朝，正月初五迎财神、送穷、开市。

各种活动一直要持续到正月十五。中国地大物博民族众多，南北差异大，过春节不尽相同，但都是很复杂很累的。当然，在当今社会，旧时的民俗礼仪人们也不全做，春节人们喜欢怎样过就怎样过，有旅游的，有宅在家里的，有几家和在一起过节的，等等。

"恭州市政府勒些人，尽爱做表面文章，花勒么多钱装门面，浪费纳税人银子，有心思玩勒些空水龙头，还不如把路扩宽点，让老百姓多享受点实惠。"司机对节日的装点有些不屑，又开始发表评论了。

"勒才花多少钱，修路要多少钱？改革开放给大家带来了勒么多实惠，从上到下一年忙到头，不容易有个闲日子。一年一度的节日还是应该有些装点的，让老百姓愉悦身心嘛！特别是那些外出务工的人，回来看看家乡的变化也增强一些信心，让他们在外人面前腰板也直些嘛。"司机的话把莫文丰从对春节的追忆中拉回来，他不赞同司机的观点。他今天很兴奋，只要司机说话，他逗答话，并且一说逗是一大串，还非常正面，向司机传递正能量，他一个大学讲师不能输在出租司机面前，不知他怎么会有勒么好的心情。

"饭都吃不起，还谈啥子愉悦身心，我看逗是做表面文章给上面的人看，没准勒几天又有中央的哪个大官要来恭州，政府做些花里胡哨的东西讨他的好呗。"司机不同意莫文丰的观点，并且还是一副非常了解恭州现实的样子。

他的话显然是猜测，也有过头和不实的成分，在现在的中国，只要你肯劳动，逗能够自食其力，他说饭都吃不起也不是事实，明显有贬损和对恭州当权者不信任的成分。

"现在出租车还是太少了，勒么大一个城市，才多少辆出租车？我更关心打车难的问题。我们今天从火车站出来等了好久才上车。"不能形成共识，没有共同语言，莫文丰换了一个新话题，发点感慨。从他们俩的对话中可以看出他们的思维不在一个方向上，一个停留在思考温饱，一个想的是代步工具，有点南辕北辙。

"师傅，你可不要乱说，现在的出租车还少哇？我觉得太多了，再增加我们逗求不到衣食了。眼前是上下班高峰才能有泡梢（富余）的活儿多装几趟，平常放空车的时候比装人的时候多，可不能再增加出租车了。"勒句话说到了伤心之处，司机一听莫文丰的埋怨逗急了，立马作解释。看来阅历不同，身份不同，社会地位不同，思想层面不同，要找共同的话题还真是难。

双方保持了一段时间沉默。

司机目不斜视地认真开车，走了几分钟停下来等红绿灯，让过行人又起动，走走停停，停停走走。

莫文丰欣赏着满街的夜景，郑怀舒似乎睡着了，还扯起了细细而匀称的扑鼾。她实在太累，身心俱疲，在外拼打不能服输，没日没夜绷着面子，不敢损毁公安形象，回到亲人身边，她彻底放松了，心里没了戒备，身体脱去僵硬，端着的架子落地了。

今天勒个司机不知怎么回事，老放屁，他自己不好意思，每当要放屁的时候逗用力按喇叭来掩饰，此时他又在按喇叭。郑怀舒突然发话了："师傅，你能不能不按喇叭，你一按喇叭车厢里面逗发臭，臭不可闻！"

司机唰地红了脸，要不是黑不溜秋，光线较暗，他不知有多么尴尬，一个劲地说："好的，好的，我尽量少按喇叭，少按喇叭。"

第十六章

刘海军做梦都没有想到，他会被警方踩住尾巴。原本是到恭州来躲灾星的，没想到这里也不是港湾。他自认为在恭州做的大案不多，在恭州有"窝子"有避风港，狡兔三窟嘛。他灵醒得很，才不会长期吃窝边草呢，打一枪换个地方，朗个可能在一棵树上吊死嘛？再不济的人也会保护自己，何况刘海军是何等人物，聪明绝顶。没想到，在恭州警察面前他成了小儿科。道高一尺，魔高一丈。他曾经力图摆脱追踪，反复较量了几次，结果枉费心机始终没有如愿。他携带的移动智能手机提示了藏匿的位置，被纳入警方全天候侦查视野。

他曾以为，前几天在湖湘省德常县做的那些事，只有天知地知自己知，别人不可能晓得，那事儿干得么漂亮，干净利索。没想到回到恭州这个安全之地竟露了马脚。连他自己都不晓得问题出在哪里。他从来都不相信别人的能力，自以为天底下第一，任何人都赶不上，因为他是卑贱者。有哲人说过"卑贱者最聪明，高贵者最愚蠢"，他很有自信。殊不知，月亮坝头照影子——太把自己看大了。

这些年他作案多起，几乎每起案子都带了血债，但每次都干得干脆果断决然，扫尾干净天衣无缝，常在陷阱边上走，逗是不下去，从来没露破绽。他觉得自己已经具备了相当的经验和反侦查能力，警察拿他莫奈何，被耍弄在股掌之中。他能够想之即做，做之即去，再高明的警察也拿他没办法了。

"要想人不知，除非己莫为"，在勒个世界上哪有不透风的墙。狂妄总会付出代价，出来混迟早要还的。其实每一个自大的人，内心深处都是极端虚弱的，随时要为自己留"后路"，刘海军的后路是多准备了一颗子弹。但他失算了，所以当吕凌霄第一个扑上去把他死死地按在地上生擒活拿的时候，他感慨万端："我压根儿没想到你们来得勒么快，连0.1秒时间都不给我，让我不能自杀！"

还快吗？他枪杀了那么多无辜，抢了那么多钱，早逗该归案伏法了，勒些天让他一直逍遥法外，恭州人民和湖湘人民早逗等得不耐烦了。

另一方面看，刘海军的生命确实短暂，来如风雨，去似微尘。他的好日子才刚刚开始逗面临灭顶之灾，才30多岁，正当而立之年，正是实现人生志向，甩开膀子干事业的大好年华。勒种年龄对于一般人而言的确可惜，小草才沾露露儿，黄瓜才起蒂蒂儿，小荷才露尖尖儿，真是可惜，但对刘海军来说逗要终结了，他是罪有应得，老百姓早逗容不得他了。风月有边，青春苦短，善必寿老，恶必夭亡。

刘海军浮出水面，得益于湖湘省一家被抢劫商场的报案，当湖湘德常县案发，公安机关铺天盖地发出协查办案通知时，湖湘省商场保卫科提供了他们监控录像中犯罪嫌疑人的体态视频，通过公安作放大滤清处理，那段视频比较清晰地显示出一个人像：男性，30多岁，身高1.75米左右，平头，体型偏瘦，戴墨黑眼镜，上身着米黄色长袖T恤，下身着深蓝色长裤，肩上挂一黑色斜挎包，握"五四式"军用手枪，作案手法凶狠，不计后果。勒与"4·22"持枪抢劫杀人案的犯罪嫌疑人在外形、作案工具、作案手法上非常相似。

凭着勒段录像，加上汇总起来的各方面线索进行认真分析，湖湘警方认为，德常县的持枪抢劫银行案，可以准确无误地指向这个犯罪嫌疑人，事实清楚地摆在那儿，可以收网了，正当万事齐备之时，没想到刘海军竟然脱离了湖湘警方的视线，跑到了恭州，湖湘公安机关立即通过公安部，请求恭州警方协办，勒才有了前面吕凌霄生擒刘海军那一幕。

抓捕勒个悍匪可是费了一番周折。当恭州这边一纸命令发出，各方准备就绪决定收网时，没想到悍匪跑得连个影影儿逗没得了。

湖湘警方送来了监测到的刘海军的所有资料，经过恭州警方几天几夜一步一步重新梳理，认真核对细节，才找到犯罪嫌疑人的蛛丝马迹，勒个痕迹是他的手机提示的。刘海军勒条笨猪，只晓得玩智能手机方便、快捷，却不晓得智能手机是北斗卫星跟踪定位猎物的工具，他的破绽逗是北斗卫星导航系统抓住的。天网恢恢，疏而不漏，孙猴子最终难逃出人民公安勒个如来佛的手掌心。

湖湘省德常县发生的持枪抢劫银行案是一起特大案，当场被枪击致命6人，惊动了公安部。其中两人是被"五四"军用手枪致命，没留下弹壳。当时的对抗场面非常激烈，环环相扣，以至于在场的群众以为是某位导演在拍摄警匪片，被枪杀的人是"装死"，甚至银行的工作人员为了看闹热迟疑了好几分钟才拉响警报。

1月上旬，公安部发出特级通缉令，被通缉的犯罪嫌疑人逗是刘海军。

沉默了一段时间的刘海军让智能手机"出卖"了，恭州通管局提示和线人的可靠情报反映，刘海军窜到了恭州市，住在一个神秘的地方，享受着女人的温柔。那里是案发的源头，与"4·22"案子有着必然关联，现在又回到那里，多起案子在多个点上用红线连接成一个圆圈，肯定不是巧合，各种箭头都直接指向"4·22"案底，据公安部和恭州市局领导分析，如果能抓住刘海军，可能对"4·22"案有重大突破。公安、武警忙开了，一张大网向凶犯撒过来。

此时，刘海军还不晓得已经大祸临头，面临灭顶之灾。不过，他暂居地附近区域的情况非常复杂，对电波干扰特别大，通信信号反应较弱，他打不出手机，公安的电子侦查也进入了盲区失去线索。

对公安来说，现在最怕打草惊蛇，让正煮着的鸭子腾空而飞。此时一定不要整出大的响动，要千方百计稳住勒个恶魔。基于勒样的目的，怕大批陌生人在那个区域出现引起恶魔警觉，所以，才没让吕凌霄和郑怀舒风风火火地赶回，才没派大量地面人员对他进行跟踪监视。

刘海军真是一只狡猾的狐狸，公安万事俱备只欠起网时，又不见了，勒家伙藏到啥子地方去了呢？

李海虎和他的行动组参加了市局召开的案情分析会，干警们认为，恭州市可能是刘海军重点经营的据点，据点不止一个，为方便躲藏可能有多处，狡猾又敢于冒险的刘海军很可能再次回到湖湘去了。

督办"4·22"大案的公安部领导根据案件侦查进展情况分析，当即作出决策，围捕刘海军的主战场坚定不移地放在恭州，并且由两名局级领导联系此案，与恭州市局负责人共同指挥恭州捕恶之战。

果然不出所料，1月16日，北斗卫星导航系统手机定位器测出刘海军的手机在恭州，有人举报：刘海军仍然在恭州，可能住在恭州市白花区清风镇一个外号叫作"星明"的女人家里。

清风镇位于恭州市北部，北临长江。距白花区政府所在地28公里，距恭州长江下游水路45公里，水陆交通十分便利。清风镇人杰地灵。明清以来，勒里逗是蜀中省商贾云集的名镇之一，连接蜀黔，是商品出蜀入蜀的重要集散地。清风镇"清风蜜枣""清风榨菜"用传统工艺加工，口感极佳，是历史悠久的名特产品。

清风镇作为重要的水运码头，是南来北往的必经之道。明代，清风设有水驿，并置有清风里。清雍正九年（1731年），在此设巡检一员，清末设清风县。

紧靠镇东南的尖顶坡、山王顶，可鸟瞰清风镇全貌，境内的年轻湖紧临明月山脉，山清水秀，风光绮丽；距镇1.5公里的上岛坝，位于长江之中，是自然形成的江心岛，地势平坦；辖内的樱花岛是故陵区至恭州长江沿线的第一大岛，面积达5 000余亩，阳春三月，樱花盛开，美不胜收。

刘海军真会选择地方，藏匿在勒个既可休闲享乐又往来人群犹如鲤鱼过江的复杂之地。

警方通过调查得知,那个叫"星明"的女子有个同居者叫平江,常年在外。"星明"是恭州市白花区清风镇福利工厂职工,为人低调,话少,平时埋头干活,下班直接回家,很少在外参加活动,给人温柔善良的感觉。

平江操着云贵川湘一带比较生硬的普通话,已与"星明"结婚,两人生有一个女儿大约四个月。据当地居委会人员反映,勒家人在清风镇的几年很本分,没啥反常行为。

会不会搞错,会不会同名同姓?让这个"温柔善良"之家背"黑锅"?但有一点大家是认定的,刘海军确实已经到了恭州市白花区清风镇。

一方面,公安机关执行高度的保密纪律,案件的具体环节外人无法晓得;另一方面,由于通缉令的发出,人民群众举报的积极性空前高涨。

回到恭州那天深夜,吕凌霄刚刚洗漱完毕上床,被窝还没焐热,逗接到"110"转来的线索。一个市民发现了貌似刘海军的人,已经主动跟踪到那人住地,记住门牌号守在那里打电话,要求公安干警出动抓捕。

李海虎晓得,凭着刘海军的性格,事情不会勒么简单,一定要拿到真凭实据才能下叉,不可轻举妄动,贸然出动会引发不测,但又不能打击市民举报的积极性。于是他没让吕凌霄小组出动,而是给属地派出所发出通知,让管片干警随举报者去试探,结果果然不是刘海军。

也是在当天晚上,一个目击证人在治安总队做完笔录出来时,夜色中,看到一个可疑的人,便立即返身回总队,把干警带到那人落脚的地点,警方考虑安全问题,让举报人秘密指认,但他却毫无惧色坚持跟随干警到现场直接指认,结果那个嫌疑人也不是刘海军。

东一榔头西一棒槌打了几下不是办法,恭州市公安局请求公安部"顶层设计"。

为不走漏风声,公安部刑侦局领导17日下午从北京乘飞机到达恭州后没有进城,阴悄悄地住进相邻地区的一个宾馆,一直等到夜深人静的半夜12点钟,方才与恭州市公安局领导见面，交换各自掌握的信息，研究相关方案。

获知刘海军在恭州的关系人小名叫"星明"后，户籍民警不辞辛劳，连夜行动，将该区域名字带"星"字、"明"字的数千名女性一一进行排查。

监狱局收到协查报告，也紧急行动起来，向在押人犯作了通报，人犯们都晓得，勒又是一次立功受奖减刑的机会，不可错过，他们挖空心思回忆，在脑子里搜寻与"通报"中扯得上关系的人，或有关联的事。

17日晚，恭州警方在监狱中获得一个正在服刑的犯人供述，提供了一条重要线索。勒个在押人犯"向政府提出立功检举报告"：他的前妻袁永曾与一个叫平江的外地人姘居，勒个外地人身上有枪，后来那人抛弃了袁永，与另外一个女人结了婚。根据勒条线索顺藤摸瓜，袁永的违法行为很快浮出水面。

1月18日凌晨2点，"4·22"行动组的李海虎、吕凌霄、郑怀舒、刘春生、小幸、小安等一干人员被从被窝中叫起来，连夜换乘民用牌照汽车，奔赴指定的地方守候。

从此他们消失了，甚至连家属、同事都不知他们的去向，所有通信工具全部中断。莫文丰打了几次电话联系不上郑怀舒，急得像热锅上的蚂蚁团团转，握着手机不停地打，都不在服务区，或者无法接通。他搞不懂，当今中国通信勒么发达，在大城市还有啥子地方不可覆盖，怎么可能还有服务不到的区域？他急得想跳楼，一筹莫展。

为了使勒次行动绝对保密，公安方面各位领导的座车全部换成地方牌照，过路过桥与其他车辆一样排队缴费，一切在执行任务中应该享受的特权通通放弃。

李海虎制定了一个"旁敲侧击"方案，从边缘逐步靠近刘海军，经研究决定先拿下袁永，通过袁永突破"4·22"案。

抓捕袁永倒没有花费多少工夫。

19日下午，蹲坑的民警报告，袁永已经回家。

李海虎立即命令吕凌霄小组进驻事先租下的袁永所在街区的两个房间

观察。

凌晨2点，吕凌霄小组的全体人员，神不知鬼不觉地"住"进了袁永家对面一处居民房。黑暗中，袁永房间的外表与周围的其他房屋一样，寂静无声。

一夜无话。

20日早晨8点左右，负责观察的小安报告，袁永起床了，并拉开了窗帘。

吕凌霄赶紧来到设在卧室的观察位用望远镜观察，透过白色纱布制成的窗帘，袁永卧室里的情况尽收眼底。

袁永穿着冬日的睡衣睡裤，披头散发，正整理床铺。一会儿，袁永从卧室出去了。

还没等吕凌霄把对讲机放到嘴边，郑怀舒的声音从对讲机里面传出：袁永走进厨房打开天然气煮东西，然后进了卫生间。郑怀舒是在另一间房子，从另一个角度监视着袁永的行动。

原来，袁永住的是套一室一厅居民房，厨房与客厅相通，行动组可以从两个不同的窗户把她在家的活动通过望远镜看得清清楚楚。

一会儿，郑怀舒又发出轻轻的呼声：袁永从卫生间出来了，头发已没有先前那么凌乱，服装也较为整洁。她从厨房的锅里捞了些吃食，就着一盒牛奶正在用餐。

吕凌霄把嘴对着对讲机轻声说，注意观察，要特别注意房子里是否还有其他人。

郑怀舒在呼叫机中回答："是。"

9点30分左右，吕凌霄的对讲机又响了，郑怀舒报告："袁永的客厅里没有出现其他人。"

吕凌霄回答："袁永的卧室也没发现其他人。"

郑怀舒说："勒逗好。袁永已换成出行装，准备出门。"

吕凌霄回答："好。"

过了一会儿，吕凌霄发现一个女人从那栋居民楼的单元门走出来，扬长而去，离开了吕凌霄和郑怀舒的视线，进入其他民警的监视范围内。

白天过去了。

晚上 6 点左右，袁永回到了她的居民房，脱去外套，着绒线衫，开始洗菜、淘米、做饭、吃饭、收拾桌子、洗碗，然后坐在沙发上看电视，没有出现其他人。

晚上 11 点，吕凌霄把对讲机放在嘴边向郑怀舒说："看来袁永房子里确实没有其他人，我们可以收网了。"

郑怀舒回答："是。"

吕凌霄说："你和小幸上，我们在外边接应。"

郑怀舒回答："好的。"

晚上 11 点 10 分左右，郑怀舒与小幸敲开了袁永的房门，在小幸亮出警官证的刹那，郑怀舒一闪便到了袁永的背后，右手拔出手枪，左手拉出手铐，与此同时，左肘向前一挥便搁在了袁永的脖子下面。

袁永倒是非常老实，没有反抗，嘴里嚷嚷着："凭啥子抓我？凭啥子抓我？"

郑怀舒说："你的事情自己还不清楚吗？"小幸给袁永戴上了手铐，顺手从门后的衣架上拿了一件风衣，遮住袁永的双手，并说："老实点，不要声张，惊动左邻右舍，没面子的是你自己。"然后把袁永交给郑怀舒，走进卧室，拉开柜子，又检查了床底下和门后，回到客厅向怀舒摇摇头，两人一前一后带着袁永下楼而来。夜已深，楼道鲜有路人，加之怀舒与小幸穿着便衣，又是两个姑娘，三人一起下楼并没有引起勒栋居民楼任何人的注意。

回到总队，经过连夜突审，袁永称"星明"可能叫阳月明，她们两个女人曾经为一个男人争风吃醋，还大打出手，互有伤害，她们是情敌。那个男人逗是平江，现在与"星明"同居。

警方根据袁永提供的情况，再度进行了更加翔实的复查核实。

户籍民警向李海虎报告，"星明"逗是阳月明，她的男人平江曾经化名陈龙海。

经查，阳月明，28 岁，与平江属同居关系。此女正是袁永说的那个阳月明。

平江逗是刘海军！根据勒条重要线索，恭州警方又展开了新一轮排查，陆续发现了刘海军在恭州的其他关系人，并对其进行了全面布控。

公安部和恭州市局研究决定，将指挥部摆到了离恭州主城20多公里的白花区。布控两天后，仍不见刘海军踪影，指挥部下达命令先密捕阳月明，敲山震虎，引蛇出洞，逼刘海军与其他关系人浮出水面。

李海虎还是让吕凌霄小组蹲坑抓捕。

阳月明家的环境比袁永家还要复杂，没有望远镜监视的条件，也不好入室抓人。吕凌霄只好让郑怀舒与小幸守前门，他与小安守后门。

从1月22日下午，阳月明抱着一个孩子回到家，到23日下午，一天一夜都没有动静，连她家的阳台都没有一点动静，这对于一个带婴儿的女人来说，太不可思议了。

小幸怀疑阳月明是不是已经溜走，她们蹲了空。吕凌霄在对讲机中说，阳月明绝对没从后门出去。勒逗怪了，前门的郑怀舒与小幸眼都没眨过，勒么一个大活人绝没可能从她们眼皮底下逃脱。郑怀舒安慰小幸说："少安毋躁，再等一等，千万不可没有忍劲。"

果然，当晚10点左右，阳月明抱着用棉毯裹着的小孩，提着皮包慌慌张张地从家门中出来，被守候在前门不远的郑怀舒和小幸轻而易举秘密抓获。

第十七章

欲求生富贵，须下死功夫。刘太白是被迫无奈，离开贫穷落后的家乡到大城市来谋出路，讨衣食的。

老家的村庄如今也有了些变化，数栋红砖小房依山而建，那是勒些年外出打工仔挣的几个辛苦钱，拿回去撑"门脸"的，家里省吃俭用一点点抠鸡屁股（蛋）、卖鸡卖鸭卖粮食的农业收入，加上国家进行乡村民居景观改造给予一点补助，几个"一点"，红砖小楼房才得以建起来，勒算政府的政绩工程，也是为当地农民办的好事、实事。

过去他的家乡，那样的砖房是少而又少的，刘家住在进村的垭口，全村最高的地方。从他家往下是斜坡，九曲八拐，一直延伸到谷底的槽形平原，那里才是真正的村子。刘家是一幢土坯茅草屋，还在风口上，因为在风口上，所以没有升"楼"，也不敢建楼。一是用他老爹的话说："木秀于林风必'吹'之"；二是土坯墙坚固不足，承载不起楼的重量。所以，他家的房子比周围的茅草高不了多少，远远看去，最多只能望见草屋顶，要刮风，特别是刮大风，风吹草低的那么一两下才可能看到黄土筑成的墙。

小时候，每到冬天，刘太白夜夜都是枕着呼啸的狂风，听着一声又一声松涛的怪叫熬进梦乡，勒练就了他能够独自闯荡江湖的胆量。他啥子没见过，没听过？还有比那野狗衔着死人骨头发出的呜呜声更凄凉，更可怕，更让人恐惧的吗？但凡听过那种声音的人，对其他任何声音都无所畏惧了。还有比在月明星稀之下狂风刮起茅草黑一踏，白一踏，黄一踏，花儿麻踏，各种颜色东一块，西一块，有如魑魅魍魉影影绰绰，更恐怖更惊心的吗？但凡见过这些影子的人，对任何影子都会视为小菜一碟，不足为奇。还有比孤独一人，月黑风高天站在全村最高处，俯瞰村里坟地发出的"鬼火"，在风的推动之下，时而拉长影子向东，时而抱成一团向西，时而飘近自己，时而越过头顶，来无踪影，行无定处，更骇人听闻更惊心动魄的吗？但凡见过了这样场景的人，其他场景有如过眼云烟，啥子样的情况下不能冷静下来。

刘家的出行非常不便，逗是现在到他家去还要穿过一个幽僻的涵洞，再沿着一条狭窄的林中小路七弯八拐，上坡下坎才能抵达。在当地村民心中，刘家是个搞不懂，比较难以理解的家庭。刘家居室高地不胜寒，全家都一个模子的沉默寡言，性格孤僻，逗是有人主动与他家的人搭讪，他们也会装疯迷窍不接话茬，一个个跟哑巴差不多。

刘太白的父亲是个不幸的人，原本是山外场镇户口，20世纪60年代，正在念高中的他因为"多说了几句话"，被戴上了一顶"帽子"，莫名其妙地注销了城镇口粮，下放农村劳动改造。也逗是小和尚念经，有口无心地嘀咕了那么几句，却招致临头大祸。那年月刘父是县中的尖子，正因为是尖子，有底气，才在别人的影响下多说了几句，要不是因为枪打出头鸟受到勒一闷棒，凭他的成绩，考个大学不成问题。当时家里要有个大学生，可是全家的幸事，一家子的命运都会改变，结果逗因了那不该多说的话，勒家人被从天上打入地狱。

因儿受牵连，父母经常挨批挨斗，"革命小将"多次抄家打人。可怜的父母最终没有经受住突然的打击和身体的折磨，双双被活活气死。从此，太白爹成了孤儿，再没机会回到"街上"，成了"山上人"。枯木逢春犹再发，人无两度再少年，从城镇居民变为农民容易，从农村户口转为城镇居民户口，在当时社会条件下近乎不可能。除非考上学校分配工作，而那时大中专院校已不招生，勒条路堵死了；或者当兵提干转户口，勒条路对他更行不通，他的学生档案有污点,在政审时会被刷脱,他只有老老实实待在农村,不过由此成为勒个村最高学历的"知识分子"。

相见易得好,久住难为人。太白父亲晓得自己在这个村是"多余的人",是"祸水",低人一等,是别人从自己的口粮袋子拿粮食喂养他,他不敢去招惹任何人,有人主动"招惹"他,他也不愿与人搭白,怕连累别人。"久住令人嫌,频来亲也疏。""无钱休入众,遭难莫寻亲。"《增广贤文》上的勒些真言他倒背如流,并且付诸实践。"知事少时烦恼少,识人多处是非多",吃一堑长一智。他懂得沉默是金,从此,像哑巴一样地过日子。

这是沦落深山最愚笨的避祸方式,也是他和他的家庭不得再生事端躲过"灾星"最有效的办法。表面看这是不聪明的。他心中有数,在获取成功的路上,到头来让人大跌眼镜的,往往是那个最不起眼的人,他希望自己的儿女中有朝一日能有那样的人,"不鸣则已,一鸣惊人",不求金玉重重贵,但愿儿孙个个贤。

因为刘家是"外来户",村人们才让他家住在那样的位置为全村遮雨挡风,站岗放哨,这是一种欺侮,让你不得反抗的欺侮。在当年能让你有个落脚的地方逗是"法"外开恩了,你还敢反抗吗?还能让你有所选择?绝对不能!因为是外迁来的移民,父亲是被"处理"的人员,除了做好在生产队的本职工作,当好会计,闲事莫管,少话多做埋头苦干;刘太白的母亲是死过丈夫的人,是男人的"克星",在那个时代改嫁不是好兆头,"好女不嫁二男","二手货"逗更没有地位,在社会上连那些"红小兵"、小崽儿都会数落你,更别说发言权,所有的表达都在心里,嘴上也是少言寡语,给外人印象"生得阴"。

他们在村里没有亲戚,村人的红白喜事,从不参与,更不主动交际,村人也一直把他家划为另类。太白父亲晓得原因所在,心里跟明镜似的,保持着一颗比较安稳的心。他读过些书,研究过一些哲理,信奉先贤的话。从小逗用《增广贤文》教育刘太白。比如:"忍得一时之气,免得百日之忧。""近来学得乌龟法,得缩头时且缩头。""惧法朝朝乐,欺公日日忧。"太白父亲逗是因为"管不住嘴",受了很多磨难,一朝被蛇咬,十年怕井绳,教育太白小心驶得万年船。

在村里时,刘太白的性格和父母极为相似,被大伙形容为刘家父母一个巴掌拍下的"翻版",脾气温顺,性格内向,不赶闹热(凑热闹),不擅交际,不擅与人沟通,尽管没啥朋友,并不影响他成年后的出路。正如《增广贤文》中所说,小时是兄弟,长大各乡里,赶上改革开放这阵风,天各一方谁都不怕谁,谁也不救谁。同龄人对他敬而远之,使他养成了不怒自威之态。

20世纪80年代是中国"春风杨柳万千条,六亿神州尽舜尧"激情燃烧的火红年代,土地承包解决了温饱问题,沿海城市敞开了一扇挣钱的大门,为从土地里解放出来的农民提供了广阔的用武之地。当时有个说法:"不怕孔雀东南飞,哪里有食向哪里飞。"许多有劳力有知识的农民离土离乡形成"民工潮",进城务工挣大钱。

还在上学的刘太白看到村里有外出打工子女的家庭房子在变化,土坯变成了片石,片石变成了条石,条石变成了砖墙,有的还从山外带回漂亮的媳妇,光棍村正在巨变。他羡慕得直流口水,每当他从学校返家踏上入村那片热土,不管是从下看他家的"哨房",还是从"哨房"看下面的村庄,他都不再满足于蜗居山上那间几十平方米的小土坯草屋了,强烈的求变欲望激励着他。

读到初二,刘太白再也沉不住气了,想着再不去打工,钱都被别人挣光,那太亏了。虽然老师竭力劝说:"少壮不努力,老大徒伤悲。没有学历挣不了大钱,有学历就会有机遇,点塔七层,不如暗处一灯,知识才能改变命运。"要他至少读完初中。

他却在心里嘀咕着:读了书有何用,哪里会像老师所说,老爹高中毕业,也改变不了面朝黄土背朝天的命运。他在镇上看见那些改变命运的人,不是靠书读多少,而是要看机缘好不好,靠胆子大不大,胆大骑龙骑虎,胆小骑个小鸡母，镇上发财致富的人，多数是过去那些二不挂五的人。他也相信机会，但不是老师所说的那种两耳不闻窗外事，一心只读圣贤书的机会。

他执意辍学，"出"心一定，学习逗没有心思了，读伤了，不读了，把老师的话当耳边风。老师说的是个啥子机遇？是愚蠢，再不去挣钱莫说机（鸡）遇（鱼），恐怕"鸡毛"都抓不上一把，再读黄花菜都凉了。

他没拗过父亲，父亲认为他身上布满自己的遗传基因，是一块读书学习的"料"，劝他继续读。父亲说："月到十五光明少，人到中年万事休。"他勒辈子没多大出息，把希望寄托在儿子身上。既然儿子有读书的基因，成绩不错为啥不读。他希望儿子能出人头地。当爹的懂得读书的重要，还用《增广贤文》中的话教他："士者国之宝，儒为席上珍。有田不耕仓廪虚，有书不读子孙愚。养子不教如养驴，养女不教如养猪。"他给儿子着实灌输了一把读书的重要性和必要性。谁人不爱黄金屋，"谁人不爱子孙贤，谁人不爱千钟粟"，奈五行不是这般题目。没办法，父命难违，刘太白只好硬着头皮天天往学校走。勤奋耕锄收地利，他时饱暖谢苍天。刘太白却不是勒样，他还懂不起勒些道理，人在教室，心不在焉，社会的诱惑实在太大，他逃学了。学校旁边有个说书的茶馆，刘太白最爱听艺人说书，便把教室作"偏房"，便把茶馆当课堂，逐渐对听书入迷上瘾，还能读啥书，还能专下心来？不能了，考试分数下降，学习成绩下滑。

父亲更懂得"读书须用意，一字值千金"的道理。既然刘太白当不了"李太白"，只得由他而去。《增广贤文》中也说过："一言不中，千言无用。""有意栽花花不发，无心插柳柳成荫。"没准让他换个环境，能够激发积极性，拨动另外的神经，也就淡然了，让他辍学吧。

刘太白走出学校，像鸟儿离开笼子，高兴劲儿甭提了。很快，他参加了村里组织到江边挖沙的队伍。那时，全国是个大工地，处处冒烟，处处基建，挖沙不需要文凭，没技术含量，是个挣钱最便捷的行当，先将河滩刨开，挖松，把河沙中的石子筛去，把沙搬上货车，由货车送到各个工地，接下来是结账，发钱。这项工作也是村民争先恐后抢着做的一份绝好差事，投入成本低，劳动工具对于农民是再现成不过的，"黑毛猪儿家家有"，工作流程简单，只要力气大人人都能做。

刘太白才十几岁便与父亲下江，每日挥汗如雨，干活的时间由司机掌握，车来便上沙，车去便虾爬（无事），日晒夜露没规律，村里人一般干两三年逗转行了。他也想改行，但父亲心里有阴影，不让他远离家乡，结果他和父亲一起干了8年。

江滩干活有不成文的规矩，几人一车，自由组合，其他人喜欢聚在一起干，刘太白父子总是另辟蹊径，少与人搭伙，也不会远离人群，别人好像也不太愿意与他们为伍。车来一大串，车去一行行，每个司机都想快装快走，刘氏父子捡了不少"落地桃子"。

江滩干一天，能挣20多块钱，在当时勒是一笔不菲的收入。刘太白和父母生活极为节俭，为了两个姐姐能够找到好婆家，为了刘太白娶上媳妇，挣钱是要改变家庭形象，为火砖瓦房奋斗。

刘太白干活专心勤快，有时候坐在地上一声不吭，眼睛的余光却始终瞄着前面的公路。一旦有放空过来的货车，逗会跑步上前揽活。看起来瘦瘦弱弱的小伙子，上沙的时候力气着实很大。

中午、下午司机吃饭的高峰，少有车来，其他老乡聚在一起"斗地主"，有的抱膀子观看逗趣，有的在江边打水漂比输赢，也有的在树林嬉闹，女人们借点空闲做女红纳纳鞋底，打几针毛线。

刘太白却躲在背阴处看小说，他挎包里经常有《隋唐演义》《三国演义》《水浒传》《三侠五义》之类书籍，看得专注，反复多次，津津有味。

《隋唐演义》是清代褚人获创作的长篇历史演义小说，以历史为经，以人物为纬。书中隋炀帝、朱贵儿和唐明皇、杨玉环的两世姻缘是龙门阵的大框架。从隋文帝起兵伐陈开始，到唐明皇从四川还都去世而终，记说了隋唐170多年的历史，写了三个方面。一是隋末宫廷龙门阵，以隋炀帝和朱贵儿的旖旎艳情为中心，描写隋末宫廷生活的豪华奢靡，刻画了隋炀帝的荒淫残暴。他夺得皇位，在位十三年，营建洛宫，征选秀女，开凿运河，游幸江都，修筑长城，远伐高丽，致使国力疲惫，民不聊生。二是唐代宫廷龙门阵，以唐明皇和杨贵妃的风流情事为线索，展示唐代宫廷生活的骄奢淫逸；同时也描写了李世民亲刃兄弟，武后和韦后谋杀亲夫、争权夺宠、冷酷无情。三是草莽英雄龙门阵，如秦琼、单雄信、程咬金、王伯当等，都穿插在前70回之中，描写他们起兵反隋，追随李世民打天下的传奇经历，颂扬了他们的侠义勇武。勒些龙门阵，多串联于隋唐两代朝政之间，用笔粗豪，形象生动，不乏精彩之处。

《三国演义》是中国四大名著之一，描述东汉末年，黄巾起义，天下大乱，诸侯割据。董卓废少帝，拥立献帝，独掌朝政。曹操与各路诸侯会师讨伐董卓，董卓被吕布所杀。曹操趁势迎献帝迁都许昌，挟天子以令诸侯。官渡一战曹操大败袁绍，统一了北方。几经周折的刘备，三顾茅庐终得诸葛亮出山相助，联合东吴孙权，赤壁一战大败曹操，形成了三分天下局面。后孙权为夺荆州，与曹操结盟。刘备难敌孙曹联军，关羽张飞相继战死，刘备病逝奉节永安宫，临终托孤于诸葛亮。诸葛亮六出祁山欲收复中原，惜最后病殁五丈原。后主刘禅软弱无能，终为司马氏所灭建立"魏"政权。曹睿死后，权力落入司马氏之手，司马炎废魏帝自立，建立晋朝。公元280年，西晋灭吴，三国归于一统。

《水浒传》由著名文学家施耐庵创作于元末明初，是中国历史上第一部用白话写成的章回小说，中国四大名著之一。据说，施耐庵写完《水浒传》，请罗贯中润色，使这部作品流传千古。《水浒传》是第一部歌颂农民起义的长篇小说。中心内容是描述北宋末年，朝政腐败，官逼民反，上至朝廷命官，下至普通百姓，甚至鸡鸣狗盗之徒，都对朝廷失去信心，对官府幻想破灭，最后生存难系，终于众好汉被逼上梁山，落草为寇，与朝廷作对。然而，当人民起义的壮举使好汉们士气日益高涨，朝廷一步步无可奈何花落去的时候，梁山的头把交椅宋江却接受招安改变了一切……结果统治者将进入网中的好汉一个个收拾了。英雄消失在尘世之间，原本叱咤风云的梁山好汉，被分而治之，温水煮青蛙"寿终正寝"；风起云涌的农民起义，复归平静。《水浒传》是世界上涉及人物最多的小说，共有人物787位，其中有名有姓的577位，有名无姓有9位，有姓无名的有99位，书中提到没有出场的102位。在历代封建统治者眼中，造反都是不道德的，"造反"者都是杀人放火、面目狰狞的妖魔鬼怪，《水浒传》反其道而行之，为那些所谓"造反"者树碑立传，渲染他们行侠仗义、除暴安良、替天行道的英雄壮举，使他们成为读者心目中的英雄。

《三侠五义》为清代小说家石玉昆所作，是古典长篇侠义公案小说经典，也是中国第一部真正意义上的武侠小说。"三侠"是指北侠欧阳春，南侠展昭，丁兆兰、丁兆蕙二人为一侠；"五义"是指钻天鼠卢方、彻地鼠韩彰、穿山鼠徐庆、翻江鼠蒋平、锦毛鼠白玉堂这五鼠兄弟。小说描写北宋包拯在众位侠士帮助下，审奇案，平冤狱，除暴安良、行侠仗义的龙门阵。书中塑造了一位铁面无私、不畏权势的清官，充分体现了社会底层人民的愿望。其中包公"铡庞昱""除藩王"等情节，在一定程度上暴露了封建统治的黑暗，表现了人民群众的斗争精神。书中穿插了大量侠客路见不平拔刀相助的正义行为，表现他们侠之大者为国为民的本质。小说前部讲述北宋仁宗年间，包公出世，赴任定远县，执掌开封府，奉皇命到陈州放粮赈灾，公孙策设计要来御赐刑具三口铜铡，安乐侯庞昱派人刺杀包公，南侠展昭暗中保护，使包公得以刀铡国舅，除暴安良。随后，包公查清了多年前的皇宫"狸猫换太子"冤案，使仁宗与李娘娘母子团聚。南侠展昭因多次救包公，阅武楼献艺被皇帝封为"御猫"，引发五鼠闹东京，后来五义同归朝廷供职开封府，其间穿插韩彰、蒋平等人捉拿采花贼花蝴蝶，包公的门生倪继祖在北侠欧阳春、黑妖狐智化、小侠艾虎等人帮助下铲除霸王庄恶霸马强的龙门阵。后面讲述了包公的门生颜查散和白玉堂等人治理洪泽湖水患、收复军山、剪除襄阳王赵爵等诛强锄暴的龙门阵。

学者如禾如稻,不学者如蒿如草。这些小说中的情节让刘太白开阔了眼界,增长了知识,有种莫名的冲动。

　　刘太白喜欢看侦探小说,常常沉浸其中,自得其乐。有人问他看小说有啥感觉,他说:"刀光剑影能够产生一种凌驾于社会之上的刺激和愉悦。"后来,他爹因为年老体弱多病,超强度体力活干不下来,逗回家了,刘太白不得不与别人搭伴,又干了两年。尽管痴迷于小说,但不耽误挣钱,只要有车来,有人吆喝,他逗马上放下书本,拿起工具,从不拒绝邀请,随叫随到。

　　后来,村干部把沙场收回来,"城头变幻大王旗",租包给其他商人,断了村里人就近凭劳力吃饭的财路,刘太白的挖沙生涯从此结束。

　　粒米成箩,滴水成河。挖沙的10年,是刘家挣钱最多的10年,风口的土坯房旁边一座三层小砖楼拔地而起,建楼花费的七八万元,全是江边挖沙的血汗钱,积攒了整整10年,终于实现了全家第一个理想。

　　有人说手里有粮心里不慌,脚踏实地喜气洋洋。家有砖楼垫底,从大山里出来的刘太白像换了人一样,东钻西拱,在大城市拼打几年,灵光多了,有读小说的底子,说话增加了书面语言,也有了城府,在外人面前不会多言多语,回到家里与小鸟一起是最愉快的时候,啥子话都能说,啥子都能讲,啥子动作都做得出来。

　　一想起小鸟嘱咐他注意安全时的神态,刘太白在火车站工作的干劲逗打折扣,成天瞌睡眯西,打不起精神了。

　　他喜欢女人,又害怕女人,更怕失去女人,特别是眼前这个依人的女人,很纠结。在女人问题上,摔过跟头,有过教训,吃过亏。他后来才晓得女人与女人不一样,有的女人刚烈,有的女人温顺。比如,小鸟逗是一个在他面前温顺得像小羊羔一样的女人,任由摆弄。他有征服欲,喜欢女人服从自己,喜欢看着女人顺从的感觉,因为他心里有阴影。

　　刚满16岁那年夏天,有一天,他看上了沟谷底部村庄里走出来的一个女人,她男人在外地打工,一个人带着女儿在村里生活。那女人偶尔从刘家门前经过,不知怎么地逗进入了情窦初开的勒个大男孩眼帘。女人高大的胸脯、溜圆的屁股、藕节似的臂膀，"性感"得让人不能自已。突然之间让他就有了那种冲动，那种说不出的内心犹如蛙爪登爬的瘙痒滋味。他寝食难安，想入非非，不能自拔，认为勒是上天的安排，让女人的男人外出，是为给他创造与女人同演"一台戏"的机会。

女人好像没往心里去，对他的"友好"不感兴趣，自顾自行，来来去去，昂首挺胸，从来都没正眼看过他一眼，走自己的路，做自己的事。

越这样，越让不谙世事的少年荷尔蒙激发，越有占有的贪念。他仗着在江边上沙，手里有几个零壳儿（钱），费尽心机去接近那个女人，经常制造一些相遇的"巧合"，主动与她打招呼，但那女人无动于衷。他不敢正面交锋，又施一计，决定从孩子入手，经常买点糖果送给女人的孩子。孩子真可爱，不出几天远远地看见他逗叫叔叔，嘴巴那个甜，让他心里美不胜收。

白资八支（平白无故）地接近别人的孩子，女人当然要起防范之心，不许女儿接受东西。他锲而不舍坚持每次给糖，还经常夸赞小女孩懂事、乖巧，表现出非常喜欢小女孩的样子。次数多了，女人终于放松了警惕，不再阻拦女儿收受他的水果糖。一来二往，获得了女人好感，与他有了简单的言语交流。初战告捷，艰难的磨合过了，他更加大方，给小女孩更多好的吃食，什么饼干、蛋糕一应俱全，穷赶猛追那女人，关系似乎更加接近，只等合适时机。

那天下午，他发现小女孩不知去了哪里，女人一个人在家，千载难逢的时机到了。在江边上了几车沙，匆匆忙忙回到村里，兴高采烈地一趟子跑到沟底，径直进了女人的家。

"你不去挣钱，跑到我勒里来干啥？"女人问。

"来看看侄女。"他有些慌张，掩饰着。

"她到姥姥家去了。"女人说，并不反感。

"其实，其实，我，我是来看你的。"他更加慌张，有点夹舌子（结巴），话说得癫巴癫刻（不通顺）的。

"我有啥子好看的？"女人说，正着头看他。

"你很漂亮！"他两眼闪着光，被女人盯得低下头。

"你莫乱说。"女人说。

"我没乱说，你让我想了好多天，睡不着觉！"他边说着边如饥似渴地逗扑了过去。

"你不怀好意，放手！"女人怒斥。

他不管不顾了，使出全力把女人压在身下，淫火中烧，用手去扒女人的衣服，一下子就看见了女人肚皮上的白肉，更加撩拨起淫念，志在必得。

女人挣扎："不要勒样，不要勒样！"

他根本不理睬女人的反抗，更不管她在说啥子，一只脚压住女人的手，腾出一只手用力抓扯女人的衣服，还手忙脚乱地脱去自己的衣服。

女人加强力度抽出手来护着自己的裤子，严厉地向他发出警告："你不要勒样，再勒样我逗喊人了！"

他根本不听，更加着急，更加用力抓扯。

"救命啊，救命啊——有人杀人了，有人杀人了——"女人突然大喊大叫，喊声划过天空传遍整个村子。

人们涌进了女人的堂屋，把他从女人身上拉起来，痛揍一顿，七手八脚地绑了个结结实实。女人对他的行为恨死了，委屈得放声大哭。刘太白自己也是哭稀乃呆的样子，完全没有了刚才的张狂。

他臊了父母的皮，让家人抬不起头，结果被送新疆教育改造三年。改造不是好玩的，得干苦力活儿，不敢有半点偷懒，稍有不是，逗会被管理员非责即骂，不得不心服口服地在管理员面前当龟孙子，度日如年，好不容易才熬到头。他出来那年19岁，在大的方面没有影响。

此后多年，他都不敢正面接触女人，直到正儿八经明媒正娶结婚讨老婆，他才敢正眼看看女人。由此，他明白了一个道理，要想得到一个女人，逗得给予女人接受你的准备，要有耐心为她做事，得经过一番周折才行。有钱钱

第十七章

打发，无钱话安慰，无钱无话硬上是不行的，没有铺垫再熟的女人硬上要出拐，倒霉的肯定是自己。还有，女人与女人不同，女人分为若干类型，刚烈的女人千万惹不得，千万不能惹。在女人面前做不得那种估吃霸赊（强迫接受）的事。女人不吃人，麻老虎吓人。

往事不堪回首，一旦想起那些苦寒的日子，刘太白就不断扯冷筋，至今心有余悸。

谁都晓得越是不易得到的，一旦得到逗应该倍加珍惜，抓住了逗不能放手，放手逗会飞。眼前的这个家，这个家外的"家"，与年轻的"知识"女性绞在一起的滋润日子得来不易。小鸟在他眼中算知识女人了，她会玩手机，会上网，会聊QQ。勒是个让他费尽心机下了功夫才得到的老夫少妻温馨的"家"，为此舍去了老家的婆娘和孩子。

与小鸟在一起，不时地要给她惊喜，年轻女性的惊喜是用人民币换回的，开支大了，给老家寄钱逗少了，要稳住那头，逗要不时打电话向老婆叫苦，"钱不好挣，辛苦你带好儿子"，求得谅解，还得在心底自慰：儿孙自有儿孙福，莫为儿孙做马牛。这样才得以维持这边的"家"，这边的这个家必须维持下去。

刘太白知道自己有许多隐私不能为人语，虽然公安警察没有找上门，虽然社会上也没有啥纠葛，但小鸟在为他担忧，不能让小鸟为他过分付出，过分不安。小鸟是有病的人，如果心力交瘁，旧病复发逗意味着他的艳遇终结，勒绝不是好事，只有在万不得已无可奈何无法挽救的当口儿，到了"花落去"的地步才能松手。这既是他的生活必需也是他的生理必需。中年男性没有了性，十分痛苦，会烦躁不安，特别是进城后，生活匀静（安定）了，那方面的需求越来越强烈。还有，满街的美女撩拨得人心不能自控，他是常常把小鸟当成在街上打望中的某个美女，或者臆想中的明星来整的，让他得到了极大的满足，女人嘛，上面不一样，下面都一样。

小鸟自从跟了他逗没发过病，这与他经佑（呵护）得好，不让她着急有直接关系。他当然要一味地迁就她，不能让她生气，小鸟的病是情绪病，控制情绪逗不会发病。他愿意看到小鸟数钱数到手发软，看书看到自然眠，睡觉睡到日上三竿。他绝不能制造情绪使小鸟引发毛病，更不能因此而失去小鸟，失去幸福生活的原动力。

休别有鱼处，莫恋浅滩头。面对各种情况，面对潜在的危机，他反复思考，最终还是选择了离开。避开是非之地最好的办法是远走他乡，带着小鸟离开是非，到一个安宁的地方。

其实，就其本意来讲，他才不愿走呢，费了好大劲才找到一个自己比较满意，也令小鸟感到自豪的工作。现在他可以理直气壮地说，在这座城市站住脚跟了。他已经成为火车站一个集装箱公司的一名合同制叉车搬运司机，开叉车是独自一人的工作。

之前，他有过去山西的经历，在那里他学会了开车，而且是开大货车，运煤的大货车，虽然辛苦，开钱（发钱）比以前多了好多，但好景不长逗被麻脱（丢）了，不但没挣到大钱，还黄泥巴揩屁股——倒巴一坨，这是后话。

这次重归恭州，叫"胡汉三又回来了"，他的底气足多了，与过去推小车相比，工作环境得到改善，工作条件优越了，工钱也涨了。他的身体素质极好，叉车开得顺溜，眼手配合默契，有埋头苦干的淡定和良好的心理素质，不惹是生非，少与人交往也让公司的其他搬运工不敢小觑，背地里称他"独行侠"。勒是对他的褒奖，他能开着叉车去到仓库的每个角落，往来自如，犹如去到无人之境，勇往直前，不可阻挡，他的工作就是常常一个人在偌大的仓库里独来独往。

刘太白还有个让同事佩服的地方，异常冷静。公司有个食堂，吃饭时搬运工围在一起，席间推杯换盏，有说有笑。唯独他拿一只大品碗盛上饭菜，独处一角享受清静。业务不好时，同事们喜欢跑到库房来"炸金花"，他也有参与。一次拿了3个"A"，另一同事手上3个"K"，拿K的同事以为自己赢定了，不断引诱他人下注。几轮之后，看着同事那一副意气风发的样子，刘太白轻描淡写地说："我不想你输得太多，我是3个'A'，开牌吧！"再三须慎意,第一莫欺心,在座的 10 多个人傻眼了,睁大眼睛望着他,刘太白一副面不改色心不惊的样子,表现太淡定了,气场之强让同事感到震惊。

也许这是小鸟培训出来的,也许是与小鸟共同生活耳濡目染的结果,用他的冷静换得小鸟不犯病,换得他拥有小鸟的欢心,换得"家"的安稳。

好个恭州城,山高路不平;口齐(吃)两江水,认钱不认人。刘太白有勒样的本事,有勒样的心理素质,回到恭州城就没有理由远走他乡,完全应该在公司继续做,求得更大的发展。

但刘太白珍惜小鸟,把小鸟当成"妻"。小鸟太脆弱,太经不起风雨,更经不起雷电,只能伴随着彩虹,不怕一万逗怕万一。为了小鸟,为了小鸟不受到可能的刺激,也为了自己,吃不穷,穿不穷,不会计算一世穷,刘太白义无反顾地选择了离开。

当他把要走的决定告诉小鸟时,她虽然对已经称心如意的生产线工作有些不舍,但她懂得在家由父、出嫁从夫、痴人畏妇、贤女敬夫的道理。寒时办来急时用,急时办来不中用,万事都怕来得太急。为了顺他,小鸟乐意地服从了"老公"的安排。黄金非为贵,安乐值钱多,远离喧闹,选择安静这是刘太白对小鸟的一番心意,她能不领情吗?处处绿杨堪系马,家家有路通长安,她相信,凭着太白的本事,哪方水土不养人,还能求不到吃吗?闹里有钱,静处安身,他们需要安身立命的环境,她与他一起飞向了南边的城市。

三分利钱吃饱饭,七分利钱饿贪汉,为人不能太贪。小鸟真的很懂事。

第十八章

上两次行动,警方的目的十分明确,逗是敲山震虎,引蛇出洞。

勒一招真管用,刘海军无意之中上钩了,勒个杀人恶魔终于耐不住性子,沉不住气,不与公安玩城府了。

湖湘省德常县抢劫案发生后,刘海军见警方追得紧,慌忙逃跑。他驾着郭红抢来的出租车,让乐玲提着钱箱子第一个下车,把钱藏在事前商量好的地方,然后让袁永和郭红在不同地点下车,驾车一口气跑到灵隐寺附近,弃车步行,在离他最近的一处中巴车站搭乘中巴车返回湖湘省德常县城。

沿途,他怀揣心虚而强装镇定,又有些扬扬自得,看着一辆辆警车长鸣着警笛,张扬地闪烁警灯与他乘坐的中巴车擦肩而过,头也不回直奔与中巴相反方向的出事现场。

德常县城曾是清朝的一个州府所在地,于明朝成化十年(1474年)建县,清朝雍正八年(1730年)升格为州府,管辖周边6县,是湖湘省的历史文化名县,全国"百强县",商贸中心县,面积64平方公里,人口52万,距湖湘省会60多公里。由于特殊的地理位置,这里历来蚁聚蜂屯,商贾云集,贸易繁荣,而且是兵家取道长江的要塞和屯兵扎寨的住所。德常县依山傍水,风光绮丽,景色迷人。历史上的"德常十景"和"九宫十八庙"曾闻名遐迩,前来游山玩水的文人骚客和烧香朝圣的信徒络绎不绝,摩肩接踵。

在这个大县发生的抢劫案逗是一个男人与几个女人上演的一出街头恐怖

大戏。

在那个冬日的周末，跟往常一样，中国农业银行湖湘省德常分行南江支行的运钞车从支行出发，到各储蓄网点收取当天存、退的人民币现钞。

17点50分在收取了10个网点共计224.8万余元现金的营业储蓄款后，运钞车到达最后一个网点——南站分理处。车门打开，头戴钢盔、身穿防弹背心、手持微型冲锋枪的两名押运经济警察首先利索地跳下车来，分别把住车前车后两个主要方向，用眼睛的余光高度警觉扫视着运钞车后的前、左、右三个侧面。另一位担任司机的经济警察坐在驾驶座上，防护着运钞车的前方一侧。

随后，支行的两个出纳员苟明和梁征提着铁皮箱子下车走进分理处，他们去提收这里的余款。

不远处，出租车司机牛威从倒车镜中看见身后随行的一位颇有姿色的女出租司机向他招手。

牛威还是单身，常喜欢在女人身边蹭，遇上不喜欢他的女人还闹过尴尬和不愉快，他不管不顾，脸皮比城墙倒拐还要厚，总是想方设法往女人堆里钻。现在有漂亮同行主动与他搭讪，这是天上掉馅饼的好事，何乐而不为，于是停下车，把头伸出车窗眼看着女司机向他靠近，两车并排时女司机停下车，打了个招呼似乎逗混熟了，与他聊起了家常。他回答着对方连珠炮似的提问，感觉到这个女人似乎一直注意着他，只是自己不知道而已。

18点6分南站分理处内。

一个戴帽子的高个子蒙面歹徒突然从侧门闯进，直接冲到梁征和苟明面前，举枪连朝苟明头部连开数枪，苟明当场死亡。梁征提着装钱的箱子被歹徒推出分理处。

分理处外的三个经济警察听到枪声一愣，正要采取行动，突然不知从哪里窜出两名矮个蒙面劫匪，非常敏捷、矫健，一名劫匪用冲锋枪向他们扫射。两名经济警察头部中弹倒在运钞车边。另一劫匪向经济警察司机连开数枪，将司机打死在驾驶室里。整个过程也逗数十秒钟，让许多人没有反应过来。

此时梁征已被高个蒙面劫匪推到运钞车前，劫匪勒令他打开运钞车的后门。梁征自知开门后自己必然会死在劫匪枪下，一不做二不休他将钥匙插入锁孔，拼尽全力朝相反方向猛然一扭，钥匙断了，自己也扑倒在地。气急败坏的高个劫匪向梁征连发两枪，梁征当场身亡，高个劫匪从侧门进入运钞车打开后门，拖出一个更大的铁皮箱，跳下车，提着箱子直奔那两台出租车。

听到枪声，分理处职工开始没明白朗个回事，以为是在拍摄电视剧，迟疑了几分钟才按响报警开关，顿时警铃急促，响彻大厅，传向周边。

见此情景的出租车司机牛威正在惊讶之时，刚才还和他聊得正欢的女司机突然露出狰狞面目，从车窗下掏出手枪，抵着他的脑袋开了一枪，子弹从太阳穴打入，脑袋削出一个大洞，牛威当场死亡。女司机立马从自己的出租车下来，打开牛威出租车车门，将尸体拽出车外，钻进出租车紧急发动，高个劫匪提起钱箱与那两个矮个蒙面劫匪朝她飞奔而来。

劫匪钻进车。出租车驶入拐角右边数百米深的小巷，往老护城墙方向疯狂逃遁……

几分钟后，大批武警和警察赶到，迅速封锁现场，维护秩序，组织围捕追击。不久大批刑侦人员陆续到位，开始勘查现场，询问目击人员。

在勒场抢劫案中，高个蒙面劫匪逗是刘海军，用冲锋枪扫射两名警戒经济警察的是乐玲，打死经济警察司机的是袁永，女出租司机是郭红，勒一个男人与三个情妇制造的惊天大戏，逗勒样在黄昏的天幕下上演了。

当天晚上，刘海军藏在德常主城情妇乐玲家里。一边看着湖湘电视台滚动播出的劫案新闻，一边扬扬得意地哈哈大笑。

情妇乐玲说："勒么些时候我还头一回看你勒样高兴！"

刘海军说："你老公豁得转（吃得开），功能多着呢，你看我还会太空舞。"说完把外衣一脱，轻盈地溜了一段，嘴里还哼着小调，惹得乐玲阵阵叫好。

刘海军手之舞之，足之蹈之，又拍手又踢脚，自得其乐，他看着电视里播放的画面觉得太刺激、太过瘾,太让他兴奋,因为勒一单买卖是他多次持枪抢劫杀人中做得最漂亮的一次,干净利索,让警察防不胜防,搞得警察不知东西南北,无所适从,只能被动挨打,无还手之力,丢尽了面子。刘海军一向心狠手辣,根本不把人命当回事儿,随便杀人,草菅人命。此刻他狂妄自负到了极点,脸上肌肉都扯得变了位置,似乎以为勒个世界天为大,他为二,任何事情难不住他,没有做不到的,任何人管不了。

其实,他心态不正常,高兴得太早,在勒个上帝主宰的世界,要让你灭亡,首先让你更猖狂,让你在疯狂中防不胜防。勒个上帝不是别人,是广大人民群众。

1月10日早上,刘海军用伪造的刘军瑞的身份证,通过了湖湘省至恭州主城高速公路各收费站对长途公交汽车的层层盘问检查关卡,化险为夷蒙混过关到了恭州。

当天中午,他乘机飞去了广州。在广州只短暂停留了几个小时,晚上又转乘飞机回到恭州,他绕勒一圈的目的是要甩掉公安。

他耍起小聪明,自以为是按照常人相反的判断:最危险的地方最安全。在当时,常人是绝对想不到他会回恭州的。警方却有比他更聪明的人,早为他在恭州布下天罗地网,张开口袋的入口,严阵以待,请君入瓮。

当晚,他直扑在白花区清风镇的"家",与阳月明合欢一时。之后几天,他天天悠闲地喝茶、看报、看电视,搜集欣赏德常县持枪抢劫案的新闻报道,研究警方的动向。

1月18日,刘海军感觉风声越来越紧,忙将自己在恭州的一辆桑塔纳轿车以6万元低价卖给别人,然后离开阳月明的被窝,携款潜入恭州市中渝区。

1月23日,按照约定,刘海军当天晚上应该带着阳月明和女儿一起潜逃他乡,阳月明没有按照他要求的时间出现在接头的地点。

狡猾的刘海军慌了神,断定阳月明可能已经出事,此地不可久留。他预感情况不妙,待不住了,要狗急跳墙逃之夭夭,情急之中与在恭州主城茄子垭居住的郭红联系，要她准备现金、财物、武器在菩萨岩接头，预谋一起离开恭州。

此时刘海军与郭红在手机上的通话和发出的各种信息全部被警方截获，由此掌握了刘海军的准确动向。

1月24日晚上10点10分，公安部、恭州市委领导向恭州市公安局下达命令：抽调精兵强将，务必当天抓获刘海军。随即，两队缉捕队伍秘密控制了纪南门和菩萨岩。

晚上11点30分，坐镇恭州市的公安部门负责人，得到线人报告一条极其重要的线索：刘海军即将与情妇郭红在"上次下雨的地方"见面。刘海军果然犹如丧家之犬一样被公安调动起来，钻进了天罗地网。

指挥部对掌握的所有信息进行汇总分析，准确掌握了刘海军的行踪，迅速决定：回师主城，在中渝区菩萨岩、纪南门等两个地点严密布控，力争一举捕获杀人狂刘海军及其在恭州的同伙。

至此，一张密不透风的正义之网已在恭州张开，只等刘海军勒只飞蛾来扑！

当晚深夜，恭州市中渝区菩萨岩外科医院右侧僻静的茄子垭1号巷口。勒个天黑后本来逗人烟稀少的巷道，此时更是增加了几分神秘。

最后的较量只是一个兵不血刃的瞬间。25日凌晨1点45分，喧闹了一天的山城恭州，在夜幕降临后展示了几个小时灯火工程的辉煌，就偃旗息鼓了，城市安静了，静谧昏暗的夜色中，一名身着深蓝色羊绒衫的男子有些迟疑地慢慢朝巷口走来。他东张西望，在快要接近巷口时，又回头狐疑地朝四周望了一眼，确信没人跟踪，也没人注意后，闪身走向巷子暗处，朝半明半暗灯柱下的墙角走去，与在此地等候的一个女人小声说了几句话，明眼人一眼望去逗会发现在这个大冬天的寒夜里，勒个男人和那个女人的行为不太正常，他们似乎正在做一场见不得人的交易。

女人将一只鼓胀的旅行包递了过去，男子接过包，转身急走，女人则与他保持一定的距离紧跟其后。

说时迟那时快，吕凌霄带着小安和两名精壮汉子仿佛从地下冒出来一样，旋风一样猛扑上去！男子一惊，右手条件反射般迅速往左侧腋下伸去，但他伸出的右手已被扑上来的吕凌霄死死扭到背后，小安上前发现那右手里已经握住一支手枪，右拳一挥击向男子，左手一把夺过手枪，原来是一支已经上膛的"五四式"手枪！勒支没上保险的枪连撞针都打开着，三名刑警将疯狂挣扎的男子死死按在地上。

吕凌霄问："叫啥名字？"

"刘军瑞。"

"抓的逗是你。"几个刑警上去把犯罪嫌疑人铐了。

吕凌霄立即抓过那个旅行包，拉开链条，里面东西还真不少，沉甸甸的，提到灯柱下一点验，还有175发子弹和1枚军用手榴弹。"刘军瑞"蔫了。

吕凌霄大吼一声："报出你的真名！"

"刘海军。"

"勒逗对了！"小安说。

郑怀舒与小幸制服了刘海军身后的那个女人，那逗是郭红。

被戴上手铐的刘海军哀叹："没想到你们身手勒么快，连自杀的机会都不给……"在抓捕现场，狂妄至极的刘海军终于低下了那颗猖狂的头颅。"恭州警方太厉害，连0.1秒的时间也不给，我没斗过警察。"被捕后的刘海军不得不发出绝望的哀叹。

被制服后的刘海军由其他干警带走了，李海虎带领"4·22"行动组，立即搜查刘海军在外科医院"关系人"郭红的家，发现郭红家简直逗是一个军用专柜，搜出各种型号的猎枪7支，各类子弹1 000余发，以及自制炸弹、瑞士军刀、防弹背心等作案工具。

让人意想不到的是，刘海军居然在作案的同时还认真读书学习，精心研究《轻武器射击实用手册》《国产枪械列传》《兵器》《中国人民解放军的攻与防》等书籍，勒当中有的书在市面上是买不到的，不知他从哪些渠道弄来的。在许多他认为的重要之处，画下一道道醒目的蓝色铅笔线条。他还收集了大量恭州媒体刊发的"德常血案"剪报，勒些行为显得他是多么的得意、冷血。

最讽刺的是，吕凌霄在清理刘海军的物品中，发现了一封尚未加盖邮戳的信，勒是刘海军写给恭州警方的。刘海军在信中得意扬扬恬不知耻地说："我在恭州做过几个案子，让你们东奔西跑，满地寻人，给你们添了不少麻烦，实在是有不恭之处，我在勒里给你们赔礼道歉。不过，现在我已经不在恭州，敬请放心，恭州平静了。"

简直不把公安警察队伍放在眼里，公开挑衅恭州警察，狂妄自负到无以复加的地步。原来刘海军准备在他逃离后，由情妇帮他把信发出，没想到信还未发，二人逗双双落入法网。

两天之后，根据刘海军的招供，吕凌霄带领行动组迅速抓捕了家住湖湘省德常县城的刘海军的另一个情妇乐玲，这个愚蠢的女人，参与抢劫杀人之后，居然还能稳坐家中。行动组在其家中又搜出一支"五四式"手枪，子弹328发，还有作案用的手套、假发、面罩、墨镜、现金和大量金银首饰及数十张证券交易卡、信用卡等，警方在其家中还搜出了刘海军伪造的"中华人民共和国公安部刑侦局刑事侦查员"证件，以及伪造的涉及恭州、辽阳、蜀中等八个省市的假身份证。

经审讯，刘海军所犯的罪恶远远不止两个三个，他对所做的一切，对所有的罪恶都供认不讳。

在吕凌霄、郑怀舒远赴阳山、蜀中协助破案之后，李海虎带领"4·22"行动组的其他干警也加大了走访群众的力度，他们一天也没有停止过到群众之中去搜集犯罪嫌疑人的证据。通过对驾驶员的调查访问，深入街道社区走访普通市民或通过发动群众主动提供，获悉了几百条线索，其中重点线索一百多条。

刘春生带领自己的专业团队进行了大量深入细致的基础技术工作。在得到比较明确的目标指向，在犯罪嫌疑人刘海军返回恭州后，短短几天时间，在主城区排查常住和暂住人口150多万，在1 000多名出租车驾驶员中进行了拉网式调查。他们还利用全自动指纹识别系统，比对指纹200多万组。勒是何等的工作效率，何等庞大的工作数量，需要多少人没日没夜，需要多少人加班加点，五加二，白加黑，需要多少人周六一定不休息，周日休息不一定。

老百姓对犯罪嫌疑人是深恶痛绝的，抓到了坏人他们无不拍手称快。在百姓面前犯罪嫌疑人犹如过街老鼠人人喊打，破案过程中，他们用不同方式协助公安机关共同逼迫犯罪嫌疑人归案，勒次抓捕刘海军逗是人民群众群策群力与公安机关共同高唱的一曲凯歌。

不少犯罪嫌疑人自视清高，认为社会上有个说法，叫好的怕坏的，坏的怕愣的，愣的怕不要命的，守法公民怕犯罪团伙，勒是罪犯不顾一切疯狂作案时的心理支柱。其实他们刚愎自用，白日做梦，在警方破获刘海军抢劫杀人犯罪的过程中，始终伴随着刚烈的恭州市民如雷贯耳、振聋发聩的呼声："不怕他勒个龟儿子！我们一定抓到他！"

正义终究战胜邪恶，白昼终究取代黑暗，正义者浑身是胆不惧恶人。曾经出现过勒样令人感动的一件事情，案发地附近一个小食店的女老板大义凛然，置生死于度外。她曾经受到暴虐歹徒的持枪威胁，将歹徒看了个真真切切。歹徒前脚离开，女老板逗放下店里的生意向警方报了案，还连续数次打的直接到指挥部行动组协助描绘歹徒的模拟画像，使警方得以尽快发出有案犯画像的通缉令。在此之后，公安机关每抓获一个嫌疑人员，她都要去帮助辨认。有一天，她外出归家在恭州某区发现一个头戴棒球帽的人很像歹徒刘海军，勒个弱女子毅然暗暗跟踪，并在公用电话亭给公安机关打完电话后毫无惧色，继续跟踪，直到干警到来将嫌疑人带走。

公安部门查案子得到了各单位的广泛支持。那次案发时，恭州市某区商贸运输公司的几名司机正在街边吃饭，目睹了犯罪嫌疑人枪杀出租车司机牛威的暴行。公安机关掌握情况后，电话请求支持。公司领导非常干脆，毫不含糊，当即作出决定，只要公安需要，随时安排目击者配合行动，同时还调整了勒几名司机的工作，让他们有时间支持破案。勒几名司机提供了犯罪嫌疑人的形象，与行动组干警一起分析现场案犯人数、枪支情况和出租车司机牛威与案犯的关系，公安机关据此得出的初步结论与刘海军被捕后交代的事实完全吻合。

刘海军一桩桩一件件令人发指的罪行，一个个反人类的怪诞观念和行为，极大地违背了文明社会人类共有的天理，令人义愤填膺！

在破获勒个案子的过程中，不但当地群众踊跃提供线索，一些在外地工作的恭州籍或者到恭州出差的外地人也积极提供线索。有个广州客商在恭州火车站候车返回时，发现有个人与通缉令上的杀人魔王刘海军长相类似，便马上把电话打到恭州市公安总队表示自己愿意指认，请求派人抓获，后来他改签了火车票，直到干警出现将嫌疑人抓获。

一切邪恶的力量总是心存侥幸，过高地估计自己与正义力量对抗的实力。刘海军这个破坏力极强的暴力犯罪团伙，也正是在使出浑身解数，与人民公安力量经过殊死较量后，最终的结果只有一个：输得心服口服，自撞南墙，碰得头破血流，败下阵来。

通过突审发现，刘海军其人性的泯灭表现在极端的利己主义与道德沦丧上，其残忍行为令人发指。他的解释是：人跟动物一样，我身上没钱了，我要生存，我手上有枪，逗要为生存寻找猎物，逗要杀人，逗勒么简单。

刘海军曾经亲手杀死过一个跟他作案多起，后来被他误伤的同伙，只因怕勒个同伙治伤连累自己，就"把他做了"，打第一枪没有毙命，同伙挣扎而起苦苦哀求，他全然不顾，仍然冷酷地补了一枪，看到同伙被打死才罢手，他的心比铁还硬比冰还冷。

他的解释是：我勒个人不讲义气，只讲生存原则，对我有利的我逗做，对我不利的我逗要消灭逗要除掉。他在几个地方的多处窝点都有情妇，他的解释是：我每到一个城市都有自己的女人，我对她们没有爱，只有利用，我选她们是为了我的生存。

勒逗是刘海军的生存哲学，一种反人类、反道德的生存哲学。天理不容，死期至矣！

李海虎布置其他行动小组去抓捕刘海军的其他同伙，他与"4·22"专案组成员认真研究了刘海军。刘海军虽然作案将近 10 起，而且案案负有人命，但全是老案，是另一条线上的案子，德常案是他的最新爆发，引发出恭州警方搂草打兔子，在破获"4·22"案过程中顺带牵出来的一个独立的系统案，也是刘海军撞到恭州警方枪口上来的一个案子。抓获恶贯满盈的刘海军，为民除害，成绩有目共睹，但与"4·22"案的确不搭界。他终究不是"4·22"案件的元凶，破获"4·22"案还要另辟蹊径。

第十九章

郑妈妈勒辈子真不容易。她以前是恭州市第三中学高中68届学生，那是恭州唯一的省属高中。进勒所名校可不容易，在恭州当时的七区三县中，只有初中毕业后，中考成绩最靠前的才能读上三中高中。当然，万事都不能一刀切，也有例外，有时可以切一刀，如果父母中有一个是学校教职员工，子女可以降20分录取直接上三中。郑叔叔逗是勒个例外，他的父亲是三中的职工，所以，他也读上了勒所学校。郑叔叔与郑妈妈的家都在恭州主城，两人还是同校同级同学，不在一个班上，郑妈妈在实验班。那时，重点中学会把一个年级成绩优等的学生编在一个班，称为"实验班"。教学上除了配备优秀教师教学之外，学校还要给勒些同学开"小灶"，提前学习上一个年级的课程，做大量高考习题，这样的班是给重点大学输送人才作准备的，事实上这样的班每年几乎全班考上重点大学。郑叔叔在普通班，无缘受到实验班的优厚待遇，只能接受普通课程学习。尽管如此，近朱者赤，近墨者黑，进山识鸟语，入水知鱼性，只要进了三中跟得上课程，最不济的学生也能考个普通大学。

说真话要不是那场史无前例的"文化大革命"疾风暴雨般地到来，郑妈妈考教育部直管的重点大学十拿九稳，郑叔叔努点力也可能考个国家普通高校。但是"文化大革命"打破了他们的美梦。郑妈妈的父母原先经营一家店铺，经过公私合营后成为国有银行的普通职员，郑妈妈因为家庭成分不好，逗成了"黑五类";郑叔叔的父亲是学校烧锅炉的,母亲是丝绵厂工人,根红苗正"思想纯"被划为"红五类",还参加了保卫毛主席的"造反派",当了个头头,大小会上作报告,在学校威风一时。读书时,郑妈妈学习劲头足,学习成绩好,年级考试前100名学校都要张榜公布,郑妈妈每次都名列前茅。"文革"到来后,郑妈妈虽然是"黑五类",但因为郑叔叔从心底敬佩郑妈妈而从来没有为难过她,并且出于某种说不清道不明的原因,在很多时候还有意无意保护她。

1968年下半年,伟大领袖毛主席发出最高指示:"知识青年到农村去,接受贫下中农的再教育,很有必要。要说服城里干部和其他人,把自己初中、高中、大学毕业的子女,送到乡下去,来一个动员,各地农村的同志应该欢迎他们去。"由于"文革",高中68届的学生没有发毕业证书,没有离开学校,而是响应毛主席的号召,留在学校参加"文化大革命",勒次上山下乡他们首当其冲,必须下,没一个例外,非下不可。因为郑妈妈是"黑五类"被分配到偏远山区,她选择了名字好听的山秀县。

郑叔叔是可以到条件较好的农村地区,结果不知怎么鬼使神差也选择了山秀县。原本以为山秀逗是山川秀美的浓缩简称,到了才晓得那是个啥子样的地方。从恭州坐一天客轮沿长江而下,来到一个叫作故陵的地区;再一天乘铁驳船沿乌江逆流而上经历一天一夜,到一个叫作水彭的县城;坐上公共汽车喘息一天经过一个叫作江黔的县城,再让公共汽车继续喘息一天穿过阳西县城,黄昏时候才进入山秀县城。勒里倒是一马平川,但勒里是大巴山南麓、武陵山区与大娄山区相交区域的一个小巧玲珑的城市,人称"抱得走的县城",是一个县的政治、经济、文化中心,除了几大机关没有更多的街道,肯定不是知识青年的目的地,他们当晚住在县革委会招待所。第二天天不亮在招待所匆忙吃了早饭,每人发两个馒头作为午饭,再登上大货车又坐了整整一天,才到了各自所在的公社。然后,所有知青背着行李走几十公里山路,才能到达他们在生产队的"家"。

所以，当时省城的人们教育后代有句口头禅，叫作"养儿不用教，酉秀黔彭走一遭"。酉是指阳酉县，秀逗是山秀县，黔是江黔县，彭逗是水彭县，勒是莽莽群山之中最为艰苦、最为偏僻的四个县，一个孩子到了这样的地方不用借助外力的教育，似乎一下子逗会感受到人生的真谛，对自然对自己的未来逗都明白了。主要是说这里生活的险恶程度，给人以终身启迪。

郑叔叔是在深夜到达生产队那个"家"的。那天黄昏，大货车把他们一干知青拖到公社，一个个像是从灰堆里掏出来似的，除了两只眼睛，其他地方已经面目全非。那时公路是土路，雨天一路泥，晴天一路灰。尽管车速超不过每小时40公里，在当时当地都叫风驰电掣了。他们去时是晴天，敞篷大货车使路上细细的尘埃不得不爬满知青全身。

公社革委会主任给他们开了欢迎会。

接下来是吃饭，几个身穿蓝色卡其布的领导陪着知青们，在煤油汽灯照耀下，大大地嗨（吃）了一顿。说实话，勒些天舟车劳顿的确辛苦，那餐饭让这些城市青年吃得特别香，加上公社干部一味地嘴上奉承，说他们是毛主席请来的"客人"，是到广阔天地锤炼红心的无产阶级革命事业接班人，是今后党和国家的栋梁。那些话是否言自内心，天才晓得。不过，听起来真顺耳，饭吃起来真下喉。

郑叔叔上茅房的时候发现了问题，饭厅外的操场上，有数十个人集中在那里，天已经黑了，周围响起了昆虫的吵闹。他看不清那是些啥子人，出于好奇，走近前去。勒些人几乎全是身穿肮脏补丁衣裤的男人，有的蹲着抽叶子烟，有的手里抱着一捆"白筒子秆秆"，面无表情。一问才晓得是各生产大队来接知青的农村干部，手里的"白筒子秆秆"是用来照明的，全是2米左右的向日葵秆在水田泥中泡个把来月，抖掉皮和蕊晒干，嫩绿的向日葵秆逗华丽转身变为"白筒子秆秆"了，点火照明比松树明子还管用，是乡下人走夜路的主要工具。那时，手电筒之类的家用电器对农村干部都是罕见之物。每一根"白筒子秆秆"可以照明半小时左右。他们在那里等着知青吃完饭，当晚接回生产队，公社没有住宿地，这些农村干部还没吃晚饭哩，那时穷，公社供不起。

人往明处走，雀往亮处飞。郑叔叔下乡前是学校"造反派"的一个头目，自认为是个有正义感的青年，习惯于登高一呼，发号施令，让人簇拥的感觉。再进饭厅后，他大声疾呼："同学们大家快点吃，接我们的贫下中农还在外面等着呢！"

公社干部虽然口里说着"不急不急，吃饱吃好，吃饱吃好"，却也明显加快了速度。

郑叔叔是被大队支书、生产队长、生产队会计接走的。出了公社大门，便点燃了第一根"白筒子秆秆"，勒家伙真是好，"前照一，后照七"，把石板路照得清清楚楚。郑叔叔当时在想，城里人说农村道路崎岖，这么大套的石板路又宽敞又平整走起来很安逸。他憧憬着今后这条路不知要走多少次呢，慢慢享受吧。大队支书在前带路，一个劲地抽着短式烟杆里的叶子烟，生产队长右手举着燃烧的那根"白筒子秆秆"，左侧的瞎孔脚（胳肢窝）还夹着一捆，郑叔叔紧随其后，生产队会计挑着行李跟在郑叔叔身后。

一路上，只顾赶路，谁也不说一句话。郑叔叔虽然在公社食堂嗨了一顿，他的同行者却饿着呢，特别是生产队会计不但空着肚子，还要负重前行，那点必需的行李虽然只有几十斤，对于一个空着肚子的人来说还是很费力的。饱肚子要晓得饿肚子饥，郑叔叔原本有一肚子的问题要问，但在勒样的情况下还好意思开口吗？

对大队支书、生产队长、生产队会计来说，饥饿是司空见惯的，原本有很多话要给郑叔叔"转达"，但初次见面，人不熟理不顺，不知根不知底，话也逗在自己喉咙管打转，不知从何说起，他们之间此时此刻肯定没有共同语言，那逗一心一意赶路吧。

走出公社才三五百米，宽敞的石板路逗结束了，勒里的"宽敞"也逗约1.5米的宽度；接下来进入了中型的黄土路，所谓的中型逗是80厘米左右的道路，勒样的路很长很长，走好久才到尽头；走完了中型路，进入小路，只有约40厘米的宽度，小路更是漫长得简直没有尽头。在公社嗨的那点伙食，现在已被漫长的路折腾干净，瞌睡眯西的，脚腿灌铅，打不起精神了。但是人家三位贫下中农领导什么都没吃呢，他只好拖着沉重的步子，一声不吭，摇摇晃晃继续跟着走。因为郑叔叔第一次走小路，所以感觉很远很远。步子虽然沉重，心里却明白。他感觉到勒个晚上走出连接公社那几百米石板路后，一直都在上坡，走啊走啊，终于走到一段平整小路的时候，生产队长手里的七根"白筒子秆秆"只剩下正在燃烧着的大半根了。

"书——记，接——到——没呀？"几十米之外传来一个女人的呼喊声。

"接到了！"书记大声而简短地回答。

"喔——"那个女声附了一声。

"收拾利索没得？"书记大声问。

"利——索——了！"那个女声大声答。

"烧点水，让知青同学洗个脚。"书记给对方大声安排工作。

"烧——好——了！"女声答道。

"哦。"书记应了一声。

接着仍然是不停地走，郑叔叔觉得很奇怪，都那么清楚地听见对方声音了，还一直在走路，会不会是书记饿晕了，走错路了，或者是被啥子夜鬼之类的东西迷住了，让他们在原地打转，小时候倒是听过不少勒样的龙门阵。

郑叔叔忍不住了，迫不及待地发话了："书记，还有好远（多远）？"勒是今天他发出的第一声，在公社武装部长给他们作介绍时他都没说话，只是笑了笑，他牢记着离开恭州时以"造反"起家、后来成为恭州三中革委会副主任的老爹给他的一再吼咐（叮嘱）："言多必失。"现在非说不可了，他必须说，不过他讲究了说话的方法，已经不像过去那种直来直去，那么冲撞了，而是转了个弯。他不好直接提醒书记走错了，需要纠正，那样的话题太直截，所以选择了一组中性词。他老爹对他的影响是很大的，是他青年时期前半段的偶像，是他全家的骄傲。

"已经到了。"书记不冷不热地回答。

又走了十来分钟。

现在才真正地到了。生产队长手里那大半根"白筒子秆秆"正好燃尽。

书记指着屋檐下那穿着补丁衣裤，有些木讷的一男一女说："他是大队民兵连长，她是大队妇女主任，他们是我们大队管知青的领导，今后知青同学有啥子事逗找他们俩，解决不了的问题也可以直接找我。"

那一男一女好像突然反应过来，立即热情起来，男的接下会计肩上的行李，女的兴奋地把郑叔叔拉进屋，来到锅台前："听说你们在公社吃过饭了，我逗给你烧了一锅水，好好烫个脚，早点睡觉，今天肯定累了。"说完转身拿起灶台上的玻璃罩子煤油灯放到里间的桌子上。郑叔叔跟到里屋，看着她与民兵连长一起，打开行李，把褥子铺在单人床的稻草上，再铺床单，放好被子。此时的郑叔叔十分疲惫，说话的力气都没有了。

岂止是今天累了，从恭州出发那天开始逗没睡过安稳觉。开始是兴奋得睡不着，后来是担忧得睡不着。现在，到了目的地，完全放松下来的确想好好睡一觉。

"别磨蹭了，你们两个快点出来，让知青同学早点休息。"书记在外面发指示了，他们三个到公社接人的领导还没吃午饭呢。

民兵连长和妇女主任很听招呼，马上出去了。

郑叔叔跟了出来。

"泡个脚，累了，早点休息。"书记的话还是那么简短。

郑叔叔强打精神："谢谢大家，耽误大家勒么多时间，你们也早点回家吧。"勒完全是言不由衷，现在都啥点儿了，还早点回家呢？纯属是礼节性的客气话。

"走了。"书记说完，带着一干人离开了郑叔叔的"家"。他们竟然摸黑上路，没点"白筒子秆秆"，也不怕山区路上踩着毒蛇啥子的。原来在当地家里人外出是舍不得用"白筒子秆秆"的，一来是熟门熟路摸惯了，二来是节俭，"白筒子秆秆"是不会很多的，要留着应急时才能用，走夜路能凑合尽量凑合。

郑叔叔不想做别的事情了，进到里间，一口气吹熄煤油灯，倒头便睡。他逗那么合着衣裤，连鞋袜都没脱，人与床呈十字交叉仰身睡了。

一觉醒来满屋敞亮，拉开袖管瞅了瞅下乡前父亲送给他的那只当时非常流行的国产货，30多元一只的"钟山"牌手表，已是下午4点半。

一个鱼跃，跳起身来，打量着自己勒个新家。床、书桌、立柜、平柜、一条板凳，都是淡黄色崭新的杉木制品，散发着新木的芳香。打开平柜，底部装着些大颗粒黄白中泛着红光的东北玉米，平柜的一角有个装了半袋东西的白布袋，他好奇地打开，里面是金黄色的玉米面。想起来了，昨晚在公社听妇女主任作报告时曾讲过，知青下乡第一年吃国家供应，每月45斤玉米、一斤菜油。平柜里的东西，想必是他本月的口粮。

他的勒间房原本是个大房子，用泥土新做了一壁隔墙，那墙还没干透，透着浓浓的泥土味儿。被隔出来的房子又用竹席隔成了个里外间，以松木作为地与房顶之间的支撑，没有门，原本是室内室，没必要做门。

他跨到外间，是厨房，饭桌前的两条板凳及灶前的一条板凳和铁锅上的锅盖都是崭新的杉木制品，灶台上一瓶油，他拿过来拧开瓶盖闻了闻，好香，是菜油。揭开锅盖，大半锅水，崭新的锅边已有几点朱红色的锈珠，那是妇女主任昨晚给他烧的泡脚的水，没来得及享受，让铁锅享受了。

房子的门大开着，外面没人。他为自己的冒失而惊讶，昨晚太累，送走了书记们，竟然忘了关门，回首一看自己带来的脸盆、热水瓶、瓷碗、漱口盅等物件悉数待在饭桌上那个尼龙网兜里，他幽幽地想，我是成仙了，来到一个道不拾遗、夜不闭户的地方，要知道当时的城市有多"乱"。

出得房来，首先映入眼帘的是屋檐下堆码整齐的干枯松树枝条，勒肯定是给他用的。房屋坐南朝北，正北面连着一块地坝，房屋正门开在北边中间，从门缝里看进去里面有三个竹席围成的囤子，装的啥看不见，旁边还有犁耙和喷雾器之类的农具。看来勒是一处土坯墙顶着乌黑瓦片的农村保管室，其中三分之一隔出来做了他安身立命之地。他的房门开在东边，实际是个侧门，在他心里突然泛起一个成语：歪门邪道。

举目四望，很安静，50米之外才有零零星星的人家，都是些低矮的土坯房，多数是草顶屋，偶有瓦屋。面朝保管室大门向西看去是一个山垭的豁口，垭口离他站的地方不足150米，一条小路直接指向他的"府邸"，却只能见到约30米的"路"，其余部分藏进山梁里面，想来，从垭口到他住宅还要经过几个弯儿才能到达，勒逗是山区人常说的"看到的屋，走得你哭"。解开了昨晚他们上了垭口能与妇女主任"对话"，却迟迟不能见面的谜底。

转向正北面，一眼望去是无边无际的群山，东边也是老太婆打呵嗨（哈欠）——一望无涯（牙）的群山。南边，他房子的背后，有一排破烂的猪圈，应该是生产队的集体经济，因为它们那样的孤苦伶仃，周围除了与他为邻没有其他住户。猪圈往后是坡度比较缓的山。我的妈，啥子是崇山峻岭，勒逗是崇山峻岭。他感到，勒还只是个山腰，也逗是半山。他觉得，他曾经紧跟中央"文革"，革命无罪，造反有理，保卫毛主席有功，是学校学生"造反派"的领袖，公社分配时肯定考虑过勒个因素，他所在的生产队或者说他的居住条件不可能太差。他突然想到了可怜的郑妈妈，那个读书的料子弄到勒样艰苦的环境中，勒不是埋没人才嘛，真是糟蹋"圣贤"，令人心寒啊！

以忐忑不安的心理，终于熬到那每月一次的知青会，他见到了郑妈妈。果然，她所在的生产队到公社的距离是5个多小时，在武陵山区的山顶，我的妈呀，嗨（多么）害人。不过离他的"府邸"还比较近，大约一个半小时。

会后没几天，他第一次去了郑妈妈的生产队，那里的确更加的险峻，山势陡斜，刀劈斧刹，更加穷山恶水，但也有"指点江山""一览众山小"的宽阔与豪迈。

后来他又去过两次，给她带去些蔬菜瓜果，赢得了她的好感。为了避嫌，他每次都带着个"兄弟"当灯泡作陪。

那年头郑叔叔突然逗成了冬瓜皮做帽子——霉起灰（霉透顶），一场灭顶之灾闪电般降落到风华正茂的郑叔叔头上。下乡不到一年，郑叔叔母亲来信，说家里出了大事，学校开展"一打三反"，父亲被清理出"阶级队伍"。原本小葱拌豆腐——一青（清）二白的家庭，一夜之间逗成了污点重重的"黑五类"，简直是晴天霹雳。

"一打三反，清理阶级队伍"是"文革"期间的一次政治运动。1968年5月25日，中共中央、中央文革小组发出《转发毛主席关于〈北京新华印刷厂军管会发动群众开展对敌斗争的经验〉的批示的通知》，勒个文件的主要精神逗是要进一步纯洁革命队伍。

在突如其来的政治运动中，有人揭发检举郑叔叔的父亲1949年前在恭州大酒店当学徒时曾经给国民党高官送过饭，有一次进入国民党高官府邸两个多小时才出来。指控郑叔叔的父亲"肯定"是给国民党反动派送情报，并接受了特殊任务，是特务，要他交代问题。他家的门口一夜之间贴了不少大字报："郑某某不投降，就叫他灭亡！""打倒国民党特务郑某某！""把国民党特务郑某某打翻在地再踏上一只脚！"完全是无中生有，泼天的冤枉！父亲虽然尽力抗争，但还是被从恭州三中校革委会副主任位置上拉下马来，被清理出革命阶级的队伍，开除公职，开除党籍。他不服啊，为了证明自己的清白，采取了最愚蠢的方式，以死抗争，当晚吃了一瓶安眠药，结果被定性为畏罪自杀，从此郑家成为"黑五类"。

勒样的打击对一个20岁左右的青年是致命的。郑叔叔看完信觉得天旋地转，天塌了，地陷了，一下子坠入深渊。过去，他自认为是学校"造反派"头目、学生领袖，经常还给公社的知青管理工作提出些改进的方法和建议。其实他并不晓得，下乡当知青后，原来的一切身份已一笔勾销了，与其他知青一样，成了扁担挑水——平肩人，只是他的惯性使然，自作多情，拿着咸菜当干粮，高高在上，图表现指手画脚。现在啥子都没了，还跌进了社会最底层。

郑叔叔觉得眼前的世界黑暗了，眼下的路走不下去了，人生遇到了最关键的抉择，是死？是活？勒时候，郑妈妈来到了他身边，一味地好言相劝或默默地为他扫地打水做饭洗衣,陪他度过了最艰难的岁月。他们的感情是纯洁的,友谊是革命的。那时还没有恋爱,恋爱是后来的事。

冷菜冷饭难吃,冷言冷语难听。郑叔叔感觉到了公社干部和知青中有人对他的态度"明显"变化,也许是"疑人盗斧",也许真是时代特征。但在他眼里,公社干部、"红五类"知青,逗像十五个驼子睡一床——七拱八翘,不顺眼了。那个年代,人人都怕粘"黑",须与"黑五类"划清阶级阵线,谁不怕受政治运动牵连?知青也要图表现,获得好印象,早日脱离"苦海"。在今天这叫"竞争",谁是真的想扎根农村一辈子?

郑叔叔受不了他们的白眼,你不给我希望,使我失望,我也要让你绝望,老子是校场坝的旗杆——光棍一条,怕啥子?回城没了指望,烂船把住烂船划。做活路(干活)不上心,磨洋工;出工不出力,三天打鱼两天晒网;装病,做事偷懒,吃饭端大碗。勒些情况郑妈妈一直蒙在鼓里,她只晓得郑叔叔不像以前温顺积极了,与公社干部不配合了,经常在知青会上毫无由厘地顶撞领导,一个钉子一个眼,成了个老太婆吃腊肉——扯皮撩筋的人。

直到有一天郑叔叔出事,她才晓得事情的真相。

那天黄昏,郑叔叔满身是伤拖着一条腿来到郑妈妈的住地,手里紧紧抱着那个郑妈妈非常熟悉的塑料布"马桶"。逗是那种马桶式挎包,每次都能给郑妈妈带来惊喜。

父亲过世后,郑叔叔几乎每月都要到郑妈妈勒里来一两次。因为郑妈妈身体不好,长年生病,勒好理解,高山气候喜怒无常,对一个纤弱的城市姑娘的确是严峻考验。那个"马桶"里每次都毫无例外地有肉食品,有时是野山鸡,有时是野兔,有时是大田鼠、克蟆子(青蛙)、鳝鱼、泥鳅,更多的时候是家鸡。

开始,郑妈妈怕勒些东西来路不正,不愿与郑叔叔分享,还多少有些责备。

郑叔叔坚持说野物是做农活时和茶余饭后与弟兄们一起抓获的,家养的是他用每年分红或预支分红的钱买的。还说郑妈妈是校场坝的土地庙——管得宽，何必计较，身体好才是真好。他落户在半山，环境条件比郑妈妈好许多，每年应该有些分红。他认真地说他母亲不让他寄钱补贴家用，让他整好伙食，注意营养，留得五湖明月在，不愁无处下金钩。分红的钱买勒点东西绰绰有余。郑妈妈也不便多说，后来逗心安理得地与他一起打"牙祭"。但只要是家鸡，郑叔叔无一例外地只采取一种烹饪方式，坚持用"壶温"烹调，把鸡肉切成小块烫几遍，然后把姜葱蒜盐与鸡肉一起放入 8 磅保温茶瓶，掺满开水闷上七八个小时逗食用。因为郑妈妈住在院子里，女知青嘛，安全起见，还安排了一名女知青同屋，郑叔叔说不能让鸡的香味飘出，他们三人常常夜半三更起来吃鸡肉，然后把鸡骨头在房后竹林挖坑埋掉。

其实，自从家庭的"天"塌下后，郑叔叔再没像以前那样"打出一手老花茧，彻底埋葬帝修反"，"上山下乡当尖兵，战天斗地炼红心"，勒个男人趴下了，雄不起了，把大量的精力放在整吃的，他奉行"有了一副好身板，赛过十次好手腕"。耍"手腕"在当时是挖空心思挣"表现"。

那些野东西的确是他"老老实实接受贫下中农再教育"，学习下套技术捕获的，那些家鸡则是到别的公社乘贫下中农不备而偷来的。当然，在当时，知青当中有勒种技术者，不在个别。这一次大意失荆州，偷鸡不成蚀把米，被贫下中农抓住打了个半死，他至死也不肯把到手的鸡交出去，那是给郑妈妈的补品，挨了一番毒打，终于侥幸逃脱。

看到郑叔叔那个样子，郑妈妈大哭一场，同屋的女知青也跟着落泪。当时没有别的办法，只有落泪，郑妈妈寄希望于苍天感恩人类做好事，长好心，当好人，得好报。既对社会，也对郑叔叔，她一个弱女人能有啥子办法呢？

后来，同屋的女知青被推荐返城了，剩下郑妈妈与郑叔叔相依为命，他们相爱了，感情更深刻，同病相怜，没有回城的希望了。

"哼，回城，我还不想呢，他们回去干啥子？累死累活地做最下贱的活路，哪有我们在广阔天地随心所欲，自由自在，解放碑的风瓢瓢儿，不摆啰。"吃饭时，郑叔叔说。

"逗是，王兰来信，说她回去糊火柴盒，每个给一分钱，每天上班8小时，才糊100个，下班回家还要糊4个小时，才能勉强维持生计，每天进厂生产，严格打考勤不准乱动，真的还没有我们舒服，我们每天至少可以保证日出而作，日落而息，不舒服了不下地也没人管，真是自在。"人与人不同，花有几样红。郑妈妈不但附和，还来了个举例说明，勒不是典型的吃不到葡萄逗说葡萄酸嘛。

王兰逗是以前与郑妈妈同住一室的那个知青，也是个不占人（没有后台）的普通知青，没办法逼着50来岁的父亲退休，让她顶替才得以回城。父亲在税务所当会计，王兰在"文革"开始时初中没毕业，没啥本事，回城虽然有个工作，却非常一般，只能安排在税务所自办的大集体里糊火柴盒。

"小军回去更惨，在三中校办大集体敲洋铁皮子做撮箕，一天敲不出一个，生活都维持不走。"郑叔叔也举了个例子，小军逗是过去常陪郑叔叔来郑妈妈勒里当"灯泡"的那个知青。

郑叔叔郑妈妈铁下心来，扎根农村一辈子。他们积极筹备着准备结婚了。

牛大压不死虱子，山高挡不住太阳，平地一声春雷，给绝望中的郑叔叔郑妈妈带来了希望。中央提出恢复高考，郑叔叔的母亲，郑妈妈的父母分别给他们寄来了复习资料，他们推迟婚期，接受改变命运的挑战。中央的文件是高考前1个月发出的，待他们收到复习资料时离高考已经不到一周了。郑妈妈还好说，饿死的骆驼比马大，基本功底在，捡起来也可以对付。郑叔叔逗不行了，原本逗是"照顾"而入名校，入校后又没认真读过书，对于教材知识是擀面杖吹火———一窍不通，让他参加高考比登天还难。一手提不住两条鱼，一眼看不清两行书，搞突击都没时间了。郑妈妈作出决定，放弃高考，为郑叔叔补习一年。

恢复高考的第二年，他们俩双双金榜题名，跳出了"农门"。郑叔叔考到恭州师范学校，属于中专；郑妈妈考到西南师范大学，属于大学本科。郑叔叔读两年后，又考了个专升专，逗是中专升大专，考进了西南师范大学与郑妈妈成了同学，再共读两年。郑妈妈本科读四年，由于学习成绩优异，表现好,在大学期间加入了中国共产党,成为一名光荣的大学生党员。那时的郑妈妈可以说意气风发,是她人生中最为黄金的时期,鲤鱼翻身,被选为学生会的负责人,有用不完的力量,使不完的精力,每天除了读书学习之外,还要承担大量的社会活动,各种能力迅速提高。

郑妈妈大学毕业本来可以分配到机关工作,但郑妈妈不喜欢复杂的人际关系,喜欢教书,遂到了恭州市的一所区中学;郑叔叔大专毕业时,他们的年龄都已超过了30岁,他们结了婚。此时的郑叔叔厚积薄发,学习方法和记忆力进入最佳状态,继续专升本,由大学专科通过考试升入大学本科学习。

在郑怀舒两岁的时候,郑叔叔硕士研究生毕业了。郑叔叔算是把勒辈子所有的苦都要吃过了,吃透了,吃完了,现在苦尽甘来,下半辈子逗该享福,好好生生(好好地)过舒坦日子了。

郑叔叔分配在恭州市主城的一个政府机关单位。原本该一家人欢欢喜喜团聚,进入高收入阶层,享受天伦之乐的时候,不幸的事情发生了,郑叔叔的身体出现不好的状况,体检查出肝癌。郑妈妈一边工作,一边照顾小怀舒,一边护理郑叔叔,该吃的药吃了,该打的针打了,该用的中医单方用了,该调的民间验方调了,但回天乏术,郑叔叔在艰难痛苦中坚持了两年,终于放手而去,离开了他心爱的妻子和年幼的女儿。再后来郑妈妈又经历了郑叔叔母亲的逝世和自己父母的逝世,一个人拉扯着怀舒,从幼儿园小学中学大学走来,历经人生坎坷与艰辛。

郑妈妈在中学干到了教务主任,后来调到恭州市实验一校当"一把手",直到退休。

第二十章

刘太白终于在深圳落了下来。勒些天他带着心爱的小鸟"飞"遍了全国许多城市,都没能落下地来,因为没找到合适的工作逗落不下来,落下来也没用,落下来两张嘴坐吃山空靠啥子支撑?他那点老窖恐怕经不起多少天的折腾。真是天皇皇,地皇皇,不知何处留我郎。老实说单纯的一个流浪儿还好办,现在是一对,一个男的还加上一个女的,两个肚子两张嘴。

办事凭关系,打架靠"兄弟",要办成一件事需要花功夫。在那些城市,他没有一丝一毫的关系,找不到一个熟人,怎么能找到好工作呢?原本去那些城市逗是碰运气,结果时不来运不转,天上没有掉下想象中的馅饼。没有"关系""熟人",的确找不到好工作,办不成事。不是嘛,有的人为了办事,认祖认宗,认根认亲,如果认不了祖认不了宗认不了根,也要找个同姓的,哪怕是500年前的"一家人"!找不到与自己同姓逗找与老婆同姓,或与母亲同姓,与嫂子、弟媳、姐夫、妹夫同姓的,一句话,得找到个亲戚,哪怕是八竿子都打不着的亲戚也行,不为别的,只为今后好办事。

茫茫四海人无数,哪个男儿是丈夫。刘太白走了一圈,上天无路入地无门,最终没得着落,只好落在深圳,勒是他最不情愿来的地方,万般无奈,却又偏偏只能落在深圳,有人说深圳是全国最好找工作的地方。既然如此,为啥不一开始逗来深圳?还不是因为小鸟。嗯,深圳,小鸟在那里待过,那里有小鸟的追求者、旧梦者,有刘太白的宿敌,那些人手里说不定还捏着小鸟勒艘船的旧船票呢，勒是刘太白最不放心的地方、最不放心的事情，万一她与旧情人在一艘客船上碰出火花，旧情复燃朗个办？在当今勒个激情燃烧的年代，激情燃烧的日月，一不留神是啥子事都可能出现的。到那时，煮熟的米饭被别人搬了甑子，岂不空搞灯儿（枉费），赔了夫人又折兵？不划算，绝不划算，千万不可引狼入室，送货上门，自寻烦恼。所以，深圳如龙潭虎穴，万万去不得。但是，天有绝人之路，人无回天之术。其他地方针插不进水泼不入，碰了不少钉子，求爹告奶挨不拢靠不近，只剩唯一的一条路，入龙潭进虎穴，闯深圳！明知山有虎，也得虎山行。

刘太白向小鸟说出了他的担忧，小鸟开始一愣，转而高兴得开怀大笑，笑得都差点岔了气，刘太白只好莫名其妙地上前给她轻轻地捶捶背松松脖子。小鸟还是笑得泪眼婆婆地说："现在的男人多数也逗三五天热情，我们在一起都勒么些天了，真没想到'老公'会认真地把我勒个小豆包当干粮，会勒么地在乎我勒个'二锅头'。知我者谓我心忧，不知我者谓我何求。既然如此，我也一定不会让你失望，不做对不起你的事。"并且信誓旦旦绝不会出现刘太白想象的那种可能。

对于勒一点，刘太白始终持怀疑态度，他认为女人都是水性杨花的货，小鸟勒种"90后"更不例外，一旦有了机会，不可能不见异思迁。不过，她像是非常认真地说她今生今世只爱刘太白一人，到天涯海角都只爱他一个人，海枯石烂，绝不变心。

摊明了担忧，有了小鸟的保证，刘太白权衡再三，最后说："到深圳只是没有办法的权宜之计，暂时混一混。"言外之意他是随时准备离开的，站得拢走得开，勒逗是爱之深恨之切。他还告诉小鸟，到深圳主要是去找工作，并不是去找人，尤其不是去找情人，即便找人也是万不得已情况下的下下策。小鸟完全同意他的叮嘱。

到了深圳才晓得，勒里并不是遍地黄金摆着工作让你挑，深圳找工作同样难。他刘太白没有特别突出的一技之长，还要求工作轻松，待遇优越，勒真是一件事难住了英雄汉。可不是嘛，当保安他没身高，当技师他没技术，当管理他没水平，当餐厅跑堂，他又放不下那张脸，进了几个劳务市场都不理想。最后商量决定，让小鸟去求她原来的一个追求者罗成。刘太白晓得勒是把小鸟推进虎口，送到嘴里的肉，老虎能不动嘴吗？又有啥法子呢？勒是弹尽粮绝的最后办法，求生存要紧，自古华山一条路，没有别的路可走，只有蹚他这条"险路"，因为那家伙勒两年风光旖旎，头顶出彩，运气圆满，当上了一个工地的包工头，工地用工，可以不看别人眼色，他说了逗作数。

刘太白硬着头皮让小鸟带他去见罗成。

"是你啥子人？"罗成把脚放在办公桌上，转椅把他的屁股托得像个地嘟嘟（陀螺）企鹅，摇摇摆摆，一副敖稀拉墨（傲气）的样子。

"是我亲哥！"小鸟一副十分尊重罗成的样子，怯生生地说。显然她扯了个把子（说谎），底气不足。

"你亲哥，是吗？我两个交往恁个久，过去朗个没听你说起？"罗成感觉钟桂花逗是个巴倒烫（甩不掉的麻烦），显得有些不耐烦，眼睛挂到天花板上，爱理不理的样子。

刘太白瓜西西（傻傻）地站着，强装笑脸，不时点头哈腰表示友好。

"脸朝黄土背朝天，365部队修地球的'工程兵'有啥子好说的？"小鸟嘟囔道，嘴里蹦出文学词汇。

"朗个现在又说了？"罗成问。

小鸟的勒一招显然管用，吸引了罗成的注意力，他把眼睛从天花板上取下来，偏着眼，不禁对小鸟刮目相看，停止了屁股的摇摆，还把眼睛转过来盯着刘太白问。不是涮坛子（开玩笑），勒表示他对小鸟很在乎，是吃醋嘛，跟小鸟说话，却望着与她并排站着的男人。

"待在家头也没得好多事干，勒不逗想出来挣几个零花钱嘛。"小鸟不好去计较，老老实实作答。

"勒逗对了嘛，在外挣钱比种地强多了。"罗成转而放松地启发。

"所以才来投靠罗总嘛。"小鸟恭维地说。

"勒逗更对了，有了事逗应该来找我嘛。"罗成似乎胸有成竹，心领神会，有些扬扬自得。

"还望罗总安排一个好点的工种。"小鸟说。

"会抽钢筋吗？"

"不会！"刘太白答。

"会吊墨线砌砖吗？"罗成又问。

"不会！"刘太白答。

"会上钢骨架吗？"

"不会。"

"那你会啥子？"罗成注视着刘太白。

"会开车。"刘太白。

"给我开车的是我亲弟弟，我自己都会开，有时只是为了显示身份才偶尔让他开开。"罗成说着，看了看小鸟。

的确，现在开车已经不是啥显赫的技术，只是个普通技能，没有优势可言。

"在工地开个吊车怎样？"刘太白似乎在与罗成商量。

"工地上开吊车的是我老婆她弟，勒个工种在我这个工地只有一个，用量不大，不兴轮班，没有预备。"罗成一副为难的样子，拒绝了刘太白的请求，看着小鸟。这家伙还是个家里红旗不倒，家外彩旗飘飘的角色，吃着碗里，雀到（看到）锅里，盯着坛子里。没办法，有钱人嘛，现在时兴，未必你能搬起石头打天？

"在货场开个铲车也行。"刘太白再求其次，因为在工地货场开铲车是个危险性比较大的活儿，但他想发挥自己的最大特长，并且他要求的勒个工种神气、轻松、工资高，他不想放过一线希望。

"我勒个工地没有货场，货到人卸，不会堆码积放。"罗成用了没有商量的口气，漫不经心地瞟了小鸟一眼。

刘太白的技术不巴黄（没数）。他自从进到勒个工棚，逗在刻意观察罗成的行为。他发现一个有规律的秘密，罗成每次看小鸟都是先看她的胸，再看她的脸，然后盯住胸不转神，盯一会儿马上把眼神移开。难道他是盯住那个部位浮想联翩，忆往昔心里发痒，火辣，强行克制欲望而难受，才移开目光，过一会舍不得再盯？八成逗是勒样。色胆包天，他气得心里颤抖，还发不出火来，现在是他刘太白憋得难受，难受也得受，生存是第一需要。

看到罗成那副小人得志的德行，刘太白真想上前去痛痛快快揍他一顿，解解心头之气。不逗是个小小包工头嘛，不逗是求你暂时给口饭吃嘛，逗勒么为难，勒么剥面子，简直是挑剔，你晓不晓得老子的本事，老子的过往。刘太白心里有气，但他忍住了没有爆发。今天工棚里的勒个阵势让他刘太白似为"鱼肉"，罗成为"刀俎"，完完全全处在任人宰割的被动处境。

那罗成神气活现，一边问着刘太白，一边再一次用眼睛不停地在小鸟上半身扫来扫去，特别是小鸟的胸，此时，他的眼神又牢牢地粘在她的胸上面了。

他终于强迫自己忍住，好赖没有冲上去，现在打滥仗（没有正业）求人，勒里也许是他唯一能落下来的希望，碰了许多钉子，他不能把希望给砸了。人在矮檐下，不得不低头。其实，他一没人才，二没技术，开吊车铲车不是随时都候着你，非你莫属，中途插一杠子进来，你又不是承接工程的原班人马，好工种绝对不可能从别人手里抢过来。他勒样的人要真的想得到一份既轻松又赚钱的活儿，实在不易，难怪罗成需要权衡、考虑，人家也为难嘛。

可是刘太白不勒样想，他认为罗成虽然只是个小小包工头，在勒块工地上，他逗是老大，能说话算数，有个说法叫作宁做鸡头，不做凤尾。鸡头是一只鸡的原动力，头转带着身子尾巴转，有主动权；凤尾是凤凰的末端，只能跟着凤头身子转，只有跟风的份，没有主动权。像罗成勒样的鸡头，给个清闲的活儿，还不逗一句话，信手拈来，应该不成问题。

当然勒绝对要看他与小鸟之间的交情到底有多深，如果交情深又念旧情还想那个，逗要抓住机遇。现在小鸟送货上门勒逗是最好的机会，只要把他刘太白留在工地，罗成逗成功了一半。

人家说舍不得孩子套不住狼，刘太白要的是不舍孩子也要套住狼，一方面他看不惯罗成对小鸟的暧昧；另一方面还要人家罗成开设绿色通道，让他有吃有喝有工作，勒不明显让罗成不好办吗？罗成也是个普通人，勒样的人与大多数人一样，办事总得要有所图嘛。

刘太白不管勒些，他自视颇高，只想自己虎落平阳，龙困沙滩。虎落平阳被犬欺，罗成是一只犬，能和他比吗？龙游浅水遭虾戏，罗成逗是一只虾，能与他相提并论吗？有勒样的认识也行，说明他在内心认输了。

"还望成哥开恩，给点照顾。"看到罗成半天不说话，小鸟满脸堆笑地请求。

罗成看了小鸟一阵，沉吟半晌："勒样吧，让你亲哥到工地伙房帮厨，三顿包吃，每个月开2 500块钱工资。"

大大出乎在场所有人的意料，勒个条件相当优厚了，帮厨勒活儿轻闲，没有技术含量，弹性大。过去是按小工给工钱，最多每月开1 500元，也有给1 000到1 500元之间的那些数，并且勒是包干费用，吃饭得另花钱。

相逢好似初相识，到老终无怨恨心，罗成这人真够哥们儿。罗成每月多给出来的那些钱，对企业是打水漂（没收益），显而易见是给小鸟的。否则，他刘太白与罗成不沾亲不带故，不认识，凭啥子呀！钱财如粪土，仁义值千金，说得洒脱做起来很难。

看来罗成是真的动了旧情，或者是对小鸟有了新的企图，赏了一块大脸，给了一个大面子。

帮厨的确轻松，没多少责任，工地食物中毒也找不到他脑壳上，罚款坐牢是别人的事。既然勒样，为啥子不加大他的责任，直接让他为工地做饭呢？做饭也没多大的技术含量，大锅饭嘛煮熟逗行，大锅菜嘛有盐则成，不讲究啥子味道，也不讲究刀功红案白案啥子的。

说得轻巧拿根灯草。工地哪顿饭能缺位？肚子不饱活儿干不了。勒说明，已经有了煮饭的人，勒个人还不能一时半会辞退，关系应该很硬。只能先帮厨，下一步再说。你看看，人家真心帮忙，帮真心忙。刘太白可要珍惜，不能辜负了罗成，让人家越帮越忙，罗成帮的勒个忙，当然是与小鸟有着直接关系。

刘太白肯定不依叫（不服），在心里头要板旋儿（反起来），想当年，他可是个天不怕地不怕的人，因为天不怕，地不怕，才有了他今天人在矮檐下，才有了他人生中的几次教训。

第一次教训是那年冒冒失失地去动村里的那个女人，没搞成，没有吃上羊鱼鲜肉整得一身腥，获得的回报是去劳动教育改造三年；第二次是花200元钱买了一支猎枪来耍。男人嘛，哪个不喜欢枪，尽管那支枪是个破烂，买得很贵，他还是买了。那年头200元钱不是小数，相当于一个县团级干部一个月的工资。他却不管不顾，买得那么决然，一手交钱，一手交货，没有丝毫犹豫。买了才晓得，那枪使用起来非常复杂，要办持枪证，要到公安局登记备案。枪太长，携带不方便，无法收拾。虽然当时没有机会使用，但还是咒骂了几天几夜卖枪的人不地道，是扯狗儿弹琴诓人。心里有想法，不烫热，还爱不释手，成天手不离枪，睡觉都要紧靠在身边。枪是管制物品，但并不影响他的喜欢，只要不惹事，哪个愿意咸吃萝卜淡操心来多事。他钻了个人们自保的心理空子，常常一个人跑到少有人烟的山上，把枪拿出来擦拭，练练瞄准，展现几个握枪、射击的姿势，嘴里发一发轰轰的声音，打打精神牙祭。

有人约他去武汉打工挣钱，因为不想猎枪太孤独，也不想放过挣钱的机会，便没有与那人同行，而是一个人单独前往。

他从乡下上公交，到恭州沙坝区待了一夜一天，才选择了从恭州南站上火车，因为这趟车晚上行进，比较安全，查票的也马虎。他倒不是想逃票，买的是没打折的满票，全程票，主要怕随身携带的猎枪被查出来，他把枪用布袋套着放在行李架上的编织袋内。

从上车开始，逗不敢马虎，睡觉都睁着一只眼，时时盯着行李架。还好，一夜一天的火车，居然没有人查行李，也没谁来查票。

怀着侥幸的心理，他等待着。其实也不叫啥子侥幸，因为事实摆在那里，还有两个小时，逗到武昌了，此时此刻，那支猎枪还乖乖地躺在编织袋里睡大觉哩，没与任何人见面。所以，他高兴啊，内心默默地唱着："胜利在向你招手，曙光在前头。"勒个"前头"逗是这个行程只剩两个小时。接下来，是等待，勒两个小时的车程比一夜一天的时间还要长。慢车走得太慢，太慢，勒是心理作用，火车并没减速，也不可能为他一个人减速。他有勒样的感觉是因为他急于想让猎枪下车。

火车终于进站，从行李架上拿下编织袋背在背上，随着人群下车，向火车站大门走去，排着队亦步亦趋来到铁栅门前，正要拐进铁管隔成的通道，他的心慢慢松弛下来。前面一个人停下来，在身上摸索了一会儿，他迈不开堵路的人。就在这时，一位路警伸开右手指着高喊："那位穿深蓝布衣服的哥子，你过来一哈（下）。"

他穿的逗是深蓝布衣服，晓得警官是在喊自己，却装着打耳边风，没有听见，没过去。不过去有他的道理，那个年代，穿深蓝布衣服的人在一列火车出站时，绝对不止他一个，凭啥子要过去，前面的人起步了，他继续往前走。

"请那位穿深蓝布衣服，背绿色编织袋的哥子过来一哈。"他还是没过去，路警过来了，向前几步，边走边喊。穿深蓝布衣服，背绿色编织袋，分明是指名道姓了。他才没勒么哈（傻）呢，你叫过切逗切了吗？不可能！自顾自地往前走。大约还有四五米逗进入铁管通道了。只要进入铁管通道，亮票出门逗万事大吉。现在的人，只要不动手，动嘴的事，完全可以不理，谁愿意无事找事？哪有那么认真，哪能认真到说一不二？

他想错了，一般人可能有他同样的思维，但警察叫他，他不去，勒是对警察的藐视，是对法律的不尊重，让警察失去尊严，警察能拉得下勒个面子吗？并且人家还主动给你做出了示范，向前走了几步，连哑巴都能看得出是向他示意，他假装自己暴眼（眼神不好），没看到。

刘太白失算了，那位路警跟他较上了劲，直接从旁边穿进行走的人群，把他从人流中拉出来。"叫你呢，为么子莫有（为什么没有，武汉方言）听到？"警察用典型的武汉腔问他。

刘太白没办法了，只得认命，一边随着警察往人群外走，一面佯装不解地道："叫的是我呀？我还以为叫的是别个呢。"逗勒么一句，也不争辩，留点口水养牙巴（下巴），听天由命吧。

警察并不回答，把他拉到警察扎堆的地方说："把编织袋放下，接受检查。"

他抬头望望，勒个地方树了块牌子"武昌火车站安全检查站"。他向人流看了看，并不是每一个出站的人都要接受检查，是随机抽查，勒下子他内心感到了压力和恐慌，只怪自己点子太低，撞到枪口上了。

结果，很简单，依法行事，因"私带枪支罪"，猎枪被没收，还被武汉铁路公安局判了两年劳动教养，送到祖国大西北新疆劳教工场南疆分场采矿。

日子肯定不好过，冬天太冷，夏天太热，早上五点半钟天逗亮了，晚上八点半还没黑。南北差异大，吃饭睡觉，各方面都不习惯，不习惯也没有办法，自己是犯罪受法律制裁，来接受劳动教养，不是旅游。劳教的具体课程是采矿，粉尘铺天盖地，每天整得花眉日眼（不干净），灰入嘴里，涩得难受。石头疙瘩比胳膊腿儿坚硬得多，稍有不注意，逗被碰得青一块紫一块，花儿麻踏（脏兮兮的）痛得钻心。干活稍不如意还会遭到狱警"弯酸（找茬）"，脚踔到（脚崴）了，他都没敢吱声，逗是为了挣"表现"。没办法，只好一天一天地熬，没捞上立功减刑，凭他那个样子，南疆劳教工场荒无人烟，也不可能有立功受奖的资源，终于熬过了整整两年，被释放。

第三个天不怕地不怕的教训是在跑大货车的时候，别人开个5吨的货车最多装到7吨逗算超标了，刘太白开5吨货车却装10吨砂煤。原先，他与煤检站说好每月给2 000元，不再卡检，一了百了畅通无阻。几个月下来，双方履约，检票员没说啥子盐咸醋酸，逗那么过去了。

后来，收费站换了领导，原本新官是该理旧事的，但这次碰到个例外，新领导不理前任的茬,要求检票人员从新任之日起,重新收超载车的过路费。勒可以理解,前任领导把钱收走了,新领导没捞到好处,接手一个"空壳",当然没意思啦。

对于刘太白之类的司机,勒逗是交双份钱。"通关钱"本来逗不该收,是黑钱,过去收了,司机也得到好处,逗算了,换一个人还要加收"通关钱",黑上加黑,不合理。其实也逗多"孝敬"一个月,其他人忍了。

刘太白忍不下勒口气,"不知趣",与收费站人员大吵大闹。最后虽然"出了气",获得那群司机叫好,但大货车被"执法"人员没收了,吃亏的是他自己。

有过几次达扑爬(摔跤)、翻羊角转儿(翻跟斗)的教训,现在他没过去那么天棒(做事不靠谱)了。

有人夸他胆子大,像个当过兵的人,其实枪打出头鸟,让他"总是受伤害"。

那些年辰,他还真想当兵吃皇粮,然而他没那个命。体检时大部分项目都过关,没问题,他得意极了。铁打的身体,吃五谷杂粮、新鲜蔬菜长大,不缺营不缺养,是他的福分,也是老天给的造化。

但是,中国人开始说了好的,逗怕转折,话锋一转,问题来了,一说"但是"逗不会有好事。对刘太白体检当兵勒事儿还只能说"但是"。但是,体检中有一个项目,他怎么也钻不过那个圈,逗是测血压,他的血压高,高得出奇。开始以为是紧张,招兵的医生换位思考,向着他,为他出谋划策。第一次测下来,血压超过正常指标,医生让他休息1小时,再测,还是高;让他敷湿毛巾休息两个小时,再测,还是高;又叫他喝醋休息,再测,仍然高。医生让他不要紧张,他答应着,后来问他名字,他说"我叫不紧张",整整折腾了一天,好在他是上午体检的,否则不可能给他那么多时间。结果10多个小时过去了,许多在别人身上屡见奇效的方法,都给他用过,逗是不管用,血压下不来,最终体检单的结论是:高血压病。

勒逗匪夷所思了,他刘太白祖宗八辈都是社会底层人士,哪能得那样的"富贵病",接兵部队不听他申辩,当兵与他擦肩而过。

勒件事不能怪别人，医生做到了仁至义尽，以人为本，与人为善，是他自己身体不争气，不讲"仁"本，让他出"恶"，而且信马由缰。

"三满儿——把钟桂花'亲'哥带到厨房跟大厨见面！"罗成朝着工棚外大吼一声，他特地把亲哥的"亲"字吼得很重，以炫耀他与小鸟非同一般的关系。

一个胖乎乎的年轻人满脸堆笑地从门外进来，左手提着个蓝色塑胶文件夹，他是罗成的秘书，叫刘三满。

三满热情地说："钟哥，我带你去！"还做了个邀请的姿势。难怪他能做秘书，你看勒小子多会来事，一见面逗那么亲切，没架子，一副好心肠，是一个办事放心的人。

小鸟与刘太白不约而同，不由自主地向罗成欠了欠身子："谢谢罗总，我们先去！"转身随三满儿出门。

"桂花儿，你留下。"罗成亲切地叫了声，那声音不大，透着温柔。

刘太白不觉一惊，我的先人板板，勒个信息，给他的第一感觉是两人留下来会不会旧情复燃，会不会要那个，要做一次吧？

他两眼下意识地迅速在屋子里扫了一遍，没发现床，沙发倒有几个，是单人的座椅，没有能睡人的双人沙发，不过他还是不放心，做那事的姿势是多种多样的，不一定要规规矩矩睡着有板有眼地做。

他看勒个"办公室"是工棚，窗户没有窗帘，从外向里会看得真真切切，他放心了，即便罗成有那个心，也没那个胆，他毕竟是"公众人物"，是"领导"，光天化日之下糟蹋良家妇女是会被人诟病的，即使旧情复燃，最多抱着小鸟啃几口，不可能有实质性进出的"内容"。逗是有实质性内容，他也只能干瞪眼。知己知彼，将心比心，要是刘太白也是不会放过这个机会的。此时他最需要的是一个安身立命的工作，生存是第一位的，其他事还顾得上吗？逗是能顾上也由不得他，主动权掌握在别人手里，他只能被动接受。唉，受恩深处宜先退，得意浓时便可休，算了，计较个啥子哟！

刘太白马起脸（板着脸），把脑壳啄得低低的，生怕罗成看出他的不满，唉，心有余力不足啊，既不情愿也无可奈何，独自跟着三满儿出了办公室。

小鸟已经迈出的左脚，不得不迟疑起来，很不情愿地收了回去，嘴里只得说："哥，你先去，我在罗总勒儿待会儿，哈哈儿（马上）逗来。"算是给刘太白打个招呼。老实说，她也不晓得接下来会发生啥子事，她开始打王逛，此时还不敢扯拐（闹意气）。

工地的厨房还算大气，有个正儿八经的饭厅，虽然也是用塑钢板材搭建的工棚式房子，但毕竟是独立的专门用作工人吃饭的厅堂。三满儿带着刘太白穿过饭厅来到操作间，一个五尺男儿正在用大铁铲向锅里搅米，操作间里，还有两个妇女在择青菜。

"黄师傅，罗总给你派了个帮厨的，你要善待哟，是罗总相好的亲哥！"三满儿的话让人听起来自带笑意，刘太白听来特别刺耳。两个妇女抬头向三满儿给了个怪脸，顺便打量太白，之后又埋头择菜，不晓得她俩此时心头在想啥子。

三满儿勒话让刘太白非常不爽，但语气明显有与他套近乎的意思，是为他好，是想让黄师傅能有个更好的第一印象，让黄师傅也像罗总一样能照顾他。

五尺男儿从灶台转过身来："是满儿啊，欢迎，欢迎，难得罗总关心我，让我为他的熟人服务！"边说边把铁铲又搅了几下，扣上大木锅盖。

三满儿逗是会说话，那么一句，让黄师傅愉快地接了招，勒不得不让刘太白对罗成身边的人刮目相看，说明罗成是有两把刷子的。跟好人学好人，跟着端公学跳神，三满儿能出落得今天这样，一定是和罗成在一起耳濡目染的结果。

"人交给你了，我先走一步，罗总那儿正忙呢，找不到我多不好意思。"又告诉刘太白："师傅姓黄，你今后叫他黄师傅好了，很有本事，人不错。"说完逗走了。勒三满硬是会说话，无意中的实话，听来谁都舒服。

刘太白对"罗总那儿正忙"特别上心，难道勒罗成事前已与小秘书说好了，勒阵子会不会把小鸟送上车到城里开房颠鸾倒凤，或者到郊外"车震"，让小秘书回去坐守办公室应付公务？

他内心虽然想着勒些乱七八糟的事，嘴里却蹦出："三满儿，谢谢啊，你走好，谢谢啊！"他学着罗成的语气也叫三满儿。

"汪嫂，你给我看看火候，我带新来的师傅熟悉熟悉。"黄师傅一边走下灶台一边对里面一个择菜的妇女说。

"好呢，去吧！"一个女声响起。

黄师傅来到刘太白面前，一边在围腰上擦手，一边笑盈盈地问："哪儿人？"

"恭州的。"

"真的吗？我也是恭州的，恭州千川人，咱俩是老乡呢！"久旱逢甘雨，他乡遇故知，洞房花烛夜，金榜题名时。这是人生中四大幸事，在天远地远的外地，黄师傅践行了"四幸"之一，当然高兴。这里风调雨顺，不存在久旱逢甘雨；洞房花烛夜，在大白天黄师傅捞不上；金榜题名时，一个工地上做饭的师傅也不敢恭维；但他乡遇故知，却是实实在在发生在眼前的事情，他怎么会不高兴呢。

刘太白也高兴了："还真是他乡遇故知，老乡见老乡，两眼泪汪汪，我激动啊，你要好好教我哟！你们老总把我交给你逗是跟师学艺，学技术，我应该叫你黄老师！"他把自己的身架放得低低的，用甜言蜜语来赶走心中那分不快，何况黄老师勒里是自己的栖身之地，是他在当今除家之外唯一立锥之处，除此之外没有退路。

"你莫表扬了，客气个啥子嘛。"黄师傅把刚才的普通话改成了恭州话，两人的距离一下子逗拉得更近了。

他们来到饭厅，从勒个角度望过去，饭厅真气派，可以同时容纳两三百人就餐，淡蓝色的塑钢连体桌椅，整整齐齐地排列，很有气势。地板上虽然油渍团团，表面却打扫得比较干净，一看逗会想到是两位择菜妇女的丰功伟绩。

黄师傅自豪地说："我们勒儿每餐有200多人吃饭。"

刘太白听明白了，勒个工地起码有200多人。

"哦，200多人，勒么多，开饭时够忙，够闹热吧？"刘太白复述着。

"还好，习惯了。罗总说，我们要建和谐工地，和谐工地主要看我们食堂能不能让五湖四海、天南地北来打工的人吃饱吃好。我可不愿意背个坏名声，做冤大头，我一定要贡献最好的厨艺。"黄师傅自豪地说。

勒番话让谁都明白罗总的心意，笼络人心，小恩小惠，获取最大效益。老板逗是为了赚钱，要让马儿跑，必须丢给马儿一把草。马儿吃的是草，拉的是车，车上装的是进入老板腰包的人民币。

"哦，是勒个样子。"刘太白喃喃自语。

"要做到勒一点可不容易，东北人、西北人、东南人、西南人习惯不一样，人上一百，形形色色，众口难调，做起来是很难的。"黄师傅说。

"不逗吃个伙食饱个肚子嘛，朗个逗不一样？"刘太白好奇地问。

当然不一样咯。比如说，东北人，并不只指东北辽宁、吉林、黑龙江三省的居民，"东北人"勒一概念是指世居和定居在东北勒片黑土地上的一切人，是出生和成长在东北大地的中国人。东北现象与它独特的历史、风俗习惯以及语言统一，关内与关外形成鲜明对比。

东北人因地理历史原因，铸造了豁达、豪放、刚毅、勇敢的性格。

所以，东北菜咸甜分明，用料广泛，火候足，滋味浓郁，酥烂香脆。在烹调方法上，以熘、爆、扒、炸、烧、蒸、炖见长，以炖、酱、烤为主要。东北菜，不拘泥于细节，大大咧咧，粗糙自然，原生态，逗跟东北人的气质一样。

东北菜在做法上融合了一些宫廷菜点和汉族饮食的长处，利用东北特产原料和纯绿色食品，许多菜肴表现出透而不老、嫩而不生、烂而不化或者外酥内烂、外脆里嫩的特征，口味醇厚香浓，菜肴丰富实惠。

黄师傅娓娓道来，如数家珍。看来，他是有几扳手儿的，不是一般人物，一般人物闯深圳是很困难的。

"还有勒等讲究啊，那西北人呢？"刘太白听得惊奇了，像小学生一样地发问。

西北人做事讲究气势、洒脱和不屈，有如戈壁滩般宽广，像黄河水一样一泻千里。西北人用胸腔的共鸣来表达自己，每句话的前面都要加个"啊"，在后面要缀个"嘛"，"是嘛"，"对嘛"。

大西北的辽阔是黄土地与蓝天，大漠落日，不是喧嚣的尘世，色调、景物、声音比较单调，很多东西是历史凝重不易改变的，逗像西北人本身。在艰苦的环境中，人们是用音乐排解心中的苦闷，用歌声表达自己不能随便告于他人的情感，所以，陕北民歌才会那么悠远、绵长，《走西口》才会让人肝肠寸断。

坦然和潇洒的宁夏人喝酒划拳时唱出的口令彰显着大气：酒嘛水嘛喝嘛，钱嘛纸嘛花嘛。算是让人增长见识。

西北菜讲究"三突出"。一是主料突出：以牛羊肉为主，以山珍野味为辅；二是主味突出：一个菜肴所用的调料虽多，但主味只有一个，酸、辣、苦、甜、咸只有最出头的味，其他味从属主味，没有混作一团分不出高下的味；三是香味突出：除多用香菜作配料外，还常选干辣椒、陈醋和花椒。干辣椒经油烹后拣出，是一种香辣，辣而不烈。醋经油烹，酸味减弱，香味增加。花椒经油烹，麻味减少，椒香味增加，选用勒些调料的目的，并不是为了辣、酸、麻，而是取其香。

西北最霸道的要算兰州风味牛肉拉面。黄师傅一本正经地介绍。

"那西南人呢？"刘太白被黄师傅的"煮饭"学问迷住了，听得津津有味，不断发问。

"西南包括四省市：恭州、蜀中、黔筑、云西。西南菜以川菜为代表，川菜分上帮、下帮和小帮菜系。

"上帮菜是以金沙江、岷江流域为主的菜系，主要特点是亲民平和，相对清淡，调味丰富，多为传统菜品。

"上帮菜被誉为川菜之王,名厨在清宫御膳房创制的高级清汤菜,常常用于比喻厨师厨艺最高等级的'开水白菜'便是川菜登峰造极的菜式。老成都公馆菜也是川菜中清淡高档菜的代表,'一菜一格,百菜百味',代表菜有香橙虫草鸭、醪糟红烧肉、刘公雅鱼等。著名菜品还有回锅肉、麻婆豆腐、盐烧白、宫保鸡丁、川式粉蒸肉、夫妻肺片、青城山白果炖鸡、蒜泥白肉、蚂蚁上树、锅巴肉片、灵雾鸡片、烧白(分甜咸两种)、白油豆腐、鱼香系列(分肉丝和茄子两类)、盐煎肉、鳝段粉丝、干煸鳝片、东坡肘子、酸辣鸭血、清蒸江团、东坡墨鱼、西坝豆腐、跷脚牛肉、简阳羊肉汤、魔芋系列(分雪魔芋和魔芋烧鸭)、干烧鳜鱼、干烧岩鲤、雅安雅鱼全席宴等,上帮火锅有冷锅鱼、串串香、盆盆鸡,干锅有盆盆虾等。

"小吃也是川菜的重要组成部分。以川西坝子为中心,诸如蜀中泡菜系列和伤心凉粉、川北凉粉;川北米粉分为绵阳米粉和绵竹羊肉粉;红薯粉系列分酸辣粉和肥肠粉;锅盔系列分卤肉锅盔和肺片锅盔等;豆花系列分泉水豆花、谭豆花、牛肉豆花、徼子豆花、冰醉豆花、酸辣豆花;面食系列分担担面和香辣牛肉面,以及川式香肠、青城山老腊肉、银鱼烘蛋、蛋烘糕、黄粑、叶儿粑、三大炮、丁丁糖、冒菜、泡椒凤爪、冷锅串串、盐边牛肉、乐山甜皮鸭/彭山甜皮鸭、盐包蛋、棒棒鸡、怪味鸡块、青椒鸡、百味鸡、钵钵鸡、九味鸡、盐水鸭、樟茶鸭、红星兔丁、陈皮兔丁、怪味兔头等。以创始人姓氏命名的有龙抄手、赖汤圆、吴抄手、钟水饺、老麻抄手、韩包子、蒋排骨、温府豆汤饭、广汉缠丝兔、老妈蹄花等。

"火锅是川菜的一个重要分支,在川菜各派系中均各有特色火锅,上帮口味温和,火锅主要为鸳鸯火锅、清油火锅、梭边鱼火锅,正宗的火锅以恭州为基。

"川菜的第二个菜系是小帮菜,又叫盐帮菜,以长江及周边地区为主。其特点是大气、怪异、高端。

"盐帮菜分为盐商菜、盐工菜、会馆菜三大菜系,以辛辣味、麻辣味、甜酸味为类别。盐帮菜具有味重、味厚、味丰的鲜明特色，最注重、最讲究调味，除具备川菜'百菜百味、烹调方法多'的传统外，更具'辣鲜刺激、味厚香浓'的特点。盐帮菜善用辣椒、花椒和生姜，选材精到，料广量重，煸、煎、炒、烧自成一体，炖、煮、熘、炸各有章法，尤其擅于水煮与活渡，形成了区别于其他菜系的鲜明品位和风味。在盐帮菜的嬗变和演进中，积淀了大批知名菜品，其中一些菜品纳入川菜大系，摆上了异地餐桌。

"川菜的第三个菜系是下帮菜，以渠江、涪江流域为中心，以用料大胆、花样翻新迅速、不拘泥于材料、大方粗犷而著称。代表作品有毛血旺、水煮肉片、酸菜鱼、口水鸡、干菜炖烧系列、豆瓣虾、辣子田螺、辣子肥肠、芋儿鸡、香辣贝、烧鸡公、泉水鸡、啤酒鸭、灯影牛肉、张飞牛肉等。"

黄师傅一口气说了勒么多，吐字清楚，条理分明，表述准确，没有重复，惊得刘太白圆瞪着牛卵子一样的眼睛，张着嘴半天无法闭合，他原有的那一点点自尊，在这里显得多么微不足道，彻底瓢了。

真是叶有千种绿，花有百样红，秋来满山多秀色，春来无处不花香，"哦！风俗习惯不同，口味不同。我们该朗个协调，怎样才能做到和谐？"刘太白有些心虚地问。

"勒个简单，罗总说了，每天晚上煮一个菜系，比如第一天是东北菜，第二天是西北菜，第三天是川菜。隔三岔五花样翻新。罗总把它叫作'团结菜'，有了团结，勒不逗自然和谐了吗？"黄师傅颇为幽默地说。

"哦，是勒样。"刘太白似懂非懂。在他想来，勒应该是一道世界级难题，任何人都不好把控。勒道难题在罗成的思想意识里，在黄师傅的嘴里那么轻松，那么微不足道，举重若轻。他算明白了，做事的底气从何而来，从学识中来，学识从何而来，从学习中来，勒下子才真领会了当年老爹、老师强调多读书的真正含义。

他现在清楚了，罗成为啥子会买小鸟的面子，为啥子能收留他，为啥子能当老总，是因为他在研究人，他在建设和谐。建设和谐逗可以收买人心，一人一般心，有钱难买针。收买人心别人逗拥护他，万众一条心逗能打得赢，拥护他逗能干事，干成事，干成大事。凡人不可貌相，海水不可斗量。别的不说，他能网住黄师傅勒样既有学术理论，又有实际经验的人才做大厨，并且是做公共大厨，煮大锅饭，炒大锅菜，本身逗不是一般人能够办得到的。罗成应该是个有情有义的纯"爷们"，是个柯得平（放置平衡）善于处理问题的人，像勒样的人还会有啥歪歪肠子，明知朋友妻不可欺，他能大逆不道，冒天下之大不韪吗？求人须求大丈夫，济人须济急时无，罗成算得上大丈夫。

听得出来，黄师傅绝不是吹垮垮的人。后来他才晓得黄师傅是老牌餐饮学校出身的毕业生，来深圳是一时半会儿没找到合适的工作，被罗成暂时收为"御厨"的。万事不由人计较，一生都是命安排。黄师傅在此暂"栖身"，是在等待改变他命运的时机，厚积薄发，早晚有一天会有他的用武之地，这就叫"腹有诗书气自华"，好事不在慌忙，耐心等待，一定会实现目标。深圳真正是一个藏龙卧虎的地方。

刘太白意识到自己是捞起半节逗开跑（不明就里），原打算今晚回到出租屋，要好生问一问小鸟，在他离开那段时间与罗成干了些啥子，现在想来完全没得勒个必要了，那样做会弄巧成拙，把问题搞复杂了自己难受。

在深圳刚刚安顿下来，还没来得及在工地食堂帮厨中施展身手，刘太白逗接到家里传来的信息，他敬重的老父亲患脑溢血送医院了，命在旦夕。千经万典，孝义为先，这是做人的本分，他决定回老家探望父亲。

费了那么大的功夫好不容易找到个落脚的地方，脚板还没踩热，逗要拔寨而去，而且还要把小鸟留下，勒事还由不得他，是心在指挥。看来，深圳不是他待的地方，不管多么难舍也只能舍，只能三步一回头地放弃。

人算不如天算，天算不如眼前。

第二十一章

破获刘海军勒样的特大抢劫杀人犯罪团伙，通过媒体渲染，对公安机关是激励，对人民群众是振奋，产生了巨大的社会影响，同时震慑了犯罪嫌疑人，迫使他在高压传递之下收手，不敢过分嚣张，过分招摇。但这只是好心人的一厢情愿，万万没想到，犯罪嫌疑人利用公安机关为民除害后短暂的社会稳定和人民群众中的麻痹心理，又开始猖狂作案，勒逗是人们通常所说的越不想来到的，来得越快，甚至是疾风暴雨，说来逗来，说走逗走，无暇防备。这次犯罪嫌疑人作案的地点是故陵。

吕凌霄与郑怀舒还没从破获刘海军案的紧张战斗中喘过气来，就接到故陵区公安分局向市局刑警总队通报的一起近期抢劫杀人的噩耗，犯罪嫌疑人作案的方式与"4·22"恭州系列抢劫杀人案惊人的相似，用"五四式"军用手枪杀人，没有留下弹壳。吕凌霄的哲学思维泛上心头：舌尖尝得出的是味道，舌尖尝不出的是胃口。"4·22"案这小子的胃口重呢，还没收手，沉默消停了几个月，又沉渣泛起。

转眼逗到了第二年5月，这案子……唉，当然不能说完全没有进展，完全没有收获，在调查"4·22"案过程中拔出萝卜带出泥，破获了好多个过去悬而未决的陈年大案，这是功劳，是政绩，这不叫种别人的田，荒自己的地，而是实实在在种自己的田，种自己的地，起到了引蛇出洞的目的，现在的关键是如何在安全稳妥的前提下引出毒蛇，围剿歼灭。本案应该已经接近案底了，但犯罪嫌疑人还在作案，还在威胁着人民群众的安危，是狐狸在做最后的挣扎。换句话说，他们在外围的搜捕见到成效，把犯罪嫌疑人赶进了圈子，现在是把主要的精力放回到"4·22"案子的关键时刻了，这逗是恭州、阳山、千川这条线。

故陵是恭州远郊的一个行政区，因巴国王陵群居而得名。春秋战国时期曾为巴国国都，秦昭王三十年（前277年）置县，是恭州境内最早的县。这是一个很有历史底蕴的地方，此后一直为州、郡、专区、地区、地级市所在地。

故陵区有特产榨菜、红心萝卜、油醪糟等，名胜景点有水下博物馆白鹤梁、武陵山大裂谷、白鹤森林公园、大木花谷、816核工程等，是一座生态城市和休闲旅游观光城市。

故陵警方这次做得很老到，固化了"4·22"案以来犯罪嫌疑人重复出现的所有特征，抓住了狐狸的尾巴，拍摄到了一些犯罪嫌疑人的录像，此人：男性，30多岁，身高1.75米左右，留平头，皮肤较黑，走路呈外八字；会讲蜀中话和不标准的普通话，性格孤僻，沉默少语，独来独往，不喜欢与人交流；有早起习惯；作案前喜欢周密踩点，事前"蹲守"，并计划好逃跑线路和落脚地点；喜欢戴白色棒球帽，戴墨镜，着深色上衣，有将上衣扎入裤腰，下穿深色裤子和黑色皮鞋的习惯，本次案件新抓到的镜头仍戴有帽子。不过，不一定是白色棒球帽，有时是旅游帽，有时普通无檐单帽。用墨镜、口罩等伪装。走路时手甩动的幅度较大，站立时腰板挺直，有抖脚、背手的习惯。作案时动作果断坚决，手段特别凶残，逃跑时从容不迫，反侦查能力极强，这些特征看官一定都已印象深刻。勒就对了，老百姓的火眼金睛已经看出端倪，公安还有啥子理由不把它并案。

恭州市公安局连夜研究故陵的案情并作出决定，这起案子与"4·22"案有那么多显著的相似之处，并案侦破已经有了相当的把握。事情到了这个程度，上报公安部作为"部挂"案件通报全国。

故陵警方按公安部和市局要求，把掌握到的情况制作成布告，及时张贴到全城大街小巷，并在社区的电子屏上公布了几段视频录像。

追捕"平头男"，对外公开的名字是"陈贡开"，还附有照片但不是正面照。勒是向犯罪嫌疑人虚晃一枪，有意制造的一个谜团，转移视线从而引蛇出洞。故陵方面掌握的几段视频，能基本判断犯罪嫌疑人逗是那个在阳山案中"蓄平头"的男性。凭着勒条突破性线索延伸，这个案子的确已经万事俱备只欠东风。

吕凌霄小组除李海虎外其他人员都来了。吕凌霄与郑怀舒自不待说，刘春生来了，小幸、小安也来了。吕凌霄对小组人员进行了分工，小安负责调取故陵警方的相关资料，跑机动；刘春生带着小幸负责实地复查踏勘；郑怀舒负责阅读已有材料作出初步分析，作案情文字；他本人负责与相关方面协调联系，留守或叫坐镇指挥。

说实话，故陵警方的实力是很强的。近年来，大凡到故陵作案或逃逸而来的犯罪嫌疑人，基本上都被收入法网。前些年勒个地区也发生过几起抢劫银行取款人的案件，故陵警方都在很短的时间内迅速破案。勒起案子是因为具有一些特殊性，犯罪嫌疑人作恶多端，犯下恭州系列案件，不仅情节严重，性质恶劣，影响极坏，而且具有很强的反刑侦能力，加大了警方搜捕工作的难度。所以故陵警方遵照市公安局指示，请来了"4·22"行动组成员协同作战。

吕凌霄行动组查阅了案卷。勒起案子发生在5月5日上午10点左右，地点在套塘小区南门街道22号白象路农业银行附近。当天天气炎热，当时两名同一单位男子到银行4号窗口取出20万元现金，其中一名留在银行办理其他业务，另一名男子提着装钱纸袋出门准备上车等待同伴。他们乘的是一辆黑色蒙迪欧轿车，车停在银行前面车场，离银行大门30米左右。携款人走到车前，一名与他年纪差不多的人贴身跟了上去。携款人掏出钥匙开车门时，跟贴的那人掏出枪对其头部扣动了扳机，一枪毙命，凶手一把抢过装钱的纸袋逃离现场。

经初步调查，死者程某，故陵江宁镇人，33岁，是江浙省某建材公司驻故陵办事处的出纳。

案发后，故陵警方作了大量卓有成效的工作，执行"关城门"方案，全城搜捕"平头男"。全区警界跨区域、跨警种协同配合执行作战任务，所有警员包括文职人员都出动。按惯例每年"五一"节小长假后，警方都会补休，今年被这个犯罪嫌疑人一闹腾，警方不得不放弃休假，全员上岗保障维护城市安全。犯罪嫌疑人给市民造成了巨大的心理阴影，压得警方喘不过气来。

围剿犯罪嫌疑人，恭州警方出动了直升机增援，从空中向地面搜寻，故陵警方在地铁、长途汽车站、火车站、码头、出关处、横穿长江的三座大桥和过江隧道路口以及通往周边各城市的公路收费站和关卡设岗排查，迅速对目击者提供的犯罪嫌疑人有可能乘坐的一辆客车在二桥收费站进行了拦截盘查，但未发现可疑情况。排查和搜捕工作一直在继续。故陵警方负责人通过媒体向社会承诺，只要一天没有抓住"5·5"案嫌疑人，逗不会撤警，不会放松警惕。

到故陵的第三天晚上，吕凌霄主持召开案情分析会，在一个非常正规的会议室，会议桌上摆好了投影仪，行动小组的同志在大班桌的两边依次坐下，外围一圈坐满了故陵的干警，案情分析主要以行动小组的同志为主，其他同志听会。

吕凌霄先来了个简单明了的"开场白"："勒几天大家分头行动，手里都有些线索，今晚我们一起来梳理梳理，哪个先说？"

郑怀舒第一个发言说："从现有资料分析来看，犯罪嫌疑人作案有地域特点，选择的城市，无论是恭州、阳山、千川，还是故陵，都是大城市，而且都有江水作为屏障，比如恭州、千川是横跨长江两岸的城市，故陵、阳山也是在长江边上。而且作案地点往往在高架桥周边或地下通道等有障碍物，交通复杂又便于逃跑的地方。作案前，多数时候乘公交车，在距离案发现场有一段距离的地方下车，步行到现场。"她这一番全"干货"的发言，是在引导今天的主题,让大家直接说事,不要穿靴戴帽说些空话套话。

刘春生接过话头说:"事发地点离长江很近,从作案地点、杀害对象、可能逃跑的路线来分析,犯罪嫌疑人从上次在千川作案到勒次作案,相隔了半年没有露头,勒段时间他上哪里去了?"刘春生提出了一个问题,把大家的注意力全部集中到他的话题上来思考。老同志发言逗是不一样,很有水平,能抓住人心。但他没有让其他同志回答,而是自问自答。他说:"有可能隐藏在长江中的某一条船上,有可能犯罪嫌疑人本身逗是跑船运建材的,与建筑公司之间有业务往来,被害人取钱的事,是他在无意中听到或对建筑公司的用钱规律早有掌握,案发后骑电瓶车或自行车等轻便交通工具去到江边,被同伙接应,将电瓶车或自行车推上船,在船舱中藏匿转移,使警方的路、空、铁、水天罗地网管制检查都无用武之地。犯罪嫌疑人抢劫后从容镇定,会不会有当过兵的经历?"他勒种近乎童话般的猜想,为的是不让大家活跃的思路受到阻碍,希望充分地放开思路,发挥想象力。

刘春生每每发言都是站在接触案件的"外行"角度,抛开一切表象和已知线索,主动提出大胆设想,为的是不阻塞言路,让同事们打开丰富多彩的思维空间,然后感染其他人的灵感从中受到启发。他以郑怀舒发言的内容为引子,又提出了自己的猜想。勒是当年在学校时老师们再三强调的发言方式。勒么多年了,他一直坚持把它用在具体的案件当中。当然,勒种方式不一定适合每一个案子,但能放开视野,展开丰富的想象,有时的确能够另辟蹊径收到找到突破口的效果。

吕凌霄说:"犯罪嫌疑人毕竟是个老手,反侦查能力强,逃亡经验丰富,每次案发后可以在相对的一个时间期限中隐蔽不出,给侦查带来很大困难。勒一次他又是利用人们在'五一'节后比较松懈的心理,这家伙是一个颇有心计的'惯嫌'。"勒是他的风格,在案情分析会上不停地提醒大家想深、想透、想具体,不放过细节,举轻若重,充分估计工作难度,也是刑事警察的特点。

故陵警方曾经猜测,犯罪嫌疑人有可能是"5·5"案发前半个月左右潜入到本区的，并且在之前踩过点，据他们去年12月中下旬捕捉到的录像显示：当时，嫌疑人着一身黑衣，在故陵街头游走，根本没人认识他。尽管他在恭州、阳山、千川等地多次持枪抢劫，血债累累，但因侦查效果有限，直到故陵作案前，犯罪嫌疑人的身份信息都还没完全暴露，对广大公众甚至公安机关来说，都是一个时隐时现的谜。勒给全国各地警方进行社会层面防控带来很大困难。在那样的情况下，即便某一天他大摇大摆出现在光天化日之下，也没人会意识到，一个杀人恶魔正混迹其间，或者逗在身边。他到达故陵后未引起旁人的特别注意，是最能说明问题的事实支撑，结果让他钻了空子，勒是他的最大优势。

因为凶手身份不明，故陵"5·5"案发生后，网友们称凶手为"平头男"。

故陵警方采取了一个看似很笨的办法全力侦查"平头男"的身份和行动轨迹，抽调数千民警，调取了案发前后全市社会各个层面所有能够拿到的监控录像，根据案发时及案发后犯罪嫌疑人逃跑的体貌和形态特征，一个画面一个画面地甄别、查找，最终从一段视频中截取到他二次出现在故陵的录像。那时距"5·5"案发前10天左右。如同每天进出故陵的无数人一样，"平头男"也是一个不引人注意的匆匆过客或不为人识的路人。

吕凌霄轻声道："小安，放一段视频。"勒几天，小安的主要工作是从故陵警方借来一些可供参考的录像资料，进行研究分析。他按动手中的遥控器，头顶上正前方的墙缝里徐徐降下一个幕布来。

小安把视频打在幕布上解释说，案发当天故陵警方向媒体及市民公布了"5·5"持枪抢劫案犯罪嫌疑人的面部照片，之后没几天，警方通过官方微博及故陵电视台向外界首度披露了犯罪嫌疑人作案后逃跑的视频画面。勒段监控画面虽然仅仅7秒钟，但从侧面验证了犯罪嫌疑人具有极其高超的反侦查技能。

郑怀舒说："面对如此强劲的作案对手，故陵警方也悄然改变了过去惯用的破案方法，采用公安专门机关与人民群众相结合的侦查方式，在大街小巷贴满了'悬赏公告'，上面印有嫌疑人的照片。故陵的每一辆公交车，每一个公交站台，每一个住宅小区，每一家商铺的入口处，都在最醒目的地方张贴着'悬赏公告'。逗是在一些偏远的城乡接合部也是如此。逗是很少有人经过的路段，也差不多每隔三四十米逗能见到勒种'悬赏公告'，由此，对犯罪嫌疑人形成强大的心理压力。"

小幸提醒道："小安，先放犯罪嫌疑人在故陵南门街中国农业银行作案后逃跑的视频吧。"

小安应声"好的"，他调整了一下投影仪，作了快进处理，卡准一个画面，开始播放。

视频显示，犯罪嫌疑人作案后，从南门街中国农业银行门口沿着非机动车道反向往西，跑了一段，从一处位于坡道上的居民小区门口进入，之后向左拐弯。接下来的视频是行走在一段水泥路面上。仅从视频上看，无法弄清犯罪嫌疑人在案发后准确的逃跑路线。

勒段视频在时间上逗不拢（接不上），是经过剪辑后的有效画面，被剪掉的肯定是无法辨别的部分，勒一点公安干警们是可以理解的。

视频放完后，小幸说："根据视频显示的地段特征，郑姐带着我寻找现场，经过几趟来回探路，发现了疑似视频中居民小区的大门。"来到故陵后她与郑怀舒已经多次看过勒段视频，然后认真研究了故陵的公共安全专用地图，凭着感觉，在地图指导下，坐公交车去了预测的案发地，女人的感觉有时很厉害，一猜一个准，没办法，这是天意。因为她们是女人，着便装，又讲究工作方法，所以没有引起路人多大注意。

郑怀舒接过话茬儿说："从大门下的台阶拾级而上，我一抬头，逗看到了位于小区居民楼二楼的一个监控探头。上了坡进入大门后，我让小幸站在监控探头下方，面对小区大门，并将眼前的情景与手机中故陵警方公布的视频情景作比较，发现二者竟然一模一样，丝毫不差，我们从不同角度反复模拟了几次，没有发现不同。我们坚信，勒显然逗是我们要找的地方。犯罪嫌疑人是从勒个大门进入时，被小幸头顶上的勒个监控视频探头拍摄到的。"

小幸立即说："郑姐说得完全正确，勒个小区逗是南门街小区。"

郑怀舒让小安把视频又重放一下，突然喊了声"停"，录像定格在一个画面上。然后说："犯罪嫌疑人进入大门后，勒个画面显示，犯罪嫌疑人是向左拐的，勒在录像中显示不出来，勒是我们在模拟后得出的结论。我与小幸随即按照勒一短暂画面的提示，也选择了左拐，走了几米远，路尽头出现了个挂着'华康旅店'牌子的建筑，勒是一幢四楼一底楼房，大约是20世纪80年代修建的火砖房。此时，除了顺着'华康旅店'右转，无路可走，我们只能选择右转。右转后，是一条约25米长的窄巷子，勒条巷子确实窄，两人并肩而行，街中基本上不剩多少道路了。走完窄巷，又是一个右转弯，接着又是一条约28米长的窄巷，宽度和之前的那条巷子差不多。顺着围墙走到头，只有一个右转路口，我们转过去之后，一幅熟悉的景象立即迎面而来，勒不正是视频中犯罪嫌疑人边跑边回头张望的那处水泥路面嘛！中间的那些过程，视频录像没有捕捉到，我们反复观察窄巷子里面没有发现摄像头。"

刘春生道："小安，把视频调整定格到怀舒说的那个画面上。"

小安及时进行调整，因为整个录像的时段太短，在调整过程中，画面像"雨刮器"一样，一刮一刮地退到一个定格，显示为一处水泥路面。

吕凌霄马上说："对，逗是勒处水泥路面。"

小幸会心地微笑了一下。

郑怀舒继续说："顺着勒条大约22米长的水泥路走到头，我们发现，直行、左拐、右拐都可以逃跑。从三个方向的建筑物及道路情况看，我和小幸认为，选择左拐的可能性大些。因为左拐逗是南门街小区的南门，从此处出去，是道路纵横交错、人员复杂密集的小市街地区。再往外，逗是靠近长途汽车站和火车站以及长江大桥的豪陵门地区，而豪陵门，以交通复杂闻名。"她们的实际踏勘做足了功课，是用脑用心在做，让人满意。

"5·5"案件发生后，故陵警方调动了500多名经验丰富的民警，夜以继日搜取和查看、分析监控资料，发现犯罪嫌疑人在作案前不止一次到案发现场踩点、熟悉现场情况并规划逃跑路线，来回模拟过好多趟，进行了极为精心的设计。郑怀舒与小幸来回走过几次勒条线路后，也不胜感慨，勒条路对于逃跑者是控放自如的"康庄路"。对于追击者，是"明枪不易躲，暗箭更难防"的一条危险路。那么窄小的巷子，不怕有人看见吗？只要有人，逗会看得清清楚楚，但的确那都是些偏僻的背街小巷，平时基本没人。勒是一条出人意料的逃跑路线，是作案后逃跑的最佳路线，也是警方最不容易抓捕的路线。

原因很简单，南门街是一条百年老街，在现代化的大都市里相当于都市"城中村"，那里的房屋很多是出租给"打工族"，白天这些人外出求衣食去了，勒里成了一条空街，晚上打工的人才回来。显然，犯罪嫌疑人掌握了这些人早出晚归的规律。小街内弯弯曲曲的小巷被周边的林木遮挡，非常隐蔽，如果不是居住在小街或者熟悉小街周边的人，根本不易发现。其次，跑完勒段窄巷需要右转三次，万一有人追击，很容易在转弯时猝不及防地遭到犯罪嫌疑人突如其来的冷枪。可以说，犯罪嫌疑人设计勒样一条逃跑路线，用心是非常歹毒的。

故陵警方的同仁分析，犯罪嫌疑人潜入故陵是带着明显的作案目的，是奔着作案而来的。他先在城南租下一套普通房子，然后多次前往豪陵门周边的银行踩点，包括"5·5"案发地白象路勒家银行。从警方截取的视频可见，案发前一天，黑衣、黑帽、黑裤子的犯罪嫌疑人仍在勒家银行周边徘徊转悠，筛选和测试着逃跑路线。

小幸说："在警方公布的犯罪嫌疑人5月4日的踩点视频中，我们发现，犯罪嫌疑人在那一地段逗留三小时后，是在豪陵门南坐上了42路公交车。结合勒些特点，警方曾一度认为犯罪嫌疑人极有可能向南江方向逃窜，所以决定在全市严密布控的情况下，加大了对南江地区的排查力度。结果查无所获，这可能是犯罪嫌疑人放的一个烟幕弹，卖的一个关子。"

吕凌霄以郑怀舒她们介绍的情况为基础，作了个短小精干的小结性发言，既像是自语，又像是引导大家注意："一是犯罪嫌疑人逃跑时特意选择窄巷子。我认为有勒种可能，如果被人追踪他会依托地形打冷枪，阻滞追踪者，乘机提高自己逃逸的速度；二是逃出复杂路段时，有三条路能跑出小街区，但他选择了人最多，路段最复杂的南门。说明犯罪嫌疑人是提前设计了退路的，事前翔实勘查过地形。"大家都点头表示赞同他的小结。

小安说："不仅如此，我勒里还有几段录像，犯罪嫌疑人还是个易容伪装的高手。"

吕凌霄马上说："放给大家看看。"

小安在用鼠标调出U盘内容的过程中说："监控视频显示，犯罪嫌疑人作案后在逃跑过程中的短短1分多钟时间内，完成了'乔装打扮'。大家看，勒是5月5日上午9点48分27秒的监控视频，正对视频的犯罪嫌疑人戴着帽子跑进南门小街区，手里提的是竹叶青蓝色经典纸质袋子，勒是警方通缉令提醒群众注意的显著特征。由于他刻意低着头，监控画面看不清犯罪嫌疑人的脸部，再看下一幅画面。"

小安马上对录像进行了切换说："大家看，勒幅画面是5月5日上午9点49分50秒的监控视频。"他着重提醒道："与上段视频仅仅相隔1分23秒时间，犯罪嫌疑人快速、低头逃跑，大家看他手中的竹叶青蓝色经典纸质袋子，已经换成了一个深色的疑似布质的手提袋。"

两段录像放完，小安补充说："我还看了在作案前故陵警方提供的视频录像，我发现犯罪嫌疑人走路时外八字非常厉害，而且以非常夸张的幅度左右摇晃肩膀，而作案后，走路时肩膀竟然纹丝不动，帽子口罩都摘了，还架了一副眼镜，身上穿的则是一身不知从哪里弄来的旧式军官夏季常服，显得很斯文，和作案前的样子判若两人。"

如果对比回忆犯罪嫌疑人在恭州系列持枪抢劫的杀人资料，可以发现，勒个近年内多次作案、屡屡得手的"神秘杀手"，其实一直在和警方玩"易容术"

游戏。

吕凌霄有感而发："勒个犯罪嫌疑人无名无姓，如同幽灵。身高和年龄只是个约数，唯一清晰的是他作了多少案，杀了多少人。每次抢劫杀人都用不同的装束，开始时还有点规律，要么蓄平头，要么戴墨镜。作案不避闹市，也不多言。说话的是他手中那把'五四式'军用手枪。如果他的枪对准了谁，那人非死即伤，死的多活的少。习惯于从死人手中拿钱，随后从容而去。当'墨镜男''平头男'成为他显著的身份标识时，他又玩起了新的花样。比如，在恭州枪杀取款人时，他既没戴墨镜，也没蓄'平头'。在勒次作案前的'踩点'过程中，他用帽子口罩严密地包裹脸部，从不显露真容，让监控录像拍不到真实面目，除了保护住脸部，连走路的步态都进行精心伪装。我敢说，如果不是警方请来那么多高手甄别，一般人根本不可能把勒样两个外部特征差别极大的人联系到一起，勒是犯罪嫌疑人能在众目睽睽之下从容逃脱的根本所在。不变的是勒个人嚣张的作案方式，以及对我警方的藐视和公开挑衅。比如，选择白天的上午作案，多在闹市作案，周六、周日大家休息他休息，时至今日还没有哪一起抢劫发生在公休时间，抢劫的地点都在离银行不远，而银行的监控摄像头却难以捕捉他近距离的正面影像，他往往是对准被害人头部只击一枪，弹无虚发、一枪毙命。"他这看似东一榔头西一棒子的发言，实际是给犯罪嫌疑人画像。

由于吕凌霄的启迪，大家进行了新一轮的讨论。

刘春生说："从录像中发现，视频片段是5月5日上午9点多钟犯罪嫌疑人在作案后逃跑时的画面。该画面是案发现场附近的南门小街区的两个监控摄像头从不同角度拍摄的，记录了犯罪嫌疑人从南门进入，由东向西逃脱的过程。整组录像被剪辑过后的画面时长虽然仅仅7秒，但却完整再现了犯罪嫌疑人在案发当日9点48分25秒至9点49分50秒逃跑时的关键场景。比如前一组镜头是犯罪嫌疑人作案后，头戴帽子，跑着进入南门小街区，他刻意低着头，因此现有的监控画面根本看不清其脸部；后一组镜头，是犯罪嫌疑人快速低头逃跑，在即将消失在监控摄像头有效拍摄视野时，他还往后扭头看了一瞬，好像是查看后面是否有人。令人惊叹的是，在勒前后短短1分多钟时间内，犯罪嫌疑人完成了'乔装打扮'——前一幅画面中，他手提竹叶青蓝色经典纸质袋子，里面放的应该逗是刚刚抢劫到手的20万元现金；而后一幅画面中，他手中的竹叶青纸袋子不见了，换成了一个深色的貌似布质的手提袋。如果不是监控摄像头的如实记录，外人很难想象，在那个毫无定数、慌乱、短暂的1分钟内，一个逃犯竟能完成如此重大的外形改变。"刘春生出于职业习惯，连续用了两个有关惊慌失措的形容词和一个表示时间的形容词来加重说明问题的复杂性。

他接着说："值得一提的是，勒个改变，可能不是犯罪嫌疑人的随意而为，应当是其事先认真准备、策划好的。因为，在案发现场，目击者曾向警方描述该嫌疑人手里提着的是蓝色竹叶青经典纸袋，后来，故陵警方在各种悬赏公告及通缉令材料中也重点提醒市民注意勒一显著特征。但是，狡猾的犯罪嫌疑人可能早逗料到勒一点，于是，在抢劫得手并逃跑了一段距离之后，迅速将原来的显著特征埋藏了。目前，仍无法推测，'竹叶青纸袋的调换'是不是犯罪嫌疑人故意'虚晃一枪'的伎俩？"

据悉，勒两段视频获取非常不易。为尽快锁定劫匪的活动轨迹，故陵数百位民警24小时工作，对上万个视频图像逐一进行了甄别，最终发现嫌疑人的踪迹。但嫌疑人反侦查能力极强，整个视频中，始终没有他的正面像。

郑怀舒说："目前许多人都说，爆头男，反侦查能力强，对于勒一点毫无疑问的确如此。但说他是部队侦察兵出身，心理素质好，枪法好，我持不同观点，在这方面我不敢苟同，我认为只要有一种执着精神，可能啥事都不在话下。"

不是部队出身的，难道逗没有心理素质好的？逗没有枪法好的？在她心里，莫文丰虽然没有当过兵，但心理素质绝对上乘，枪法绝对一流。当然，她没有把他拿出来作比喻，而是直接说出了自己的想法。要晓得，当一个人真正把杀人犯罪当作自己职业的时候，在勒些技巧方面，会做得相当到位，以至于使许多专家学者在一时之间都会感到迷茫。理不出头绪的时候最好的办法逗是把对手说得很强大，这才有了学者专家纷纷把罪犯说成"神"。如果真勒样，绝对是一种误导，对破案是有百害而无一利的，是可悲的。她所说的是人类的执着精神，勒里不由得让我们想起她和莫文丰之间的柏拉图式的恋爱。当年莫文丰吃醋找茬，曾让她死了与他继续走下去的信心，但莫文丰死皮赖脸逗是不分手，结果她终于还是妥协了，她的勒个例子说的是有志者事竟成。

她接着说："人们往往以为厉害的人物，一定受过像部队勒样的正规单位的正规训练和教育。其实，并不尽然，这完全是个误区，是个死胡同。所以，爆头男，出身部队侦察兵，多半是错误推断，是过分地夸大了。"她指的是故陵警方曾在大街小巷张贴抢劫杀人逃犯陈贡开的人头像，陈贡开曾经在黔筑省武警总队当过特警。

刘春生说："开始我也认为犯罪嫌疑人可能当过特种兵，后来我想通了，也可能勒种消息是故陵警方故意放出来的，目的在于麻痹犯罪嫌疑人，分散他的注意力，让他放松警惕，勒一招逗叫温水煮青蛙，但我们不能沿着勒条思路往下走，我希望我们不要成为被煮的青蛙。"

吕凌霄马上说："'5·5'案发后，犯罪嫌疑人在故陵抢了20万元，我推断此人可能会离开故陵，去一个城市蛰伏一段时间，直到钱花完为止。勒一点可以从他在恭州抢了钱，在阳山待了一段时间才在千川作案，在千川作案后又静默了相当一段时间的情况进行推论。从他的消费水平来看也是在不断变化，第一次花钱最快，正是因为第一次比较铺张，后来他意识到可能要一辈子过勒种日子，所以开始节俭。如果此人喜欢沿长江一路向东，有可能梭（溜）了，已到苏锡常乃至上海潜伏，有可能会刹一脚（暂停），三四年后才重新作案。有可能他已经意识到这几次作案以后，警方对他锲而不舍的紧逼和全国抓捕的高压态势。如果像新闻中所说他可能已到北湖省，我认为他不可能马上逃走，即便去了，也可能会过一个时期还会作案，因为下江地区的物价水平和生活成本非常高。"

吕凌霄显然是听出了郑怀舒的弦外之音，感觉到了她的那个闪念，那是一个不祥的闪念，是一个她不能相信的闪念。他们搭档已经几年，有许许多多的默契，算得上心有灵犀一点通，两人之间有什么想法只要一张嘴便知。实践多次证明，女人的直觉有时是很灵验的，不过勒一次，他不希望她有那样的直觉，便有意换了个话题，他要支开她那个闪念，支开她那个直觉。话又说回来，世事难料，天意莫测，他的想法是他的想法，那只是他吕凌霄单方面的良好愿望，事情的发展往往会不以人的意志为转移，打"竹九"的结局还在于最后那张底牌。

刘春生说："该嫌疑人作案时间跨度长，潜伏期长，空间转换范围大，严重威胁群众生命财产安全。尤其是去年下半年以来，作案频率加快，作案地点有偏好沿江城市倾向，我比较赞同吕队长的分析，其逃窜路径可能经过北湖省甚至有在北湖省作案的可能性。因为他作案后不落屋（不回住处），所以故陵警方对全区主城所有出租屋和旅馆进行大搜捕没有成效。对于犯罪嫌疑人的猖狂一定要惩（压）下去。"他是经过深思熟虑之后亮出的底牌，话已经说白了，犯罪嫌疑人打一枪换个地方，此时可能已经离开故陵，到了别处。

吕凌霄道："我建议会后把我们分析的结论，向市局和公安部反映，恳请公安部通知北湖省各地各级公安机关，尤其是沿江一带的城市，务必高度重视，立即行动起来，未雨绸缪；务必克服'与己无关'思想，克服松懈情绪，立即开展全面清查，在卡口部署查缉堵截，消除勒个重大安全隐患。"

小安接口道："好的。"显然，这个方案是归他做。

小幸说："综合过去掌握的情况和勒次的案情资料，目前我们至少掌握到犯罪嫌疑人的勒样一些特点：沉默少语，独来独往，不喜欢与人交流。有早起习惯，作案前周密踩点，事先'蹲守'，并计划好逃跑线路和落脚地点。

喜欢戴帽子、墨镜、口罩进行伪装。走路时手甩动的幅度较大，站立时腰板挺直，有抖脚、背手的习惯，操不标准的普通话。其手段特别凶残，作案时动作果断坚决，逃跑时从容不迫，反侦查能力极强。"虽然这个话题在之前逗说过，但她再次把它拾起来是有用意的，通过反复梳理，强化基本特征，勒是办案中的一种推进思维方式。

她综合的勒些情况，比较全面，有的是犯罪嫌疑人在其他地方犯罪时留下的特征，有的是勒次在故陵"5·5"作案时留下的特征。再次提出来，把它形成一条连线，上接嫌疑人，下接办案者。

行动组分析得无不道理，应该说在故陵逮住勒个人有困难，因为故陵的公路运输很方便，黑车特别多，住宿条件也比较活泛，小旅馆、农家乐特别多。

今天的案情分析达到了预期的效果，让案子越来越明晰，犯罪嫌疑人的特征越来越清楚。

第二天，是行动组近期以来最为高兴的一天，案件有了突破性进展。故陵警方向行动组及时通报了他们掌握的最新情况：可以肯定，犯罪嫌疑人作案后没有离开故陵，既没有住出租屋，也没有住旅馆，而是选择了一处墓地过夜。他可能认为像墓地勒种既恐怖又"晦气"的地方平时是不会有人有那个胆量去光顾的，是比较安全妥当的地方。但是，勒一次他的如意算盘出现了意想不到的偏差。

故陵警方接到一个叫张强的人的举报。张强是以抓"雀儿"卖来维持生计养家糊口的职业捕鸟人，当然，他的"工作"会遭受绿色组织人员记恨，但他自己觉得没办法，一家几口逗靠他勒点本事，并且多年干勒个活儿熟门熟路还来钱快。所以，免不了经常躲开绿色组织人员，偷偷地到冷僻的地方张网以待，把捕到的雀儿弄到花鸟市场去供那些退休人员或闲得无聊的耍耍儿选购。

5月13日，张强与往常一样，起了个早床，清早八晨逗出门了。他一个人悄无声息地来到豪陵附近的墓地。稀薄的晨雾中光线不是很好，他独自站在墓地中央向四处张望，选择一个捕鸟网兜悬挂的最佳位置。

他选择墓地作为偷捕鸟儿的地方是有道理的。一是因为勒里森林植被好，鸟儿多；二是勒样的地方安全，一般人没得么行事（得行），也没那个胆量到墓地瞎窜。他用眼光扫视着，无意中发现前面十多米远的那处墓地，两树之间拴着一团东西，他以为是看花了，揉揉眼睛再看，确实有一团东西。噫，莫道君行早，更有早行人。勒是他第一次在墓地看到与挂坟无关的东西，当时有点紧张，背沟儿发麻，胆战心惊。他不是怕鬼的人，因为多年穿行于坟堆中，从来没有碰到过鬼呀神什么的。他是怕绿色组织成员，捕鸟举动被那些人称为"善化不足，恶化有余"。如果被那群老头老太太抓住，与之较起真来逗是秀才遇上兵，有理也说不清了。其实并不是绿色组织成员有意为难他，是他少于学习，还不晓得自己的行为是违法违规的。在墓地看见特殊东西，好奇心驱使他要弄出个究竟，便壮着胆子猫着腰，蹑手蹑脚向那个地方靠近，每向前走几步都要小心翼翼地前后左右东盯西瞧看周围的反应，听周围的响动，直到确认没有危险才敢再前进，还时刻做好了逃出墓地的准备。

越走越近了，终于看清那东西，是个睡袋，对，逗是一个睡袋。黄芩无假，阿魏（珍贵药材）无真，他确定。勒里为啥子有睡袋呢，难道还有人到勒里乘凉了？他看着吊在两树之间的那东西发神（发呆）。不对，勒个时节，白天有点炎热，但夜晚还是冷风飕飕，晚上自己都还要盖被子睡觉呢。他否认了自己的猜测，不可能有人来勒里乘凉啊，问题严重了。不该深想，越想越觉着后怕，他放下了捕鸟的念头，拔腿逗跑。

回去后，他觉得不是个"筋"，把勒事告诉了一个经常裹到一起耍的朋友。好友听后很惊骇，提醒他勒几天媒体正铺天盖地报道"平头男"抢劫杀人的事情。两人一分析，觉得勒个睡袋非同一般，里面必定有深层问题。他们不敢当天晚上去豪陵看究竟，没那个胆量。第二天上午才结伴去了豪陵墓地，睡袋仍在，走到跟前，朋友脚下一溜跌了个饿狗吃屎，原来是踩了泡稀屎，气得直淬脚（跺脚），爬起来逗称唤（呻吟），还不敢放声搣（骂）人，反复地沥（来回擦）脚下的脏物，模样十分可笑。张强只好蒙着嘴巴，尽量不发出笑声。他俩仔细地搜寻，发现旁边还有塑料包装吃食，现在真相大白了，肯定不是正常人，立即拨打了110报警。

有些事坐在家里抠脑壳（想办法）不能解决问题，把脑壳都想玉了（想很久），也不一定能想得出来，往往毫无主动意识的一个发现，却能解决大问题。

大量民警和武警对故陵区豪陵方圆100多公里左右的地方进行了拉网式搜查，查获了嫌疑人遗留的睡袋，从睡袋上提取了嫌疑人身上脱落的上皮细胞，勒是一种人体组织，可以通过它鉴定出相关基因；还在睡袋周围发现了嫌疑人的排泄物，逗是那泡稀屎；在其吃剩的食物中，提取到了唾液、黏液等生物检材。从提取物中，警方进一步加强科技检测获取了嫌疑人的DNA，并在全国数据库中进行了比对，这是牵涉若干技术人员的一个庞大系统工程，但非常有意义。

正是勒名捕鸟人的主动举报，让故陵警方在海量的人体基因中，最终查到了"平头男"的真实姓名，基本锁定了犯罪嫌疑人。

一方面警方在加班加点破案，另一方面许多网友因为信息不对称，等得不耐烦了，烦躁地发牢骚，说二话，纷纷在网上发帖，向警方提出质疑，稀里哗啦一股脑儿，贬的多褒的少，要求提高办案的速度和质量。

有网民说，从现在警方公布的录像片段看，不足以让人置信，疑问很多。在所有公布的录像片段里，无一例外，犯罪嫌疑人的面部都是看不清楚的，难道故陵所有的监控探头都没有拍到一个清晰的正面像？如果抓到了清晰的正面像却不公布，说明啥子问题？

有网民说，从录像看此案与恭州、阳山、千川系列案件有相似之处，但犯罪嫌疑人体形并不相似，似乎同头异体。为啥子故陵警方在短时间内要认定此案犯罪嫌疑人与恭州、阳山、千川系列案件之犯罪嫌疑人是同一人？起码应该说个一二三嘛，不能确定此人还在不在故陵，还拿一张不能确定是不是本案的犯罪嫌疑人的数年前的相片而进行全城大搜查，有多少实际意义呢？

有网民说，目击者看见犯罪嫌疑人上了故陵开往江浙省某市的长途客车，警方追到二桥截停大客车紧急上车搜查却又一无所获？还有，老板带领司机一起前往银行取款，也是疑点重重。老板在银行里面办手续，司机居然拿着20万元现金，离开银行上车了？难道银行是先给钱后办手续？还有现在单位发工资、年终奖都是银行卡转账，发月工资还发现款吗？2人郑重其事到银行取款，显然是为了确保安全，在关键时刻两人却天各一方，特别是取款出来勒十几米路却是司机一人携款独行，勒不是明摆着给劫匪以可乘之机吗？司机的主要责任是开车，难道老板在场的情况下，20万元公款也由司机拿着？

有网民说，从劫匪角度看，他又怎么晓得20万元逗拿在司机手里？难道劫匪没有看见2人一起下车、一起进入银行的？万一勒两个人是到银行存款呢？劫匪难道不担心杀个人却只抢到一个空袋子吗？

有网民说，根据现在的新闻报道，该案还没有侦破；关心勒个事情的人勒么多，新闻方面也没有报道该案的进展，故陵公安方面应当就该案的侦破进展予以通报，要不老百姓很难了解真实信息，让各种猜测大行其道。

网友们有些怨言是可以理解的，他们得到的信息有限，他们不晓得案情的最新进展。出了勒么大的事，他们发怨言的目的与警方努力工作的方向是一致的，都想尽快抓住犯罪嫌疑人，尽快破案，还社会一个平安，但他们用勒种方法无形中给警方施加压力，实际上帮了倒忙，是在添乱。警方要把压力变为动力。当然，如果犯罪嫌疑人上网的话，也许会在幸灾乐祸中丧失警惕，收到欲擒故纵、"打草惊蛇"的效果，从勒个角度看算是帮正忙。

故陵警方是大有作为的，新进展的大量信息传达到"4·22"行动组。如"平头男"很少用手机，爱上网但很少去网吧，担心暴露不住旅馆，作案后不再返回出租房，野外生存能力强。勒些信息与阳山、千川警方获取的信息高度契合。

吕凌霄他们根据掌握到的勒些资料，明确地晓得了犯罪嫌疑人滑不溜秋（很精明），没有像往常一样选择跨江逃跑，而是饿狗守着一泡屎，仍然在故陵主城的野外游荡。勒是一个隐患，是个非常危险的信号。警方认识到，不排除犯罪嫌疑人继续在故陵作案的可能性。为了既不显山又不露水，还要让市民引起高度警惕，故陵电视台作了一档专题节目。

电视里播放着主持人与专家学者进行的"弧形桌"讨论，谈得很热烈。在主持人启发下，公安专家与银行权威人士竞相发言，提醒和告诫市民，提取大额现款时应该注意的事情，他们不厌其烦喋喋不休，啰唆得不得了，目标只有一个，通过重复加深印象，让更多的人掌握安全防范这把钥匙的大众功用。

公安专家甲说，大额取款可申请护送。当你提取大额现金觉得不安全时，可以向警方申请，警方会送你回家。银行也开展了用户提取10万元以上现金，派专员护送前往目的地的业务。

银行权威人士表示，银行目前虽然还没有人使用过提取巨额现款派专车送勒种服务，但如果用户觉得现金太多，携带不便时，可以向银行申请专车护送。"其实我们是愿意勒么做的，可能很多用户不晓得有勒种服务。"勒是一种市场服务行为，要收取费用。对于价格，权威人士称，没有统一的收费标准，双方临时议定，看情况而定价格。他对"看情况"作了解释，比如，路程的远近、用车的型号、护送人员的多少、护送金额的大小等。

公安专家甲与权威人士作了互动，说道，用户在银行提取现金，如果觉得现金数额巨大，对银行人员的保护能力还不放心，也可以拨打110，警方会派专车护送前往目的地。当然，用户提取大额现金终归是件私密的事情，不想让外人晓得，所以现在接到类似的要求很少。为了杜绝提现后在路上被盗被抢，公安专家建议市民，如果自己找不到安全的交通工具，请及时和警方联系。

主持人提出一个问题：夜间如何避免伤害？

公安专家乙说，在抢劫案件中，犯罪嫌疑人选择夜间下班回家的单身女性作为袭击目标的较多，一般是尾随至城区的背街支巷或居民区的楼道，以语言或持作案工具抢劫，如当事人进行反抗、呼救，极易造成受伤甚至引发命案。公安专家乙提醒：市民要尽量避免单身深夜户外活动，如因上下班等特殊原因不可避免时，最好结伴而行。单身出行，应走行人较多或路灯较亮的路线，并注意观察身边有无可疑人员或车辆尾随。发现可疑情况，及时拨打110报警或求助过往行人，切不可为躲避犯罪嫌疑人独自往偏僻、昏暗的地方行走，那是最容易发案的地方。

主持人：如何预防银行取款后被抢劫？

公安专家甲说，市民在取款时要注意安全，小心谨慎，做好以下防范：一是提取现金数量较大时，最好两人以上同行，一人注意四周情况，时时给予安全提醒，并在取款后与取款人保持一段距离一同返回，勒样能有效震慑歹徒，防范抢劫案件的发生。二是提取巨款时，最好让男性青壮年出面。三是只在柜面上清点现金，尽量不要让旁人看到，提款后尽可能搭车离去，不要步行或以自行车等非机动车代步离开。四是取款时，要防范身边的可疑人员，离开时，要提防尾随的人，还要注意在路上来回穿梭、突然启动、突然停下的摩托车。五是一旦发现情况异样要及时躲避，一旦遭到袭击，尽量大声呼救，并尽量看清作案歹徒的体貌和车辆特征及逃跑方向，及时报警。

勒档节目虽然老套，没啥子新意，只是一些常规性提醒，特别管用的避险措施逗是寻求专门保护，勒是小孩都应该晓得的常识，有些人觉得意义不大。但不管怎么说，政府是做了该做的事情，放风原本逗是一个技术活，深不得浅不得，直不得曲不得，长不得短不得，只能让有悟性的人去悟。不过有些教训是值得吸取的，在恭州等地的取款案件中，虽然有两人同行的，都因为同行只是陪伴，没有起到警卫或防护作用，并且两人走得太近，结果，搭上性命。所以，勒档节目也不是一点作用都没有，我认为是有针对性的，只是你从哪个角度来看，你站在什么样的角度来看。当然，勒档节目还有个作用，暗含着打草惊毒蛇，落石惊飞鸿。

故陵城更加紧张了，警方有序不乱地严阵以待，一副山雨欲来风满楼的架势。

　　郑怀舒回到宾馆的房间，再一次反复观看了小安从故陵警方处调取的，犯罪嫌疑人在案发后去金陵路一个超市购物时的监控录像资料，勒是目前掌握到的犯罪嫌疑人为数不多的正面图像，虽然监测探头像素不高，画面模糊并闪烁不定，但仍能清晰地分辨人脸棱角。经过多次回放，仔细辨认，郑怀舒心中有数了，她抬头站起身来，仔细地端详了一会儿手里的那样东西，义愤填膺地说了句："狡猾透顶，应该逗是他！"再一次启动了直觉。

第二十二章

"教授，你今天真酷！"保安张顺在大门前大老远逗比着大拇指，跟莫文丰套近乎。

他提高了嗓音，以至莫文丰在二三十米之外逗感受到了他的热情。

张顺是小区保安"班长"，他站的勒个大门是桑树坪龙腾小区，是莫文丰准备买的那套二手房的小区。为了勒套二手房莫文丰来过多次，与小区的保安混得溜熟。在接触中张顺认为莫文丰是比较随和的，勒一次之所以敢大胆套近乎，他心中已有几分把握，平生莫作皱眉事，世上应无切齿人，恶棍不打笑面人，只要不惹人生气，应该不会节外生枝。

龙腾小区有数千户人家，小区占地500亩，傍溪谷依山起势，小桥流水绵延数里，廊亭牛车静立绿地，犹如一幅幅静谧的乡村山水画。百余栋楼房散布在苍翠葱绿的林木花草丛中，四层楼以下隐藏于树丛之中，有一种庭栽栖凤竹，池养化龙鱼，竹篱茅舍风光好，道院僧房总不如的宁静悠远的味道。

张顺晓得莫文丰是恭州市警官大学的老师，却不晓得他的具体职衔。不管怎么看，像莫文丰勒种年龄的人是怎么也到不了教授级别的。按照正常晋升，大学本科毕业试用一年转正可任助教，助教四年才有晋升讲师的资格，讲师四年才有晋升副教授的资格，副教授六年方才有晋升为教授的资格。大学毕业15年才可能晋升教授，换句话说，一个教授起码要40多岁，勒是谁都不可逾越的。勒还仅仅是资格，资格够不一定道行够，有资格不一定每个人都有从来不曾耽误一个台阶的好运气，还会受到诸如名额分配、新老交替、论资排队等因素的限制。

莫文丰看上去也逗三十二三岁，他不可能十五六岁逗大学毕业，一般情况下读书逗是按部就班，一个台阶一个台阶向上垒，除了中国科学技术大学曾经针对神童招过几期少年大学生外，其他高校是很少招少年大学生的。勒逗对了，莫文丰上的是恭州警官大学，他不是少年大学生，在年龄上不占优势。

莫文丰目前在警官大学也逗一个讲师。明明晓得他的职称不会太高却给他"高配"，勒逗是为人做事的技巧。因为，讨好别人，图别人高兴，受者心安理得，捧者也获内心满足。中国人逗习惯于用夸张的手法来称谓别人，这种做法对许多人是很"灵验"的，"高配"可以拉近与对方的距离，可以获得别人的好感，今后好办事。比如在社会上，有人明明是副总队、副主任啥子的，别人在称呼时，往往要去掉那个"副"字，称为某总队、某主任，也有勒样的情况，人家职务高，你给他称低了，会老大不高兴，虽然嘴上说没啥子，心里是"有点啥子"的，有些人会耿耿于怀，斤斤计较。如果他职务低，你给他喊得高，他心里的确没得啥子，或者还会心里乐滋滋地认为是好兆头。现代人总是乐得让别人高看一眼，舒服于戴高帽子。戴高帽子有啥子不好，有社会地位，会让不知情的人仰视啊，不信你看筵中酒，杯杯先劝有钱人。

张顺巴结莫文丰给他戴高帽子还有另外一层意思，他晓得莫文丰是警官大学的射击老师，也晓得他是全市射击比赛出了名的神枪手，勒一点在警界、保安界很重要。他想，要是哪一天把莫文丰伺候舒服了，高兴了，与他交个朋友或者混个脸熟，莫文丰能教他几手，或者过过招，勒辈子也许逗会受用不尽，所以他要极端热情地讨好莫文丰。不管朗个说，结交须胜己，似我不如无。

莫文丰今天的确很酷，小平头、棒球帽、墨黑眼镜、白手套、蓝色棉织夹克上装、深灰色牛仔裤，勒样一身打扮配上他勒个 1.75 米偏瘦的个头，让人觉得真是酷毙了，帅呆了。他本身皮肤逗比较黑，要是再整点走路外"八"字，讲点不标准普通话，勒不逗活脱脱那个通缉令上的人嘛。

不知是巧合还是有意而为，反正他的装束非常打眼。要是让还在故陵执行任务的郑怀舒晓得他在光天化日之下，有恃无恐，大张旗鼓"挑战"警方，还不得被活活气死。

他今天骑了一辆自行车，勒对很多恭州人来说是个稀罕的事情。恭州是山城，山城爬坡上坎，怎么骑自行车？但恭州也不完全是山城，桑树坪一带更不是山城，勒是一个面积45.5平方公里，坐落在江边的新城，一马平川。

桑树坪是恭州市一个新建的城区，前几年才报批为新区，地处恭州市主城核心区，也是拉动恭州市实现城乡现代化发展的一匹"骏马"。近两年桑树坪全面升级，调整新区管理体制，整合桑树坪新区开发建设资源，集中推进新区开发建设。由此成为恭州的政治、经济、文化副中心，成为区委区政府的所在地。正是由于区委区政府从过去的聚鱼沱镇搬了过来，增强了开发商的投资信心，去年之后桑树坪的开发建设热火朝天，迅猛发展。

那一年，桑树坪步行商街开街，恭州首个超五星级酒店建成运营，110kV变电站投入试运行，区中医院建成投用，恭州非物质文化遗产博物园、区文化中心启动建设，渝文化等主题公园、社区公园开工建设，独具特色的明清风格的瀛嘉上河风情街也在积极建设中，城市基础设施和功能升级完善。

同样是在那一年，二级房产开发投资100亿元，建筑面积达到600多万平方米。各方面的建设拉动使桑树坪地区的人气持续攀升，其中C区的形象品质明显提高，已经入住上万户。D区的控制性规模开发获得恭州市政府批准，与国家级的地产开发品牌公司龙源兴集团签订了D区开发协议，勒个项目于前几年全面启动后建设进展非常顺利，预计在5年内打造一座人口达30万的新城。F区是南江教育城和云计算产业园。

晨风中，东山边的太阳伸出脑袋，向莫文丰洒去五彩纷呈的光圈，光圈落在人、车之上，闪动着多彩的光晕，给人以舞台灯光笼罩明星的感觉，让人旋目耀眼，应接不暇。张顺眯缝着双眼始终关注着他，生怕他脱离了自己的视野。

莫文丰人还没到大门，张顺逗迎出来，热情地抓住自行车龙头，莫文丰很自然地下了车，张顺接过车子推着朝前走，边走边聊。

"张保安今天有空吗？"莫文丰问。

"只要教授吩咐我，为教授服务，逗是我义不容辞的事。"张顺乐哈哈地道。

"我是无事不登三宝殿，到勒儿必定有事儿。"莫文丰毫不隐晦大大方方地说，他是希望张顺陪陪的。

"教授有事我逗给您带路，这是鄙人修来的荣幸！"张顺高兴地说。

"那好，陪我看房子！怎样？"莫文丰说。

"好哩！小李、小陈你们俩帮我把大门盯紧点，我去陪陪教授。"张顺今天带这个班，他向同伴招呼着，推着自行车直接逗进了门，然后把自行车推向门房的后面。

"不放在这儿，推着走，方便些！"莫文丰说。

"好嘞！"张顺欣然领命，把车龙头打正了方向，推着自行车开路。

"班长，你逗把心放到肚子里，保证不出事，去吧，去吧。"小李、小陈倒很支持，他们与莫文丰也熟悉，做了个顺水人情。

莫文丰冲他俩笑了笑，以示感谢，跟着张顺向小区里面走去。白得一个打工仔何乐而不为，三十不豪，四十不富，五十将走回头路，他需要展示自己的身份。

龙腾小区是桑树坪C区的住宅小区，规模比较大，房屋的间距还说得过去，在当地算个中等偏上，草坪林木绿化率在30%左右，小区出行很方便，分东南西北四个出口，东、南出口面山有健身步道，西、北出口临街出门逗是商务广场，对于莫文丰郑怀舒勒样不愿显山露水的家庭来说，已经算是"高配"了。

"教授真的看上我们小区了吗？"张顺边走边问。

"你朗个晓得？"莫文丰反问。

"我没记错的话,教授来我们小区勒是第四次了。"张顺说。

"你小子记性不错嘛。"莫文丰打趣道。

"教授笑话我了,我是保安呀!"张顺说。

"嗯,好样的,有责任感。勒个小区怎么样?"莫文丰紧走两步与张顺并肩而行。

张顺说:"我们小区的勒个开发商应该是信得过的。"

莫文丰问:"此话怎讲,具体点。"

张顺说:"开发商的广告词是'建筑人居梦想','做好每个细节'。"

莫文丰问:"做到没得?"

张顺说:"从我们小区目前的管理来看是做到了,当然还得教授亲自体验。据我所知,我们小区勒个开发商在恭州做楼盘已经18年了,发展稳健,已经进入中国房地产企业第一阵营,曾经连续四年被国务院发展研究中心评选为'中国地产品牌10强',连续五届荣登'中国蓝筹地产企业',排名'中国房地产500强'前20强,获评'中国房地产开发企业发展潜力十强'。并被国家金地行政总局授予地产界仅有的10家'中国驰名商标'。还被评选为'中华慈善突出贡献企业''中国房地产稳健性企业''影响世界的中国力量品牌500强'。还得过国家和地方政府'重合同、守信用企业''AAA诚信开发企业'称号,是全国多个城市的诚信纳税大户。"

莫文丰说:"你小子是在背他们的广告词吧,否则,朗个晓得勒么多?"

张顺说:"勒些东西都在物管办公室挂着呢,每天都要看几遍,几次下来还不逗能背出来了。"

莫文丰夸奖道:"你小子不错,是一个称职的保安班长。"他说了他的职务,以示对他尊重。

张顺听莫文丰一表扬,更加高兴地说:"最近我听说勒个开发商要饮水思源,努力为社会奉献精品楼盘,胸怀'百年地产,中国榜样'的远大理想,致力于地产开发专业化道路,凭借产品创新、品质服务等核心竞争力,为进入'中国综合企业50强'的宏伟目标而不懈努力。教授,有勒样理想的开发商能孬吗?"他为了尽力缩短与莫文丰在对话上的差距,搜肠刮肚寻找词汇咬文嚼字。

"嗯,不错。物管怎样?"莫文丰问。

"是开发商自己的物管公司,工作比较规范。"张顺有板有眼地说。

"怎么个规范法,比如共用部位共用设施设备的日常维护方面朗个样?"莫文丰很专业地问。

"共用设施设备的日常养护小修,按标准执行;护栏、围墙、楼道灯具等公共设施、设备正常使用;道路、甬路、步道、活动场地干净平整,边沟涵洞通畅;定期清淘化粪池、定期清洗粉刷外墙,其实这些目击设施设备我不说教授您都能看得出来。"张顺说。

"哦,绿化物的保养呢?"莫文丰认真地看了看路面和周围后问。

"规划红线内的中心绿地和房前、屋后,道路两侧的区间绿地,能按时养护。"张顺说。

"保洁情况怎样?"莫文丰问。

"清洁卫生实行责任制,有明确的分工和责任范围;垃圾有集纳地点,每天都会将垃圾归集到垃圾站,对专用楼、站、箱、道的垃圾桶有专人管理;保洁区域每天清扫两次,还有巡逻人员随时捡垃圾,做到长期保洁,物管服务范围无废弃杂物;楼梯间、门厅、电梯间、走廊、门、窗、楼梯扶手、栏杆、墙壁等,每周清扫一次;按规定喷洒、投放灭鼠药、消毒剂、除虫剂。"张顺基本上按门卫室张贴的规则在说。

"公共秩序维护方面呢?"莫文丰问。

"我们小区相对封闭,主要出入口逗四个大门,昼夜有保安值守,危及人身安全的地方都注有明显标志和防范措施;机动车辆和非机动车辆的行驶方向、速度、临时停放位置管理规范,车辆行驶通畅;夜间重点部位、道路,巡逻没有少过2人,勒些情况在交接班时有记录;如果有治安案件、刑事案件、交通事故发生，我们能立即出现场，采取措施，及时报警和配合公安处置。"这是张顺的专业工作，他胸有成竹不紧不慢地给莫文丰汇报。

勒算是莫文丰对张顺的一次业务考核，结果比较满意，他心中的打分比较高。

迎面而来一对貌似夫妇的老年人，形体清瘦，步履稳健，一看逗晓得是退休不久，或是早已离开工作岗位，喜欢锻炼身体的那类人。接近莫文丰和张顺时，那男的主动招呼："张班长，改善设备了啊，现在骑自行车巡逻了？"

张顺乐呵呵地说："刘伯好眼力，快了，快改善设施了，以后我要骑着电瓶车巡逻呢。不过今天暂时还没达到那样的水平，我今天是给教授推车。"说着冲两人笑笑，擦肩而过。

人虽然过了，话还没说完。

男的说："喔，明白了，是做好人好事学雷锋。"

女的说："你们龙腾小区的勒些年轻保安真好，见到好人好事逗做，让人温馨，别的地儿也勒样吗？"

男的说："我不晓得，拿不准，没听说过。"他一连用了三个否定。

女的说："我是住的老房子不晓得物管，也许别处不是勒样。"

男的说："那你还等个啥子，早点搬过来呀。"

原来他们俩还不是一家人。

张顺推着车，步子不停，头偏向莫文丰说："教授，给我讲一讲枪，怎样？"

"我逗晓得你小子不会白给我推车，总是要有所求的。"莫文丰笑着说。人家为你劳动，你教他点常识，划得着（划算）。加上问的是专业，重复过多少次的专业，是小儿科，完全可以码到吃（强迫接受或有信心）。

"逗是，逗是，教授一眼洞穿。"张顺务实地说。

"好吧，我来讲。枪，是古时兵器，在长柄一端装有尖锐的金属头。当然那是在非机动化时代。现代把口径在2厘米以下，用来打仗发射子弹的武器，叫'枪'。手枪、冲锋枪、机关枪、榴弹枪、霰弹枪、狙击枪，你要我讲啥子枪？"

莫文丰一张口逗说出枪的概念，绝不流汤滴水，用语干净，言辞利索，真不愧为射击学教师。他平时很注重钻研理论知识，教学功底确实不一般。今天，莫文丰心情极好，张顺的时机选择也好。

"我更喜欢手枪，逗给我讲讲手枪吧。"张顺说。

"手枪是一种可单手握持瞄准射击的小型枪械，用于在50米距离以内以自卫为主的战斗。现代手枪主要有左轮手枪、半自动手枪、全自动手枪三种类型。"莫文丰像在课堂上教学一样，使用课堂语言，以示对张顺的肯定和认真。

莫文丰接着说："你讲得一点不假，喜欢手枪是各国男人共同的爱好，当然也不排除有些女人爱手枪，特别是著名手枪，比如，美国人将M1911视为传奇，中国人将驳壳枪作为英雄的象征，德国军人将鲁格P08看作荣誉，在全世界射击爱好者眼中，沙漠之鹰是威力的体现。M1911、鲁格P08、沙漠之鹰都是一些手枪的名称。

手枪在14世纪初或者更早在中国和普鲁士，逗是今天的德国几乎同时诞生。中国，当时发明了一种用铜质作为材质的小型火铳，人称手铳，它的口径在25毫米左右，长30厘米左右。使用时，从铳口填入火药、引线，塞装一些细铁丸，射手一只手握铳，另一只手点燃引线，把铳口指向目标，在一定的距离之内，射出铁丸和火焰杀伤敌人。1331年，普鲁士的黑色骑兵把一种短小的点火枪吊在脖颈上，一手握枪靠在胸前，另一手用引线，勒是一种用宣纸包着火药，搓成细长的捻子直接引燃火药进行射击的方式。两个国家的射手，使用的短型射击武器可以看作是手枪起根发脉的祖先。后来的这些手枪都是它们的改进型，是它们的子孙后代。

14世纪中期，意大利有几个城市出现了成批制造的一种名为'希奥皮'的短便武器。'希奥皮'是意大利语手枪的意思。勒种枪长17厘米，许多人认为它让铳脱胎换骨，才是真正意义的手枪。

15世纪，欧洲的手枪由直接点火药改为使用火绳。火绳式手枪减少了点火药勒个程序，把另一只手解放出来，实现了真正意义上的单手射击。火绳枪靠燃烧的火绳来点燃火药。点火绳与点纸捻子相比就安全多了。火绳枪在火器发展史上具有里程碑意义，是现代步枪的直接原型。火绳枪的出现改变了战争的形态，伴随着火绳枪的发展，人类战争从冷兵器进入到热兵器时代。"

"火绳枪是个啥样子？"张顺瞪大眼睛问。显然他已经着迷了。

莫文丰抬眼看着他，比画着说："火绳枪枪上有一金属弯钩，弯钩的一端固定在枪上，可绕轴旋转，另一端夹持一段燃烧的火绳，士兵发射时，用手将金属弯钩往火门里推压，使火绳能点燃黑火药，进而将枪膛内装的弹丸发射出去。火绳是一根麻绳或捻紧的布条，放在硝酸钾或其他盐类溶液中浸泡后晾干，能缓慢燃烧，燃速为每小时80毫米至120毫米，这样，士兵将金属弯钩压进火门后，便可单手或双手持枪，眼睛始终盯准目标。据史料记载，训练有素的射手每3分钟可发射2发子弹，长管枪射程为100米至200米。"

莫文丰作了解释继续说："到了17世纪，火绳手枪被燧发式手枪取代，使它具备了现代手枪的特点，比如具有了击锤、扳机、保险等装置，枪膛由滑膛和直线膛发展为螺旋形线膛。

1812年，苏格兰牧师A.福赛斯设计制造出击发式手枪。勒种手枪由枪口装弹丸，操作不便，发射速度也较慢，不能适应作战需要，诞生不久逗被淘汰啦。1825年，美国人德林杰发明了以他名字命名的德林杰手枪，采用雷汞击发火帽装置，提高了手枪的射击性能。1865年，美国第16任总统林肯遇刺身亡，凶手使用的逗是勒种手枪。"

"喔！"张顺与莫文丰作了个互动。

莫文丰按照他的思路往下讲："手枪经过了540多年的漫长发展、改进、演变过程，逐渐具备了现代手枪的结构和原理，现代手枪诞生的标志是左轮手枪和自动手枪。"莫文丰完全是给张顺开了一堂专题课，把手枪的发展史讲得有板有眼，又直白又理论，张顺听得如痴如醉。

"教授,给我讲讲手枪的特点,好吗？"张顺提出了新要求,他推着自行车,一点不觉得累，今天他可逮住了一个接受正规教育的机会。

莫文丰说："手枪按照使用对象不同，可分为军用手枪、警用手枪和运动用手枪；按用途又可分为自卫手枪、战斗手枪，战斗手枪分为大威力手枪和特种手枪，包括微声手枪和各种隐形手枪；按结构可分为自动手枪、左轮手枪和气动手枪，运动手枪就是一种气动手枪。

与其他枪械相比，手枪有勒样一些特点。第一质量轻，体积小，装满子弹后的手枪总重量：军用手枪一般在1 000克左右，警用手枪在800克左右，勒种重量便于随身携带。第二枪管较短，口径一般在7.62毫米至11.43毫米之间，一般情况多是中等口径，比如9毫米口径，适合于杀伤近距离的有生目标。第三弹匣供弹，自动手枪弹匣容量较大，多数是6发至12发子弹，最多可装20发子弹。"

张顺吃惊地说："能装那么多？我还以为最多装10发子弹呢，所以，我们一群保安，看电视剧枪战时，常常要数一个人开枪的次数，超过10发子弹如果不换弹夹逗认为是导演不懂军事，结果是我们自以为是。原来是导演懂，我们不懂啊！"

莫文丰开玩笑地说："能认识自己有差距是好事，说明你不是朽木，是可塑之木，可雕也。"他说得正确，不懂不要装懂，装懂一辈子都不会懂，学习了逗懂了嘛。世上逗怕那种不懂装懂，自己又意识不到的人。不过就勒个问题而言，搞清手枪装多少发子弹，不能光听声音，听声音有些时候是会被误导的，还应该看弹夹，20响驳壳枪的弹夹有一截露在枪壳外面，是比较长的。世界上的事有时没有全对，也没有全错，关键是要善于思考。

张顺认真地说："请再讲，我洗耳恭听教授讲解。"

莫文丰说："好，我接着说，左轮手枪装子弹量小，一般为5发至6发。第四手枪多数时候采用半自动单发射击，少数手枪如冲锋式手枪也采用全自动连发射击。第五手枪结构简单，操作方便，成本低。手枪的不足是有效射程短，一般为50米左右，冲锋式手枪的有效射程要远一些，但也不会超过

150米。冲锋式手枪质量较大，徒手射击时摇摆度大，连发时精度差，但火力足。

冲锋式手枪有勒样一些特征：1.可单手发射；2.可全自动射击、半自动射击，也可长点射；3.主要发射手枪弹，也有发射小口径弹种的；4.重量比典型冲锋枪轻；5.经常配有附加肩托，有时带有消音装置。

冲锋式手枪的名称非常不稳定，人们根据具体枪的特点和个人的爱好与经验，给它起了很多名称。1895年毛瑟研制成功一支真正军用7.63毫米冲锋式手枪，勒支枪出现已经100多年，至今仍有人使用它。第二次世界大战中的风云人物温斯顿·丘吉尔在青年时代任过英国骑兵中尉，他回忆在非洲苏丹乌姆杜尔曼地区一次遭到围困的战斗时说，他确实是用了毛瑟冲锋式手枪，在杀声四起的重围中杀出一条生路的。丘吉尔高度评价毛瑟冲锋式手枪的威力、可靠性和大弹匣容量。他当时向上峰建议装备此枪，但英军当局一直到许多年后，才认识到勒种冲锋式手枪的威力。

据说在20世纪20年代和30年代，毛瑟冲锋式手枪在中国销售超过400 000支。中国人特别喜爱毛瑟手枪，在亚洲，弄到一支毛瑟或仿制品，则身价倍增。中国人给毛瑟枪起的名字有许多个，如：驳壳枪、盒子枪、盒子炮、自来得手枪等。

冲锋式手枪由于重量轻、外廓尺寸小，在数十米内能发挥大火力威力，'可部分执行冲锋枪的传统任务'，因此该类武器一般配发给空降部队、小分队指挥员、侦察兵、汽车兵、炮手、导弹手、后勤人员以及公安防暴人员。"

张顺逮住机会向莫文丰又提了新要求："教授，如何提高手枪的命中率，你能不能给我讲一讲需要注意哪些要领？"

莫文丰勒下子算是明白了，他是想学艺，上面讲的那些理论常识都是为了学习真货而做的铺垫。在勒个情分上，人家虚心请教，勤奋好学，他好拒绝嘛，不好拒绝，老师的本职逗是传道、授业、解惑。他也不能拒绝，他要是进这个小区居住逗成了低头不见抬头见的业主与保安间的关系，只好认真回答，勒叫作以心换心。没准今后他莫文丰与龙腾小区的保安之间打交道的时候还多着呢。

"首先要注重手枪的性价比。"莫文丰边走边说。

张顺一愣,推着的自行车停了下来问:"啥,性价比?啥子性价比?"

莫文丰说:"有专家从精确性、耐用性、威力、人机工效四方面对手枪作了比较,从世界范围内筛选出十大名牌手枪。第一是意大利的伯莱塔92F型,第二是奥地利的格洛克17型,第三是美国的柯尔特M2000型,第四是德国的P229型,第五是中国的QSG92式,第六是德国的HKP7型,第七是美国的鲁格P85式,第八是美国的M1911A1式,第九是捷克的CZ83型,第十是苏联的托卡列夫。要说枪械,美国人的最霸道,十大名牌手枪,他一家逗占了三个。"莫文丰纵横捭阖,海阔天空,信手拈来,如数家珍,让张顺羡慕不已。

张顺接嘴说:"美国佬不但枪械霸道,其他方面也很霸道,据说是世界上最富裕的国家,一个美国人的生活水平,相当于18个中国人的消费水平。"

莫文丰没接张顺关于美国人生活的话题,这样的话题不是他的长项,而是随着说话的惯性往下说:"在中国用得最多的并不是勒些名牌手枪,而是我们国产的'五四式'手枪,我们教学用的逗是'五四式'手枪。"他习惯于沿着自己的思路走,习惯于用老师对学生的口气,其实用勒种口气对一个刚见面不久的人,是对对方的尊重,是他高看张顺。张顺要真能成为他的学生还得参加全国高考呢,还得分数上线,还得报考他所在的学校,还得有实弹课,否则,想当学生都不容易。

张顺说:"教授讲得对,我们打靶训练用的也是'五四式'手枪。"

莫文丰说:"对了。'五四式'手枪,也可以用阿拉伯数字54表示,勒种7.62毫米手枪是我国1954年仿制苏联TT1930/1933式手枪的产品。"

"勒种枪的好处是啥子?"张顺迫不及待地问。

"勒种枪的好处吗?嗯!逗是枪的自重有分量,自重重,好稳定,有效射程较远,一般的手枪的有效射程只有30米至80米,而'五四式'手枪的有效射程一般在50米以内可以直接毙命,100米以内也能进行射击,虽不能枪枪毙命，只要命中要害，也能非死即伤，是自卫和在近距离袭击敌人的非常适手的轻武器。"莫文丰若有所思地说。

"的确，枪的好坏很重要。女兵或者女公安平时拿的那枪挺漂亮的，是啥子型号？"张顺问。

莫文丰说："女兵或者女公安平时拿的是'64式'手枪，勒种枪是我国自行设计、研制的第一种手枪，1964年设计定型。口径7.62毫米，全长155毫米，全重0.65千克。"

张顺道："喔，是比较小巧的那类。真羡慕教授，中国装备的所有手枪你都玩过吧？"

"光有好枪还不行，还要有标准的射击姿势。"莫文丰没有接他的话题，而是继续他的"上课"。

"对，勒个也很重要。"张顺深有体会地说，然后又问，"你们科班的标准射击姿势是怎样的？"

"勒得分不同的姿势放枪。"莫文丰说。

"不同的姿势放枪？"张顺有点迟疑地问。

"对！"莫文丰非常干脆地说。

"都有哪些放枪姿势？"张顺问。

"比如，站姿也叫立姿，蹲姿也叫跪姿，还有逗是卧姿或者说趴着放枪。"莫文丰说。

"喔。"张顺点头附和。你看看张顺勒人，多么的虚伪，我逗不相信，他们保安培训连勒样最基础的东西都不讲？有可能是讲了，而他是永远把自己置于学习者的地位，放低身子，博得别人的好感，以便学到更多更好的知识，勒逗叫做人，张顺很会做人，虚心使人进步。

莫文丰虽然执鞭课堂，每次都有数以十计的学生听他讲课，但他也不在乎只有一个人听他的演讲。他继续说："站姿握手枪又叫立姿无依托。要头正、颈直、胸挺、腹收、腿硬，两脚自然分开吃力，两眼目视被射击物，两手伸直，右手握枪，左手托于枪柄底部，扣动扳机时自然呼吸；蹲姿握枪，头颈自然前倾，向前耸背，双腿下蹲自然分开，不要太宽相对内收到自觉满意，两眼目视被射击物，两手伸直，右手握枪，左手托于枪柄底部，扣动扳机时自然呼吸；卧姿握枪，身体呈自然俯卧，双腿尽量延伸，自然分开，两肩夹紧内收，两眼目视被射击物，两手伸直，右手握枪，左手托于枪柄底部，扣动扳机时自然呼吸。"

他总结性地说："手枪射击分慢射和快射两种情况，慢射适合手枪远距离射击，快射适合近距离射击。不管是哪种姿势，关键的技术要领逗只有那几步，一是枪要握紧，二是姿势牢固，三是自然呼吸，四是轻松射击。射击姿势的基本原则是，尽量利用骨骼承重，以减轻肌肉负荷，增加姿势的稳定性；尽可能保持肌肉用力协调，以保证人枪结合的稳定。持枪的手臂主要依靠伸屈肌的协调用力保持稳定，有利于固定关节。在没有依托物可以支撑的条件下，通过关节和韧带固定达到稳定。手枪姿势结构的重点是枪、手结合，手腕固定，肩臂动作协调和腰部力量的保持。最后，他笑着说，打手枪逗像耍一个玩具一样舒服。"这逗是他的一个教案，让张顺单独享受了一把。

他按照教材教程讲解，讲得清清楚楚明明白白，让张顺受益匪浅。

"为教授下点力气付出的是体力，收获的是见识是智慧，真好。"张顺讨好地说。

"勒才好一点点内容，射击基础整整一本书，40个课时呢。"莫文丰自豪地说，言外之意这只是个皮毛。

两人说着话，已经接近单元大门，前面一位老太太提着一个沉重的大塑料袋，估计是从外买菜回家，张顺突然丢开莫文丰推着自行车往前跑了几步，"王阿姨，我来帮您。"把莫文丰晾在一边。

"啊，是张班长呀，你看，今天又劳驾劳驾你了。今天菜便宜，我逗多买了些，没想到还真的沉。"王阿姨说着逗把手里的塑料袋交给了张顺。张顺把它放在自行车的后架上。

张顺这个保安队的班长，据莫文丰所知，既没当过特警，也没当过武警，甚至连兵都没有当过，更不是科班出身，能当上班长的确不容易。勒个小区保安队有四个班，每个大门一个班，每天24小时三班倒，需要6个人，白天或晚上由班长或副班长带班，勒样加起来至少8个人。莫文丰来时张顺显然是带白班，不是班长起码也是个副班长，班长管理7个人，副班长也要管理6个人嘛，还不能小看了勒个张顺呢。另外莫文丰也感受到勒个小区保安与业主之间的关系很和谐，王阿姨非常自然地把购物袋交到了张顺手里，没有丝毫的不适应，勒说明她对保安的充分信任。张顺在勒个小区不可能只给王阿姨提菜，而不对别人"有劳"，再延伸思考，其他保安会不会也与张顺一样做好人好事？完全有勒个可能，勒是个和谐小区。

在电梯口莫文丰赶上了张顺，此时张顺已把自行车支在了单元门前的一旁，手里提着那个菜袋子。

莫文丰摘掉了墨黑眼镜。

张顺非常热情地说："王阿姨，我来跟您介绍一下，勒位是警官大学的莫教授，是来我们小区看房子的。"

王阿姨转过身来上下打量了一下莫文丰，然后略带惊讶地说："啊，勒么年轻逗教授了？不简单，不简单，真是不简单，是来我们小区买房子的吗？今后我们勒个小区的安全逗更有保障喽。"老太太高兴地说，她把社会上对人尊重的"高配"当真了，看来老年人还是老年人，没有与时俱进，所以有个说法叫作"代沟"，此话一点都不虚。

"先来看看合不合适，目前还只是个意向，还没最终确定。"莫文丰没有解释自己的身份，倒是说了几句心里的想法。

"合适，合适，肯定合适。我们小区的保安个个都是活雷锋，小区里的人也非常好相处，我看你来我们小区最合适。"老太太一连说了几个合适，看得出，她对住勒个小区是比较满意的。她更希望有个公安来做邻居，多一分安全感，虽然小区外不远逗有巡警平台，小区有保安，但终觉得隔了一层，

"远水难救近火，远亲不如近邻"嘛。

张顺也顺着老太太的话说："我也觉得教授来我们小区住是最合适的。"当然，他绝不是为开发商或业主推销房子，莫文丰的学识在他眼里绝对是教授级的，他积极撮合莫文丰搬到小区来住，为了离得更近，经常请教的机会逗多了，他感觉莫文丰不是那种看不起社会底层的人，是比较好打交道，比较随和的那种人。

"努力争取来，与大家做邻居。"莫文丰微微一笑，笑得有点尴尬。

电梯上到6层，张顺说："我把王阿姨先送到家门口，再来陪教授，我晓得你在11层。"说完逗出了电梯门，王阿姨很自然，连感谢的话都没说，显然勒样的事情经常发生，她已经习惯了。

张顺返回看见莫文丰站在楼层电梯口时，嘴都合不拢了，有点吃惊地说："教授，你怎么没上去啊？看把你的正事给耽误了。"

莫文丰说："张班长勒种毫不利己专门利人的精神，让我钦佩，值得我好好学习，你是来陪我的，你做好事去了，我好意思一个人走吗？"此时此刻的莫文丰也是很会做人的。俗话说近水知鱼性，近山识鸟音。近朱者赤近墨者黑，跟好人学好人，人类的感染力是很强的。这个小区的风气逗是有形有象的传帮带，从而形成了责人之心责己，恕己之心恕人的风尚。

莫文丰要看的勒套房子在勒个单元的东南角，房号是11-7，他已经来过好几遍了，并且获得原业主的信任，把钥匙已经交给了他。不知是啥原因，莫文丰迟迟没有打款，还乐此不疲地反复看。

推开门，室内有些灰尘。虽然是二手房，但是从房屋修好到现在都没有人住过，因为是"清水"，没有装修。勒样的房子对于新入户是不会因这样那样的事忌讳的，外壁是旧的，房内却是崭新的，外壁给别人看，旧点有啥子关系，内腔是新的，装饰出温馨来逗适合过日子。

人勒一辈子真苦，从襁褓之中到牙牙学语，到读书，到从学校毕业，要麻烦父母，麻烦别人，勒个别人包括保姆、老师和对自己关爱过的人，欠了一屁股人情债。参加工作了要谈恋爱，要有住房结婚，特别勒些年来，住房是横在莫文丰与郑怀舒之间难以逾越的路障，让他们恋爱的马拉松整整跑了接近10年，太漫长了。过去是因为没有钱，10年熬过来了，现在有了钱，还岂在朝朝暮暮吗？再怎么急也不会急在勒一时半会儿，所以莫文丰在进行反复比较，一定要筛选出一套最好的房子供他与郑怀舒结婚。

"哇，还是三室两厅两卫，教授，我晓得你多次来看过勒套房子，但我从没进来过，今天是新媳妇上花轿头一回参观你的房子，很开眼界，真宽敞！"他们保安经常顺便给业主提东西，但进屋后基本上是放在客厅逗走，即使多进几步也最多提进厨房，绝少进房以后到别人家中乱转。莫文丰勒套房子因为没装修，逗不存在啥子忌讳。再加上张顺自以为他与莫文丰非常熟悉了，不管"教授"认不认，他自己已经把自己看成是莫文丰的校外门生了。这样一来，莫文丰这个高高在上的大学老师，与小区普通保安逗接地气了，虎生犹可近，人熟不堪亲。张顺在心理上有了自信，逗要自主些随便些。当然，勒对莫文丰也不伤皮毛，客来主不顾，自己是良宾，良宾主不顾，应恐是痴人，笼络个人心，为今后留下伏笔，找个帮手他也求之不得。

勒种户型的房子，虽然不到140平方米，但设计合理，基本没有浪费的空间，让人满意，又在第11层，采光好，通风好，感觉非常亮堂，大气。

明眼人一看勒房屋的结构，逗晓得莫文丰或者郑怀舒的心思，勒三间卧室的分配，肯定是小两口一间，老人一间，剩下一间是另一家的老人，或者是有小孩子了，保姆与小孩一间。勒不知是莫文丰的心思还是郑怀舒的心思，反正是把原来的想法换了，原来是为了节约钱，只准备买两室两厅一卫的房子。那些年手里没搓（钱）的，也没办法，自恨枝无叶，莫怨太阳偏。现在肯定是莫文丰有钱了，或者是有了挣钱的办法，他的钱是从哪里来的呢？是哪种挣钱的办法？算了，勒个问题先放在一边。

说实在的，他们家很适合勒样结构的房子。莫文丰的父母拉扯莫文丰不容易，有了房子应该接到城里享享福，勒是为人子女天经地义的事，不说中国的二十四孝，逗是常规亲情也应该勒样。

　　郑妈妈也应该接到一块儿来与小两口住在一起享受天伦之乐，莫文丰是无论如何也应该感谢郑妈妈的，她是挽救他与郑怀舒关系的回天之神。

　　想起郑妈妈的不容易，莫文丰感慨万端，他推开东边的窗户，满眼的翠绿挤进眼帘，此时已入夏多天，南方的树枝繁叶茂，绿得发深发亮，让人心旷神怡，让人陶醉。

　　张顺还在参观卫生间，他对啥子事都新奇。

第二十三章

顺同酒楼的小王勒几天总是觉得心头发毛，涩济济的，一想起那件事儿逗不安逸。那件添堵闹心的事都过去勒么些天了，还是放不下，像画片一样在她眼前晃来晃去，挥赶不散，困扰着她，弄得她吃不下饭睡不着觉，上班没精打采，心子里头咚咚直跳，忐忑不安。

事情是勒样的，半个月前的一天上午9点钟左右，她像往常一样到酒楼上班，无意间瞥见酒楼外那个枝叶繁茂的花坛转角处，坐着个身穿白色显绿方格子短袖衬衣、米黄色裤子，皮鞋黑得发亮，两个裤兜很鼓的平头男人，那人站起来大约有1.75米高。此时，酒楼上早班的其他人都在忙着，他们要接近10点才会在那里来"透气"，那个男人逗显得特别打眼。

她看他那一瞬，两人逗对眼了，勒还是她头一回在外头跟别人对眼。在她进酒楼大门以前，那个男人一直看着她，毒辣辣的眼睛像探照灯，不转向地盯住她高耸的胸。她警觉起来，那人肯定不怀好意。勒一段老有同事吼咐女人出行要注意安全，遇上邪淫之人，特别是被那些长期缺乏性生活犯上性饥渴症的男人盯上，少不了胡搅蛮缠，如果他要的东西不给，后果不堪设想。她越走越紧张，自己虽然不是啥黄花大闺女，但身体条件还不错吧，相貌姣好、性格温柔、大方体贴，对人亲切友好，自我评价少说也在80分以上；30多岁，算是有些性经验的人，大面上看应该是那些人袭击的对象。当然要是较劲儿过细，认真地说，的确不算啥子风姿绰约、沉鱼落雁，没有抢眼的美貌，但也没得啥子抢眼的缺陷。从农村出来，在酒楼打工，饭管饱，汤管喝，不吃白不吃，逗是身体壮点胖点，身子骨结实啥子不好，有劲！

小王的身相，粗看不得罪人，外貌的确不差。大眼睛，双眼皮，皮肤白皙，细密刘海，脸似满月，胸凸尖，腰上带了个小小的游泳圈，腚滚圆，手臂和小腿藕肉似的，润而不肥，是有些诱惑人的。这样的形象，不能怪她，酒店为愉悦顾客，把工装做小了，所有女工亮着腰，那一如薄纸的的确良粉色套装，隐约的风韵春色，吸引着男人。就小王穿着这身，虽然有点富态，可到酒店来消费的和酒店内部的男人不止一个说过她"性感"，她美，显然在他们眼中小胖并不减分。

男人们或许不是第一眼逗钟情于她，但她自信有足够的女性魅力，每天早晨起床都会在镜子前欣赏一番，越看越觉着耐看，不是吗？店里的小崽儿曾经多少次叫她"小贵妃"呢，她嘴上说他们"没个正经"，心里乐滋滋的。不过那是一帮20来岁的半截子幺爸，她可以敲他们的壳转儿（敲头），保持金身不败。那是一群没得好多钱的人，有钱道真语，无钱语不真，她不晓得他们是真的赞美还是另有所图，有的还爱支脚动手（动手动脚）想摸摸她或者借机挨挨擦擦，她才不屑接招，及时拂开（拒绝）。对他们合理的要求也不完全拒绝，譬如，工装的扣子落了，衣服裤子撕个口子帮他们撩起（缝起）之类手头上的活路还是做了的。她有时睡在床上想，他们中好多还是半罐水，说不定还不晓得上床后该朗个弄呢，那逗背油（费劲）了，她才不想教他们，那不成教唆犯了？她不想与他们中间任何一个闹出"姐弟恋"之类的风流。即便要风流也得找个能够呵护自己，给自己钱花的人。贫居闹市无人识，富在深山有远亲，没钱谁看得起？钱才是好东西，红粉佳人休便老，风流浪子莫教贫嘛，否则谁都莫想占便宜。

她觉得自己脸巴上又发滚（烫）了，要是在往天，那些半截子幺爸会说她勒个时候样儿是最乖的时候。还好今天大家都在做事，没被发现。

小王还想着那个平头男人色眯眯的双眼，曲光不正，勾人心魄。他一定对她有所图谋，真被他朗个样了，简直，奇耻大辱，还不知道朗个面对自己在老家的老公和只有几岁的女儿呢。哼，一个王耍耍（chua，不做正事），看上本姑娘，门都没得。一定要把裤腰带系得邦紧（系得很紧），千万不能把他惯适（迁就）了！

当然，勒种事在没发生之前是不能对人说的，说了别人会觉得自作多情，闷骚，或者心怀鬼胎，跳进黄河也洗不清了。有时她好像又想得很开，话说回来，山中自有千年树，世上难逢百岁人，人生苦短。她听别个说，现在在外头打工的人，男的有个女朋友，女的有个男朋友也不是啥子大不了的怪事，只要两情相悦，相互有个照应不是坏事，逗是发生点啥子，那也是男女之间自己的事情，谁会喝海水管咸事？勒个社会，来说是非者，便是是非人，是非终日有，不听自然无，只要今后回到家里守规矩逗行，现在的同事天南海北，今后哪个晓得哪个，哪个管哪个？

反复再三考量，小王还是不想让勒样的事情在自己身上发生，宁可正而不足，不可邪而有余。但勒样的事作为单身漂泊在外的女流是无法阻止的。命里有时终须有，命里无时莫强求。该发生的总会发生，不该发生的总是发生不了，唯有的办法是听天由命，不愿意逗加强提防，想通了逗主动给出去。她径直走进酒楼大门，不想去关注那个平头男人，免得逗花惹草，真的引狼入室，自找麻烦。

花坛椭圆形，占地有六七十平方米，里面是些常青的多枝多叶丛状灌木。花坛位于安然居小区大门入口左侧，正对着右侧旁边的中国银行鸣凤支行，两者直线距离大概40多米，勒个40多米是没有障碍的空旷地带，人们来来往往，进进出出。

建于20世纪中期的安然居小区位于恭州沙坝区唐家岗街道，南北走向，是个非常成熟的小区。小区大门与东西走向的新石路——桥石堡与新大桥相连路段，比较方便。辖区内有30个住宅小区、人口约3.6万，算得上比较集中的大型"人库"。

　　对于上班期间活动范围仅限于酒楼内外的小王来说，偌大的安然居来来往往地出现几个陌生人原本是件平常不过的事，但花台上的勒个男人与其他人相比不一样，太痴情了。从第一天起，逗令她印象深刻，也令她讨厌，只要她出现，他那撩人的眼睛逗没有离开过她身上那几处逗人喜欢的地方，她已经感觉到，他们之间似乎要发生点啥子，所以，她既害怕又有所准备。

　　"那些天的每个上午，他总是在花台上一坐逗是两三个钟头，几乎不动。我晓得他是在找我，有几次我跑到酒楼的高层换了个我能见他，他见不到我的地方观察发现，如果我不在，他的眼睛逗会不断地东张西望，有时也会看看斜对面的银行。"小王说。

　　让小王觉得奇怪的是，因为天气热，酒楼员工特别是那群小崽儿都喜欢到花坛边乘凉摆龙门阵。他们来自四方八面，不信没有老乡，勒个平头男虽和他们坐在一起，听着他们东拉西扯地打情骂俏，说东道西，却好像从来没搭过白（话）。

　　"他外表看起来不是傻里吧叽的，虽然盯了我十多天，打了十多天精神牙祭，但我有意不理他，啥子事情也没发生。我觉得他像个神经病，意淫。仔细观察，他不是很褛潃（lóusǒ，邋遢），穿的衣服裤子不是油济济（脏）的样子，说明经常换洗，从勒些情况看又不像神经病，应该是个生活能自理的正常人。我想到逗觉得害怕，逗把勒个事悄悄告诉了酒楼的经理。"小王心有余悸地说。

　　经理也怕，毕竟勒种事情有可能发生在自己企业的员工身上，他一是怕员工的安全受到威胁，今后有的是皮扯；二是怕员工受到利诱上当，吃亏闹矛盾扯皮撩筋；三是怕此类事情处理不好，闹得沸沸扬扬影响酒楼声誉。他当场表态要暗中调查，出面制止，希望小王自己注意安全。做服务业的总希望大事化小，小事化了，息事宁人。

　　顺同酒楼传菜的崽儿小李也说："半个月前，平头男逗在花坛台沿角坐着，每天是同样的装束，每次坐上花坛跷个二郎腿托着腮，很专注地看，一副沉思和憧憬的样子。我跟同事说过笑话，我们勒儿来了个'大卫·平头——思考者'，我以为他是害了相思病，看上我们酒楼的哪个妹儿，是来用心矫情挣表现泡妞的。那人有个特点，上午来，中午走，下午不来，到11点半逗不见了。后来隐约听说是看上我们王姐，我倒没有往王姐身上想，因为王姐经常挂在嘴边的是老公、女儿，对家庭勒样依恋的女人，一般是带不走的。加上王姐是我们的大众情人，我们许多小伙儿曾与王姐开过玩笑，王姐都能金身不败，我觉得他没有可能掳走那么成熟的'情人'。我也想过他有时那样心事重重，会不会是个作家，在勒里来体验生活，构思创新作品。不是有人说过嘛，文化人不修边幅，创作或构思的时候神戳戳的，把自己完全融入作品里的某个人物，写出来的作品才'叫座'。我看他有点像，据说现在还有农民工作家，我看他逗像个农民工作家，越看越觉着像，非常像。我想他是上午在勒里来找灵感抓素材，下午回去写稿子，上网现炒现卖。"小李本人是个"文学青年"，一副对作家出作品寻找创作源泉，启发灵感很行事的样子，并且还能区分出作家的类别身份。

与小王、小李不同，多数人一开始对平头男的出现并不在意，也没有注意到那人对小王有多大兴趣。三五天后，那群小崽儿感觉有点异样了，百思不得其解："为啥子勒个人天天坐在勒里，一声不吭，不声不响？"他们私下里也有议论，更多的是小和尚念经有口无心，也逗说说而已，并没放在心上。

那人在那里整整待了半个多月。

有一天没事的时候，酒楼的伙计坐在地坝和花坛边上休息。经理也在，还与酒楼伙计们开玩笑，讲黄段子，说说笑笑，打打闹闹。平头男仍不搭腔，在那里旁若无人地目视前方，沉默寡言。

经理与伙计们闹了一阵，逐渐向平头男靠近，找机会与他搭讪："你是不是在勒里等人？"

平头男看了经理一眼："你朗个晓得？"

经理："我看你勒几天在这里勒么专注,勒么深情,想来是在等一个对你影响很大的人。"

平头男："对,等人。"

经理问："是等一个在你眼中非常漂亮,温柔敦厚娴雅的女人吗?"他是比照着小王的模样在问。

平头男仍然目视前方,面无表情心不在焉地说:"也许吧。"

经理心头咯噔一下,看来酒楼小王的直觉是对的,勒人果真看上她了,小王说他性骚扰,说明她不喜欢勒个人,人家小王是"名花"有主的。勒样的事要是在社会上也逗罢了,扯了萝卜眼睛在,谁都懒得去管闲事。但事情发生在酒楼,逗不一样了,做生意讲究一帆风顺,和气生财,闹不好是会影响赚钱的。他觉得问题复杂,棘手,恋爱中的男人会不顾一切,甚至会做出蠢事来。勒个问题急速地在他脑子里转了一圈,他决定一定要注意态度,不可惹恼眼前勒个人,便试探地问:"是我酒楼的女人吗?如果是,我帮你找找她,也许能让你见见面,相互之间敞开思想好好谈谈,消除一些误解。"他感觉小王被此人盯上,他要化解矛盾,出面当个和事佬,至于是撮合还是拆散,暂时没有想好,管他呢,先让他们见见面,摸摸虚实再说,勒样至少可以平息一些冲动。他内心也在想,现在男女之间并不是啥子大不了的事。如果勒个男人不松手,逗尽量做小王的工作,撮合,只当多交一个朋友,要一段今后自然逗散了,没准还是个好事,反正现在的年轻人也逗玩个新鲜,玩个热络,热情一过,从此分开天各一方,再不往来。

平头男沉吟半晌,细看了一下经理道:"不是你的人。"

经理被他勒句话噎住了,觉得奇怪,一时半会转不过弯来,不知是喜还是恼,不是我酒楼的人,怎么会勒么多天都盯在我勒里不走;不是我的人,会是哪里的人?勒回是经理木讷了。好一会儿,他回过神来,心头的石头平稳落地,管他哪里人,只要不是我的人逗烧高香拜神到家了。他让人毫无察觉地轻舒了一口气,为了缓解尴尬,他小心地掏出纸烟递过去:"烟不好,凑合着抽一支解解闷。"

平头男："我不闷。"

经理："抽一支，混混时间嘛。"他的语气相当舒缓，尽量放低身架。

平头男："不抽。"

平头男与经理对话时，语言简短而平和，不愿意多吐半句半字。既然勒样，经理也不愿过多地把精力放在勒上面，事不关己，高高挂起，顺其自然吧。

对于勒位平头男子，不光是小王、小李、经理惦记着他，还有一位女人也惦记着，他硬是有缘分，勒是一位姓刘的婆婆。

刘婆婆今年60多岁，已经退休多年，之前是恭州市某区的一名区级领导干部，住在轻风山下的别墅区。

轻风山是恭州主城的另一座山，恭州被称为山城或江城，主城的几个区是划山而治或被江隔开，除光复山、轻风山之外，还有晋云山、铜锣山、歌乐山、南山、玉锋山、云天山、神灯山等，每一个城市组团是靠桥和隧洞相连。

轻风山森林公园既是恭州市内独一无二的天然石头公园，更是市内近郊短程休闲度假不可多得的避暑胜地。山里有众多游览兴奋点，让你笑游全程，妙趣无穷，移步换景，感悟人生。

如果有缘登临山顶，极目万里，凭栏远眺，云海苍茫，几多豪情壮志溢于言表，游完此山有人曾问："造物主为何如此吝啬，此类奇山不在全国多赐？"

轻风山原是宗教禁地，现已撩开神秘面纱，辟为原生态森林公园、地理知识教育基地。

轻风山气候宜人，夏季温度比有火炉之称的恭州市低5到10摄氏度。

轻风山海拔1 140米，悬崖陡峭险峻，怪石林立，千姿百态，主要有舍身岩、舍命岩、棋盘石、灯盏石、猴头石、蛇脱壳、狗钻洞、铁门槛、玉米窝等，在人们感受天然奇趣之时，产生奇思异想。

刘婆婆有坚持锻炼的习惯，锻炼的方式是每天下午沿山上下而行，每天走4个钟头，勒个习惯坚持了10多年，让她多活了10多年，让她重新焕发青春，增强活力 10 多年。她原是个癌症病人，办理了病退，10 年走下来，病魔烟消云散。所以，只要不是瓢泼大雨和大雪封山，她穿着雨衣都要走一圈，风雨无阻，天晴更不待说。

天气好的时候，她边走边晒太阳，有时拿出吊床，往两树之间一系，便在树林里小睡片刻，养足了精神再爬山，轻松愉悦。

轻风山有的地方比较陡，山路直上直下，有的地方没有路，只有钉在石头上的铁梯，走起来有一种探险的体验，但又不是很高，绝对安全，只是一点小小的户外挑战，因此是一些户外运动初级爱好者练习的好去处，还有的人带七八岁的小孩来爬山。

轻风山山脚不远处是青松坡水库，坝长 123 米，坝高 36 米，雄伟壮观。青山环抱湖面，绿水与蓝天浑然一体。白鹭、苍鹭是湖岸的常客。阴雨时雾气笼罩山巅，天地浑然一体，物朦胧景迷离，更添几分神秘；晴天日射森林，彩带环绕，薄雾从四野腾起，飘然、轻盈，变幻莫测，恍若仙境。

6 月 24 日下午，刘婆婆背着睡袋行囊朝山下走，一路上她想着轻风山得名的龙门阵，觉得很有意思。相传明正德六年（1511 年）春武宗皇帝朱厚照游过此地，提笔写就"沐浴轻风上山顶"的逸闻，所以又叫"圣上山"。她当时想，皇帝出行后宫紧随，那时圣上山不通马路，嫔妃的小脚怎么走路？如果用轿夫抬着，前后起码数十公里，场面是何等壮观，如果有一个嫔妃要解小手（小便），有多麻烦？走着，想着，她不自觉地逗笑了。

勒些传说优美动人神奇，让人浮想联翩。

突然，一声闷响。刘婆婆一惊，循着声音响起的地方看过去，前面 10 多米远的地方，一名男子右手拿着一把手枪，对准面前的树林，枪口还冒出一缕淡淡的青烟。她胆怯了，不敢再往前走，玩枪绝不是啥子好事。

"砰！"还没等刘婆婆反应过来，又是一声相同的声响。刘婆婆亲眼看到勒名男子朝着松树开了一枪。"我被吓惨了。"刘婆婆很紧张，心里直打鼓。这两声枪响，让她又不敢停步了，怕引起持枪人的怀疑，只得壮着胆子继续往前走。那男子也注意到了刘婆婆，没正眼看她，慌忙把手中的枪插进腰间。

男子装束奇怪，头戴一只没顶、深墨色的能反光的帽子，从空顶看出蓄平头；罩着面纱的脸上戴一副黑色墨镜，鼻子和嘴露在面纱外面。勒是刘婆婆第一次看到这样不伦不类的装扮，那面纱有可能是挡蚊子飞虫之类用的。

上山锻炼或旅游的人有些奇怪的装束或变换装束是常事，一般走热了把衣服搭在肩上或围在腰间，身上也会有些附随的物品，如水壶、毛巾、口袋之类，但像他勒种离谱装束的人还真少见。勒人是一种不完全"捉蜂人"的装束，捉蜂人的嘴和鼻子是在面纱里面，而他的嘴和鼻子却露在面纱外面。男子身高1.75米左右，身材偏瘦，很健康，30多岁。

刘婆婆晓得自己没退路了，倒回去会弄巧成拙，很有可能引起那人的猜忌而被误杀。为了壮胆，她假装毫不在意地哼起了歌曲："乌江天险从飞渡，兵临贵阳逼昆明……"硬着头皮一步一步向前走。

近了，更近了，她看到一个秘密，男子脚边有一只黑色大提包鼓鼓囊囊的，与一般手包相比，大得离奇，至少可以装下一床10斤重的棉絮。她不晓得那包里装的啥子或者准备去装啥子。当时想，勒不是好人，至少随便打枪逗好不到哪里去，但也认不出是哪种坏人。会不会遇上了恐怖分子？据说恐怖分子应该是团伙，她用眼睛的余光看看周围，没有发现啥子迹象，也有可能其他人在林子里，正盯着她呢。很有可能，如果不是，勒个人怎么可能把脸罩得严严实实？她敢肯定勒人不可能是公安或者国安在执行什么任务，直觉告诉她勒人不地道。但她又想自己退休10多年了，对现在的一些事拿不稳，万一是国安或者公安的便衣人员，打入某个贩毒团伙中做卧底，实地侦查，再顺藤摸瓜，最后来个大起底一网打尽呢？电视剧里不是经常有勒样的镜头嘛，卧底人员的行为比真的坏人还要"坏"，为了起底的时候不着（不被）误伤，装束也是黄牛的卵子——格外一条筋，要是她不掌握方法，横插一杠，喊来公安把人家暴露了，坏了国家的任务，岂不犯大错误了。勒样一想，她又立即打消了报告公安的念头，还是稳当点好，不要咸吃萝卜淡操心，乱管闲事，误了党和国家的大事。

当刘婆婆走到那名男子身边时,他突然说话了:"老太婆吼啥子,吼个锤子,各人快点走路。不要多事,多事我叫你死得早!"刘婆婆更紧张,不敢再唱了,不敢回头看,一路快步直至一溜小跑地下山。刘婆婆见那人没有在身后打黑枪,确信了,心里想,他应该是国安或公安人员在执行任务,装得真像,以勒样的装扮,勒样的口气,一般人绝对认不出来。如果他是坏人,要跟我过不去很有机会,从与他擦肩而过到背对他的第一步,第二步……离开,由近到远的,他有时间,随心所欲逗可置我于死地。

她暗自庆幸自己的判断力,确信那是个公安的卧底,她认为要真是坏人,她发现了他的秘密,肯定会被杀人灭口,让她去见马克思,哪还会让她轻轻松松跑掉。

对平头男发生兴趣的还有一个中年女人,她是轻风山下安然居小区的保洁员梅宁,每天早上6点左右,她逗到小区打扫卫生,扫树叶。她记得,平头男每天早上8点多接近9点准时到达安然居小区花台,在那里逗留2个多小时,11点多钟,顺着花台一侧离开安然居,重复着相同的动作,离开时走相同的路线。

"每次他走的时候,都会到银行门口转一圈,不进银行,然后往西南方向走。"梅宁说。

一位开日杂百货店的周姓商户称:"其实,平头男多次出现在安然小区周围。他在6月上旬逗来过勒里,有时也到我的店里坐坐,傻呆呆的样子,对什么事都无动于衷,一声不吭,不看商品,不问价也不买东西,经常坐在我门口白耍,我看到他好多回。好像很喜欢小孩,看到我家的孩子,逗勒么看着。"说着做了个凝神静视的神态后继续说,"也不眨眼睛,一看逗是两三分钟,我当时心里发毛,怕他是偷小孩卖的人贩子,也盯着他看,盯得他不好意思,最后逗走出我的店,到银行对门酒店的那个花台坐几个钟头,我一直注意着他,从玻璃窗看出去,他一屁股坐下去逗那么坐着,每天11点多走的时候都要到银行的一侧门边站一会儿,好像是为了蹭空调吹凉风。我当时还在想勒个人疯扯扯的,不是疯子也是傻子,在勒街上耗时间,现在哪儿不能挣钱?把时间浪费了真的可惜。勒人有点高有点瘦,没啥子表情,不笑,也不说话,很闷的。"

在安然居小区卖早点的韩师傅,是另一个为数不多与平头男说过话的人。

韩师傅的早点店逗在中国银行鸣凤支行入口左侧的小区公路边,7月3日早上,平头男到他的店里吃早点,那是他第一次在勒里吃早点。因为勒个店的早点有些名气,来吃早点的人比较多。那天早上与平时一样,没啥特别,店里很忙,包子上了笼屉,做白案的韩师傅放下面点师围腰,系上服务员胸兜,帮着送餐。

"他要了稀饭、咸蛋、一笼包子,按规矩,店里免费给他送了一小盘咸菜,我是用托盘送上去的,这样做碗和盘子放到桌子上的时间就长一些,能够比较仔细地观察顾客,平常我们对顾客也逗随便瞅两眼,但勒个顾客比较特殊,他蓄着平头,左侧眉毛上有一颗痣。"韩师傅说。

"我跟他开玩笑说,兄弟,你眉毛上有颗痣,勒可是个好兆头,痣长在那里逗是一颗发财痣。看来,你很会挣钱。"韩师傅说。

平头男双眼发亮,手里剥着咸蛋,眼睛却看着韩师傅,兴致勃勃地问道:"你会看相吗?"

"不会,不会,我是开玩笑,说着玩的,不过上我们店里吃饭的客人,也有说我说得很准的哟。"韩师傅打着哈哈继续忙着自己的生意,他本意也是投其所好,逗客人高兴高兴,谁都喜欢听恭喜发财的吉言嘛。

平头男一边吃早点一边说:"师傅,你别走,过来跟我说说面相。"

韩师傅乐呵呵地说:"我会说啥子面相哟?完全是蒙的。"他没有接茬进了厨房,他还要给其他顾客取饭呢。

平头男吃饭很快,三下五除二,几口吃下早餐逗把座位让出来走了。

韩师傅说,平头男当时说话的时候还特别客气,显得有点修养的样子。

看着王姐勒段时间情绪低落，心事重重，没精打采的样子，同事刘斌安慰王姐开玩笑说："莫想了，勒人可能是来抢银行的哟，让有钱人去提防他吧，你一个打工妹，有好多钱去存，何必要自寻烦恼，你想朗个多有啥子用，莫计较，不要影响心情，我们不想看到你愁眉苦脸的样子，我们想大众'情人'高兴些。"他这是寻小王开心。

这几天小王对自己多有自责，好像失魂落魄似的，突然有了被弯酸、被欺侮、被冷落、被抛弃的感觉，六神无主。默倒（以为）平头男为她而来，现实却一盆冷水淋湿了那高昂的热情，气势一泄顿时那些小心思就偃旗息鼓。当初，她把自我清高的事张扬出去了，听说别人根本逗没把她放在眼里，根本逗没想搭理她，逗觉得丢人丢大了，心里一时还转不过气来，划着盒盒儿想：背后肯定有人指我脊梁骨说，不知好歹，一厢情愿，自作多情呢，没脸见人，现在调转（回过头）还觉得与平头男的这段"姻缘"淡瓦瓦的（平淡无味）了。女人嘛逗是脸墩(颜面)薄，面子重要，只要你碰到了最软的那块肋巴骨(肋骨)，逗会像猫被人提起后颈窝——蔫儿了。当初高高在上不理不睬，这会儿好像就应该与平头男发生点啥子，逗应该投怀送抱才能解除纠结，结果两人的事还没架脉（开始）逗结束了，自尊心受到伤害。勒件事摆在那里，说大也大，说小也小。被人说不舒服，"恶语伤人六月寒"；不被人说，不可能，否则，朗个会有"谁人背后无人说，哪个人前不说人"的俗语。其实关别人屁事，各吃各的饭各做各的事，才没人在乎呢，只是自己觉得没脸，进茅司（茅房）不带草纸——想不揩（开），逗郁闷自己，生别人的气呗。

刘斌勒话，原本是一句戏谑之语，没想到，一语成谶。酒楼旁边近在咫尺的中国银行鸣凤支行果然出了大事。

银行员工上班的时候是非常认真，专心致志，集中精力，思想高度集中的。但万事都不可能只有它的"单面性"，而没有"多面性"。勒样的工作态度在"一万"的时候是被绝大多数人认可的，但在"万一"的时候，也有不被人认可之处。

四天前的那个上午11点左右，逗出现过一次人们意料之外的"万一"。

那天，那个时段，中国银行鸣凤支行大厅人来人往，工作人员都在忙碌着自己手头的活儿，大厅扩音喇叭不时地叫着办理业务的号码，保安陆彪在大厅来回巡逻。勒是他的职责所在，越是忙碌，越是要加强游动，眼观六路耳听八方，不可固定在一个地方站"钉子岗"。

突然，一辆警车飞速驶来，停在门口，车门打开下来几个持枪警察，立马又有四五辆警车接踵而来，下来一群警察，警车来得悄无声息。大家觉得奇怪，大厅没有听见报警声，也没有发现有谁拉警报器。几个全副武装一脸严肃的特警推门而入，陆彪迎上前去，特警亮出证件让他闪开并快速地占领了各个通道口子，领头的人向厅内喊话："各位顾客，各位工作人员，请配合我们执行公务！"要求所有人员停在原地不准动。

顾客和工作人员都愣住了，作为安保员的陆彪都不晓得发生了啥子事。银行附近的路人也挺惊讶，纷纷驻足观看，期待着有个说法。有好事者也向附近的人打听发生了啥子事。当然在事情没有完全搞清楚之前，是没有人敢发布"小广播"的。勒种打听完全是徒劳，事发突然，谁也不可妄加评论。

十分钟左右，特警询问了工作人员和银行领导后，陆续撤出大厅，上车离开了，大家稍微轻松一点，脸色逐渐恢复了正常。外人觉得奇怪，没说个子丑寅卯，荷枪实弹地来了，悄无声息地走了，到底发生什么事呀？逗是银行内部的人，也莫名其妙，拍摄电影电视剧也得通知一声啊，没有任何人接到通知，事前没有任何征兆。当然，有个人是高兴的，勒次行动无疑是为他下次的阴谋进行了预演，不管他晓不晓得事情真相，都达到了实际的效果，让银行职员释然，在思想深处放松了警惕。

后来才听人说，勒家银行的自动报警系统向110指挥中心显示：在全国多处犯下抢劫杀人命案的那个曾在黔筑省武警部队当过特警、练就一身"本事"的陈贡开在该银行出现。恭州警方十分重视，指定了此次行动的第一责任人和指挥官，立即指派正在附近执勤的特警、巡警、刑警、派出所民警快速出击，火速赶到现场。出警的民警全副武装，子弹上膛，各就各位，各把其要，各负其责，迅速把银行及其周边搜了个遍，连陈贡开的影子都没得，警方很快得出结论，那小子根本没在勒家银行出现过。

事情发生得勒么蹊跷，许多人围着不散，要听下文，这可不是好事，会影响声誉。无奈之下，柜台工作人员叫来一位不愿透露姓名的行长向在场的公众解释了问题的来龙去脉：工作失误造成身份证号码误输，"有人不小心按错了键盘，输入了错误的信息"。

因为一位工作人员看到满街贴着抢劫杀人犯罪嫌疑人陈贡开的通缉令，认真地阅读了通缉令上面的信息，记住了，在工作时无意之中误将陈贡开的身份证号码，输入到电脑，连接到警方的警报装置，引来勒么大场误会。

该银行另一位不愿透露姓名的工作人员还有另外一番说法，因为银行一工作人员看到陈贡开的通缉令后十分好奇，想看看这家伙到底长啥子样子，逗输入陈贡开的身份证号码，哪知，银行系统与公安系统后台是相通的，输入身份证号码后，系统自动报警，引发了勒场乌龙。万般解释不离其宗，反正这事儿是陈贡开引起来的。勒场乌龙严重影响了警方的正常工作，在群众中也造成了不好的影响，权且作为一次考核公安的超级"防盗防抢演练"。

其后，警方的新闻发言人在公开场合提醒全国广大银行工作者，切不可随意将网上通缉的犯罪嫌疑人信息输入到查询系统！

虽然是虚惊一场，但事情发展到勒个时候，啥子情况都已经明了，所有的箭头都指向同一个目标：奇怪的人——平头男。平头男逗是陈贡开，陈贡开还会做啥子奇怪的事？谁也说不准，唯一晓得的是神州大地已经布下天罗地网，各地警方已经牵着口袋张开大嘴，等着陈贡开钻进去。后来的事态逐一证实了大家的疑问。

刘斌的那句逗小王玩的话谶言成真，或者叫作未卜先知，诸葛亮的神机妙算，话虽然放在那儿了，可惜人们没在意，没人把它当回事，包括他本人，只是把它当成劝善的戏言，话完事完，话明气散，没有引起任何程度的重视。

7月9日上午9点多钟,小王一如既往地按时赶到酒楼上班。轻风山下安然居小区旁边中国银行鸣凤支行已于上午9点准时开始营业。尽管她对平头男已经失去兴趣,但因为有了以前那一些的心理活动,还是惦记着那个"神经病",快到酒楼的时候,她心有不安,有意无意间朝花坛那边望了望,让她感到意外的是花坛上空空如也,已经坐了半个多月的"神经病"竟然没有出现。

9点30分左右,酒楼员工集合完毕,早餐后不久,对面的银行一起惊天血案发生了。小王心里咯噔一下,她认真地对刘斌说:"如果明天'神经病'再不来到花台,逗被你猜准了,肯定是他干的。"9日下午,恭州警方逗公布了"7·9"持枪抢劫案犯罪嫌疑人平头男及其照片,照片上那人,正是在花台上连续坐了半个多月的"神经病"。

直到警方的通缉令贴满山城的时候,顺同酒楼的伙计们才恍然大悟:勒个当初被王姐嘲笑为"神经病"的陌生男子,正是身背数条人命、多地枪击案的犯罪嫌疑人平头男。中国人逗是勒样,擅于过后方知,"马后炮"。如果真的能吃一堑长一智,那绝对是个好事。看着真人照片,大家方才回过神来:平头男哪里是看上酒楼的妹儿或者是在花坛等待别的女人?那是他在为抢劫作准备,是踩点,是在探索银行周边的"规律"。

"他的心理素质太好了。"顺同酒楼那些与他玩过"守坑"、推辞过"香烟"的崽儿们指着通缉令上的照片叹息道,对那段"共处"心怀忐忑,余悸不断。

"想起来都后怕,恐怕是那天早晨他心情好,加上我好言相待,才没有发生过节,没结梁子,没得罪他。否则,我不成了他的靶子吗?"韩师傅忧郁地说。其实他说得也不全对,人家主要是要钱才顺便要命,你没钱又没挡他财路,又是清早八晨在店里那样人多事杂的场合,平头男是不敢无缘无故开枪的。

平头男的确胆大包天,他到安然小区附近踩点的那半个月,当地派出所还曾经来人检查过小区的网吧,并且警察逗留的时间还不短,来来去去也有好几个钟头。小区保洁员宁梅说："警察从他面前经过，他像没事一样安稳泰然地坐在那里，那么镇定，那么释然，旁若无人，该打望打望，该沉思沉思，不慌不乱，情绪上没受到一点影响，面不改色心不跳，自由自在地坐在勒里。现在人们想起来，太淡定太镇静了，淡定镇静得离奇，他的'戏'演得绝对一流，真是画虎画皮难画骨，知人知面不知心。"

对于未能提早发现平头男的终极行为，酒楼伙计小李感到遗憾。他说之前也曾见过警方第一次发布的通缉令，照片上是一个模糊的叫作陈贡开的人，并没有想到逗是他。他说："看到现在贴出的犯罪嫌疑人清晰的头像，一下子逗认出来了，早晓得我逗该去得'线索'奖，绝对没得问题。"

有伙计说，在那半个多月里，他还曾向平头男递烟、搭讪，耍嘴皮子，以为勒个突然出现的男人是新近搬来的小区住户，坐在花坛上是为了熟悉周围环境，为今后进出方便选道路呢，要是晓得他是个罪犯，顺手逗可以把他扭送到派出所，也逗少了后面发生的一切。

刘婆婆后怕得不得了，她从电视里看到对平头男的通缉消息后，浑身都不自觉地颤抖起来："勒逗是我看到的，蒙着面朝树打枪的那个人。"

十多天来，刘婆婆一直没有睡好觉。她心里藏着这个秘密，不敢对任何人说。7月9日上午，小区附近来了很多民警。一打听才晓得一个多小时以前发生了枪杀案。刘婆婆偷偷地把勒个秘密告诉了在家门口附近蹲守的民警："我曾经在山上遇到过一个神秘男子，很有可能逗是抢劫匪平头男。"

刘婆婆带着民警上山，指认了那片松林的那棵树，那树上现着个小孔疤子，那逗是枪眼。后来，刘婆婆到派出所做了笔录，指着平头男的照片说："对头，逗是他，我当时还以为是你们公安或者国安派出的打入敌人内部，只身入虎穴，卧底抓毒枭的'孤胆英雄'呢，要是早晓得勒个是坏人，我肯定会毫不含糊，立刻报警，叫他早点洗白（完蛋）。"

第二十四章

休眠了大半年的抢劫杀人案再次在恭州上演，犯罪嫌疑人又在主城现身了。勒一次他胆大妄为，显得有恃无恐，选择在光天化日以毫无遮拦地裸貌方式，在大庭广众面前现身。俗语说，你要太疯狂，就叫你灭亡，死期已到，回光返照。人之将死，物尽其量，人尽其狂，让你在癫狂中防不胜防，你逗自自然然疯扯扯地去见阎王。

7月9日上午9时34分，恭州市轻风山康居苑社区天然居小区旁，中国银行鸣凤支行储蓄所门前发生持枪抢劫杀人案。

接到报案，吕凌霄带着"4·22"专案组全体干警出动，他们赶到出事地点时，派出所民警、巡警、特警、武警已经把现场保护起来，他们立即投入工作。

犯罪嫌疑人打死2人、打伤1人，抢走死者的浅黄色女式单肩大挎包，逃离现场。

郑怀舒掏出笔记本与小安进行现场笔录。吕凌霄与刘春生、小幸忙碌着拉尺、画圈、照相、取样，各项工作有条不紊地进行……

经过笔录分析、现场照片比对和银行录像回放，案发的过程很快出来了：7月9日9点23分，恭州市齐白区女子黄某和小叔子缪某，来到恭州轻风山康居苑社区中国银行鸣凤支行储蓄所门前。他们曾给成某做木工活，约好当天收欠款10万元。成某先付了3万元，约他们到中国银行取余款。9点30分成某从银行取出 7 万元，交给黄某。

两分钟后，惨剧发生。守候在银行门外的犯罪嫌疑人快步上前，几乎没有半点迟疑，对着从银行走出来的一男一女举枪便射，整个过程，快速果断，冷酷凶残。

黄某当场死亡，缪某颈部中枪，血如泉涌，昏迷不醒，在送医院的途中死亡。

犯罪嫌疑人抢过黄某的浅黄色挎包，转头向轻风山立交桥方向逃跑。银行保安陆彪提着警棍追出来，犯罪嫌疑人转身又发两枪，将保安陆彪手臂打伤。陆彪虽然当过几年武警，也练过一些擒拿技术，但他心有余力不足，手里没有"硬火"，受伤之后逗"虚"了，畏惧了，不敢再往前追。凶手把枪别在腰间，向前几步停了下来，把手提包放在康居苑社区顺同酒楼后门的花台上，将里面的现金装进一个编织袋。随后，快速向前几步跨上一辆"摩的"，向新桥方向绝尘而去。

在现场，刘春生发现了一个奇怪现象，在死者黄某身上没有找到手机。黄某不可能没有手机，这是当今工薪阶层不可或缺的通信工具。只有两种可能，要么是犯罪嫌疑人搜走了，要么是黄某将手机与现金放在一块儿，被嫌疑人一并抢走，这两种情况都说明，黄某的手机在犯罪嫌疑人手里。真这样的话，他逗是自作孽，不可活，为公安破案增加了线索，也为他自取灭亡加了一条绞索。他及时把勒个情况与小组的同行们做了通报。

郑怀舒说："据保安陆彪反映：7 月 9 日那天，他正在银行大堂巡逻，突然听到两声类似'爆胎'的声音，接着看到大门外面有两个人陆续倒地。顿时，地上全是血，旁边的那些来办业务的人都吓呆了。"

陆彪心里一堵，知道大事不妙，有人持枪抢劫，应激反应下他快速追出去！他几步跃出大门，追出 30 多米，眼看只有几步远了，犯罪嫌疑人转过身，盯着他，面无表情地从裤兜里掏出手枪向他对准。惯性让陆彪又向前跑了几步，根本来不及躲避藏身，只是向左闪了一步，几乎同时，一声沉闷的声音从枪口传出，子弹穿过了他的右手臂。

陆彪右手臂一阵钻心的痛，腰杆一软，倒在地上，眼睁睁地看着凶犯逃离。

杀伤保安后，犯罪嫌疑人把枪坦然地别回腰间，向后看了一眼，不慌不忙，大摇大摆地走离现场，淡定得连小跑都没有，一副"大爷"出行，无所畏惧的样子，显得胸有成竹，从容不迫，镇静淡定。

外围的各警种进行设卡、过检、清理出租屋，全城实施大搜捕；行动组各位成员充分整理自己获得的资料，紧锣密鼓地进行案情分析，随时把最新的研究结果，交由一线警种去实施。

李海虎说："在阳山、千川、故陵发生持枪抢劫杀人案以后，阳山警方按照市局的统一部署，先后派出警力赶赴故陵、千川、恭州等地协助侦查。目前，他们向行动组提供了许多有用的线索，我们要围绕勒些线索，结合掌握的情况进行分析，力争尽快锁定犯罪嫌疑人。"

刘春生说："我说两点，第一点，'7·9'案的杀人凶器仍然是'五四式'军用手枪，虽然还是没有找到弹壳，但我们采用其他技术手段得出了结论。勒个案子与发生在故陵、千川、阳山、恭州等地的多起持枪抢劫杀人案具有许多相同点，我认为是同一犯罪嫌疑人所为。"他说得很自信，很肯定。

小幸补充说："我们把前几起案件死者被枪击的伤口弹道，与在'7·9'案中死亡的两人伤口弹道进行解剖对比，用科学仪器排除距离、角度等其他因素后，弹道形状惊人地相似，几乎一模一样，我认为可以确定是同一把手枪所为。"

刘春生接着说："第二点，我们根据阳山警方侦技人员收集到的犯罪嫌疑人遗留下的物证，提取到的混合型DNA信息，和故陵警方在'5·5'案中豪陵墓地提取的犯罪嫌疑人留下的食物残渣中获得的DNA信息，与我们对每起案件现场周边及对犯罪嫌疑人活动和出现的每一个场所进行勘验检查所获得的DNA信息比对，得出结论：四组DNA信息完全相符，没有差异。"他讲的勒一点是对第一点的保障、解释和确认。

小幸补充说："虽然勒是一个艰难细致的过程，但我们成功了，我们敢拍着胸膛保证,恭、阳、千、故勒几起案子的作案嫌疑人,与上级领导的决策高度吻合,是一人所为。"她讲到勒里时,有些兴奋,脸上爬满红晕。谁都能想象,得出勒个结论是非常不容易的,不知要做多少工作,不知要排除多少疑点,不知熬了多少个通宵。虽然之前领导几次作出决定,几个案件并案侦破,但多多少少有些估计判断的成分,估计判断需要她们技术组用现代科技印证。现在,科学的佐证出来了,并且是她亲手参与拿到的科学依据,她当然高兴,换了别人没准还会手舞足蹈,得意扬扬。

郑怀舒说:"我和小安赞同技术组的结论,勒个案子与'4·22'案,为一人所为。除了弹道解剖学比较外,还在作案方式上也有惊人相似,近距离射击,心狠手辣,一枪爆头,不留活口。"看来在上会前她已与小安进行过探讨。

李海虎赞扬地说:"技术组提供的依据非常重要,也得到了小郑、小安的首肯。勒说明,我们从一开始的判断逗是正确的,侦破方向一直没错,在侦破决策上没有走过一点弯路,减少了破案经费,节省了成本。"

郑怀舒正在埋头记录,放在会议桌上的手机跳了几下,白光闪闪。手机的震动提示,有电话来了。她一把拿起手机走出会议室掩好门。

电话是莫文丰打来的。

"我在开会。"郑怀舒轻声地说,回头看了一眼会议室。

"我晓得你在开会。"莫文丰说。

"晓得为啥还打电话?"郑怀舒问。

"勒不是事情很急嘛!再说了,你们的那些事一时半会儿还办不成,我们勒事拖不起了。"莫文丰说。

"啥事,非得勒阵说?"郑怀舒问。

"买房子呀!"莫文丰说。

"喔。"郑怀舒软了下来,看来勒是她的软肋。是啊,对她个人来说,勒是个很大的事情,一直忙于案子,根本没时间亲自陪着他到各个现场去耗,只能让莫文丰操心了。她现在真正体会到他的那份工作的优越性，于是把手机向耳朵贴紧了点，"你说吧，简短点。"

莫文丰说："我看好了一套房子，非常适合我们勒个家庭，三室两厅两卫，开窗见绿，物管巴适（很好），友邻和谐，治安良好，今后把你妈接过来和我乡下的老人接过来都不成问题，逗是今后有了孩子请个保姆也可以对付，为了勒套房子，我一趟一趟跑了四趟，反复查看反复比较，现在可以确定了，勒是最适合我们的房子。"

真是啰唆透顶。郑怀舒只好耐着性子听完后问："在哪个地段？"

"在桑树坪，一个非常好的小区，出门逗有菜市场和购物大超市，还有步行街、电影院，今后生活起来绝对不错。"莫文丰有些兴奋地说。

"桑树坪现在没有新开的楼盘呀？"郑怀舒说。虽然她没去现场，但在百忙之余，她也没放过报纸上的房产信息。

"不是新房，勒是一个成熟小区的二手房，小区建好已经有将近10年了，里面的道路全部硬化，主干道是双向两车，小路全部铺设了透水砖；树木全部成林，高高矮矮的都有，高的是乔木，矮的是灌木，底层是花草；休息椅也很完善，每隔四五十米逗有一个；是个很不错的二手房，装修后会更好，反正外面墙虽然有点旧，那是给别人看，只要里面舒服，我们自己感觉舒服逗可以嘛。"莫文丰简直不懂事，啰儿八唆，没完没了。

"哦，我说嘛，新房我们恐怕买不起。好大的面积？"郑怀舒耐着性子问。

"140个平方，我是勒样想的，等房子装好后，把我的父母接来住一段时间，在恭州转几天，让他们开开眼界逗回乡下去，只住勒一次，今后……"

"钱怎么解决？"不等莫文丰说完她另起了话头。她晓得，要买个140平方米的住房，钱可不是小数目。郑怀舒不是不想公公婆婆来恭州与他们同住，而是八字还没一撇，并且现在是在开案情分析会，容不得他继续唠叨下去。

"我是勒么想的，长痛不如短痛，我手里不是有些钱吗，再把你妈现在住的那个小户型卖了，作为首付，再搞个25年房贷。"莫文丰似乎在加快语速地说。

"好吧，你们去商量吧！"挂了电话，她怕耽误的时间太长，影响她对案子判断的思路。

勒个莫文丰偏偏在勒个时候打电话，并且啰啰唆唆不住口，要不是她断然挂了，还不知要说多久，她真的搞不懂他了。

郑怀舒赶紧回到会议室，会议正进行着。

吕凌霄说："我们行动组也颇有收获。我看可以揭开谜底了。我们在阳山、千川、故陵警方的大力协助下，开展了艰苦卓绝的案件侦查，效果非常好，先后在多个方面取得突破性进展。"

李海虎眼睛一亮说："展示展示最新成果。"

吕凌霄接着说："一是发现了犯罪嫌疑人的无伪装视频资料，根据勒个资料，我们翻印出了犯罪嫌疑人的正面免冠照片。"说完他把案情通报举过眼前向大家晃了晃，上面比较清楚地呈现出一个男子的半身人头照片。

李海虎："哦！勒的确是个重大突破，拿过来给我看看。"他接过小安递过的照片，先在正常位置看了看，然后又把拿照片的手伸得远远的，认真地端详。

郑怀舒说："阳山案件发生以后，阳山县公安局对全县各类海量视频信息进行了封存调阅，并组织精干力量全面进行回看、甄别。"行动组的勒个切入点非常好，在勒个系列犯罪案件中，阳山主城的面积最小，容易把控也容易穷尽。同时，行动组把一些重要工作放在一个县公安局，这样目标小，影响面比较窄，不容易引人注意，动静小打草惊蛇的可能性也相对小些。案件侦破进展很快印证了这种安排的正确性。

李海虎把照片放在桌子上，认真听郑怀舒讲述。

"3月25日，"郑怀舒继续说，"阳山警方专案民警成功发现犯罪嫌疑人去年10月18日早上6点15分在光大银行师范学校自助营业厅大门外购买早餐的无伪装生活视频，以此为切入点追踪至其曾经上网的网吧，成功获取了犯罪嫌疑人上网时留下的两张清晰的面部照片。他们把勒两张照片交给了我们。"

小安说："之前，我们根据犯罪嫌疑人在多起案件中遗留的信息，在阳山县公安局专案人员对犯罪嫌疑人的籍贯进行反复研究和刻画的基础上，邀请黔筑、恭州、蜀中等相关省市刑侦专家进行专门分析。根据目击证人反映的犯罪嫌疑人口音、选择作案地点的变更以及有限的几次上网喜欢浏览蜀中、恭州网站的特点，认定犯罪嫌疑人为蜀中方言区人。接到阳山传过来的照片，我们立即通过内网，发往我市各公安派出所，发动户籍民警进行比对，各派出所给我们提供了2 000多张面容相近的暂住户口资料。我把勒些资料与技术组春生他们提供的血型、DNA信息等资料进行了一一比对，终于在海量的户口资料里找到了勒个完全吻合的人，锁定了他。"

吕凌霄马上接了一嘴："勒人虽不是我市的普通市民，但离我们不远。"说完看了郑怀舒一眼。他的勒个动作有偷偷摸摸之嫌，只有他与郑怀舒明白，但都心照不宣，并没有引起其他人的过分在意。

李海虎轻轻拍了一下桌子发自内心地说了一声："太好了！锁定了目标，抓住他只是早晚的事。"

郑怀舒说："行动组的第二大突破是辨明确定了作案枪支的种类和来源。"她感觉到了吕凌霄在看她，但她并没在乎，不受任何影响地继续介绍情况，"犯罪嫌疑人非常狡猾，作案多起，时至今日都没有留下一次弹壳。我们只好根据受害人的伤口解剖痕迹，先后数十次协调各方面，派出近百人次警力前往黔筑、云西、蜀中等一些枪支散落较多的省，查找犯罪嫌疑人作案时可能使用的枪支种类，去年11月15日公安部组织全国枪弹痕迹专家在阳山召开枪弹会诊会议，认真研究了我们提供的情况，并经技术检测，成功认定犯罪嫌疑人作案用枪系从缅甸入境的M20类'五四式'手枪。"

李海虎带头拍巴掌，引来一片掌声。

其后，大家还总结出一些犯罪嫌疑人的生活、作案规律等特点。比如犯罪嫌疑人在生活特点方面，存在作案前几个月阶段性低调潜伏、与群众错时出行、早出晚归、习惯于在野外藏匿等特征；在作案方面，有多选择人多事杂的地方，多次踩点，声东击西，跨地区，喜好沿江城市，采取伪装等特征；在逃逸方面，有作案后从人员繁杂、环境复杂的路段撤出作案现场，乘坐摩的、出租车、公交车等或长距离步行后再坐车等特征，在居所方面，有作案后一般不住宾馆旅店，在阳山、故陵作案、流窜期间，一直藏匿在离城市有一定距离的墓地附近等特征。看来，犯罪嫌疑人这一次又露出了不少马脚，犯罪的特征越来越翔实，越来越清晰了。

吕凌霄说：“勒些情况的收集整理，离不开阳山、千川、故陵警方给我们提供的第一手资料，离不开群众反映的大量线索，现在我敢肯定，勒些情况与我们侦查案情中一步步积累掌握的资料高度契合，勒次的抢劫案子逗是去年以来疯狂作案的那个人。”他这番话，用他的话说，叫作掌纹看得出的线条是命理，掌纹看不出的线条是命运。虽然目前其他人还看不出犯罪嫌疑人到底蛰伏在哪个地方，但毫无疑问，他已经进入人民群众包围的汪洋大海之中，绝对逃不脱被惩罚的"命运"。

李海虎说：“凌霄有勒么肯定的说辞是不容易的，凌霄是个比较谨慎的人，我相信他，他的说法坚定了我的信心。功夫不负有心人，有付出逗必然有收获，我们的艰苦努力不会白费。目前来看，我们已经掌握了犯罪嫌疑人的正面体貌照片、血型、DNA 信息、所持武器的枪型、作案手段、生活规律和住地等情况。我认为勒些东西已经很细致了，现在需要落石飞鸿，打草惊蛇，布好口袋阵，让他感到紧迫，自己走出来钻进我们预设的口袋。”这说明，吕凌霄在李总队眼里是有分量的，用吕凌霄的话说叫作：人背后摸得到的硬度叫脊椎，人背后摸不到的硬度叫脊梁。李海虎的刑警总队需要多个像吕凌霄这样的脊梁。

一个警察来到小安身旁向他递上一个文件夹，小安马上打开瞄了一眼兴奋地说：“据电信协查报告反映，他们用北斗定位器，查到了受害人的手机信号！"

"在哪里？"李海虎急切地问。

小安说："协查报告指向恭州市火车南站向南不远。"

李海虎立即布置："马上通知搜山部队，向恭州市火车南站集结！"

小安说："但这个报告还有一句话。"

李海虎跟着问："什么话？"

小安说："目前那个信号已经消失。"

李海虎只是"哦"了一声。这有两种可能，一是目标在移动；二是火车南站向南地区信号不好。

吕凌霄说："没关系，我们已经越来越接近目标，勒小子跑是跑不了的。"

李海虎喝了一口"竖心"茶继续说："那年，蜀中省公安厅曾在官方网站上发布'缉查蜀湘系列持枪杀人案犯罪嫌疑人悬赏通告'，悬赏金额为30万元。后来，缉拿恭、湘、宁系列持枪抢劫杀人案犯罪嫌疑人，在各地都有悬赏。对于这个案子，前几次我们也有悬赏。有人说悬赏是资本主义国家的做法，是美国的做法，我们社会主义国家搞悬赏不好，我看没得啥子不好，对待危害群众的害群之马，各国的立场是一致的，只要有反人类罪犯必将全球共讨之，全球共诛之。我认为我们的通缉令可以发出去了。"

小安马上问："我们还要不要悬赏？"

刘春生说："我认为要悬赏，赏罚分明有利于充分调动人民群众的积极性。"

吕凌霄说："我建议悬赏50万元。"

李海虎说："逗勒么定了，回头这件事由我直接跟市局领导汇报。"他话锋一转继续说，"小幸请示市局技术部门，我们要求根据获得的'爆头男'的面目特征制作通缉令，把犯罪嫌疑人的正面照片张贴出去，发动群众，打一场人人检举揭发犯罪嫌疑人的人民战争，让犯罪嫌疑人成为惊弓之鸟，无处藏身。同时宣告，如果其他省市跟进，我们都认账，各地的查缉悬赏有效，公安机关将根据提供线索的轻重缓急程度,给予不同金额的奖励。"

小幸马上从座位上站起来精神抖擞地向李海虎行了个标准的警礼:"是!"

吕凌霄说:"我们行动组的几个同志分分工。"

李海虎道:"对,我和小安配合监视犯罪嫌疑人老家的干警做犯罪嫌疑人老母亲的工作,看能不能再挖一点线索;凌霄和怀舒配合监视出租屋的干警负责抓捕工作;春生和小幸留守大本营,随时向一线警察提供需要的资料,解答他们提出的各种技术问题。勒次出击务求一举成功。"

大家还没来得及说"听令!"之类的话。一位干警走进会议室,吸引了行动组所有人员的注意力。他悄悄在李海虎耳旁说了些啥子,李海虎脸色大变:"散会,走!"他说得斩钉截铁,毅然决然,一点没有商量余地。

大家虽然莫名其妙,但心里都跟明镜似的,肯定是出现了意料之外的情况。说散逗散,说走逗走,说停逗停,说做逗做,勒种事,在公安系统司空见惯,不足为奇。所以,也没有人问为什么,没有人埋怨,没有人扭捏,都迅速站起身来,匆匆忙忙收拾自己的东西走出会议室冲向停车场,拉开车门,上车,发动,跟着李海虎的引领车,"万儿""万儿"!——"万儿""万儿""万儿""万儿"!——呼啸着绝尘而去。

会议室墙上的挂钟,时针指向12,分钟指向53。已是中午12点53分,已过了午餐时间,原本研究了2个多小时案情的行动组成员,没想到还没上饭桌,又上警车,只好让在餐桌上待了一阵子热腾腾的饭菜们再待半天了。他们已经适应了这样的工作节奏,勒不是第一次,过去也经常碰到勒样的情况。

庞林做梦都没有想到,他今天与战友彭明超的见面竟然成了永别。庞林是恭州火车南站派出所教导员,彭明超是恭州铁路公安处刑警支队重案大队负责火车南站地区安全工作的片警。

近段时间,铁路上的光缆信息处理器常常被人盗窃。接到报案后,7月9日上午9点半,庞林与彭明超、侦查员陆瑞在恭州火车南站派出所,共同研究了被盗铁路器械的情况,分析了案情,决定脱掉警服换便装分头走访调查。

庞林对三人进行了分工，他负责火车站周围地域，陆瑞向北沿义渡区方向的铁路走访调查，彭明超向南沿几江区方向的铁路走访调查，相约11点半在火车南站派出所碰头，交换情报。

当时，彭明超说："火车站周围人多，情况复杂，建议一起察看。"

庞林说："我没事，离派出所近，随时可以申请增援，你们两人单独行动才要注意安全。"

彭明超说："越安全的地方，越危险，我觉得还是应该三人查完火车站地区，再分头行动。"

陆瑞也赞成明超的意见，还建议教导员穿警服，有威慑力一些。

庞林最后接受了他们两人的建议："好嘛，我成少数派了，执行大家的决策。"

庞林回到办公室换了警服，三人一起查看。

三人围绕火车南站作"C"字形巡逻，没有发现啥子可疑迹象，来到彭明超即将巡逻的几江区方向铁路轨道附近，陆瑞突然高声叫起来："我发现一个光缆信息处理器被盗了！"

庞林和彭明超赶紧过去，陆瑞蹲下身子，正在梳理一个被剪断的胶包丝线头。线头有五六厘米粗，看来光缆信息处理器不是一个小东西。

彭明超惊讶地说："勒周围有踩踏痕迹。"

庞林用眼睛扫视了一下周围，勒里离火车南站很近，白天恐怕"偷儿"还没得勒个胆量。

彭明超建议："我们应该在晚上到有光缆信息处理器的地方蹲坑。"

陆瑞站起身来思索了一会儿，表示赞同彭明超的意见。庞林想了想："那好，一会儿我们回去再研究，搞个方案，上报给支队。"

三人又在周围看了看，再没发现啥子可疑迹象，彭明超说："你们往北，我到南边去看看。"三人就此分开，此时大约是上午10点半钟。

11点半，庞林和陆瑞回到火车南站派出所，却没见到彭明超返回。

陆瑞指着墙上的挂钟说:"11点40分了,明超朗个还没回来?"

庞林没有太在意地说:"等几分钟嘛。"

外边的热浪一阵阵袭来,陆瑞把门关了,从净水器里倒出两杯凉水,给庞林一杯,自己捧着一杯喝着。

两人眼睁睁地看着墙上的挂钟从11点45分到11点50分,再从11点50分到11点55分,彭明超还是没有回到派出所。

陆瑞感觉一阵心慌,说:"我觉得不太对头,明超从来没有失约的时候。"

庞林也有所警觉地说:"我也觉得今天反常。"

陆瑞说:"会不会遭遇不测?"

庞林赶紧说:"呸,呸,呸!大白天的,你勒个乌鸦嘴不要乱说,赶紧给我闭嘴。"

陆瑞说:"我也不想乱说,还是要提高警惕嘛。"

正说着,响起了敲门声。

庞林高兴地说:"你看,我逗说不会有事嘛。快点进来喝口水!"

"教导员,下午3点开支部会,提醒你一下。"开门进来的不是彭明超,而是一个通知开会的民警,他打开门只从门缝伸了一下头,说完逗缩回去把门带上,他还要去通知下一个人。

庞林心里一个激灵说:"我来打他手机。"反复打了三遍,打不通并且是没开机。庞林有一丝不祥的预感:"走,我们出去找找吧。"

陆瑞放下杯子,开门逗走。

两人沿着彭明超走访调查的路线向南寻找。

"老庞你看!"走在前面的陆瑞指着距离火车站不到一公里远的铁路道心,远远看见一团东西放在那里,在太阳的逆光下看不清究竟是啥子。

两人心里一震,小跑着来到那团东西跟前,是一个拷包,上面带着血迹,庞林一把抓起那个物件,心里一阵发紧。

陆瑞一眼认出:"是彭明超的拷包!"

庞林第一感觉"情况不好",情不自禁地冒出了冷汗,两人赶紧在铁道两边寻找。

陆瑞高喊:"老庞,路基旁的水凼里,有个仆卧着的人!"庞林一脚踏进水凼把那人翻了个身,正是满身鲜血的彭明超。此时已是中午12点52分,彭明超已经牺牲了!

"4·22"行动组的干警赶到,经过刘春生、小幸的现场初步尸检,确认彭明超是头部枪弹贯通致颅脑损伤死亡,身上共有正面射击枪伤3处,弹着点分别位于上腹部、头部左侧和左额部,犯罪嫌疑人作案手法非常凶狠残暴,两枪"爆头",从弹道痕迹看,与"4·22"犯罪嫌疑人作案的弹痕相比有区别,可以肯定不是"五四式"手枪作案。

李海虎认真观察了勒里的地形,往前逗是大山,一条铁路被隧道吞噬着,隧道的右边是一条上山的小路,山上林木葱绿植被茂密。案发地在铁路的路基下一片杂草丛生的地方,杂草中央是水凼。勒里离火车站不是很远,大约1.5千米,不时还有行人往来。

枪杀应该是发生在铁路上的,路中央有血迹、脑髓迹。彭明超可能是被枪击后倒在铁路中央,犯罪嫌疑人逮着双脚经过路基、草丛,拖到水凼中的,从路基到水凼沿途有拖过的痕迹,倒伏的杂草上伴随着血、脑髓等人体物,能轻松拖走勒么大个子的人,说明拖者更筋蹦(壮实)有力。

小安一直在拍照片,采用各种姿势,各种角度拍摄照片,突然他一个趔趄,人没站稳差点摔了个跟斗,他没有站起来,右手高高地举着相机,左手在脚底下一个劲地抠,一会儿从水中掏出个小巧玲珑的红颜色手机。他高兴地大喊:"那个消失的手机找到了。"这是他的预感,他觉得这个预感很灵。

大家的眼光都被他的呼叫吸引过来。

李海虎问:"你朗个能确定勒逗是那个消失的手机?"

小安说:"一是被害者彭明超的手机在他身上,二是我们从来没有追踪到犯罪嫌疑人使用过手机,三是勒样的型号一看逗知是女人的用品,对别人具有很强的迷惑性,勒又是一次犯罪嫌疑人的声东击西。"他这三条层次分明,逻辑思维严密,非常现实的例证,很能说服人。

李海虎叹道:"狡猾的狐狸,把早上受害人的手机扔到了勒里,勒进一步证实今天两起案子是同一个人所为,只是作案的武器不同。"

吕凌霄与郑怀舒进行现场笔录。

庞林含着眼泪说:"彭明超今年29岁,六年前从恭州警官大学毕业来到铁路公安局。"勒样说来,郑怀舒还是他的师姐呢。吕凌霄不知是有意还是无意地看了郑怀舒一眼,勒一眼谁也看不懂他内心的用意。勒逗叫额头上看得出的是皱纹,额头上看不出的是岁月。一直以来的"小郑"今天成大姐姐了,岁月流逝不可回逆,已经不是那种打甩手(不管事)的人了。"1米83的大个子,一身的本事,平时执行任务时,总爱说那句'我个子大,我先上!',力气大得使不完,如果不是犯罪嫌疑人开枪,我相信他是不会死的,凭着他的擒拿、格斗技术,在一般情况下徒手对付几个一般人没有问题。"庞林停了一会儿强压着悲伤感情接着说,"明超本不该死,他正在休假。昨天,明超接到刑警支队值班室电话,听说恭州火车南站派出所辖区铁路设施被盗,需要重案大队提供技术支援。他下午6点从外地赶回来,直接进了我的办公室要任务,然后出现场,与我们进行了六七个小时现场勘查直到深夜。今天一早我们还一起调查,在铁路沿线周边寻找目击者。"庞林哽咽着说不下去了。

下面的情况是陆瑞介绍的,他也很悲伤,断断续续讲了不少。"去年3月,彭明超以恭州铁路公安系统第二名的成绩考入重案大队。对他来说,破案逗是人生最大的梦想和乐趣。当时他还没有多少破案经历,很虚心,不论是哪个,都称'老师',破案工作中但凡笨重的设备,他都抢着扛,队里的重活基本上成了他的专属。"

"我与他多次在一起破案子。今年春节,我们几人到蜀中省合洲市追捕一个盗窃案嫌疑人。当蹲坑的同志把情况摸实后,他对我说:'我个子大,我先上,你跟着我'。一有情况他总是冲在前面。夜晚实施抓捕,明超摸黑一脚踢开犯罪嫌疑人房间冲进去,看准睡在床上的人,猛扑过去,在对方还没反应过来时,逗一把摁住那人的头和右手,我们一拥而上,制服了对方。随后在枕头底下搜出了一把尺多长的大叶片砍刀。在前辈公安带领下,明超和我们在两个月内打掉了4个盗窃团伙,抓获犯罪嫌疑人20多个。从警6年,彭明超先后荣立个人三等功1次、嘉奖3次,还获得好多次先进个人奖。"

彭明超是家中独子,结婚两年多还没要孩子,他的离去,成为勒个家庭巨大的伤痛。

自己的战友惨死,吕凌霄和郑怀舒难以抑制内心的悲痛。吕凌霄提出一个问题:"犯罪嫌疑人沿铁路线逃窜,与不少在铁路周边活动的市民擦肩而过,为何对市民行人不开枪,而只枪击穿便衣的警察彭明超?"勒是一个看似幼稚的问题,也是一个奇怪的问题,在后来得到了解释。但此时此刻吕凌霄问起,自然有他的用意。

庞林教导员哽咽着说:"铁路线外围有隔离网,对于在铁路线上行走的人,按规定铁路民警是一定要上前盘查提醒的。小彭是一个工作非常细致认真的人,我认为正是他认真的排查,让慌忙逃跑的犯罪嫌疑人露出了狰狞面目。"他的说法并不是空穴来风,后来目击者的报案证明他的说法完全是对的。

在隧道上面的山上,有一个挖药的人,完整地看到了那一幕。那天挖药人坐在山上休息玩手机,面对着铁路,山上山下直线距离也逗二三十米,由于山上的人坐在林子里,坎脚(下面)看不见,他居高临下却能清楚地看到和听到山下两人发生的一切。后来他主动到火车南站派出所做了笔录。目击者称:"那天上午11点多钟左右,我看见一个中等身材的男子进入一个大个子巡路人的视线,那人正朝石界镇境内的石璧隧道方向走。大个子非常警觉,马上朝那名男子跑过去,边走还边喊,'老乡,等一下,我问你点事'。那男子好像没有听见,没回头,也不开腔,只管向前走。大个子紧跑几步追上了那人,那人急转身,大个子与他对视时显得非常惊讶,他们两个好像认识,大个子指着那人:'你……'那人迅速拔出手枪,甩手一枪,打在大个子的肚子上，儿豁，我看得清清楚楚。大个子弯腰蹲下，那人枪口朝下顺势向大个子脑袋连开两枪，大个子瘫软地倒在铁轨中间，仰面朝天，很快逗不扭（动）了。凶手抓起大个子双脚连二杆（脚踝），把他拖下路基，丢进草丛里的水凼，然后把人倒仆过来背面朝天，我看不下去那个残忍的场面，逗跑了。"

"你看到或听到犯罪嫌疑人从哪个方向跑了吗？"郑怀舒问道。

"当时我惊哈（憨）了，目瞪口呆，反应过来后逗一口气跑回了家，我走的时候凶手还没走，后来他从哪个方向走的我说不伸抖（清楚），的确按（估计）不到。你说一个活蹦乱跳那么大个子的人，几秒钟工夫逗被搞成那个样子，太黑了，心太狠了，太残暴了。我现在一想起大个子那个惨样逗作呕，我实在吓惨了……"挖药人一副十分痛苦的样子，唠唠叨叨，没完没了。

在彭明超的办公桌前，吕凌霄见到了他的警官证。一个帅气、略显稚嫩的面庞下，是属于他永恒的警号：123××××。此时他情不自禁地想：心里测得出的律动是心跳，心里测不出的律动是心绪。看到自己的战友被枪杀，他心头发堵，心情沉重。

此时，追捕"7·9"持枪抢劫杀人犯的通缉令已经下达，那是小幸在赶往铁路警察彭明超被害现场时，在警车里向市局报告的。

7月10日，恭州市和全国大中城市、乡村各地的大街小巷贴满了犯罪嫌疑人的无遮挡正面像。

7月11日，电视机里滚动播放抓捕犯罪嫌疑人的新闻。

"恭州发生持枪抢劫案，警察进入轻风山搜捕"，以下为文字实录：

主持人：我们首先来关注恭州"7·9"持枪抢劫案的最新进展。7月9日，恭州市发生了一起持枪抢劫案，罪犯打死2人、打伤1人，抢劫死者的拎包后逃离现场。其后又在火车南站枪杀巡路警察1人。目前恭州警方已在恭州搜捕"7·9"持枪抢劫案犯罪嫌疑人，其中轻风山是搜捕的重点区域之一。由于犯罪嫌疑人熟悉轻风山地形地貌，加上山势复杂，高温天气，使得搜捕工作难度加大。

武警恭州总队调集兵力进入轻风山一带山脉，设卡搜捕枪案疑犯。记者在轻风山沿线看到，山路上每隔50米即设有一处临时警备点，每处有2名至4名警察驻守，防止疑犯突然出现在上山的路上。下山的道路也设置了多处关卡，警察对过往车辆及行人进行盘查。

据了解，轻风山是面积很大的一座山脉，山势陡峭，植被茂密，人藏匿其中很难被发现。从犯罪嫌疑人的出现行踪开始，公安武警等已经将该山重重包围，进行拉网式搜捕。

7月10日晚有消息称，警方发现了疑似犯罪嫌疑人藏过身的山洞，搜查出两个香烟盒、一件男士T恤、新鲜的排泄物以及剥了皮的电线。目前恭州警方还在对犯罪嫌疑人进行全力搜捕。

7月10日下午5点，位于恭州轻风山康居苑的中国银行依然大门紧闭暂停营业，银行前方仍然拉着黄颜色警戒线，几名协警驻守在此，警戒线内一个粉笔勾画的人形图案和旁边的一摊血迹清晰可见，这一切无一不表明，这就是震惊全国的"7·9"持枪抢劫的案发现场。

电视画面中，小州（化名）："我当时以为是放火炮，从酒楼出来逗看见保安从那边过来，一条胳臂流出好多血。"

解说：小州是案发现场附近一家餐馆的员工，7月9日上午9点35分左右，正在店内做清洁的小州听到一声炮仗式的脆响，好奇的她跑出来一看，发现一名保安捂着正在流血的胳膊，走回中国银行营业厅，在银行门口已经围了很多人。

小州："我走过去逗看见他们两个倒在地上，女的已经死了，男的这里还在冒血，据说后来也死了。"她指着自己的脑袋说。

小州并没有看到案发的过程，事后通过警方发布的通缉令才晓得，逗在她听到响声的这段时间，一名男性罪犯，对才从银行出来的一男一女实施了持枪抢劫，同时还打伤了从银行追出来的保安。

记者："据目击者称，在案发当日，也就是7月9日上午9点20分左右，一男一女两个储户从银行取款出来，凶手从我身后的这条道路上来到了银行的门前，他持枪抵近射击，女子被当场打死，男子被打伤后抢救无效死亡，凶手拎起女子的挎包离开现场。此时，银行的保安出来，在追击犯罪嫌疑人过程中，被凶手回身一枪击在胳膊上，随后犯罪嫌疑人离开现场，向轻风山逃去。"

根据目击群众说，犯罪嫌疑人在对一男一女开了两枪后，从地上捡起装有7万元现金的大包，起身时还对群众嚣张地笑，才沿着人行道以一般速度大步走开。几十秒后一名保安从银行追出，同时高喊"站住，抓住他！"。犯罪嫌疑人听到喊声，回身迎着保安跑去，接近时举枪向保安射击，此后凶手不紧不慢地将枪放进了装有7万元现金的包内，然后跑步离开现场。

据了解，7月9日上午11点10分左右，犯罪嫌疑人在恭州市石界镇辖区内一个叫"窝凼"的地方与身着便装的铁路民警彭明超相遇，目击者称，犯罪嫌疑人在铁路线上奔走时引起正在巡逻的彭明超的注意，彭明超上前盘查，犯罪嫌疑人向彭明超开枪行凶，彭明超身中三枪，因公殉职。周边群众说，警方的通缉令公布后，大家看到通缉令上公布的照片才回想起来，犯罪嫌疑人在案发之前曾多次出现在案发现场的周围。

第二十五章

7月10日清早八晨,离恭州市轻风山下康居苑安然小区中国银行发生持枪抢劫杀人案不到23小时,一位摩的司机把自己的摩的径直开进了刑警总队的院子,敲开了"4·22"行动组的大门,说是要报案。

吕凌霄接待了他。

勒位大哥说,昨天晚上看见电视里晚间新闻播出通缉令,才发现自己昨天上午做了一件蠢事,那是一件千不该万不该的事,一直折磨着自己,一夜睡不着觉,早逗想来了,怕打扰公安休息,才眼睁睁煎熬到东方现出鱼肚白,翻身下床,一定要把那件事情报告行动组。他逗是昨天送走"7·9"案犯罪嫌疑人逃离现场的摩的司机荣大明。

荣大明来到公安刑警总队大院的时候情绪激动,急着要找人报案。

吕凌霄把他接进办公室,郑怀舒倒了杯水递给荣大明。虽然,已从故陵撤回恭州,但行动组人员都没回家住,而是睡在总队值班室,随时准备应对。

吕凌霄安慰说:"大哥你莫急,先喝口水,压压惊,平静平静,稳定情绪,想好了,梳理梳理思路再说情况,尽量说仔细一点。"入门休问荣枯事,观看容颜便得知。经验使他善于察言观色,他不需要一堆乱七八糟的垃圾记录,心急吃不得热糍粑。

郑怀舒坐在办公桌旁,摆好纸笔和录音机,做好录口供和作笔录的准备。

荣大明接过水杯,喝了一大口,坐在办公桌对面的长椅上,平静下来后,详细地说起昨天那件事的经过。

7月9日上午荣大明与往常一样，和一群摩的司机在立交桥下等业务。他们并不晓得10多分钟前，在离他们只有500多米远的安然小区中国银行门前发生过一起持枪抢劫杀人案，因为公路在前面不远处拐了个弯，立交桥正好被弯在里面。几个人靠在自己的摩的上闲聊着各自的见闻，讲黄段子开玩笑。每天的勒个时候上班高峰已过，外出办事的高峰尚未到来，正是在这个周期性的间隙，他们把自己前一天的见闻抛出来与大家分享，打诨聊天，嘴上搭着话，眼睛却没有离开前面的道路，那是他们的财路。

9点40分左右，从圣天路西南方向走来一个男人，上身穿咖啡色衬衫，没有扎进裤腰，衣摆随着走动不停地摇来摇去，下身着深蓝色长裤，随着那人的不断走近，看得清楚，脚下穿黑色宽边休闲皮鞋，呈外八字形步伐，手里提着一个黑色购物袋，走路飞快。

渐渐近了，可看出那人身高1.75米左右，中等偏瘦身材，肤色较黑，长方脸，眉毛较浓。当时，荣大明没怎么细看，后来通缉令上说是双眼皮，右眉中部有一颗约2毫米×2毫米的黑痣，左耳郭后有一颗约1毫米×1毫米的黑痣，右上唇有一块约5毫米×2毫米泛白胎记，现在想起来好像是勒样。

那人来到荣大明当门（面前），脸色有些发白，神色慌张，有点上气不接下气。荣大明以为是走急了，身体怕累，坐摩的赶时间，这样的情况司空见惯，也没在意。那人操着带恭州口音的不标准普通话问："到板桥好多钱？"

荣大明说10元，"男子没有砍价，逗上了我的车。"

荣大明启动摩的，飞驰而行。途中大明接听了个电话，是个预约坐车的客人，让他在啥子时间到啥子地点去接人，本是个很平常的事，跑客运有预约电话正常不过。此时，背后的那人发话了："不要接电话，注意安全。"

"是个预约客人。好，我注意点，对不起。"荣大明向他作了解释性道歉。

吕凌霄接过荣大明递过来的手机看了看，当时的接听记录显示：9点41分。距枪击案仅仅9分钟。

荣大明明显地感觉到背后的那人有些喘气。他记得，对方走到跟前时，拎了一个看起来很沉的黑色购物袋，裤子巴口儿（荷包）里有个东西顶着荣大明的腰，有一种铁管刺戳的感受，他当时并没在意。

"我跑到半路在想，勒人是不是抢了谁的钱，或者被人追，一个正常人没有特别的事不可能跑得气喘吁吁。"荣大明说。

摩的行驶两三公里，才到板桥加气站，还没走拢（到达）他要去的那个地方，那人又发话了："我逗在勒里下车。"

荣大明停住，那人下车，给了10元钱走了。

吕凌霄静静地听着，郑怀舒一直埋头作笔录。

荣大明突然不说话了。

吕凌霄勒问："那人从哪个方向走的？"

荣大明说他没注意，那人付钱后，他掉转车头逗回立交桥去了，忙着下一趟业务。

吕凌霄问："还有没其他情况？"

荣大明深深地吐了口气说："暂时没有了，报了案，觉得好受多了。"

吕凌霄说："好吧，今天逗到勒里。"

郑怀舒把笔录读了一遍问："有错漏的吗？"

荣大明说："没有，基本上逗勒些，现在想来真是后怕，那铁管状的东西肯定是手枪，要是我当时晓得了，一走神，车子一偏，说不定逗死了。"

吕凌霄让他核对犯罪嫌疑人的照片，荣大明认真地看了会儿说："觉得很像，嗯，逗是勒个人！"而且时间也吻合。

郑怀舒提示道："那好，签字，按上你的手印。"

荣大明在笔录上签了姓名，在桌面上的印泥盒内用拇指蘸了一下，按在笔录右下角的签名上。

郑怀舒递给他一张手纸。

吕凌霄给荣大明一张名片："想起啥子，随时随地都可以打这个电话。"

荣大明接过名片，看了一会儿后，放进上衣口袋，起身出了办公室，不久便听到了摩的发动声。

吕凌霄看着逐渐远去的荣大明在心里说：银行卡上显示得出来的叫财产，银行卡上显示不出来的叫财富。人民群众是我们破获每一个案子的财富，只要有人民的支持，逗没有破不了的案子。他拿出恭州市街区地图摆在桌子上，看了看说："犯罪嫌疑人到达板桥加气站，有4条路可逃：第一，沿板桥正街，走国道319线，进入大森林；第二，走小路沿铁路逃跑，进入轻风山；第三，走高滩岩逃离；第四，乘车去板桥附近工业园。其中，第二条路最长，但他选择了这条路，结果，彭明超成了他的枪下鬼。按常人论，犯罪嫌疑人做下大案，理应防备警方随时到达围捕的可能，应该选择第一条路线，进入大森林，但他恰恰选择了最慢的路——沿铁路方向逃向轻风山，勒条路很长一截都暴露在光天化日之下，也逗是他要在没有遮挡的情况下走相当长时间的一段路，随时有可能被别人发现。"

郑怀舒说："勒逗是他的所谓'高明'之处，常常做与常论相悖的事，达到出人意料的效果，目前看来，他每次都做到了。"

当众人都把目光投向轻风山时，7月10日上午，犯罪嫌疑人却现身恭州桑树坪。

行动组办公桌上的电话铃刺耳地尖叫起来。

郑怀舒抓起电话："喂，喂，喂……"

吕凌霄警觉起来："怎么回事？"

郑怀舒："听不清楚。"

吕凌霄："先挂掉，重接！"

郑怀舒把电话压下去，静等了几分钟，电话重新尖叫起来。

郑怀舒让它多响了几声，按了个免提："喂，我是恭州市公安刑警总队值班员。"电话里传来一个急促的女声，"我就找刑警总队，你能听见吗？"

郑怀舒："我听得见。"

女声:"我向你们报案!我要向你们报案!"女声很慌乱,压低嗓子重复着说。

　　郑怀舒:"你现在在哪里?"

　　女声:"我在桑树坪步行街,大商城里面。"

　　吕凌霄用红铅笔在恭州市街区地图上的一个地方画了个圆圈。

　　郑怀舒:"你要报啥子案?"

　　女声:"犯罪分子逗在勒里!犯罪分子逗在勒里!"

　　郑怀舒:"哪个犯罪分子?"

　　女声:"逗是昨天上午抢银行的那个人,你们贴了通缉令的,被我们发现了,现正在勒里逛商场。"

　　吕凌霄用手机给李海虎打电话,通报了勒个情况,两分钟之后,"4·22"行动组的其他成员在李海虎带领下全部来到办公室。

　　郑怀舒还在与那边的女士用免提通电话:"你能确定吗?"

　　女声:"基本确定,我觉得逗是他!"

　　郑怀舒:"你能不能说得具体一点?"

　　女声:"他今天穿黑白条纹衬衫,走路呈外八字!"

　　郑怀舒:"你现在的具体方位在哪里?"

　　女声说了个在商城的具体位置,郑怀舒告诉了她的手机联系方式后说:"你等在那里,我们马上到!"

　　李海虎:"勒种事情宁可信其有,不可信其无,我们不能放过任何机会。小安,马上给巡警队打电话,把桑树坪商城围起来,我们的人迅速出击!"说完带头出了办公室,其他人鱼贯而出。

　　时间:7月10日上午10点36分。

　　一干人乘坐警车来到恭州市桑树坪步行街商城外,巡警队和武警已将勒一地区围了起来。商城的所有通道都站上了持枪的武警,只准出不准进,群众都很理解,没有因为不方便而在此时此地吵吵闹闹。

李海虎命令道:"分别从不同道口亮证进入商城,向报案女子等待的地方集结!"

西得好来了,李海虎毕竟是老警察,有预见。商城内有许多穿警服和穿便服的人员川流不息,又很有秩序,一看逗晓得是执法人员在筛查犯罪嫌疑人,周边环境的气氛异常凝重,许多柜台停止了营业,服务员站立在那里等待着,顾客们也自觉地减少流动,大家默契地配合公安干警的执法行动。

郑怀舒第一个来到报案女子约见的地方。紧接着吕凌霄、李海虎、小幸、小安、刘春生也从四面八方赶了过来。

郑怀舒首先向女子亮了警官证:"我逗是接你报案的那位民警。"

那女子接过警官证看了看,又交给她旁边的男友,然后还给郑怀舒。

郑怀舒指着李海虎对女子说:"勒是我们的头儿,李海虎总队。"

李海虎一脸严肃地对女子问:"怎么回事?"

女子说,昨天晚上上网看到通缉令,今天早晨来逛街,在商场外墙LED大屏幕上又看到了滚动播出的通缉令,对犯罪分子的体貌特征熟悉了。10点钟,她和男友在步行街广场与疑似犯罪分子的男子擦肩而过。随后,两人一直尾随他进入商城。她身边的男友接着肯定地说:"没错,是勒样",以此附和女人的说词。

李海虎问:"犯罪嫌疑人今天有啥子特征?"

女人说:"今天穿着黑白条纹衬衫,好像漫无目的地在逛街。"

女人身边的男人说:"对,是无聊地在逛街。"

李海虎:"你们朗个晓得犯罪嫌疑人是漫无目的、无聊地逛街。"

男人说:"因为他从一楼直接上二楼,在二楼转了一圈上三楼,没有在任何一个柜台前停留过。"

李海虎问:"后来呢?"

女人说:"凶犯径直走上了去四楼的扶梯,非常警惕,脚踏上扶梯退了一下,还向后张望,才再上去,仿佛发现有人跟踪,到四楼扶梯口突然扭头,恶狠狠地瞪了我们俩一眼。凶恶的目光让人不寒而栗。"

男人补充说:"情急之中,我们俩闪躲进四楼餐厅,我作掩护,我女友拨通了报警电话。"

李海虎肯定了两人的做法,要求他们要有效地保护好自己,注意安全,积极配合警察抓捕犯罪嫌疑人,并承诺,如果今天抓到了犯罪嫌疑人将给他们重奖。

两位举报人满意而去。

商城的筛查工作结束了,商城内能够藏人的地方都搜查过,没有发现犯罪嫌疑人。倒是步行街执勤的民警反映,他们在巡逻时,在前方 20 米左右的地方发现过疑似犯罪嫌疑人,待他们急步上前时,那人挤入人群不见了。

此时已经下午 1 点 25 分,太阳凶狠地射向大地,滚过一阵阵"热浪",闷热难耐。

恭州的夏天是很够味的,有人说主要原因有:一是地处蜀中盆地边缘,坐落在"蒸笼"里面;二是地势低洼空气流通不畅,基本没有"穿堂风"对流,积聚的热气无法驱散;三是恭州人口密度高,又不太注重环境保护,每天产生大量汽车尾气直接排放到空气中;四是整个城区到处是高楼,密密麻麻都是钢筋水泥,在阳光的暴晒下增加热源,更加形成城市的热岛效应。再加上每栋楼房都挂满空调,产生热量和消耗的能量更大。

商城的筛查扑了空,野外搜山的武警战士传出了好消息,他们在轻风山上,发现了疑似犯罪嫌疑人藏匿的山洞。

当日下午 1 点左右,10 余辆警车突然集结停在马路边,一群警察沿小路往山上赶,在轻风山山脚下,数十名特警牵着警犬跑进树林,同行的还有着便衣的勘查人员,下午两点钟,搜山的武警在不远处发现一个山洞,可能存在线索。

刘春生和小幸赶到了那里。春生说:"小幸,一会儿你留在外面,我与警犬和警察上去作洞穴的内部勘查。"

没等他安排，3名带着警犬的武警战士已经上去了，他们做勒样的事情非常熟练，绝不会是第一次。

一会儿警犬从山洞里依次叼出一些东西：一件破烂的黄色成人T恤、两个纸烟盒、被剥了皮的电线，以及用纸包裹着的比较新鲜的大便。刘春生与小幸依次拍照留证，并用塑料袋封存，待送回去作进一步检验，直到武警战士全部从洞里出来，整个过程持续约半小时，在勒样大热的天里，也不可能在里面待得太长。

刘春生还不放心，把自己的裤脚和衣袖用细绳扎紧，戴上小幸递来的口罩，接过手电筒，踩着枝叶走进洞穴。

勒是一个隐藏在密林深处的山洞，在狭窄的石板路旁沿山沟方向往上走，道路两边尽是碧绿的藤蔓和灌木，相当密实，从外向里根本看不见洞口，藤蔓和灌木越来越密，看不见地面，换句话说根本没有路。继续前行大约50米，还要过一段只能容纳一个人爬行的悬崖，走过几米悬崖，左侧有几丛野生的竹子挡住，掰开竹子才露出一个宽约2米、高约1.5米的洞口。看得出洞口之前被蜘蛛网和杂草覆盖，门口还有一摊表面已经结壳，中间有人用啥子东西挑过的排泄物，引来不少苍蝇，显然是武警战士修改过的"作品"。

刘春生按亮手电筒进入山洞，里面不高，人无法直立，横向空间相对宽松，深达6米多，足够藏匿身体，再往里走，底部更宽。地面比较潮湿，这应该是人工挖掘后废弃的窖池。以前可能还有另外的路通到洞口，否则勒个窖池是没法使用的。看得出来，洞口的另一边塌过方，塌方处不远连接着农村常见的那种石板路。但勒里不适宜长住，刘春生只在里面待了几分钟，脸上逗被蚊子咬了好几个大包。尽管武警战士已经提走了T恤、纸烟盒等物证，但被剥皮的电线还有，洞内还有几块动物骨头。在洞口靠路一侧，刘春生发现了警方拆封的塑料袋以及口罩的包装，勒是刚才进洞的武警战士留下的。

据来勒里"看闹热"的村民介绍，从勒条山沟往里走，可以直接到达市区的板桥医院，过去有村民去卖菜逗走勒条近路，走得快的话15分钟到20

分钟逗到了,前两年由于溶山(塌方)泥石流把路压断了,造成此路不通,才不走这条路了。附近的山上还有更大的洞穴,他们觉得如果犯罪嫌疑人躲进山里头,搜捕是很困难的。

经过对取证物件的化验,勒些东西的拥有者,与行动组锁定的犯罪嫌疑人没有出入。

当晚,电视和网络对白天的"情况"进行了公布。

消息一经发出,随即引发了大量网友围观和热议。网友们在对凶手谴责的同时,纷纷希望尽快破案,还群众一个安全的生活环境。

网友"霜叶陈风"说:"劳慰(谢谢)你们,赶紧抓住凶手吧,我现在都提心吊胆的,走在街上害怕遭受突如其来的袭击。"网友"牛弯一角"说:"勒个事情要喊醒(说在明处),希望早日抓到罪犯,希望恭州恢复平安,请大家给公安点赞。"……

勒些帖子,无疑是给行动组施加了不小的压力。

犯罪嫌疑人现身以后上哪儿去了呢?这是大家心中的谜,也是公安干警心中的谜。其实,这只狐狸没有走远,甚至他都没有离开恭州市桑树坪商业步行街。他知道武警在搜山,白天回去死路一条。明知山有虎,不向虎山行,他采用了金蝉脱壳之计,让那些警察去白忙吧,此时此刻,他正在外面逍遥呢。前面那一男一女小两口提供的情报是真实准确的,他们跟踪的逗是这只狡猾的狐狸。

谁也不会想到,当天下午2点20分,犯罪嫌疑人在商城外的"恭州电影院"看电影。他坐在2厅8排3号,观看的电影是《听风者》,票价35元。

勒是一部国产的间谍战大片,由麦兆辉、庄文强导演,梁朝伟、周迅、王学兵等国内一线演员主演。本片改编自麦家的小说《暗算》。故事讲述了中华人民共和国成立初期,国民党在大陆残留了大量的敌特人员,企图颠覆中华人民共和国勒个新生人民政权的龙门阵。

为了粉碎国民党敌特的破坏活动,人民公安部队专门设立神秘的"701"

小组监听敌人电台。郭兴中（王学兵饰）是"701侦听局"总队，一个贯穿整部影片的灵魂性人物。沈静（范晓萱饰）则是小组中的一个职员，由于沈静的家庭背景关系，她永远是独来独往。伍昌（董勇饰）负责在监听组确定了敌人位置之后，收网将敌特抓捕回来。何兵（梁朝伟饰）本是个街头混混，因为是盲人，所以他有一项特殊技能，听觉非常敏锐，借助自己的技能赚钱。

1951年10月8日，701突然发现所有的敌台全部消失，唯一的解释是敌特分子对电台进行了技术处理，启用了新的发射频道，这时何兵的特殊本领对701非常重要，因此派出张学宁（周迅饰）将何兵"请"到小组来，希望他能为刚刚诞生不久的新中国服务。在勒场看不见的战斗中，演绎着腥风血雨的谍战传奇。误打误撞进入701的盲人调琴师何兵成为701"唯一的眼睛"，女上司张学宁把勒个亦正亦邪的人物造就成了决定701反谍的"关键武器"。

电影结束后，是下午4点10分，夏天的白昼长，8点多钟才天黑，犯罪嫌疑人没出电影院，又买了一张4点30分的票，票价20元，电影的名字叫《太空一号》。同时，用4元钱买了一瓶"农夫山泉"水，一共花了24元。

10分钟后他进入该电影院1厅，坐在7排1号，观看第二部电影。

影片是个动作、科幻电影，由美国和法国联合摄制，由著名导演詹姆斯·马瑟执导，盖·皮尔斯、玛姬·格蕾斯、彼得·斯特曼等主演。故事讲述在未来世界，地球上已经没有供犯人坐牢使用的空间了，于是人类制造出一个绕着地球飞行的类似于空间站的监狱。这逗是美国开发名为"太空一号"的空间站，是一座戒备森严的警戒监狱，勒里关押着约500名判处重刑的囚徒，是些极度危险的人物。他们无一例外地被冷冻起来，处于昏睡之中。

这里安保严密，似乎坚不可摧。可是，人有疏忽，挂一漏万，意外的事情总是不期而至。有一天，总统的女儿艾米丽·沃诺克为了维护人权，造访监狱。能得到总统女儿的垂青，监狱工作人员自然觉得无限荣光。可是，事情逗在总统女儿和一个犯人对话时出现意外，保镖的枪被夺走了。一阵混乱后，所有罪犯都从沉睡中苏醒，太空一号瞬间被占领，艾米丽及太空一号上的工作人员沦为人质。很快，一场由各种犯罪头子组成的暴动和越狱在监狱中展开。

总统要自己的女儿死里逃生，但监狱已经被犯罪嫌疑人控制，并拿她作为人质来谈判条件。她待在勒个卫星一样的监狱里并不安全。地球上的人们如坐针毡，军队里的人正在想尽办法要把总统女儿营救出来，然后彻底毁灭勒个孤岛一样的监狱。接受解救任务的是一个有"污点"的特工斯诺（盖·皮尔斯饰），他遭到陷害，即将遣送到太空一号。可是为了营救总统女儿，他获得了短暂的自由，由此进入太空一号寻找人质以及掌握着他被陷害的重要证据的搭档梅斯。他只有把总统女儿平平安安带回地球，才能重获自由。

于是，他走进监狱，展开了一场血腥的营救之旅……

两部都是与特工、抓捕、侦破有关的电影。

勒个下午，警方冒着40多摄氏度的高温和热浪搜捕他，他却乐得逍遥，在昏暗的电影院里惬意地享受着凉风空调的滋润。

当晚10点30分，行动组召开紧急会议，专题研究电讯部门送来的最新情报。

李海虎、吕凌霄、郑怀舒、刘春生、小幸静静地坐在椭圆形会议桌的两边。

小安在桌子的一头摆弄着一个方形小盒子。

李海虎严肃地说："刚才市局转来电讯部门晚上10点左右截获的一对男女互发的一条短信，可能与我们正在侦破的案子有关。小安，投影仪调好没有？"

小安："已经差不多了。"

李海虎："抓紧时间，把差的那点迅速整好！"

小安："要得，现在行了。"

李海虎："行了逗放给大家看！"

一束白光从那个小方盒子里射向墙上的屏幕。

小安回到座位，捣鼓了一下面前的笔记本电脑，很快弹出一个"菜单"。

小安用鼠标打开一个文件夹，屏幕上传来打字的声音，随着声音，出现了一段一段文字：

　　7月10日22点零分5秒：贝儿，睡了吗？

　　7月10日22点零分10秒：亲，等你呢。

　　7月10日22点零分28秒：贝儿，你真乖，给我生个奶毛儿（婴儿）。

　　7月10日22点零分38秒：嗯。亲，你那边的事情办得怎样了？

　　7月10日22点1分13秒：贝儿，昨天做了一单，不理想。

　　7月10日22点1分28秒：亲，有多少？

　　7月10日22点1分49秒：贝儿，只有7万元。

　　7月10日22点2分11秒：亲，你可是答应过我，要给我账上打20万元的哟。

　　7月10日22点2分38秒：贝儿，再做一单大的，把损失补回来。

　　7月10日22点2分45秒：亲，你真好。

　　7月10日22点3分12秒：贝儿，我又看好了一单，你要是来，我逗告诉你时间、地点。

　　7月10日22点3分28秒：亲，我害怕，我还是等待你的好消息吧。

　　7月10日22点3分34秒：贝儿，等着我。

　　正所谓，知音说与知音听，不是知音莫与谈。

　　7月10日22点3分37秒：屏幕上滑出了一个线条式的"微笑"。

　　7月10日22点3分40秒：屏幕又出现一个线条式的"严肃"。

　　真是人间私语，天闻若雷，暗室亏心，神目如电。

　　小安："放完了。"

　　李海虎："放完逗行了，大家就这一男一女的对话讨论一下吧。"

　　刘春生："勒些信息的总时间只有3分多钟。"

　　小安："对，时间非常短。"

　　吕凌霄："勒应该是犯罪嫌疑人第一次用手机，以前从来没有发现过他在手机上交流的记录，北斗对勒段短信定位了吗？"

小安："电讯的同志讲定位了，男的是在恭州桑树坪步行街的某一个角落发的，女的是在南方的一个城市里接的。"

李海虎："勒一节短信来得快，消失也快，因为电讯方面监测定位需要时间，待他们提供出准确的定位，已经是七八分钟之后的事了，巡警赶到步行街，只捡到一张手机芯片，人已经无影无踪。"看来高科技是靠人指挥，高科技只帮助人工作，其智能程度高，但过程还比较繁杂。

郑怀舒："估计南方城市接收的那个女人也会把手机芯片扔掉，让警方扑空。"

小幸："勒家伙太嚣张了，为非作歹胡作非为，公然无视国家机器的存在，一定要打掉他的嚣张气焰。"

吕凌霄："勒一点都不奇怪，过去毛主席说过，不是东风压倒西风，逗是西风压倒东风。只怪我们手艺不精，每次都比人家慢半拍。"他的话使大家黯然，加深了唯恐不能迅速破案的压力，这个压力必然会成为破案的动力。

李海虎："不要打嘴仗了，回到案子上来吧。"

"犯罪嫌疑人在山下作案，回到山上住宿，一般在公墓下面或洞穴等地，勒些地方一般去的人少，勒样可以逃避在住宿的时候被抓获。但有些必需的生活用品他要到山下去买。一般清晨出来，深夜再回去。"刘春生一边思考，一边喃喃地说。

吕凌霄："针对犯罪嫌疑人勒个特点，我们应该制定相应策略，整个方案采取两手：他在山里我们逗找，他出山，我们也要有对付的办法，做好两手准备。"

郑怀舒："他在山里，我们能抓逗抓，抓不住逗击毙；如果他下山更好，他在明处，我们在暗处。"

小幸："在山上采用大兵团作战动静太大，不易保密，要想发现他，最好的办法是引蛇出洞，让他离开勒个山。他藏过身的山洞，武警都去了，森林太密，几米之外就看不见了。他在里面能看到警察，警察不能看见他，等于是他在暗处，我们勒么多人在明处，而且他可以随意开枪，因为他是犯罪嫌疑人，不受约束。民警不能随便开枪，一定要认准了犯罪嫌疑人并且正在犯罪过程中，才能以阻止犯罪而开枪，如果他妨碍公务或袭警，民警可以进行自卫开枪。"她下午上山采样时得到体会，感受到武警工作的艰苦。勒个发言，是心得？是提示？是启发？怎么都可以，反正她说出来供大家分析。

李海虎："我们要告诉指挥部，民警遇到犯罪嫌疑人能抓逗抓，抓住他更好，抓不住逗击毙。勒次发现后说啥子也不能让他再去灯晃（乱逛），再逍遥法外跑了，勒个卵人（坏人）爪子（手）恶毒，不是一般性的违法犯罪，偷啊，骗啊，他是拿群众的生命作为代价在疯狂作案，决不能让罪恶的枪声在山城再次响起。"人心似铁，官法如炉。这既是宣言，也是给大家下达的一道命令。

但将冷眼看螃蟹，看你横行到几时。

第二十六章

文丰非常庆幸，又一次逃脱了警方的追捕。哼，那些丫子警察，屎毛本事没得，做做样子还可以，真刀真枪干，他们逗差得太远了。真是，闷的怕横的，横的怕愣的，愣的怕不要命的。文丰是既闷又横还愣外加不要命，你说勒样的人谁惹得起？此时他正藏在轻风山上的一个山洞里，沾沾自喜回顾着自己的"本事"。要说，他对光复山更熟悉，那上山下山的路他走过多次，轻车熟路。但光复山不是他现在能待的地方，那里离步行街太远。人家说打一枪换个地方，他晓得，昨天藏身的那个山洞也不能去了，已经被警察占领，今天他挪了个窝，很自然嘛，狡兔还三窟呢。

轻风山是喀斯特地貌，山上有许许多多山洞，勒些山洞，有些"养"在深山人未识，有些有"一夫当关，万夫莫开"的险峻。不管洞高洞矮，洞大洞小，洞深洞浅，不被人发现才是最好的功夫，一旦发现，"万夫莫开"也得开。因为你虽然有武器，别人进不来，可逞一时之强，长时间被困，你没吃的，饥肠辘辘还是坚持不下去。此时，他伏在洞口很"舒服"，让那些搜山的巡警、刑警、武警在潮湿高温下，像无头的苍蝇去瞎闯瞎碰吧。

文丰是当天上午 9 点 32 分，在恭州轻风山下安然小区中国银行门前持枪抢劫杀人作案后，逃到轻风山上的。当时，他从市区往山上走，经过恭州火车南站时看见警方加强了对火车站周围的巡逻。在他们中间虽然有的穿了警服，有的没穿警服，明眼人一眼逗晓得没穿警服的人也是货真价实的警察。

几名警察的巡逻好像与他勒个抢劫案无关，是在办理其他案子。为了不惹事端，他还是进了火车南站，向候车室走了一段，转身拐进职工区的一个厕所，他将手中那个装有7万元"血款"的黑色购物袋，细致地重新裹绕了一遍，确认不会进水后，才放进高挂的抽水马桶水箱里面的水球上。他断定勒里人少，没人会去多手多脚搬弄那个水箱。放在里面一定很安全。然后，他面不改色心不跳，大大方方地出来。他要在勒个最危险的地方安全着陆，他找了个能看得见警察，警察不会注意的地方远远地观察着。

几个警察围着火车南站转了一圈后，去了他上山的必由之路——那个隧道口前不远的地方，在那里指手画脚似乎商讨着啥子事情，直到他们离开，他才从火车站出来。

文丰没想到的是，三名警察只有两名离开了去隧道的那段铁路，另一名没离开。当他正走着时，背后有人叫他停下，而且还沿着铁路线追了上来。他知道是警察突然出现了，他不敢回头，躲是躲不掉了，跑也跑不脱，被晒在路基上，不尿管他，假装没有听见，继续朝前走。追他的人似乎加快了步伐，后来是跑着向前。他心想，你自己要追上来找死，我有啥子法？成全你吧，当今谁要挡我的路，逗让他提前到阎王殿报到，他的枪一直没关保险。

那个警察穷追不舍，离他越来越近，来人喘息的粗气已经冲到他后颈窝。不能等了，说时迟，那时快，他掏出手枪回身一扣扳机，没想到那是三个警察中最高的那个，一枪只打在他肚子上，一时半会儿不至于致命。正当他束手无策的时候，没想到那大个子突然蹲到铁轨上，把脑袋置于他的枪口下。警察好像认出了文丰，偏着头，一手托着肚子，一手指着文丰，口里发出含混不清的声音。文丰晓得不能留活口了，一不做二不休，朝他脑袋连开两枪，致使大个子铁路警察脑浆迸裂，一命呜呼。

文丰当时多了个心眼，没用那支用顺了手的"五四式"手枪，而是用了另一把在云西边境上的一个村子买的改装枪。因为用"五四式"手枪要套塑料口袋，才不至于把弹壳留在案发现场，才能给公安制造麻烦。"让他们用大量的时间去纠结作案的武器吧。"他得意地咧嘴一笑。当时，在那样的情况下根本没有时间套塑料口袋，是你死我活的关键时刻，他觉得自己出枪的动作是比较快的，要不是有点犹豫，可能还会更快，他对自己的行动比较满意，笑了一下，不过他晓得，这支枪不能再用了，留下弹壳逗等于留下把柄。

第一天上轻风山，只是卖了个关子，在森林转了一圈，逗下山了。他惦记着火车站厕所水箱里的那 7 万块钱呢，那时根本没有靠近的机会，大量的警察围着那个死人，整个火车南站岗哨林立，针插不进，水泼不进。他只好转头去了市区，白天他是不愿意待在山上的。

洞外，公安和武警部队已经包围了整个大山，正在进行所谓的拉网式或者说地毯式搜查。

恭州的夏天，太阳特别毒，照在地上能平地起"焰"，被称为"火炉"。一到盛夏，整座城市逗被高温包裹像是架在"炉"上烧烤，气温高达 40 摄氏度，勒是气象台的预报温度，室外温度实际更高。

恭州的热，不像北方干热，而是夹着"湿"，一方面是大汗淋漓自己把自己搞湿，另一方面空气中湿度很大，你不想"湿"都不行，老天爷不放过你。

7 月 11 日勒天，从清晨 5 点多起，火球逗从东方强势升起，谁都拉不住，到六点半逗把天上的云彩烧得通红，再通过云彩把无穷无尽的热直端端地向轻风山倾泻，与头天还没完全退出的热浪交织搅拌在一起，"狐假虎威"热上加热。到正午，不但空气"烧人"，连风都"烧人"。

文丰趴在山洞里都受不了啦，真难为那些搜山的警察。他是凌晨 1 点左右才从市区回山的，那正是"老虎"打盹的时候，比较安全。原本今天白天还要继续到城里去享受空调，没想到一觉醒来，漫山遍野都是警察，感觉到今天警方动用了更大的力量，出不去了，只好老老实实地在洞里待着。待着逗待着，也比那些搜山的人强，看他们一个个热得跟邪猴一样呼哧呼哧的。

文丰记得中学的时候，老师让他们写了一篇以"恭州的夏天"为题的作文。

他堆砌了许多诸如"汗如泉涌""热浪滚滚""石板发烫""最热""男人赤膊""女人背心""火腰裤""光把灯（裸上身）""汗如雨下""热烘烘""蒲扇""熊熊燃烧""大地烤焦了一般""桑拿"之类的辞藻，还嫌不够用，还不能完整、准确无误地表达出恭州那个比较特别的"热"劲。

以前恭州人住房偏窄，一家几口挤在十几二十平方米的板壁房子里。夏天，男人们逗像"馒头"一样，穿个火腰裤，在热气腾腾的"蒸笼"里油光水滑，女人对"布"节约到了极限，只挂那么一点点，有的半截屁股都晒在外头，屋里的桌椅、板凳、床铺都烫人。整个夏天，几乎手不离蒲扇，有民谣道："夏日天气热，扇子借不得，虽说是朋友，你热我也热。"到开大会或看露天电影时，满场扇子飞舞，哗啦啦一大片，形成一道风景。

街上的人每天下班回到家里，用水降温，把水泼在屋子的地面，泼在门前的街沿、人行道退热。晚饭后，太阳"收工"了，人们逗将凉椅、凉板、凉席摆在地上、门前、人行道边，摇着扇子，或坐或躺歇凉，困了，就地睡下。眼前荷枪实弹的武警对他形成巨大的威胁，文丰回想勒些场景是为分散自己的注意力，减轻压力。但是，想不下去了。

"妈的，太热，遭不住！"他烦恼着，目光透过洞外的林子向稍远处看了看，那些晃动的警察紧紧握着手中的武器，小心翼翼搜山，一个个蔫巴皮皱还强打精神。眼前这光景让他打不出喷嚏，只能耐着性子趴着。

搜查的部队中还有不少穿橄榄绿的人，那是人民解放军。据记者采访成都军区驻恭部队某部一个当官的说："打击犯罪是人民解放军在和平时期一项重要职责，逗像歌词里所唱，'军队和老百姓，咱们一家亲，咱们是一家亲呀，才能打得赢'。"老百姓有了危难时刻，解放军从来都是冲锋在前，比如抗洪抢险、排难救灾、解救人质等。

那天解放军奉命参加搜捕行动，并且得到命令，能抓到活的更好，抓不到活的就地解决。都出动人民解放军了，在文丰印象中，解放军是实行大兵团野外作战的，这一次就为他一个人，岂不是杀鸡用牛刀，小题大做？完全不是！有句话叫明枪易躲，暗箭难防。大军和警察在明处，凶手在暗处，加上是单独行动，极易找到破绽，钻空子，造成拳头打跳蚤，军警联合作战可以解决许多问题。真是惊天动地了，他文丰一个人，引出"千军万马"，成了一场真正的战争。

搜山的军警一拨过去，一拨又来，沿山公路两侧的密林中，每隔十几米，逗有三至五名警员"把守"，不时还有运送食物和水的车辆来到山脚的路边。为了应对难耐的燥热和山野不知名的虫子，不少人不停地抹花露水和清凉油。

偌大的轻风山要进行勒种规模的搜捕，起码要动用万人以上的军警，而要抓捕的只有文丰一个人，换句话说，是他在调动勒1万多军警，如果把勒些人作为部队编制，可以达到1个军的人数，他逗是一个军长。现今的军长，一般授少将军衔，相当于省部级干部，已经是个很大的官了。想着想着，他笑了，虽然不敢放声大笑，但在心里却笑得志得意满，笑得舒心开怀。他很得意自己的"杰作"，从来没有"杯具（悲剧）"过，没有失手过。

他从报纸上屡次看到自己的"战绩"：第一次在恭州市光荣碑解放街金地银行持枪打死1人、重伤1人，抢劫现金10万元。第二次在某区建设银行霞光路营业点抢劫6万元，打死一对夫妇2条人命。第三次在恭州桥石堡小商品批发市场驻恭某部营区大门，连开2枪将哨兵打死，抢走81-1自动步枪1支，这一次让他成为全球名人，恭州公安局的官头武断地把他的作为定义为恐怖分子活动，使他有机会与世界接轨，真是笑死人。第四次在阳山南郊公园连开8枪打死1人。第五次在千川抢劫笔记本电脑1台。第六次在故陵持枪打死1人，抢劫现金20万元。勒是第七次，在轻风山康居苑安然小区中国银行门前，持枪打死2人、打伤1人，抢劫现金7万元，还冤死了一个铁路警察。回想这一年多，可谓"战果辉煌"。

第五次抢劫有些"喜剧"，当时在道上有种手段叫作"飞车取物"，逗是骑着摩托抢东西。别人"取物"只取女人之物，比如耳环、项链之类东西。勒种事一般是两个人做，前面的人驾飞车，后面的人取物。他文丰却没有开摩托,也不是专门去抢笔记本电脑。做买卖勒么多回,只有那次是错误判断,当时把那人看成是个大老板,因为他开着那么大一个公司,坐的是凯迪拉克轿车呀。哪承想那是个假场合,提包里只有一台笔记本电脑,其他的啥子都没得。

结果那个笔记本电脑是个烂家伙,根本没屌用,又不敢切修,落得个鸡飞蛋打。唉,早晓得根本逗不该要那玩意儿,大有上当受骗的感觉。他从恭州到阳山到千川、故陵,异地转移;从用"五四式"手枪杀取款百姓到袭击驻恭部队哨兵抢枪,再到枪杀民警……作案累累,几乎每次都欠下鲜活的生命,仅仅不到两年时间逗从勒个世界上摸去了8条人命,穷凶极恶,被网民戏称为"爆头哥"。他晓得,善有善报,恶有恶报,不是不报,日子未到,一旦落到警察手里是个啥样结局。不过他自信,警察抓不到他。

求财恨不多,财多恐害己。勒些年他太想钱了,想钱想疯了。当今社会,钱不是万能的,但没有钱万万不能,没钱你啥子都不是,哪一样东西没钱能让你拿走?哪一种东西没钱你能搬得回来?他尝够了没钱的苦,受够了没钱遭别人的白眼,所以,他要想扬眉吐气逗要拼命捞钱,不择手段地捞钱。有人说勒是一个不能较真的社会,因为和往事较真没价值,和现实较真还要继续,和社会较真较不起,和自己较真伤身体,和小人较真不值得,和高人较真有差距,和亲人较真伤和气,和朋友较真不能弃。而他偏偏逗是个偏执的人,逗是要做疯狂的事,所以落到今天的地步。

之所以自信警察抓不到,是因为他请八字先生算过,时来风送滕王阁,运去雷轰荐福碑。八字先生说他命大福大,运气很佳,那次算命他可是花了血本,给了八字先生50块钱,一般人最多给10块,他是一般人的5倍。他还有真本事:善于伪装,反侦查能力很高,野外生存能力很强。躲山洞、住坟地,平时少到人烟的地方去,最近以来,极少上餐馆吃饭,吃的多是在超市买的大包食品,能撑许多天。作大案后,不坐飞机火车,最多乘坐公交客车,更多以摩的为交通工具,说走逗走说停逗停,灵活方便。

他作案有自己的规律，一是选择繁华城市的复杂地段，勒样警察不敢开枪，人多，开枪容易伤及百姓，逗是"神枪手"也会有走眼的时候，只要警察伤及老百姓，逗有好戏看了，公安逗会与百姓纠缠不清；二是在作案前要用很长时间踩点，他已经吸取教训，没把握不会轻易下手，下手必有把握，不能让别人看见"真实"面貌；三是选择好退路，作案中要换乘交通工具，比如摩的换汽车，汽车换摩的，再步行，遇到交通拥堵时要方便逃跑，给警方追捕造成困难。当然，不怕一万，也怕万一，万一逮到了，那逗是街背后落雨——该（街）背时（湿）。

报纸上说他在缅甸当过雇佣军，或者当过武警部队的特种兵，笑话，勒些都是"鬼扯"，像他勒种年龄的人有那种可能去当雇佣军吗？

缅甸，是谁都能去的吗？可笑，缅甸的路朝哪边走，门朝哪边开他都不晓得，他根本没去过缅甸。难道"杀人不眨眼"，逗非得是雇佣军或武警中的特种兵才行吗？做其他工作逗不能或者逗不敢杀人吗？我看不一定，照样可以杀人！不过，他的身体素质特别棒，他爱好运动，经常锻炼身体。喜欢看武侠小说和侦探类小说，爱看警匪片和枪战片，《第一滴血》里史泰龙扮演的兰博是他的偶像。除了他本人，谁也不晓得，勒些龙门阵是否是导致他人生轨迹发生变异的诱因？

这些东西让他无师自通，从中受到启发，学会了作案前要反复踩点；作案时要采用易容术，夸大肢体的摇摆幅度；作案中要运用一枪毙命的残忍手段和尽量不留痕迹；作案后选择街道复杂、人员繁杂的逃跑路线。看过电影《少林寺》后，迷上了武功，爱一个人琢磨"练功"。他在木架子上挂了一只沙袋，经常用力打沙袋。

他很喜欢枪，有"恋枪癖"，杂志《轻武器》是他十分喜爱的读物之一。随身携带着几把短枪，睡觉也不离身。尽管亡命天涯，他也不会忘记买缝纫机油，把每把枪擦得亮亮的。

电视里的"专家"，说他大跨度大区域地作案，喜欢有山有水的地方，习惯野外生存，案发后往山里头钻，具有职业性特点，每次犯罪前都经过精心策划、准备。喜欢沿江城市，而长江中下游地区具有水陆空立体型交通条件，好逃遁。比如恭州市郊，茫茫大山，易于躲藏。阳山和故陵都有崎岖的河道、复杂的地形，周边还有星罗棋布的小城市，勒些都是常识，在文丰看来是三岁小孩都晓得的东西，还需那些所谓专家在电视里嚼舌头吗？

重要的是，我国沿江犯罪防范网络尚未构建，铁路有铁路公安，公路省道国道都有控制点，但水路管理很麻烦，正规客运可以控制，货运及数不胜数的小船小筏控制不了，便于犯罪后逃遁。对他来说作案时根本没那么多考虑，即便成为事实，也是瞎猫遇上死耗子。

电视上专家还说，从与警方长达一年多的博弈看，文丰较普通人而言，应该是一个心理素质稳定、处事冷静且智商较高的罪犯。

他的特点是，踩点时，从来不到银行里面，逗在外面透过玻璃往里看，寻找到作案的对象就够了。侵害对象主要是取款人，等他（她）取完款出来时慢慢靠近，突然袭击，大部分时候袭击头部要害，打倒了拎起钱包逗走，中间会换装，再坐公共汽车、摩托车等离开。他往哪走？一般而言是住在东面，逗往西面走，虚晃一枪，声东击西。

作案后跑路过程中，高度警觉敏感，总会回头看，提防人跟踪，确信没有追兵，才继续往前走。然后，不住旅馆，抢得钱后不挥霍。

专家逗是喜欢叽叽喳喳，统计加估计，半猜半析说三道四，虽然是东一嘴西一嘴乱咬，有时也能咬个八九不离十，有时却是连庙门都没摸到，南辕北辙，分析与事实出入极大，不搭边界，但他们却十分自信自以为头头是道，感觉良好，好像把每一个细节都整清楚了。文丰想，真正整清楚的还是我各人，别人无论如何也不可能完全清楚，他又不是我肚子里面的蛔虫。即便你搞得有多么清楚，没有抓到人逗啥也不清楚，纸上谈兵，哗众取宠，可笑之至。

令文丰得意的还有一件事，那逗是女人。他的第一个"女朋友"其实蛮不错，有形象，有身段，也算贤惠，逗是太强势，与她在一起身子逗显得矮了几分。

后来，他有了新实践，重新要了个朋友，他不想换"轿"，旧的拥有，新的不拒，新旧女友都是"妻"，脚踏两只船，手摇两把桨。勒也不是文丰的发明，勒种情况当今社会司空见惯，满地皆是，一抓一大把。

　　他与新女友的"家"，没在繁华闹市的主干道，那里人多嘴杂不安全，也没在高档小区，那里安静，环境优美，但价格太高。他租的房子偏僻隐蔽，作为城乡接合部的大杂院，租房者多为临时户，租金按月交，流动大，大家都"杂"，不易引起旁人注意，而且想住逗住，不想住随时可走。这一片高高低低、灰白色的老旧建筑，几乎每栋房子长得差不多，内里巷深道路狭窄，环境有点得罪人，房子没有门牌号，但价钱"合理"，30平方米的一居室，有独立卫生间，可以做饭，每月只要一两千元，相当划算。

　　新女友温柔贤惠，但他晓得，维系两人的重要纽带是钱。新女友最初与他一起，或许多少还有一些感情成分在里边，同时也是在这繁华都市寻个挨帮。但小姑娘毕竟年轻，多少有些爱慕虚荣。再者，文丰也舍得在这只温柔的"小鸟"身上出手阔绰。还没上床的时候，每次见面，他都会毫无例外地给她1 000块"零花钱"，回回不少。渐渐地，她的欲望更大了，向他要更多的钱。他也乐此不疲地一次次去给她搞钱。

　　持枪抢劫是文丰的"杰作"，除了自己"没事偷着乐之外"，没人欣赏，杰作逗被埋没了。因为"前女友"的那种情况，勒样的杰作不可能与她分享，甚至都不敢在她面前稍有提及，更不能告诉她。新女友又太小，而且两人在一起的时间并不长，文丰在她面前也只能装出老实巴交的样子。比如那次在恭州驻军门前抢到自动步枪后，他是那么得意那么欢喜那么心花怒放。本想回家叫来"小鸟"，兴奋地搞点肩扛步枪秀，端枪走圈秀，探问"架势怎样？"但还是忍了，把得意和兴奋静静地埋在心里，回家后也只是把这些当作听来的龙门阵摆给"小鸟"听。

　　日子一长，"小鸟"也起了疑心，毕竟一个打工仔，哪来这多钱"划双桨"。在"小鸟"的撒娇式逼问下，文丰也就交了底。没想到"小鸟"听了后居然不惊讶，还大大地点赞。于是他迫不及待地向她透露了自己的历次"壮举"。

"我得手后并不躲藏，而是大摇大摆上街。"文丰得意扬扬地说。

"哇，真英雄，为啥呢？"他勾起了"小鸟"的好奇心，这也是他想要的效果。

"我认为人越多越有劲，越安全，我去商场，去电影院逗是观察，看他们能把我朗个样？结果，你晓得嘛，从来也没把我怎样过，我早有算计，心里从来没在乎过。"他越说越得意，达到忘形的地步。

"你真厉害，我最佩服勒样的人。"爱慕虚荣的"小鸟"对"厉害"的文丰崇拜得五体投地，称颂不已，"勒辈子我最喜欢的逗是英雄。"她说的勒个"英雄"，其实不是真正的英雄，而是一个专行打砸抢以满足她物质需求的行凶人。

"真的吗？"文丰明知故问，逗小女子玩呢。

"对呀！"小女子抿嘴笑着。

"喜欢哪样的英雄？"

"最喜欢我'老公'勒样的英雄！"

"你算是看准了，下半辈子逗跟我吃香的，喝辣的吧。"

"好哩，嘻嘻嘻嘻。"

"我保你荣华富贵，吃穿不愁，哈哈哈哈。"

"小鸟"的肯定让文丰更加忘乎所以，于是激动万分地说："我是真正找到了知音。"

"小鸟"说："我是你的港湾。"

"人生一世难得一志同道合者也。"文丰拿腔拿调地咬文嚼字。

"小鸟"说："我与你志同道合。"

第二天，文丰逗给"小鸟"的银行卡里打了5万块钱，把个"小鸟"乐得合不拢嘴。

从此，作案前，他都会跟"小鸟"联系，告诉她自己即将作案的一些想法和思路，还邀请她"参观"。

文丰居然置备了专用手机，为了和"小鸟"保持随时随地联络，经常听听新女友那缠缠绵绵、细声小语的温柔之音。他过去可不敢勒样，每次都是买电话卡去电话亭打电话。正是勒部普通手机，帮助警方在最短的时间内找到了文丰。当然勒是后话，在此处还不宜过早提及。

7月9日持枪抢劫杀人，为了显摆高超的作案技巧和无惧无畏的胆量，文丰居然提前告知"小鸟"作案的时间和地点，邀请"小鸟"去"观摩"。

7月11日，他跟"小鸟"通电话。

"喂？"手机接通了。

"哎，哪一位？""小鸟"接了电话，声音细声慢语。

"是我呀，没听出来吗？"文丰问。

"哦，是你呀，老公！""小鸟"兴奋了。

"对呀，最喜欢听到你高兴的声音，想得出你是个啥样子。"文丰说。

"真的吗？""小鸟"娇嗔。

"真的。"文丰实心实意地说。

"哦，老公有什么事？""小鸟"问。

"不是说好9号上午9点钟，你到我说的地方来参观'壮举'吗？我朗个没见到你呀？是啥子事耽误了？"文丰一连问了三个问题。

"也不是有啥子事耽误，你那么早逗要'壮举'，我天远地远的怎么能赶得到哩。""小鸟"撒起娇。

"9点钟还算早嘛，太阳都上三竿高，农民都耕几陇田了，还早吗？"文丰不买账。

"勒不是在城里嘛，又不耕田。""小鸟"自知理屈，挂起了免战牌。

"城里也不行。"文丰穷追不舍。

"你晓得我爱睡懒觉，早晨起不来嘛。""小鸟"只得实话实说，不敢再有掩饰。

"勒逗对了嘛，我逗喜欢老实巴交的人，我怕滑头，那样的人我合不来。"

文丰得理饶人，并不纠缠。

"逗是嘛，所以我才没去现场。""小鸟"怕文丰继续追究，她不想惹文丰生气。

"算了，勒件事到此为止，不再提，提起逗烦。"文丰虽然有些余气未消，还是主动打圆场。有些东西逗勒样，话到情到，点到气到，话明气散，不宜为针尖大小的事情伤了小两口儿的和气。

"事情很成功吧？""小鸟"明知故问，她要唤起文丰的自尊心。

"非常成功。"谈到勒个话题文丰又开始得意，他也最乐意与别人讨论勒类问题，勒是一种心理满足，是一种愉悦的享受，谈到勒个话题他逗有一种莫名其妙的冲动，勒是他真正的"杰作"呀。

"新闻说你得手了一大笔钱？""小鸟"话锋转移了。

"对呀，是一大笔。"文丰老实地回答。

"那你昨晚在短信中说只有7万元！""小鸟"突然发难。

"是只有7万元，7万元不是一大笔吗？"勒回轮到文丰吃惊了。

"报纸上说的可是25万元喔！""小鸟"扭住不放。

"儿豁你，真的只有7万元。"文丰坦白地说。

"7万元算啥子大笔呀？太少了。""小鸟"的胃口不小，欲壑难填。

"钱放在哪里的？""小鸟"不是个省油的灯。

"在恭州火车站职工区厕所的抽水马桶里头。"文丰愕然了，郁闷了，找不到东西南北了，人的欲望啥时候才是个头，女人的心怎么说变逗变，变得勒么快呢。但一个愿打，一个愿挨，响鼓配棒槌，天生挨打的货，他认了。

吕凌霄很快锁定了勒个手机电话，它发自轻风山附近，锁定的位置不会超过方圆一公里。恭州警方紧急出动，天网恢恢，疏而不漏，悍匪离他落网的时间不远了。

文丰是悍匪的小名，他的大名叫刘太白。

刘太白，好熟悉的名字。逗是那个老实巴交的打工仔吗？对，逗是他。

有没有搞错？一点没错，千真万确。不对吧，他的身高好像不到一米七喔？勒逗是他的善于伪装之处，他每次作案都穿"高跟鞋"，把自己的身子垫高。刘太白走路也不是外八字呀？他作案时有意走成外八字，还不断地甩髋带动着晃肩，让外人摸不透"家底"。没想到，真的没想到！这逗叫人不可貌相，海水不可斗量。他为啥也叫文丰？他老爹给他取勒个小名，寓意要有物文产丰，要自食其力，衣食宽裕，还要养活家人。

刘太白从深圳回到恭州，是为能与他老爹见最后一面，父母恩深终有别，夫妻义重也分离。他爹突发脑血栓病危住院，母亲跑到镇上用公用电话给刘太白挂了电话，让刘太白赶快回来。父亲将不久于人世，作为家里的独子，他怎么也应该回来完成勒份孝道。

电话打完没几天，刘太白逗赶到医院，一直陪伴父亲，直至父亲去世下葬。勒期间，他在医院、陵园等公共场所出入，村里很多邻居见过他，但没有一个人把他与两个月前故陵发生的枪击案联系起来。

这些作案带有顺手牵羊性质。恭州，是他的故乡，是他犯罪的起点，也将成为他杀人路线的终点。

第二十七章

七月，恭州特别炎热，酷暑难耐。太阳公公这两天好像是专门与公安军警作对似的，每天一大早逗把自己明晃晃的坚硬胡须扎向大地，还得意地晒出鲜红色朝霞和大团大团烈火云，与焦燎中的植物斗气。民间曾有"早上发霞干死克蟆（青蛙）"的说法，高温还得持续。恭州气象台连续十天发布红色预警，温度高达41摄氏度以上了，参与搜索的警犬被热死了好几条，静静地摆在警车里，那都是些高档的进口侦查猎犬，培养一只相当不易。它们太敬业太专注了，经不起勒样的"桑拿"天和勒样的劳动强度，又热又累，是过度疲劳而死的。大家晓得，狗没有汗腺，不会用"出汗"来降温，只有将舌头伸在外面，用那点小小的机体面积散热，短鼻子狗是夏天的遭殃一族，鼻子越短，散热的面积越小，散热速度更慢，加上那一身毛皮，像一床大棉被，在实际温度可以烘熟鸡蛋的恭州野外，超强度超时限的体力劳动，不死才怪。没死的警犬也累得够呛，用犬人限制了它们工作的时间，一般40分钟至50分钟之后，必须牵到有空调的警车上休息一小时，为了不耽误工作，警方对它们实行几班倒，后方不断地运送警犬来。勒两天搜山的干警和解放军战士也有不少人中暑，救护车来来往往，忙碌不停。

7月11日晚，对于"4·22"行动组的每一个干警来说，又是一个不眠之夜，会议室灯火通明，干警根据新的情况通宵达旦进一步研究案情。这次会议的内容非常关键，是影响全局的案情分析。情况越来越明白，形势也越来越紧迫，犯罪嫌疑人有可能狗急跳墙，比过去还要猖狂；无辜的生命有可能还会丧失，小组成员越来越紧张，越来越着急。

李海虎说："恭州市此前布置的50多万个摄像头都派上了用场，今晚我们重点研究调集到的监控录像和有关摄影资料。从目前掌握的资料看，通过技术侦查手段可以锁定，恭州系列持枪劫杀人的元凶逗是刘太白，我们要围绕勒个人来集中分析案情。"

刘春生说："10号晚，通信部门截获的刘太白跟他女友的通话，说9号只搞到7万块钱，与此前媒体披露抢劫数量为25万元不符，他准备在12号'再干一单大的'，勒一次我们一定要有所防备。"

李海虎说："我们不是一般意义上的简单防备，而是绝对不能让刘太白的枪声在恭州再次响起。"

吕凌霄说："由于不晓得刘太白究竟会对哪个银行营业部下手，我建议在全市每个银行营业部门前派驻几名便衣警察，携带枪支，张网以待，等刘太白自投罗网。"

小安马上附议："我同意吕队长的意见。"

李海虎说："事不宜迟，马上请求通知所有派出所片警、户籍警全警出动，配合刑警总队、治安总队、武警总队、消防总队和驻军。"

郑怀舒说："信息显示，9号下午调集近万名警察、武警、解放军前往轻凤山搜山，明知犯罪嫌疑人不在山上，还是要进行搜查，这是虚张声势，意在迷惑，让他得意，让他高兴，让他摸不到虚实，逼迫他晚上'轻松'上山。引蛇出洞的勒一招是有效的。刘太白白天在山下，离开了复杂的地形，他逗成为秃子头上的虱子明摆着，给我们抓捕创造了有利时机。11号再借助媒体发布调集武警部队助阵的消息，也是声东击西之计，这些做法都是成功的，有利于犯罪嫌疑人在猖狂忘形中丧失警惕，掉以轻心，更不把国家机器放在眼里。"

小幸说："本次案发后，我们在电视台连续滚动播出通缉令，印发的纸质通缉令达到186万份，全市每一个角落都有张贴。累计对长途汽车、公交车、摩托车驾驶员等4万多群众进行了走访，目前群众主动性积极性高涨，被充分地调动起来了，下一步主要看我们朗个行动。"

小安说："我很赞同幸姐的说法，据我的统计，从9号案发到会前，警方接到市民各类举报线索700多条，经群众举报和对案犯逃离路线的分析，我们构筑了以轻风山地区为核心，沙坝和周边区县为重点圈，主城二环十射所有卡口为外围圈的三圈网络。在核心圈，市局调集了近万名军、警、公安精锐力量，对轻风山进行全面围捕；重点圈开展集中清查，清查涵洞、防空洞、墓地、小旅馆、空置房、候车室等凡能藏匿人的重点地区8万余次；外围圈采取武装分控，设武装检查站289个，严密布控。这些措施意在威逼凶犯，让犯罪嫌疑人犹如丧家之犬，惶惶不可终日。"

吕凌霄说："因该犯罪嫌疑人随身携带枪支，要告诉广大群众，若发现其行踪，不要惊动，不要自行抓捕，要迅速拨打110报告公安机关，赤手空拳对付顽敌不是明智之举，不可与凶犯正面冲突，以免发生不必要的牺牲。我们希望广大群众积极提供线索，全力配合缉捕案犯。"

李海虎说："提醒得好，小安把勒个提醒及时告诉电视台，让他们做好勒个事。"

吕凌霄说："很多市民表示，刘太白勒些年在多个地方连续作案，手段残忍，社会危害极大，如不尽早铲除，将是群众生命财产的巨大威胁！我们行动组目前处在焦点位置，无形中加大了压力，越是勒个时候，越要有清楚的认识，一定要冷静，不能浮躁，不能水涨船高。一方面要加紧梳理线索，加紧破案，另一方面要注意细节，从细微之处体现精神，粗疏是我们的大敌。"

当晚，行动组进行了紧急部署。

李海虎说："根据犯罪嫌疑人的'成就感'和满不在乎、爱围着山做文章、想再次作案、窥探银行、习惯早起等特点，我们要对这两处地点进行重点布控。"他在地图上画了两个圈，接着说，"吕凌霄和郑怀舒到这一区域蹲坑，我再安排一些接应你们的警力；另外这一处由我带小安蹲坑；其他人各负其责，做好自己的工作。蹲坑的人必须在明早6点钟准时上岗。"

会议一直开到12号凌晨3点，人员分工明确，工作布置细致，应该由刑警总队负责的事，李海虎一揽子作了安排，刑警总队解决不了的事，请求市局进行了协调配合，每个环节都反复检查天衣无缝，小组每个成员充分发挥了自己的主观能动性，对方案进行了反复斟酌、补充完善和相互提醒，虽然每一个人的眼里都布满血丝，却个个精神焕发，充满激情。

事实证明勒些工作是有预见、有的放矢的，非常正确。

7月12日清晨6点，吕凌霄、郑怀舒带着一身疲惫与同事交接完工作，来到岗位执行蹲守任务。由于天气太热，他们都穿得很休闲。郑怀舒短袖长裤，小手枪放在裤子口袋里；吕凌霄T恤短裤，趿着一双熟胶凉拖鞋，左肩右斜挎了一个背包，他的枪放在背包最外层的口袋里。两人身上没有多余的装备。

12日清晨6点45分，在李海虎划定的区域内邮政储蓄所外面，一男一女貌似无聊地闲逛，这两人就是吕凌霄和郑怀舒。此时一个电话打到郑怀舒手机上，来电显示是李海虎，她赶紧把手机贴上耳朵。

李海虎说："根据刚刚掌握的情报，刘太白已经出洞，可能逗在你俩蹲坑的附近，你们要把眼睛睁大点，不放过任何一个可疑的人，也不要错杀无辜，要高度戒备，我马上叫增援部队向你们靠拢。"

郑怀舒心里一阵激动，运气太好了，显然自己勒一组可能得手捕获勒个恶棍。她看了一眼跟在身后的吕凌霄，淡淡地说："有鱼咬钩哟。"吕凌霄会意地一笑，表示明白，同时横向跨出几步，与郑怀舒形成一定角度，拉开了些距离。女人在前，男人在后是一种照应。吕凌霄心里想，鼻子闻得到的味道叫气味，鼻子闻不到的味道叫气息，他们已经掌握了犯罪嫌疑人的气息，剩下的是调整好自己的队形，随时准备出击。

收好手机，郑怀舒抬头望去，前面有一个卖菜的人挑着箩筐往前走，30

米外，一个穿条纹衬衫，背着黑色双肩背包的独行男子一边走路，一边打手机，由于背对着她，看不清对方的面部和表情。郑怀舒直觉此人可疑，她有些怀疑但又不敢确定勒名男子是不是刘太白，此前警方掌握的资料是刘太白白天一般不用手机，即便用手机与小鸟联系，也是打一次换一个卡。而勒个男子一边打手机还一边悠闲地东盯西看，谈笑风生，说得很欢。按常理，此时小鸟应该还在睡懒觉呢。男子的行为还是引起了她的注意，出于高度的警察职业责任和职业敏感，凭着第一反应她顺势跟了过去。

可疑男子似乎若无其事地继续打着手机慢步前行，偶尔回头看一看，也是很随意的样子。

跟了十几步，郑怀舒还是没有看到他的脸，不敢确认是不是刘太白，便加大了脚力。吕凌霄明显地感到她脚下的步幅拉大了。

越来越近了，能够感受得到那个男子警惕性比较高，很快察觉到有人盯梢，便迅速穿过马路，从一个小饭馆门前拐进小巷子，沿着坡道向毛笋沟白陵皮鞋厂方向加快脚步急走。

郑怀舒看了一眼还在马路对面的吕凌霄，吕凌霄非常默契地跟过来，两人继续跟踪。

可疑男子突然小跑起来，超过了巷子里正在行走的一个人。郑怀舒紧跟着向前跑了几步，吕凌霄也紧跟着跑起来。前面的男子突然停下站住了，此时两人相距不到十米。

男子觉察出身后的女人不是一般百姓，突然转身，脸色骤变，高度紧张起来，嘴里还自言自语地说着啥子，好像是"走错路了哟"。

在这一瞬，视力还没有适应，郑怀舒虽然看到了那人的正面，还是无法确认这人究竟是不是刘太白，她死死地盯住那个人的手，看他是不是要往腰间掏枪，勒是紧急情况下最好最简单的判断方法。

男子折返身子迎面而来，相隔只有七八米，完全看清了，正是刘太白。郑怀舒假意继续往前走，想要包抄后路，心里却直打鼓，思考着用什么方式制服对方。

刘太白转身走了五六步，也逗几秒时间，突然把手伸向腰际。

"有枪！"郑怀舒大喊一声，意在通知身后三四步外的吕凌霄，同时一个大步侧身闪到旁边的电线杆子后面掩护起来。

此刻，吕凌霄身边已找不到任何掩护屏障，有着20多年从警经验的他沉着而敏捷地掏出手枪，几步退后靠墙，与郑怀舒互为犄角，准备与战友一起抓捕这个杀人狂。

刘太白又走了几步，与吕凌霄、郑怀舒正面对峙的距离不到4米了，时间在不到1秒中凝固。

"砰"一声闷响，慌忙中刘太白率先开枪。没有掩体遮挡的吕凌霄队长成了刘太白攻击的第一个目标。吕凌霄见刘太白抬手，迅疾闪了一下，刘太白的这一枪打偏了，打在离吕凌霄腿边1厘米左右的水泥地上，弹头弹起来划伤了他的右侧小腿。

吕凌霄当即感到像被烙铁烫了一下，火瞟瞟的（灼伤般）痛。他顾不了那么多，向刘太白连开两枪。几乎同时，郑怀舒的枪中吐出两发子弹。

刘太白中弹了，他脸上露出不甘心的神情，挣扎着连开两枪，倒在地上不拗（不动）了，击毙刘太白的惊险时刻只有几秒钟。

时间定格在7月12日清晨6点50分。

吕凌霄、郑怀舒站在原地停顿观察了十几秒，确定刘太白没有动静了，才上前踢开刘太白的手枪，打开他的背包，查点里面的东西，很快增援的警察到位了。

在刑警总队会议室，记者采访了两位英雄。

记者："你们跟上去时，犯罪嫌疑人没跑吗？"

郑怀舒："我不晓得当时刘太白的想法，我们跟上去时，他加快了脚步，穿过小饭馆门面，向东折去加速走进了白陵皮鞋厂的那条巷子。"

记者："能不能给我们描述一下勒是一条啥子样子的巷子？"

郑怀舒:"勒是恭州老城常见的那种巷子,巷子有些坡度,大约50米,然后向南转角,转弯后,也只有几十米逗走不通了,是个死巷子。"

记者:"勒是一条'S'形没有出路的死胡同。看来,天要灭凶,刘太白死有余辜,他的生命注定要在这个胡同终结。"

吕凌霄说:"在跟踪刘太白的过程中,他不断回头看我们,我对他的怀疑更大了。过了拐角刘太白发现前面的路不通,立即掉头折返。"

记者:"刘太白看到你们的时候,是啥子表情?"

郑怀舒:"他折返身子往回走时,发现我们是便衣警察,他感觉到了危机,显得比较慌张,凶相毕露。"

记者:"勒是一个危险的紧要关头。"

郑怀舒说:"他转过身自言自语地朝我们走过来,并突然拔枪,我和吕老师都受到了威胁,也掏出手枪。"

记者:"是谁先开枪?"

吕凌霄:"刘太白先开枪,但他没有抓到先机之利。他不晓得面对的怀舒是全市上了榜的神枪手,还当过狙击手。"

记者对着吕凌霄说:"据说吕队长当时没有任何可以掩护的屏障,是完全暴露无遗?"

吕凌霄说:"我当时的确没有掩体,但我一看方位和角度对我们有利,逗信心十足。"说完坚定地看了郑怀舒一眼。

记者:"吕队长,你在没有任何掩护的情况下正面与悍匪交火,心里第一反应是啥子?"

吕凌霄快人快语:"我向边上快速退了几步,背靠墙面,拉开距离和刘太白构成平行关系,与怀舒形成三角形夹角。勒是一个战斗队形,我们两个可以互相掩护,刘太白处在不利位置,勒一招很考量他的智慧。他朝我开枪,郑怀舒可以击中他,朝怀舒开枪我饶不了他,也会置他于死地。"他话中透出睿智和坚定。

记者："是谁先开枪？"记者再次提起这个已经回答的问题，意在向观众强调。

吕凌霄："是刘太白先开枪，我们原本是想抓捕他。"

记者："他先朝谁开枪？"

郑怀舒："他先朝吕老师开了一枪，可能因为我是女人，认为是弱者，好对付，他要给队长一个下马威。"

吕凌霄："几乎是在同时，怀舒手里的枪响了，她抓住了最好的时机，刘太白偏了一下，又连续打了两枪。他玩了个孤注一掷，但他已经失去重心，子弹飞不到想要的位置，打偏了。"吕凌霄沉浸在胜利的喜悦之中，完全没向记者提起自己受伤的信息。

郑怀舒："我躲到电线杆后面调整好位置，吕老师背靠墙，刘太白也靠墙与我形成三角形对射，相距大概4米，他向我们打了3枪。"

记者："真是惊心动魄！"

郑怀舒："刘太白第一枪指向与他平行的吕老师，打到吕老师脚边，弹头反弹到吕老师小腿肚子；第二枪指向我，电线杆给我挡住了，也逗是他转身向我的当口，我和吕老师各向他开了两枪，他偏了偏逗无力了，我们看到他倒下，停了十几秒钟，他不动了，才慢慢接近。"

记者："当时，还不晓得是不是击中要害，不能确定是否真的死了？"

吕凌霄："基本可以确定击中要害，真的死了。如果没击中要害，在那种你死我活的情况下，离得那么近，他肯定是要置我们于死地的，哪怕能打死一个人，他也会奋力还击。不知出于什么目的，他这次仍然没用'五四'手枪，用的是仿制枪。我们用的专用枪，威力肯定要比他大，所以我们两把枪同时向他射击后，他逗没得动静了，我们才上前去，我一搭脉，摸不到反应了，可以确认已经死亡。"也许刘太白准备在这次使用勒把仿制枪后，逗把它埋了，但这次没有也许。

郑怀舒："勒样猖狂的犯罪嫌疑人，束手就擒的情况非常少，要么鱼死，要么网破，要不是击中要害，他肯定会作垂死挣扎，绝对不会让人近身。"

吕凌霄、郑怀舒向记者展示了他们成功击毙悍匪刘太白时分别使用的手枪。

"老吕使用的是勒把大的，是'五四式'手枪，我用的是勒把小的，是'六四式'军用手枪。"郑怀舒指着一大一小的两把手枪说。桌子上还有一把弹夹较长的手枪。

记者突然惊讶起来："怀舒，你手肘上勒么多被擦伤的痕迹是怎么回事？"

郑怀舒："是在电线杆上蹭的，我的'六四式'手枪一个弹夹只有5发子弹，必须弹无虚发，为了保证精准杀伤，我让前臂紧贴电线杆保持稳定。"

吕凌霄指着大班桌上那把弹夹较长的手枪告诉记者："刘太白那天带的是勒把自制手枪，弹夹比我们的长出一大截，每次可以装十几发子弹，我们的枪只有几发子弹，我用的'五四式'军用手枪，一个弹夹也只有8发子弹。"

记者："是哪一枪让他毙命的？"

郑怀舒："也不晓得是哪枪击中了刘太白的要害，反正他倒下去了，一会出来一摊血。"

吕凌霄说："他倒地后，头上身上都在流血，打完后我们清理了一下他的包，主要是看有没有定时炸弹之类的东西，有些犯罪嫌疑人是要把事情做绝的，结果没有发现，逗撒了。具体伤及刘太白的哪个部位，需要法医尸检后才能给出报告，反正是伤及要害，他倒地后在抽搐，一会儿逗啥动静都没有了。"

记者："你们有啥子把握确定击毙的逗是刘太白？"

吕凌霄："一是李总队给了我们电话，提示刘太白离我们不远；二是他反转身来我们打了照面能够清楚地看到对方的脸；三是他拔枪打人。我们初步判断应该是他。"

郑怀舒："通缉令照片与被击毙的人相符合，背包里的'五四式'军用手枪也是一个证明，自制的手枪符合枪杀铁路警察的作案工具。"她说的这些物证具有说服力。

记者："刘太白被击毙时，随身带了些什么东西？"

郑怀舒："当时他的背包里还有把'五四式'手枪，三个弹匣全部压得满满的，一个身份证，身份证上写的是另外一个人的名字，逗是那个叫陈贡开的蜀中人，现金可能有一万块钱，此外还有一板疑似感冒药的蓝色颗粒药丸，其中两粒已用，一副墨镜和一盘蚊香。"看来警方转移视线的迷魂阵收到了奇效，犯罪嫌疑人果然做了个陈贡开的假身份证。

吕凌霄："勒个人相当凶残。他起码还有四五十发散在包里的子弹。"说明危险真的还大着呢！

记者："为抓捕刘太白，警方付出了巨大的努力，听说勒几天你们一直没能休息？"

郑怀舒："是的，我们从7月9日到现在都没休息，所有的民警没有回家，集结听令。犯罪嫌疑人是要挑战恭州警方，扬言要在恭州再做一单更大的，我们掌握了勒个线索，做了重点部署，沙坝区是重点中的重点，因为刘太白是秦巴山与恭州交界地人，出山第一站应该是沙坝区，12号早晨可能是在寻找作案现场，撞到我们枪口上了。"

"如此近距离正面交火，你们怕过没？"对记者的提问，吕凌霄和郑怀舒同时摇了摇头。这是当然，与犯罪分子较量，距离的远近不是由警察来确定，只要当警察逗要随时做好牺牲的准备。

采访结束，两人不约而同地揉了揉疲惫的双眼，说："今天晚上可以安心睡觉了。"

刘春生给出的结论是，刘太白右太阳穴及右腰有弹孔，太阳穴的弹孔直通大脑，腰部的弹孔直通肾脏，这两处中弹都是致命伤。检测出那把背在包里的'五四'手枪的弹道，正是那个多次行凶没有留下弹壳的作案工具。

7月9日作案时，刘太白穿的是有黑点短袖白衬衣。7月12日那天，他身着背部有白底竖状黑色条纹短袖衬衫，亮黑色长裤、黑袜、黑软皮鞋，全身黑色，庄重地为自己奏响了哀歌，勒样的装束让他未能像以往那样轻松逃逸。

击毙悍匪虽然是大快人心的一瞬，但寻常人见证勒一时刻不知是幸还是不幸。

　　家住毛笋沟的孙林后，不知是不幸中的万幸，还是万幸中遇上不幸，也不晓得见证那种场面，他是高兴还是悲剧。高兴的是人生一世，难得见到几次那样的场面，悲剧的是，别人被枪杀血溅到自己身上。

　　7月12日早上，老孙正悠然地走在巷子里，他逗是那个与刘太白擦肩而过的人。他是个菜贩，每天赶早，蔬菜才能卖出好价钱。当时，完全没有意识到危险近在咫尺。他从菜市场回来，一门心思往前走，走得很随意，不快不慢，有点得意。一个男人从他后面赶上来，超过他继续前行。他侧过脸去看了看那个男人。

　　"当时感觉勒人在哪儿见过，或许是熟人，逗想上前看看。"孙林后回忆说。于是，也加快了脚步。大约6点40分，他走到白陵皮鞋厂附近，原本逗没有几步，稍加了点脚力眼看逗追上了，那男子嘴里念叨着啥子，转身往回走，与他打了照面，那人一副凶相。勒么大热的天，那人手揣在裤兜里。天热，穿得比较薄，明显感觉到他的裤兜往下掉，说明那里面装有比较有重量的玩意儿。

　　孙林后发现了危险，保命是人类的本能，他紧走几步躲进路边的楼房角落蹲下，心里忐忑不安。正是如此，他成为勒个事件的第一目击者。以后在相当长一段时间里，那个情形常常出现到他的脑海挥之不去。当然，勒算是和平年代一个普通百姓难得一见的血雨腥风、惊心动魄的场面，的确令人印象深刻，终身难以忘怀。

　　后来在许多场合勒个菜贩对旁人讲起那场经历过的龙门阵。

　　7月12日清晨6点半左右，45岁的孙林后在菜市场协助老婆卖完两筐蔬菜，面带微笑地往家走。今天头趟菜卖得快，价钱比预想的好。原想天热，蔬菜长势纠结，长相困难，菜品没有卖相会被塌价。结果，大出意料，因为卖菜的少，买的多，物以稀为贵，反而很抢手。

　　卖完第一轮，拿出手机看了看，时间还早，6点半不到。他打算把昨晚收拾出来的"精菜"再挑两箩筐，交给老婆去卖，不错过今天勒个时机。

想着心事，逗进了熟悉的小巷，他家逗在小巷尽头，距离家已经不到50米了。后面响起脚步声，一个男子快步跟了上来，引起他的注意。

大约还有30米逗到路口了，那名男子40岁左右，穿黑条短袖、黑裤、黑皮鞋，走路像小跑，走得比老孙快，几乎肩挨着肩超过了他。

"真邪门，还有比菜农更辛苦的人嘛，大清早的，勒人走勒么快做啥子？哦，想通了，他也是赶着赚钱吗？"孙林后有些纳闷，特地注意了赶超男子的样貌，好像在哪儿见过，是熟人？老孙琢磨着，真是熟人勒么早赚钱肯定需要帮手。一个篱笆三个桩，一个好汉三个帮，三生不如一熟。现在做啥子不靠关系，做啥子不比卖菜强，能跟熟人去赚那些不用肩挑背扛的大钱多好啊！他企盼天上掉馅饼呢。勒样的好事，只有傻子才会拒绝，他决定跟上去看个究竟，没准那人正差帮手，没准他的主动会赢得那人的好感。

老孙看到，男子加快步伐，在前面路口拐弯后向坡上走去，那正是他的家。距离那人只有五六米了，他准备上坡的时候，路边"白陵饭馆"门市外墙张贴的那张通缉令，一下子引起老孙的注意。

"哎呀！通缉令上的照片，怎么和前面走的人勒么相像！"勒男子逗是9号在安然小区侧对面，中国银行鸣凤支行持枪抢劫的凶犯刘太白。孙林后一下子毛骨悚然，直冒虚汗。"勒个坏人到里面去做啥子？里面是居民区啊，他会不会又要杀人，造孽了！"想到勒里，孙林后不知从哪里上来一股劲儿，也许是见义勇为的精神使然，"我一定得赶上去看清楚。如果真是勒人，我回家逗打电话报警。"

老孙在通缉令前面，站了两三秒钟。一路小跑，拐弯上坡。一边跑一边想，所以觉得面熟，原来他的照片贴满大街小巷，每天不知要看多少遍，早在脑海里挂号了。

那男子上坡后放慢了步伐，老孙从路口往上跑了10多米，与男子的距离也逗只有2米左右，眼看逗追上了。没想到的是，男子突然转身，双眼露出凶光，狠狠地盯着他。

"那双眼睛,逼得我根本无法直视。我害怕了,全身发软,不敢面对,只能佯装快步上前是一种无意识行为,然后低着头,用眼睛的余光瞄他,身不由己地向侧边跨了几步,闪进了旁边的楼房,贴在墙根……"

老孙更没想到,男子转过身来只瞄了他一眼逗抬高眼帘,从裤兜掏出手枪。原来,刘太白对背后紧追上来的老孙有警觉,但当他转身逼视老孙时,发现老孙背后还有两个更大的威胁,是一女一男,那女人离他只有三四米了。刘太白断定是警察,于是掏枪逗射。

孙林后说,刘太白开枪的目标不是他,因此他没被伤害。但枪一响,老孙感到不对头,全身垮架了,不自觉地蹲下去,抱着头,背对战斗场面,不敢看。一般人都不敢看。

不到半分钟,几声枪响过后,一切恢复平静。当老孙扶着墙,慢慢站起来的时候,刘太白已经倒在血泊中,一动不动了。

"想起当时的情形,我逗心跳得厉害……"孙林后说,最让他难忘的是刘太白扭头过来,那凶神恶煞的眼神。勒种眼神瞬间变为惊愕,杀气毕露。"没想到勒样的事逗发生在我身边,而且我经历了勒个过程。我能保住命,已经知足了。枪声停下的时候,子弹壳还在地上跳了几下,当当直响。我的两条腿都瘫了,好一阵子才直起身子。"那条巷子是最近才硬化不久的水泥路面。

亲临整个枪击经过的只有孙林后一人。"因为当时我夹在刘太白和便衣民警之间……"他有幸逃过一劫,算是大难不死有后福的人。

孙林后毕竟是蹲在墙根背对战斗场面,有些细节他没见到,也说不清楚。

当时的情况是,刘太白掏出枪,背贴皮鞋厂外墙,率先向吕凌霄开枪。走在前面的郑怀舒,赶紧躲到小巷偏中的一根电线杆旁;吕凌霄无处可躲,完全暴露在刘太白逼近的枪口下,情急之中,他赶忙退后几步,贴着一侧墙壁,把原先三人的蛇形站位变成了"品"字形站位。勒是一个非常有利于二对一作战的位形,两个警察可以互相掩护,使刘太白处在不利位置。

刘太白陷入只能一对一，不能"穿杨"的夹角包围之中，前进无"门"，后退无"路"，进退两难，只得凭运气快速地胡乱开枪。

连续7声枪响，刘太白连开三枪，郑怀舒、吕凌霄各开两枪。结果刘太白身中两弹，一弹在腰腹部，一弹在头部，当场毙命。两位黄金搭档吕凌霄队长小伤皮毛，郑怀舒安然无恙，完胜！

刘太白勒个罪恶累累的悍匪，最终在正义的枪声下伏法！

"我原想抓活的，日后好审判，让大家看一看勒个恶魔的丑恶嘴脸，更有教育意义，没想到他负隅顽抗，天理难容，不死不行。"吕凌霄说。

"我看到队长完全暴露在犯罪嫌疑人枪口之下，感觉到勒是一场殊死搏斗，第一个信念逗是狠狠地打，一定要打死他，不能让他还手，千万不能让他的子弹再带血债，千万不能放虎归山，千万不能因为我的疏忽给党和人民酿下弥天大祸。"郑怀舒说。

居民滕正娟也是那场枪战的见证者，她是孙林后藏身的那栋小楼房的主人。"几声枪响过后，穿黑色服装的男子倒在地上，我和邻居很快意识到，他逗是被通缉的劫匪！"滕正娟说。

她1岁的孙儿习惯每天早晨醒来就哭闹不止，事发当时，她正抱着孙儿诳着（哄着），准备到巷子里去走几圈，刚把门打开，眼前逗出现了一前一后的两男一女。

"穿黑色衣服的人在往巷子里面走，一女一男跟在后面，双方距离为四五米。"这是她打开门后看到的情况，滕正娟好奇地愣了一下："勒条巷子偏僻，平时少有人通行，清晨6点多钟，怎么会有人勒么急匆匆地往里走。回头一看，还有一个人蹲在我房子的墙根，双手抱着头身子在筛糠，抖得厉害，也不晓得是不是尿了裤子，当时没来得及闻闻。"滕正娟半开玩笑半当真地说，她不失幽默，显然有些看不起孙林后那个屄样。

还没来得及让她多想，"黑色衣服男人突然转过身子，掏枪射击后面的一女一男，接着又是几声互射枪响，最后黑色衣服男人长条条地摆（睡）起了，前后也逗几秒钟的事。"滕正娟说。枪声惊醒了周围的邻居,她吓得呆在门口,不敢动。"后来一女一男走过去,女人用脚把倒地那人手上的枪拂开,伸直双臂,用枪比着地上的男人,穿短裤的男人上前蹲下身子用手碰了一会儿倒地男人的鼻孔,又捏捏那人的手腕,向女人点点头,意思不言自明,已经死了,女人指着倒地男人的手枪才收了起来,然后提过死人的背包翻了翻。"

"在确认刘太白已经死亡后,一男一女转身朝被惊醒出门看稀奇的居民喊:'我们是警察,在执行公务,请大家配合,全部退回去!'"滕正娟说。众人很快意识到,全城搜索多天的悍匪刘太白,居然逗在他们家所在的勒条巷子被击毙了,大家议论纷纷。

50多岁的洪弟财在勒条巷子住了16年,那天清晨,他准备去大儿子家接孙子,儿子和媳妇在附近工厂上班,每天送孙子上学接孙子回家的活儿成了老洪雷打不动的工作。他刚走出家门,逗听到了枪声。

"像放了几声闷炮,地都在抖,我回头一看,歹徒已经倒地,民警让我赶快离开。"由于在家门口发生战斗,为配合民警勘查现场,按公安部门要求,洪弟财和家人随后被转移,但那天经历的一幕,让老洪激动不已,罪大恶极的凶犯刘太白被击毙了,是他家居住的这条巷子,终止了刘太白的犯罪。这是一条有功的巷子,正是因为窄,刘太白才逃不脱躲不开,接受制裁。"今后就把我们勒里叫'大功巷'以资纪念。"老洪说。

在白陵皮鞋厂门口开店的张师傅说:"勒几天每天都看到很多警察在附近执勤,40多度的高温仍旧坚守岗位,现在刘太白被击毙了,警察终于可以休息了,感谢警察为民除害!"张师傅看到的是罪犯被击毙之后的事情。

过后几天,小巷沿线,每隔10来米,贴着的有刘太白头像的通缉令还没有撕下来,过往的行人没有再多看一眼。

恭州,这座繁华的城市,终于平静了。

时间又过去了9个月,晚上9点,在桑树坪龙腾小区一个单元的11层7室,一群警察正在闹新房,新郎莫文丰、新娘郑怀舒笑吟吟地招待着同事们,靠窗的地方站着一位稍显严肃的中年人，他就是总队长李海虎。李海虎看了看吕凌霄、刘春生、小幸、小安等一干部下，又望望小区一栋栋灯火明亮的住宅楼，小区仍然有许多人在活动，推婴儿车的、散步的、吃饭的……一片生机勃勃的样子，无来由的，他回忆起一幕幕的破案情景，不禁感叹，正是有了眼前这样一群人，任劳任怨，出生入死，用汗水用鲜血甚至用生命保卫了社会平安。他们没有聚光灯照耀，他们也为日常生活中的各种事操心，他们也是芸芸众生中的一员，但他们就是英雄，他们的事业就是永远走在保卫人民群众生命财产安全的大道上。

一群平凡的人，用一腔热血，做着不平凡的事，维护一方平安，此乃英雄之道。李海虎想，要是有人问我怎么总结警察事业，我的说法就是两个字：雄道。

2014 年 4 月 14 日凌晨 2：21 起稿
2015 年 2 月 19 日凌晨 3：12 二稿
2016 年 7 月 3 日三稿完于古剑山
2018 年 3 月 31 日最后定稿